U0919936

2017年中国随笔精选

中国作协创研部 选编

长江出版传媒 | 长江文艺出版社

图书在版编目（C I P）数据

2017年中国随笔精选 / 中国作协创研部选编. -- 武汉 : 长江文艺出版社， 2018.1
（2017年选系列丛书）
ISBN 978-7-5702-0063-4

Ⅰ. ①2… Ⅱ. ①中… Ⅲ. ①随笔－作品集－中国－当代 Ⅳ. ①I267.1

中国版本图书馆 CIP 数据核字(2017)第 297699 号

责任编辑：钱梦洁　陈　聪　　责任校对：陈　琪
封面设计：泓润书装　　责任印制：邱　莉　王光兴

出版：长江出版传媒　长江文艺出版社
地址：武汉市雄楚大街 268 号　　邮编：430070
发行：长江文艺出版社
电话：027—87679360
http://www.cjlap.com
印刷：中印南方印刷有限公司

开本：700 毫米×1000 毫米　1/16　印张：19.75　插页：2 页
版次：2018 年 1 月第 1 版　　2018 年 1 月第 1 次印刷
字数：303 千字

定价：32.00 元

编选说明

每个年度，文坛上都有数以千万计的各类体裁的新作涌现，云蒸霞蔚，气象万千。它们之中不乏熠熠生辉的精品，然而，时间的波涛不息，倘若不能及时筛选，并通过书籍的形式将其固定下来，这些作品是很容易被新的创作所覆盖和湮没的。观诸现今的出版界，除了长篇小说热之外，专题性的、流派性的选本倒也不少，但这种年度性的关于某一文体的庄重的选本，则甚为罕见。也许这与它的市场效益不太丰厚有关。长江文艺出版社出于繁荣和发展文学事业的目的，不计经济上一时之得失，与我部合作，由我部负责编选主要选本，由他们负责出版，向社会、向广大读者隆重推出这一套选本，此举实属难能可贵。

这套丛书中的中篇小说卷、短篇小说卷、报告文学卷、散文卷、诗歌卷和随笔卷六种由我们编选。

我们的编选方针是，力求选出该年度最有代表性的作品，力求选出精品和力作，力求能够反映该年度某个文体领域最主要的创作流派、题材热点、艺术形式上的微妙变化。同时，我们坚持风格、手法、形式、语言的充分多样化，注重作品的创新价值，注重满足广大读者的阅读期待，多选雅俗共赏的佳作。

我们认为，优良的文学选本对创作的示范、引导、推动作用是非常重要的，对读者的潜移默化作用也是十分突出的。除了示范、引导价值，它还具有文学史价值、资料文献价值、培育新人的价值，等等。我们不会忘记许多著名选本对文学发展所起到的巨大作用，我们也希望这套选本能够发挥它应有的作用。

由中国作家协会创作研究部编选的这六种选本，雷达同志总负责，具体的分工是：

中篇小说卷由牛玉秋同志负责；

短篇小说卷由胡平同志负责；

报告文学卷由李朝全同志负责；

散文卷由韩小蕙同志负责；

诗歌卷由霍俊明同志负责；

随笔卷由纳杨同志负责。

中国作协创研部

目录

文化视点

人物影像

生命情思

光影流年

人文地理

文化视点

文学当有力量惊醒生命的生机

——从短篇小说集《飞行酿酒师》说开去

铁　凝

这是我近些年短篇小说的一个结集。

我始终觉得，短篇小说无论是外在体积或者内在容量，都不能与真正出色的长篇小说抗衡。

可我还是那么热爱短篇小说。因为我相信，在某种意义上，人生可能是一部长篇，也可能是一连串的短篇。生命若悠长端庄，本身就令人起敬；生命的生机和可喜，则不一定与其长度成为正比。

对了，生命的生机。这里我想说，文学对人类最终的贡献也并非体裁长、短之纠缠，而是不断唤起生命的生机。好的文学让我们体恤时光，开掘生命之生机，从惊鸿一瞥里，或跌宕的跋涉中。

生活是不容易的，信息时代信息的节奏和速度永远快于生活的节奏和速度，即使职业写作者，也因之常常误会生活。生活自有其矜持之处，只有奋力挤进生活的深部，你才有资格窥见那些丰饶的景象，那些灵魂密室，那些斑斓而多变的节奏，文学本身也才可能首先获得生机，这是创造生活而不是模仿生活的基本前提。模仿能产生小的恩惠，创造当奉献大的悲悯。

文学应当有力量惊醒生命的生机，弹拨沉睡在我们胸中尚未响起的琴弦；文学更应当有勇气凸显其照亮生命，敲打心扉，呵护美善，勘探世界的本分。

文学最终是一件与人为善的事情。一位我喜欢的已故诗人写过一首描写小狗的诗，一只与他的童年为伴的小狗。关于小狗的善良，他是这样叙述的：

它的善良恰如其分，

不比善良少，
也不比善良更多。

这是一只小狗的分寸，有时也提醒着我的写作态度。

小说写作的过程是写作者养育笔下人物成长的过程。同时，写作者通过这创造性的劳动，日复一日消耗着也迸发着自身生命的生机。文学艰辛的魅力就在于此。

进步何其难，我唯有老老实实努力。

《文汇报》2017 年 8 月 8 日

苏东坡的历史观

熊召政

一

大约在34年前的1982年暮春，我的老师徐迟约我同来黄州游览东坡赤壁。走进二赋堂，他问我《前赤壁赋》有多少字，《后赤壁赋》又有多少字？我惭愧不能回答。他又问我能否背诵？我说少时背过。于是在他的要求下朗读。背完《前赤壁赋》，他说，你不用背了。接着说："《前赤壁赋》538字，《后赤壁赋》358字。我认为这两篇赋是中国散文的高峰，至今无人逾越。这么短的文字成为经典，在世界文学史上也是奇迹。"

徐迟先生对苏东坡的赞赏对我的触动很大。其实，在成为徐迟先生的学生之前，我已经是苏东坡的超级粉丝。1972年的暮秋，我作为知识青年的代表来黄州参加一个座谈会时，就专程参观了东坡赤壁。那时的东坡赤壁，荒凉、萧瑟。我来的季节正好是《后赤壁赋》中所描述的"霜露既降，木叶尽脱"，但在赤壁山上，却看不到《前赤壁赋》所形容的"白露横江，水光接天"，当然，更不可能"纵一苇之所如，凌万顷之茫然"了。在无尽的沧桑岁月中，长江早已改道，赤壁之下，已是大片大片的农田，"惊涛拍岸，卷起千堆雪"是另一个时空中的灿烂画卷，那画卷，属于九百多年前的苏东坡。吾生也晚，再也无法在这里领略"江流有声，断岸千尺"的江山胜景了。

好在苏东坡的作品在近千年的岁月里，一直传颂不衰，通过这些作品，我们可以走入他的时空，品尝村妇珍藏的美酒，享受巨口细鳞的江鱼。微醺之后，再随着他一起欣赏不可复识的江山，观看横江东来的孤鹤。

在我的书房里，我请一位画家为我画了四条屏，是四位古代文学家的造像，他们分别是屈原、李白、苏东坡与曹雪芹。在中国古代的文学史中，伟大的、优秀的作家不在少数，对他们，我都怀有景仰之心。但上述四位，我个人尤其偏爱。从个人的性情、才情来看，毫无疑问，苏东坡又是这四位里我最为心仪的一位。

关于苏东坡文学与书法的造诣，不用我饶舌，迄今为止，他依然是无人超越的峰巅。但是，作为一位大文豪，他仍有一些被人忽略的地方，或者说，他的文学的造诣，淹没了他的其他方面的才华，譬如说他的史学的建树，就被人们严重低估，也被史学界所忽略。

二

苏东坡的史学著作，并非如司马迁、班固、司马光等人那样有洋洋大观的专著，而是在他的策论中可看到他独具卓见的史识与史胆。苏东坡文集十之七八是文学，诗词歌赋、散文（含序、说、记、传、铭、碑、颂、赞、偈、表、奏议、制敕等各种文体），每一种文体中皆有杰作。他的论有五卷，策有四卷。在《策》中，还杂有《书义》《迩英进读》两卷。这八卷策论中，收有 146 篇文章。研读这些文章，就不难发现，苏东坡对历史上那些耳熟能详的人物，无论是政治精英还是思想大家，几乎都有专论，而且还论得和别人不一样。而且，对历朝历代的兴危得失，他也认真研究并有独到的见解。

浏览他的策论，我们会发现苏东坡并非激进的变革者，相反，他推崇的是社会的稳定，他认为德与礼是让社稷安宁、吏治清廉的两大法宝。但对德的认识与界定，他却有着自己的独特的见解。在《形势不如德论》这篇文章中，苏东坡一开头就说：

> 《传》有之："天时不如地利，地利不如人和"，此言形势之不如德也。而吴起亦云："在德不在险"，太史公以为形势虽强，要以仁义为本，儒者之言兵，夫尝不以籍其口矣，请拾其遗说而备论之。

读这一段话，首先要理解形势这个词的意义。形势不是今天大家所理解的形容词，而是指的大地山河的面貌，与我们今天理解的风水，庶之近之。所谓"百尺为形，千尺为势"讲的就是形与势的关系。所以说，形势对应的是地利。中国的古人对形势最为看重。各个朝代建都的地方，大都依山傍水，如西安、洛阳、北京等城市，无不都是形势佳妙的首善之地。

但选中的吉利之地不一定就国运兴隆。所以说形势不如德。苏东坡在这篇文章中提出了一个新的观点，他把形势分为两种，一种以人为形势，一种以地为形势。

以人为形势，这人，指的是君臣。苏东坡说："天子之所以系于天下者，至微且危也。相须而合，合而不去，则为君臣。"在这里，可以理解为臣为形，君为势。在苏东坡看来，周朝的衰败，起因是"大封诸侯，错置亲贤"，但是，被周天子信任的诸侯最终都不服从朝廷的管理。究其因，是"德衰而人之形势不足以救也"。他引用刘颂的话："善为国者，任势而不任人。郡县之察，小政理而大势危；诸侯为邻，近多违而远虑固。"

这以人为势的大意是，君德寡不足以服众，则社稷势危；臣德薄不足以牧民，则民怨沸腾。所以说，君臣都心存敬畏。常怀忧患，以民为天，则天下形势安定，就是古人所说的"河清海晏，四海升平"之象。

苏东坡说的第二点，是传统的形势论，即以地为形势。但是，他将秦与汉两朝做出比较，他说：

> 有以地为形势者，秦汉之建都是也。秦之取天下，非天下心服而臣也，较之以富、搏之以力，而犹不服，又以诈囚其君、虏其将，然后仅得之。今之臣服而朝贡，皆昔之暴骨于原野之子孙也。则吾安得泰然而长有之！汉之取天下，虽不若秦之暴，然要之皆不本于仁义也。当此之时，不大封诸侯，则无以答功臣之望，诸侯大而京师不安，则其势不得不以关中形势之因而临之，此虽尧、舜、汤、武，亦不能使其德一日而信于天下，荀卿所谓合其参者。此以地为形势者也，然及其衰也，皆以大臣专命，危自内起，而关中之形势，曾不及施，此亦德衰而地之形势不能自救也。

这一席话，让我们理解苏东坡对秦汉两朝建都长安的看法。在冷兵器时代，长安是中国最为理想的建都之地。秦岭有百二雄关之险，加之黄河阻隔，历代兵家，很难突破潼关攻入关中。秦灭六国，其战争都是在潼关之外进行，这地域形势有点像今日之美国，美国建国以来，除了南北战争，无论是第一次还是第二次世界大战，其战火都没有烧到美国本土。但秦和汉为什么都发有借地势的险峻而守住国门呢？其因就是"大臣专命，危自内起"，朝廷君臣德衰，再好的形势，再大的天险，也不能阻挡国家的衰亡。

在《诸葛亮论》这篇文章中，苏东坡更是一针见血指出：

取之以仁义，守之以仁义者，周也。取之以诈力，守之以诈力者，秦也。以秦之所以取取之，以周之所以守守之者，汉也。仁义诈力杂用以取天下者，此孔明之所以失也。

仁义为德的内涵。东坡同孔子一样，是周的追崇者，认为周即德的楷模。同时批判秦取天下凭借的是诈力，即欺诈和武力。在东坡的策论中，对于秦与汉的议论较多，且多取批判的态度，在《论秦》《论商鞅》《论始皇汉宣李斯》《论养士》诸篇中，对秦国政治特别是秦始皇的批判，可谓不遗余力。这是因为在东坡看来，秦的政治运作中多狡诈、缺诚信、讲利益、轻仁义，这是缺德的表现。他由这个历史观去审查诸葛亮，认为诸葛亮杂用仁义诈力，这是诸葛亮终究不能恢复汉室，壮大蜀国的真正原因。当然，这是苏东坡的一家之言。

关于德，东坡在《上初即位论治道三首》的文章中，这样定义：

人君以至诚为道，以至仁为德，守此二言，终身不易，尧舜之至也。至诚之外，更行他道，皆为非道。至仁之外，更作他德，皆为非德。

道德二字，为老子创造，他写作的《道德经》，乃中国古代思想的精华，可称为华夏智慧的宝典。用今天的话解释，道即客观规律，德即是遵循客观规律而做人做事。东坡赞成老子的道德观，但他以诚言道，以仁言德。若用今人的语法逻辑，则应该是以仁言道，以诚言德。符合客观规律即为仁，以诚信的态度遵循客观规律即为德。当然，东坡先生如是说，也没有错到哪里去。他坚持认为，诚信之外没有道，仁义之外没有德。

那么，究竟怎样才能让君臣归仁，天下归心呢？苏东坡认为，只有建立“礼”的制度。

三

在《礼以养人为本论》这篇文章中，苏东坡阐述了他对礼的看法：

夫礼之大意，存乎明天下之分，严君臣，笃父子，形孝弟而显仁义也。今不幸去圣人远，有如毫毛不合于三代之法，固未害其为明天下之分也，所以严君臣，笃父子，形孝弟而显仁义者犹在也。今使礼废而不修，则君臣不严，父子不笃，孝弟不形，义不显，反不足重乎。

苏东坡认为最好的社会是崇尚道德，人人都以圣贤为楷模，他认为尧、舜、禹三代就是这样的社会，而要达到这种理想的社会形态，就必须建立礼仪制度。

所谓礼，作简单的理解，就是在伦理的基础上建立社会秩序，伦理的最基本关系，就是君臣、父子、兄弟。君臣对应的是国，父子、兄弟对应的是家。在古代，国家的概念就是伦理的概念，也就是礼制的概念。

孔子是特别注重礼制建设的，他说"吾从周"，就是遵循周朝的礼仪制度，他一生的政治理想就是"克己复礼"。他想恢复周礼，他认为他所处的时代"礼崩乐坏"，乏善可陈。苏东坡对自己所处的时代也很失望。当时的宋朝，北有契丹人建立的辽国，两国连年战争，人民无法休养生息。有鉴于此，在寇准的主导下，宋与辽在河北的一处名叫澶渊的地方签订了停战的盟约，史称澶渊之盟。此后，宋朝赢得了数十年的和平发展的机会，一跃成为当时世界上经济最发达的国家。但是，随着经济的腾飞，社会上出现了诸多乱象，如官场的冗官与腐败，朝廷的苛捐杂税，民间的重利轻义风气的形成。这期间，出现了王安石主导的改革。苏东坡认为王安石的改革的动机是为利而驱使，对礼制的建设有破坏，故不同意。在《思治论》一篇中，他说道：

自澶渊之役，北虏虽求和，而终不得其要领，其后重之以西羌之变，而边陲不宁，二国亦骄。以战则不胜，以守则不固，而天下常患无兵。五六十年之间，下之所以游谈聚议，而上之所以变政易令以求强兵者，不可胜数矣。

苏东坡熟读历史，但并不就历史说历史，做死学问，而是关注当下，为社稷苍生的安全与福祉进行思考，提出自己的见解。他认为，澶渊之盟以后的五六十年间，人心思变是一个总的趋势。针对当时朝迁的三患：宫室祷祠之役兴，钱币茶盐之法坏，频年用兵而财力空虚。朝野之间的议论很多，王安石的改革也是在这样的情况下提出的。但是，在苏东坡看来，无论是民间的游谈聚议，还是朝迁的变政易令，都没有达到社会治理的效果。

通过变革实现富国强兵的理想，完成朝野之间社会进步的利益诉求，从道理上讲这是没有错的，但苏东坡认为当时的执政者变政易令的心情过于迫切，变革的方法存在问题，其变革的结果与本来愿望相去甚远。在《思治论》中，他进一步阐释他对变革者的批判：

> 百官有司，不知上之所欲为也，而人各有心。好大者欲王，好权者欲霸，而偷者欲休息。文吏之所至，则治刑狱，而聚敛之臣，则以货财为急。民不知其所适从也。及其发一政，则曰姑试行之而已，其济与否，固未可知也。前之政未见其利害，而后之政复发矣。凡今之所所谓新政者，听其始之议论，岂不甚美而可乐哉。然而布出于天下，而卒不知其所终。何则？其规摹不先定也。用舍系于好恶，而废兴决于众寡。故万全之利，以小不便而废者有之矣；百世之患，以小利而不顾也有之矣。

在这一段文字里，苏东坡对当时推行的新政指出了问题：

1. 新政提出者的心态不健康，“好大者欲王，好权者欲霸，而偷者欲休息”。

2. 部门利益为重，将新政变为权力的游戏，“文吏之所至，则治刑狱，而聚敛之臣，则以货财为急，民不知其所适从也”。

3. 缺乏改革的整体思路，“及其发一政，则曰姑试行之而已，其济与否，固未可知矣”。

4. 新政推行有头无尾，说得好听，却无实绩。“凡今之所谓新政者，听其始之议论，岂不甚美而可乐哉。然而布出于天下，而卒不知其所终”。

不难看出，苏东坡对新政提出了相当尖锐的批评，但为何新政会出现这样的局面呢，苏东坡也讲了两个原因：

1.“百官有司，不知上之所欲为也”。这是说各部门推行新政，却不了解“上”的想法，这个“上”，按惯常的思维，应该指的是皇帝。朝廷之主对国家的认识，对政局的把握，是新政施行者必须深入了解的先决条件，但“百官有司”往往为本部门的利益所驱使，忽略了“上”的思想。

2.“规摹不先定”，这里所说的规摹，既可视为顶层设计，也可以说是立规矩。没有顶层设计，又不先立规矩，新政的推行必然会“用舍系于好恶，废兴决于众寡”。

从苏东坡一贯的思想来分析，这“规摹”即属“礼”的范畴。

国家为什么要制“礼”，就是用怎样的规矩与制度去治理天下。在《韩非论》一文中，苏东坡发表了他的高见：

仁义之道，起于夫妇、父子、兄弟相爱之间；而礼法刑政之源，出于君臣上下相忌之际。相爱则有所不忍，相忌则有所不敢。夫不敢与不忍之心合，则后圣人之道得存乎其中。

从形而上的观点讲，礼的制定是为了保证德的施行。德即仁义，德是内涵，礼是形式；从形而下的观点看，礼的制定是建立国家的秩序。礼法乃刑政之源，国家制定法律，是为了保证礼制的实现，对于国来说，礼法是为了解决君臣的关系问题；对于家庭来说，是为解决夫妇、父子、兄弟之间的问题。礼与法，一是从道德层面，一是从法律层面来约束社会上每一个人的行动。

在道德、礼法诸方面的思想，苏东坡并无太多的创见，但他将儒家的这一政治理想落实到社会治理及个人操守方面，可谓身体力行，不遗余力。而且，对于历史人物的评价，他也以道德、礼制为标准，常常发出振聋发聩的声音，关于诸葛亮的评价，前面已经说过，再举一两个例子，先说伍子胥。

伍子胥本楚国世家，后因楚平王杀了他的父、兄，他逃到吴国，辅佐吴王，使吴国成了霸主，然后率吴国兵马击溃楚国军队，攻到江陵，对楚平王掘墓鞭尸。这一点，一直遭人诟病，湖北人尤其不喜欢他，苏东坡却为他辩解，他在《论伍子胥》文中说道：

父受诛，子复仇，礼也。生则斩首，死则鞭尸，发其至痛，无所择也。是以昔之君子，皆哀而恕之，雄独非人子乎。

东坡认为伍子胥兴吴灭楚，并不是他的罪过，相反，替父报仇，这是必须尊崇的礼制。

另外，苏东坡从道德出发，批评司马迁的《史记》有两大罪，第一是“先黄老后六经，退处士进奸雄”，第二是“论商鞅、桑弘羊之功”，他说“自汉以来，学者耻言商鞅、桑弘羊”，他进而言说：

二子之名在天下，如蛆蝇粪秽也，言之则污口舌，书之则污简牍。二子之术，用于世者，灭国残民，覆族忘躯者，相踵也。

这几句话，已是恶毒的咒骂了。在苏东坡的策论中，他不止一处指责司马迁的历史观，说他“退处士进奸雄”，重黄老之术而轻儒家之学。其实，司马迁是特别尊敬孔子的，在《史记》中，将孔子列为世家，可见分量之重。司马迁从社会发展及社稷安亡的角度，充分肯定商鞅与桑弘羊变革社会，勇于创新的政治功绩，在今天看来，这是司马迁值得肯定的地方。偏偏苏东坡指责他对这二人的褒奖是“退处士进奸雄”，将社稷功臣视为奸雄，这也是苏东坡的历史观。

四

从以上所讲的例子，我们不难看出，苏东坡的历史观是保守的。中国古代的知识分子，雅一点，我们可以称为士，俗一点，可以称之为文人。但是，若要认真研究，则士与文人还是有区别的，士乃社会的中坚，文人乃生活的附庸。苏东坡在《正统论三首》的总论中说过：

> 正统者，何耶？名耶？实耶？正统之说曰：“正者，所以正天下之不正也；统者，所以合天下之不一也。”

扫除天下所有的不正之风，即是正；将天下不同的利益集团与各阶层的民众统一起来，就是统。正统二字就是这样来的。正统又分为政统、道统。政统是国家、社稷的管理者，礼法的推行者；道统是社会思想的提供者，道德的维护者。从中国古代的经验看，凡是政统与道统两者对社会及民众的看法一致，国家即是强盛期。凡是两者产生矛盾，国家与社会便进入多事之秋。苏东坡所处的北宋中叶，政统的不作为或乱作为，道统价值观的分裂非常明显。苏东坡在《策略一》文中指出：“天下之患，莫大于不知其然则然，不知其然则然者，是拱手而待也。”这句话很有见地。苏东坡也指出了当时中国的忧患在哪里。我个人认为，无论是历史中的哪个朝代，还是每个朝代形成的弊端，都不会相同。要解决的问题、面临的困境也不会一样，但有一点却是相同的：即社会的弊端莫不产生于价值观的分裂。

无论是政统还是道统，其价值观很难得到统一，而且道统作为道德的维护者，一般都会采取文化上的保守态度。今天，我们特别注重创新，但在历史中，守成一词所起的作用，却远远大过创新。苏东坡写过一篇文章《儒者可与守成论》，专门讲守成的问题。他始终认为恪守三代圣人留下的思想及治国治民的经验，就可以获得国泰民安、物阜年丰的局面。放在闭关锁国的时代，这种守成的态度，兴许是一种不错的选择，但在今天我们生活的时代里，守成可能就是死路一条了。在古代，天下是中国；在今天，天下是全球。国与国之间，利益为先，弱肉强食，我们若不创新，不强大，就会有灭族灭国的危险。

在苏东坡所居的公元十一世纪，文化上的保守主义，应该是士的责任与担当，可视为一种美德，是君子的无可厚非的选择。但在今天，一味地守成，做人还是可以的。但以此为标准来治国，则可能导致衰败。道德可以约束人心，但礼法的作用更为重要。

《美文》2017 年第 1 期

文化“走出去”从自信开始

张 华

著名德国汉学家顾彬教授前年冬天一次国际会议上的发言时不时萦绕在我的脑际。顾彬教授发言的题目是：“走出去”为什么会失败？顾彬教授是国际汉学界的名人，常常语惊四座，这次也不例外，从题目就不难看出。在发言中，顾彬教授说，中国人翻译的德语书籍，“走出去”到了德国后，往往堆在一边，落满尘土，根本没有人看。要么被视为垃圾，要么被拒绝收取。在德国如此，在英国、法国、意大利、美国和其他“外国”恐怕也都一样。与此相应，如果是德国人自己看上的东西，德国人翻译过去的作品，情况就会大不一样。总之一句话，德国人相信“自己人”。无独有偶，叶海亚，这位把徐则臣和刘震云、曹文轩等众多中国著名作家的作品翻译到阿拉伯世界的埃及学者，也曾跟我讲过类似的情况。他认为，阿拉伯人更了解阿拉伯人自己的文化和精神需求，所以，“自己人”选择和翻译的中国文学作品和文化产品就更受到阿拉伯世界的认可和欢迎。除了欧洲、北美和阿拉伯世界，如果稍加留意我们也不难发现，这样的情况在韩国、日本也很普遍。

中国，若不惮望文生义之嫌，其意乃中心之国。纵观悠久历史，我洋洋中华大国得其名，虽稍有“自高自大”和“自我中心”之傲，但更是自信！这种自信使我强大富庶之时亦不穷兵黩武，亦不好勇斗狠，亦不拓疆扩土，而是以和为贵，和平至上。明朝初年的中国，无论从农业工业的生产技术、商业人口的兴旺、城市生活水平、文化的精致程度，或是军事力量，都毫无疑问是居全世界第一的。郑和下西洋，主要任务和目的第一是树立明朝政府的威信，第二是与海外各国交往。这个交往的态度和诚意远非后来西班牙、大英帝国的殖民扩张所能比。第三则是寻找建文帝的踪迹，联络帖木儿汗国，并抑制鞑靼和瓦剌的势力。明太祖曾经告谕官员，“海外蛮夷之国，有为患于中国者，不可不讨；不为中国患者，不可辄自兴兵。朕以诸蛮夷小国，阻山越海，僻在一隅，彼不为中国患者，朕决不伐之。”可以想见，这是怎样的一种自信！

在随后的 19 世纪，欧洲发生了一系列变革，使得 20 世纪成为欧洲的世纪。欧洲列强的坚船利炮打开了当时积贫积弱的中国的大门，其铁蹄踏进了中国的土地。与此相伴，其观念、思想和精神体系，也在一步步侵入。口是心非的列强，一方面进行着黑心的鸦片贸易，一方面还嘲讽中国人“一盘散沙”“东亚病夫”，细细品味，这是多么歹毒的“交往”，是什么样的“每个毛孔都流着血和肮脏东西”的“贸易”?! 另一方面，彼时的中国土壤和语境中，也确实滋生出一批崇洋媚外、挟洋自重的“洋奴”，而且这样的“洋奴”还不仅仅是行为上的，更为可怕的还是精神上、思想上的。今天，西方人又不怀好意地使用各种伎俩，要么挥舞“中国威胁论”的大棒，要么演起“唱衰中国”的大戏。历史告诉我们，仍然要警惕。与此同时，历史上衍生下来的“洋奴”心态也还远未消失殆尽，“外来的和尚会念经”和崇洋媚外、挟洋自重的情形和现象也还不时发生，某些时候甚至还有可能甚嚣尘上地占据主导地位。

无需重温拿破仑、泰戈尔这些历史名人的断言，当代人其实可以明晰地看到，21 世纪必然是或者说已经是中国的世纪。上世纪末，75 位诺贝尔奖得主曾在巴黎呼吁：“人类要生存下去，就必须回到 25 个世纪之前，去汲取孔子的智慧。”我们没有理由不相信自己，没有理由不对中国的今天和未来充满道路自信、理论自信、制度自信和文化自信。文化“走出去”，从自信和“信自己”开始。

《美文》2017 年第 6 期

汉字的命

黄摩崖

金字塔尚存今日，可埃及人完全不识古埃及的象形文字，这种尴尬往往被神秘的红利掩盖了去。文字之于文明有延年益寿之效，虽未必能保其永生，但始终是开门的钥匙，哪怕锈蚀，依然拱卫门后的遗产。殷商之幸，正在于文字的创造，有文字，我们方能堂堂正正地往殷商走一遭，宣告殷墟不会永远是废墟。

时值1899年，似乎太晚，清国子监祭酒王懿荣“发现”了许慎无缘得见的殷墟甲骨文。甲骨文是目前所见最早的汉字文本。这真可谓是“药材”，给中国人带来信史的药材。正是这些文字记录下商人向鬼方征讨玉石、以羌人俘虏作为祭祀牺牲等史实。从工具论上说，汉字是语言工具，更是文化武器。想那氏族部落有着外人不能通晓的“密语”或“暗号”，而文字的超越性有助于人类突破狭窄的小血缘组织，真正走向联结的“大聚落”。商人用甲骨文展开了中原文明的原初叙事，“孤独”地记录下三千多年前东方世界的历史碎片，也使一批与自己未有直接领属关系的氏族部落名垂千古，即便早已消失的他们永远无法得知这种幸运。

文明是史，未进入文明之前是史前时期，未进入文明的文化是史前文化，未有字，焉有史？文明的标志当然是文字，而文字预示着文明有长寿的资本与走向伟大的禀赋。中国人大可底气十足地说，中华文明至少肇始于三千年前，其独一无二的持久性（Continuity）正有汉字之功。

人类的古老文字最初皆有“画意”，故世界诸早期文明用以表示太阳和山等基本自然事物的字都很神似，如此，汉字也根本无须源出苏美尔文字才能产生。殷商文字相当童真，象形意味极其浓厚，还夹杂着图画文字的粗糙，如商朝最大的青铜圆鼎子龙鼎所铸的铭文“子龙”，其“龙”字活脱脱是一尾部盘卷的龙形，极为生动。

甲骨文的笔画任性随意，一个字既可以“缺胳膊少腿”，又能“辗转反侧”，打趣说是“鬼画桃符”。质而言之，字很“刻意”，仅求写就，实在无所谓的“书法”，遑论艺术。尽管我们可以从甲骨文中看见哪个字是割耳朵，哪个字是割鼻子，但将汉字简单归为“图形文字”一脉是轻率的。

《尚书·多士》记载：“惟殷先人，有册有典。”论文字传播，周学于殷，然而，周后来居上。揭开散落在甲骨上的商王世系不得不借助《尚书·无逸》，而在青铜器记事方面的建树，周更胜于殷。

殷商青铜器上的铭文寥寥数字，所传递的历史信息总有几分差差答答。反观周朝的青铜器，利簋记武王征商，小臣单觯记周公行赏，何尊记成王营建东都，大盂鼎记康王诫酒，启尊记昭王南征，剌鼎记穆王禘祭昭王，五祀卫鼎记周共王时土地交易……直至宣王时的毛公鼎，有近五百字的长篇铭文。后人得以铭文证史，青史终因青铜而未成灰，真乃“铜”证如山，有“字”者事竟成！

所以周人是出类拔萃的学生，他们勇夺天下之后，将刻有金文的青铜器、册命、历书等“宣示品”颁予诸侯，如此，汉字得以流传各地，并成为周王朝政治与文化双重力量的标识。此便是“汉字文化圈”的酝酿阶段。

因地处远东，汉字在上古无缘遭逢西方古文字字母化的浪潮，也就没有契机转变为表音文字。凡认为汉字不是字母文字便属落后的笼统意见都是愚蠢的。

汉字构造原理简单，“形声兼备”是其特质，这正是汉字有别于苏美尔象形文字、埃兰线形文字等早亡文字的关键。

至于文字之难易，如人饮水，冷暖自知，安于一字一音者，常感外语比母语难学，这是人之常情。洋人有感筷子难以驾驭，可中国人却能轻而易举地夹起一块豆腐。文字之为日用，如身体发肤，不可太计较，只管爱惜他。情根已种，至死方休。爱之则生，厌之则灭，只要承认文字是体已物，那么此工具若经千古而不废，则必有可观处。其字体、写法、读音、字量、词汇、语法等都与时偕行，其间更淘汰不少“死字”。

汉字的流传演进自有其轨迹，他依赖于教授与书写，不依赖于口语，故他的传播有助于各地交流而非相反。饶宗颐说：“汉人是用文字来控制语音，不像苏美尔等民族，一行文字语言化，结局是文字反为语言所吞没。”故汉字绝对不是汉语的附属。

麻将乃“国戏”，此以“国戏”言“国字”。

《清稗类钞》讲：“麻雀，马吊之音转也。吴人呼禽类如刁，去音读。”

清代之麻将正是脱胎于明代之马吊（一种纸牌）。可见中国这样一个大国，真有赖于“国字”将不同地域的口语连接起来，字无分东西南北，才能有全民共识之物。“叉马雀”“打马将”，称呼其实都大同小异了，会玩麻将，至少也算个中国人的标识。方言愈是天差地别，愈是凸显国字的功用。没有文字的语言可借助汉字记录信息，却不必放弃母语，方言与共同文字并行不悖，这很了不起！

爱者爱极，恨者恨极，这是汉字的命。要否定中华传统文化，必得推倒汉字，如此，必使汉字从文明先锋变成毒物，可埃及人改换了文字，就不见得有何光辉的命运。据说字母书写有助于古希腊人读写能力的普及与思想启蒙，而“方块字”使中华文明落后于西方。此说实经不住历史细节的拷问，其实该反过来思考，是读写教育、书写工具以及文化传承拯救了文字，而非相反。字母文字何尝不需教，岂能无师自通？我们须认清，字词总是频繁地被时代赋予新义，而非作为毒瘤拖累着口头表达。语言的不断演化注定汉字不可能限死人之心智，偏旁虽看似滞后，尤其是在其表示的质地属性方面，然书体的演进已充分证明笔画乃由人定，僵化的从来是人，而非文字，否则如何解释周人的新创文字，以及后来古壮字、古白族文字、契丹文字、西夏文字、女真文字、越南文字等对汉字的仿制与租借偏旁。

《诗》为汉语贡献的成语是很可观的，诗人把握住了汉字的神髓，饱满的情绪乃至深沉的思想多用四字格形式凝注，后世评论家总说这其间双声、叠韵、叠字等技巧运用得炉火纯青，例如“辗转反侧”“兢兢业业”“信誓旦旦”等。须知欧洲人到公元九世纪才学会押韵。然此种声调和美，朗朗上口，本自先民的呢喃口语中雅化得来，恰如水鸟之“关关”。此时的叠字尚不能切割开来，独当一面。待到语言高度成熟时，才有《老子》中“知知”“病病”的复杂用法，颇费思量。

费思量，自难忘。我们总说“诗一般的语言”，可见“诗”的语言本不同于“一般的语言”，即自成一特殊语言。盖因“诗”更近于人的思维而非言语，言语从来不能完全展现思维的复杂性，而诗往往凭借其模糊性意外地抵达思维深处。汉字乃是诗歌之佳偶，则汉诗不得不独步天下。

以汉字模山范水，美不胜收。于是，中国文人下笔立志，断不负汉字之美。《诗》有“蒹葭苍苍，白露为霜，所谓伊人，在水一方”；又有“昔我往矣，杨柳依依。今我来思，雨雪霏霏”。然技更不止于此，四字格经《诗》的完美呈现，被认为是汉语短长相宜的极限。岁月愈老，汉字之美愈彰。且看烟锁秦楼、月迷津渡、芦叶汀洲、沙禽掠岸、画舸平湖、断桥细雨、柳下系船、梅边吹笛、日照绮寮、月破黄昏、杨花飞雪、梧叶飘黄、菊花落瓣、龙吟方泽、虎啸山丘、驼走大漠、雁排长空云云，这都是后来中国人的新斩获。对美奂意象的捕捉，遣词造句的排列组合，再施以文法点染，竟可收歌咏画质之奇效，中国文人深谙此道，冠绝天下。

楚、越等南方族群在华夏化的进程中也将汉字学去，出现了“鸟书”，即在铭文上附加鸟形装饰，成为一种美术字体。据《说苑·善说篇》记载，公元前六世纪的一天，楚国令尹鄂尹子晳举行舟游盛会，越人歌者对他拥楫而歌。如前所述，汉字虽不是记音文字，但却可以用来记音。这歌词就先以汉字记其古越语发音，是为“滥兮抃草滥予昌枑泽予昌州州〈食甚〉州焉乎秦胥胥缦予乎昭澶秦逾渗惿随河湖”。楚王自然不懂，便找来通楚语的越人翻译，这一译就诞生了流传千古的《越人歌》：

今夕何夕兮，搴中洲流。
今日何日兮，得与王子同舟。
蒙羞被好兮，不訾诟耻，
心几烦而不绝兮，知得王子。
山有木兮木有枝，
心说（悦）君兮君不知。

《越人歌》是现存最早的汉译文学作品。后来，宋玉的《神女赋》中有了“皎若明月舒其光”“婉若游龙乘云翔”等佳句，此堪称七言之祖。

秦灭六国，始皇帝欲保帝国千秋万代，行“书同文”之改革，规范写法，令“文化人”识得认得。后来的“文化人”真不满足于识得认得，渐渐自觉出汉字的奥妙，笔画往来，对字的崇拜油然而生，便发掘汉字天然的装饰性。象形本就是对世界的收摄提炼，书画同源并非胡言，书即画，画即书，中国画离不开书法的线条。在中原文明自觉以前，反是“蛮夷”有此天分，以“鸟虫书”直抵篆体的美术境界。此后通过对造字原理的回溯玩味，以及书法艺术的开辟经营，中国人本体论上的求索与主体性的感悟早就散落在艺术中，书法既是“起点艺术”，也是“终极哲学”。故西哲不触摸汉字，便不可能把握中国艺术；不进入中国艺术，便不可能了解中国人之心智、生活与哲学。

《美文》2017 年第 1 期

大是懵懂

胡竹峰

陶庵国破家亡，无所归止，披发入山，駴駴为野人。故旧见之，如毒药猛兽，愕窒不敢与接……饥饿之余，好弄笔墨。

——张岱《〈陶庵梦忆〉序》

有　怀

春阳中捧着新茶，杯中芽叶起伏。山浅绿浓绿嫩绿干燥的绿湿润的绿，不同的绿中，忽然忆起八大山人。

三月间，桃花开遍陌上，杜鹃鸣了，什么也不做也不想，散散淡淡翻一本八大山人的书画册。有时，从午后一直看到日暮，不知不觉，一弯晓月爬上柳梢。

暑热难熬，读八大解暑。

秋凉肃穆，读八大壮怀。

寒意中喝一杯红茶，温一壶黄酒。窗外的乔木，落叶成泥，敞头淋着冬天的风，木然立在山林中。屋檐下，木椅一把，方桌一张，茶杯一只。忽然忆起八大。

木器色

八大山人的名字，音好。八大山人的名字，形好，尤其是哭之笑之的落款，大美。我个人极喜欢八大山人二字。这个名字有味道，如木器色泽且生有厚厚的包浆。不是徐文长，不是郑板桥，不是金冬心。是金农，是钱瘦铁，是范宽、梁楷、髡残，有奇味。

据说因生就一双大耳朵，家人取名曰八大山人。

《麻衣神相》上说：

> 耳主大脑，而通心胸，为心之司，肾之侯也。故肾气旺，则清而聪，肾气虚，则昏而浊，所以声与性并行也，厚而坚，耸而长，皆寿相也。

八大山人享年八十。

林散之晚年耳朵不好，有时候他落款就写“林散之左耳”。

林散之左耳，王羲之右军。

书画家的落款，有意味。与八大山人同期有一位画家，叫牛石慧，他的落款是“生不拜君”。

哭之笑之。

生不拜君。

个

汉朝人喜欢画壁，土砖石墙上都是盛大张扬的神话传说、历史故事以及山川风物。唐朝人物画一时风流，才有曹衣出水、吴带当风。宋朝人讲究格物论理。所谓格物，就是对事物用非常认真的方法分析研究，找出构成事物的道理。宋画里即便街上房屋窗内的人儿，也眉眼清楚。元明人追求闲适，高山流水听松卧云，画了太多的大幅山水。八大山人丢开这些，以一己面目沉迷于尺幅大小的花鸟虫鱼。

八大山人的书画，猫一幅鸟一幅瓜一幅果一幅花一幅草一幅，构图简单得近于空白，以小见大，盈尺间气息饱满，有一个充满圆足的生命，让人生出无限想象。尤其是看真迹。

第一次看见八大山人的真迹是幅小小的墨笔瓜果，清宫旧裱。旧裱好看，只是镜框雕有祥云，不搭八大山人的心境。那幅瓜果图有题跋，没抄下来，现在忘了。

八大山人笔下的一朵花，一枝荷，一羽鸟，都是一“个”，一点，以少少许，胜多多许，这里有为艺的自尊与自信。

八大山人的布局，往往方寸，一方一寸，却是宇宙万千。这些画是带核的诗，有青橄榄之味，入眼回甘袅丝，小中能见大，弦外有余音，平中寓曲、拙里藏奇、耐人寻味，于传神写态处旁逸斜出，线条布局间含而不发，给人以妙趣横生、粗中有细的感染力。

第一次见到八大山人的书画，是在一套香港出版的小说上。一本书用《鱼图》作封面，图中鲶鱼寥寥数笔，游弋于白纸幻化的无边江湖中。一本书用《双鹰图》作封面，设色苍茫上古。一本书用《松鹿图》作封面，有种高级的俗气。看惯了袒胸露乳刀剑棍棒拳打足踢，遇见到如此别致的书衣，心里觉得愉悦：这才像本书的样子。

鱼 帖

石涛的画一笔好画，八大山人的画一笔妙画。好画有味，妙画有道。石涛的书画有味，八大山人的书画有道。道可道，非常道。有味的书画是青菜，嚼一嚼咽得下去。有道的书画是橄榄，嚼一嚼咽不下去。但吃一口，即有余味。

八大山人的鱼味有余味。青年时看八大画鱼，以为怪。少见多怪。现在看八大山人的鱼，觉得呆。此呆非木鸡之呆，而是醉鱼之呆。乡下农人在鱼塘里撒下酒糟，鱼吃了，体态似是喝醉了一般不谙水性。

窗外风也萧萧雨也潇潇，秋天的凉意吹进来，吹得动挂轴条幅吹不动墨池镇尺。想象布衣的八大山人站在案前画鱼，下笔似青天起乌云，画着画着，鱼突然变成罗汉。铅灰的影子，像一件陶器，衣衫染着淡淡朱砂与宿墨的印痕。

八大山人的鱼多在白纸的虚空中游动，鱼水两忘。

八大山人喜欢画鳜鱼，鳜鱼为肉食性鱼类，在画中也是一副恶头恶脑的神情。有时候是愤怒的鳜鱼，有时候是自负的鳜鱼，有时候是平静的鳜鱼。

鳜鱼有时候写作贵鱼，为了讨口彩。鳜鱼卖得也不便宜，一条鳜鱼抵我一篇文章的稿费。想想我的文章卖得也不便宜，有时候一篇文章能买十条鳜鱼。于是释然。鳜鱼有时候写作桂鱼。鳜鱼厚皮紧肉，黄身有黑斑，斑斑驳驳，恍如秋天桂花黄的暗影。

鳜鱼刺少，种类很多，属蒜瓣肉，细嫩鲜美。据说它夏天好钻在石缝里，是鱼类中唯一像牛羊，有肚能嚼的，所以吃小鱼。最著名的是翘嘴鳜，画里常常见到：水墨画家画鳜鱼，嘴都像个大铁钩子似的翘起。

鳜鱼是美馔，张志和“桃花流水鳜鱼肥”一句有出尘之美，一片隐逸之气。

鳜鱼四时皆有，三月时最为肥美。在清代汇总的菜谱《调鼎集》中，记有十多种鳜鱼的做法，除了清蒸，认为炒片最佳，炒者以薄为贵。饭馆里平日所做的整鱼，常用鳜鱼，醋溜、红烧、酱汁、五柳都可。零做的如滑溜、瓦块、糟溜、锅鱼、葱椒鱼、高丽鱼条、抓炒鱼等，全和黄鱼做法相同。

鲁菜擅长用糟，各色众多几十种。有一道糟溜鳜鱼片，堪称色、香、味三绝。做法如下：鲜鱼去骨切片，淀粉蛋清浆好，温油拖过。勺内高汤对用香糟泡的酒烧开，加姜汁、精盐、白糖等作料。下鱼片，勾湿淀粉，淋油使汤汁明亮，出勺倒在木耳垫底的汤盘里。鱼片洁白，木耳黝黑，汤汁晶莹，宛似初雪覆苍苔，淡雅之至。

鳜鱼软滑，到口即融，香糟祛其腥而益其鲜，真是绝配。

鳜鱼的"鳜"字，颇可玩味。李时珍《本草纲目》中对鳜的理解是形体上的："鳜，蹶也，其体不能屈，曲如僵，鳜也。"李时珍还解释："昔有仙人刘凭常食石桂鱼，桂鳜同音，当即是也。"宋人罗愿的《尔雅翼》中还记有一种传说：如果渔翁钓到一条鳜的雄鱼，数条雌鱼都会舍身来救，因此，一条甚至能牵起十多条。鳜鱼是情义之鱼。

八大山人画鱼有佛性。

八大山人画鸟有人性。

那些鸟茕茕独立，或仰天而鸣或展翅欲飞或引颈回视，孤芳而不自赏。到底是太寂寞，寂寞得不及自赏，八大山人从从容容中把玩自己的孤单。

八大山人的画，我最喜欢花鸟，其次喜欢山水。

八大山人画鹿，枯寒若惊弓之鸟。

我见过近十幅八大山人的鹿，鹿同"禄"——福禄寿。八大山人一生福禄全无，画不好鹿。

骑马篇

八大山人书法的线条映带左右，像胖妇人起舞。难也正是难在这里，难得胖妇人身体韧性柔性如此之好，我怀疑八大山人笔下取法过十六天魔舞。

敦煌元代舞蹈壁画中舞者皆丰腴香艳，丰腴的香艳比骨感的香艳更撩人也更销魂。《红楼梦》中贾宝玉看着肌肤丰泽的薛宝钗雪白的胳膊，动了羡慕之心，不觉呆了。宝钗褪下串子来给他，也忘了接。八大山人的书法，下笔多变，万变不离其宗——马鬃。

我看八大山人的书法，就像骑马奔驰一般，马跑得飞快，风吹起马鬃。看八大山人的书法，心生喜悦，仿佛策马散心。如果把中国水墨拟人化，八大山人就是天马，在白的宣纸上声色纵横。

王羲之的书法是骑龙，偶尔也骑一骑流水或行云。

颜真卿的书法是骑虎，学颜真卿书法者往往骑虎难下。骑虎难下，虎也难下。谈虎色变，虎也色变。

米芾的书法是骑四不像，《封神演义》上姜子牙的坐骑似鹿非鹿，似马非马，似牛非牛，似驴非驴，谓之四不像。

苏东坡的书法是骑鹿，有人指鹿为猪，不怪他眼拙，造化未到耳。造化不是机缘，机缘天注定，造化要修。

郑板桥的书法是骑驴，骑驴颠簸在路上，骑驴颠簸在石板路上，骑驴颠簸在雨后的石板路上。

八大山人的书法，骑一匹骏马左右上下，骑一匹老马迎向晚霞，骑一匹瘦马独寻梅花，骑一匹病马浪迹天涯。这些比喻的意思是说八大山人单枪匹马，这些比喻的意思是说八大山人的书法里有不同滋味。真正一味的是董其昌的书法和文徵明的书法。董其昌与文徵明是瓜果与蔬菜。近年居家长食素。我老家说人不好惹，就说他不是吃素的。

和尚吃素，慈悲为怀。

晋人书法流传至今，多是摹本拓片。《平复帖》《伯远帖》满足得了好奇，满足不了好学。欲窥晋人书法门庭，八大山人墨迹中可寻路径。

八大融篆书笔意於行草，沉厚圆转，大巧若拙，安详自在，线质、结字、境界、格调均前无古人。这种书风，骨子里有晋人的散淡闲适。

八大山人的书法，仿佛燃起的一块沉檀，渐渐洇开烟纹，发出旧年之香。

三十岁前，有去滕王阁的心境。三十岁后，更喜欢青云谱，据说那是八大山人当年创办的道观。

十五六岁时路过一次南昌，当年只闻滕王阁，不晓得郊外还有个青云谱。王勃少年得志，八大山人古稀晚翠，孤寂的心声也只能由青云谱就。枇杷晚翠，梧桐早凋，这是《千字文》里的话。

八大山人手书《千字文》洋洋洒洒如庄子文章，无一丝渣滓。

八大山人的字，以晚年为佳，字以秃笔为之，中锋行笔，以篆书的圆润等线体施于行草，极少提按顿挫，删繁就简，朴实雄浑。

如见祥云

读八大山人的《临河序》，如见祥云。

我见过十余种八大山人的《临河序》，尽管是印刷品，也觉得幸运。有人见过自康熙癸酉（一六九三年）至康熙庚辰（一七〇〇年）八年内十八件款署八大山人的《兰亭序》，其中伪作六件，真迹十二件，可谓前世积德。

八大山人写《临河序》，结体章法完全是自己的笔法，与王羲之妍美流便的书风迥异。八大山人"临"《兰亭序》为《临河序》。"临"其实就是"读"，形迹不似，内容也不一致。

八大山人的《临河序》，是意临，学王而去其妩媚，结体尤疏畅，得映带左右之妙，天机浑浩，无意求工而自到妙处，有晋人的风韵，静得很，有古气，境界非凡。

据说八大山人传世的大小各色《临河序》不少于二十件，究竟抄录过多少回，无从求证。我们知道的是，永和九年的那场曲水流觞，余波荡漾，让一千年后哭之笑之的八大山人兀自向往。

八大山人的《临河序》结体疏畅，见山爬山，遇河涉水，我行我素，堂堂正正，学王而不见妩媚。要那些形和相做甚，即便是王羲之的形和相。

世间万事万物自有其理，把一双脚削得鲜血淋淋去适履，行不得走不得，这样的事，八大山人不做。

与王羲之的《临河序》相比，八大山人的《临河序》节制从容，心境是宁静的。其中有一扇面：

> 永和九年暮春，会于会稽山阴之兰亭，修禊事也。群贤毕至，少长咸集。此地乃峻岭崇山，茂林修竹。更清流激湍，映带左右，引以为流觞曲水，列坐其次。是日也，天朗气清，惠风何畅，娱目骋怀，洵可乐也。虽无丝竹管弦之盛，一觞一咏，亦足以畅叙幽情。已故列序时人，录其所述。

文气干燥，书写的线条更干燥，无滞无碍。少了那些抒情，也少了跌宕起伏，一片浑茫，不见了王羲之的波光，嶙峋如掌心把玩的核桃。

八大山人生在江西，平生足迹大抵不离南方。但他书画的质地是干燥的，干燥得让我好奇。

干燥不见得比湿润差。

干燥是大境界。

干而不燥则是大宗师气度。

神　气

甲骨文、篆书、二王、魏碑、唐楷、八大山人，这些字体有符号感更有宗教感。符号感是艺术，宗教感是神性。八大山人的神性让笔墨神气十足。穿过虚无，穿过时间，留下美好，八大山人神气的背后依附着神性，赋予花鸟虫鱼以永恒，赋予纸墨以永恒，这是纸墨的福气。

八大山人的神气里有深情：

墨点无多泪点多，山河仍是旧山河。
横流乱世杈椰树，留得文林细揣摹。

八大山人的神气并非孤傲倔强，而是从容和简淡，从容而简淡地指向澄明。八大山人展示的从来不全是愤怒，而是漫不经意的自在和随意。哪有那么多仇恨与不甘。再深的恨与爱，也会被时间冲淡。津津乐道白眼朝天的人，谬托知己。只学八大山人白眼朝天的人，未能登堂。

他那些眼睛，人的、鸟的眼睛，其中固有家国之恨，未必全是家国之恨。其中的精致，多一份就流俗，少一份就简陋。

八大山人的妙处大概是此八字：

浑融无迹，妙然天成。

从容简淡包含着结构、笔法的无比丰富性。过于丰富，只能对无限丰富性隐忍的控制，呈现极其朴素简淡的一面。这就是天才的禀赋。天才是自然之子。天才不易学，原因即在于此。许多人觉得八大山人好学，上手后，穷尽毕生，也只得在他一山二水中山穷水绝。

我从来不认为八大山人是修出来的。

王羲之横空出世。

苏东坡横空出世。

八大山人横空出世。

鲁迅横空出世，只可惜去世太早。

如睹江雪

读八大山人的手札，如睹《江雪》——孤舟蓑笠翁，独钓寒江雪。

过了片刻，渔翁回家了，孤舟在河堤边荡漾，一江寒雪，茫茫一白，宣纸白。这场景有张岱《湖心亭看雪》的笔意：天与云与山与水，上下一白，也像宣纸白。湖上影子，惟长堤一痕，湖心亭一点，舟一芥，舟中人两三粒而已。一点一芥两三粒，是洒在宣纸上的淡墨。

一点一芥两三粒的细微中有天地之大，天与云与山与水上下一白中有一点一芥两三粒之小，画面活了。

八大山人

八大山人，江西南昌人，明宁献王朱权九世孙，明亡后，心情悲愤，落发为僧，法号传綮，字刃庵，又用过雪个、个山、个山驴、驴屋、人屋、道朗等号。他最著名号是八大山人。

两书家闲聊。

问："八大山人是一个人还是八个人?"

回："自然是八个人。"

曾见一旧石章：千人万人中，一人二人知。

呜呼。

有个叫邵长蘅的人曾留下了深入八大山人内心的记录。一个神秘的夜晚，深山古刹，大雨滂沱，与八大山人在纸上笔墨交谈，相问相答。这是八大山人唯一一次向世人敞开心扉，到底对邵长蘅说了什么，不得而知。如今留下的只有一篇短短的《八大山人传》：

> 八大山人者，故前明宗室，为诸生，世居南昌。弱冠遭变，弃家遁奉新山中，剃发为僧。不数年，竖拂称宗师。住山二十年，从学者常百余人。临川令胡君亦堂闻其名，延之官舍。年余，竟忽忽不自得，遂发狂疾，忽大笑，忽痛哭竟日。一夕，裂其浮屠服，焚之，走还会城。独自徜徉市肆间，常戴布帽，曳长领袍，履穿踵决，拂袖翩跹行。市中儿随观哗笑，人莫识也。其侄某识之，留止其家。久之，疾良已。
>
> 山人工书法，行楷学大令、鲁公，能自成家。狂草颇怪伟。亦喜画水墨芭蕉、怪石、花竹及芦雁、汀凫，翛然无画家町畦。人得之，争藏弆以为重。饮酒不能尽二升，然喜饮。贫士或市人、屠沽邀山人饮，辄往。往饮，辄醉。醉后墨沈淋漓，亦不甚爱惜。数往来城外僧舍，雏僧争嬲之索画。至牵袂捉衿，山人不拒也。士友或馈遗之，亦

> 不辞。然贵显人欲以数金易一石，不可得。或持绫绢至，直受之曰："吾以作袜材。"以故贵显人求山人书画，乃反从贫士、山僧、屠沽儿购之。一日，忽大书"哑"字署其门，自是对人不交一言，然善笑而喜饮益甚。或招之饮，则缩项抚掌，笑声哑哑然。又喜为藏钩拇阵之戏，赌酒胜则笑哑哑，数负则拳胜者背，笑愈哑哑不可止，醉则往往欷歔泣下。
>
> 予客南昌，雅慕山人，属北竺澹公期山人就寺相见，至日大风雨，予意山人必不出，顷之，澹公驰寸札曰："山人侵早已至。"予惊喜趣乎笋舆，冒雨行相见，握手熟视大笑。夜宿寺中剪烛谈，山人痒不自禁，辄作手语势。已乃索笔书几上相酬答，烛见跋不倦。

传后有按语，下得沉痛：

> 世多知山人，然竟无知山人者。山人胸次汩浡郁结，别有不能自解之故，如巨石窒泉，如湿絮之遏火。无可如何，乃忽狂忽喑，隐约玩世，而或者目之曰狂士、曰高人，浅之乎知山人也。哀哉。

见过一个简单的八大山人年表，说一六八四年，五十九岁的八大山人始署"八大山人"款名，钤"八大山人"印的。名号的来历有两种说法：一说常持《八大人觉经》，因号八大山人"。另说"八大山人者，四方四隅，皆我为大，而无大于我者也"。我取前一说法，四方四隅，皆我为大，这不是八大山人的心性。

无材可去补苍天，枉入红尘若许年。《石头记》中的顽石，曹雪芹轻笔一点，枉入红尘。八大山人是跌入红尘的。明朝灭亡，八大山人时年十九，不久父亲去世，他内心极度忧郁、悲愤，遂假装聋哑，隐姓埋名遁迹空门，潜居山野，以求自保。甲申三月十九日是明朝灭亡的日子，八大山人的画幅上常常可以看到一种奇特的签押，以"三月十九"四字组成，仿佛像一鹤形符号，借以寄托怀念故国的深情。

很长一段时间，八大山人内心一直有一座喷发的火山。徐渭也有一座火山，偶尔会爆发，至死不变。八大山人相对平静一些，署名"八大山人"后，更加隐忍，一方面是血脉里的清贵。天纵之才与家国情怀相溶成老杜的诗歌，慷慨悲壮。贵族气，我理解为独善节制、矜持淡然，不精怪，不撒泼，不粘腻，干净之外，还有一份干脆。

朱家王朝覆灭很久了，作为王族后裔，为儒为僧为道为隐，离世的步子轻盈而稳健。画笔诉说的如烟往事，小楼昨夜，无限江山，故国不堪笔墨堪。

八大山人之二

贵族也，疯子也，僧侣也，道士也，儒生也，画师也。哭也笑也。

书近佛、画近仙、言近道。

哭笑之后，夏夜宁静。

梦　忆

晚明是中国历史上的一个文化繁华期，社会的富足，才让人懂得玩味。一切倾塌崩坍的时候，他们疯了一般去构筑另一片可供自己回忆的世界。张宗子之于《陶庵梦忆》，兰陵笑笑生之于《金瓶梅》，八大山人之与书画。

尤物香艳

八大山人身上有很多非汉民族的元素，丰腴、简要、细腻、肉欲、通灵。八大山人的瓜果香艳几近尤物。

看八大山人的作品，虫鱼是虫鱼，花鸟是花鸟，石头是石头，但精神上有种饥渴感。看他的瓜果尤为明显，越发的饿，越发的渴。

八大山人的作品一腔不平，不平则鸣。八大山人不平不鸣，或者说他也鸣了，但情绪控制得好，差一点要爆发，差那么一点，就是不爆发。

在艺术上，隐忍很多时候来得比抒怀格调要高。

艺术上，越是高手，越简洁，或者说“省”。八大山人的画作，满幅大纸经常只有一鸟一鱼一石，寥寥数笔，神情毕具，但神采照人，天真烂漫，止于所止。

荔枝记

荔枝入画。

有人画荔枝是怪物，有人画荔枝是赃物，有人画荔枝是玩物，有人画荔枝是傲物，有人画荔枝是失物，有人画荔枝是旧物，有人画荔枝是遗物，有人画荔枝是俗物，有人画荔枝是尤物……

怪物里有一番茕茕独立，赃物里有一番贼眉鼠眼，玩物里有一番闲情逸致，傲物里有一番负手向天，失物里有一番失魂落魄，旧物里有一番逝水年华，遗物里有一番白头宫女，俗物里有一番家长里短，尤物呢？风华也。

有一次，看见八大山人画的果盘，半盛着三五颗荔枝，当真尤物——故国不在、生逢乱世的尤物，况味不同寻常。

荔枝红、樱桃红、桃红、瓜瓤红，不同的红不同的格。荔枝的格在桃、西瓜之上，有一抹风尘仆仆甚至超过了樱桃。我想。

吃完荔枝，清清爽爽。

荔枝好吃，好吃在清香上。昔人以为荔枝味似软枣，实在风马牛不相及。软枣是软枣味，荔枝是荔枝味。我谓之清香，即食时如坐在初夏荷花旁闻到满池莲荷的清气。

莲藕也清香，但没有荔枝的清香悠远绵长。

一些人嫌荔枝清淡。荔枝就是清淡，用它的清，用它的淡，让人不能磨灭。许多年以后追忆逝水年华，想起荔枝来，会觉得这清如此悠远，会觉得这淡如此绵长。

荔枝的清淡，清而有味，淡而有味，一位面色丰腴肌肤粉嫩的女子跳出红尘，身上现出隐士气了，自有一种宝相庄严。荔枝是寂静之食，没有欲望。榴莲、芒果能感觉出生命之热。这是两种风格，硬作比较的话，荔枝是春风细雨，芒果是夏风梅雨，榴莲红尘万丈，可谓水果里的荤腥。

作诗无古今，唯造平淡难。荔枝不容易，这一枚南方佳果归绚丽于平淡，大不容易。

从泸州归来，友人赠一盒妃子笑。日啖三五颗，好日子细水长流。妃子笑，一笑倾城，再笑倾国，三笑倾情，寄情于味的情。近来暑气甚烈，寄情于味，可娱小我也。

大槐树下

八大山人的原作比印刷品好，元气淋漓，水墨在纸上精神矍铄。原作有种静穆感，月圆山冷，风雨如晦。印刷品有种苍茫感，月落山空，风雨横吹。原作里能看见笔力，印刷品笔力弱了，好在八大山人的神气不灭。

读八大山人的书画，让人仿佛坐在槐树下怀想。

李公佐的小说《南柯太守传》，说一个叫淳于棼的人，有次醉酒而梦，去了槐安国，被皇帝看中，将公主下嫁给他，他以驸马身份出任南柯郡太守二十年，生了五男二女，荣耀一时。后来因与檀萝国交战兵败，公主病死，自己遣发回家，一路破车惰卒。须臾梦醒。淳于棼发现槐安国、檀萝国不过是堂前古槐下的蚂蚁洞。

如今想想，八大山人的明朝，不过南柯一梦中的槐安国耳。

八大山人的书画却是李公佐笔下的传奇。

一千年过去，传奇依旧传奇。

亭

车窗外的夕阳，挂在亭角，阔得慷慨，挥金如雨，像摊开一幅金箔画，仿佛范宽的山水。我无缘看到范宽的真迹，画册倒见过不少。天津博物馆有幅他的《雪景寒林图》，时间隔得太久，忘了那一次北上有没有遇见。

范宽的作品，从复印件上看，画面中有一份富贵与尊严的金黄。金黄是尊贵。我见古代帝皇的画像，身穿黄袍，有帝王之气，尤其开国之君。宋人摹本唐太宗画像，黄袍玉带，堂堂立着，俊逸之外，英气逼人。现代影视，奶油小生黑面老生身穿黄袍，感觉只是滑稽。这个时代演员的作用都是娱乐，卓越的演员能娱乐别人，拙劣的演员自娱自乐。写作刚好相反，好作家都懂自娱自乐，娱乐出大境界。在我看来，文学首先得自娱自乐。

文以载道，不如文以载稻，稻米的稻，著书只为稻粱谋。

八大山人画有《乾坤一草亭图》。乾坤为大草亭是小，在小亭中有容纳乾坤的期望，这幅画里有一种郁结，也有一种疏放。八大山人早年号雪个、个山，自称“个山人”，“个”就是乾坤中之一“个”，一点。个，也可解释为竹，雪个，皑皑白雪中的一枝竹，白色天地中的一点青绿。在《个山小像》中，八大山人录其友人赞语：“个，个，无多，独大。美事抛，名理唾……大莫载兮小莫破。”八大山人想要告诉人们的是：我山人是天地之中的一个点，虽然只是一点，但可以齐同世界。

后世不少人画过乾坤一草亭，四面通透的小亭，八面无物的小亭，是中国人的灵台吧。

说到亭，我老家有惜字亭。

亭这个字，形状好，如果写成金文大篆，视觉上差不多就是纸上的亭了。亭这个字，声音也好，亭亭玉立的气息，念出来，有初夏荷花旁绿衣小女子的味道。哪怕再老的亭，人眼也是少女。

有一年清早，我从老家的惜字亭边经过，晨光淡黄，淡黄中有嫩绿，旧亭子越发如少女。情不自禁地怀古了。古也古得不远，少年时光吧。傍晚时候，河水被染过色了，泛黄，流动的黄，晃得人恍惚。一抹阳光从刺槐的树叶隙缝里射过来，照在古亭上，亭身仿佛淬火之剑。顶端的方天画戟遥遥而立，在夕阳下光芒四射，照亮了我的眼睛。或者这么说，夕阳将古老的亭塔镀上一层金黄色，迷幻而辉煌。一只小花猫爬上了亭尖，仰天嘶叫，狗尾草勾勒在发黄的纸册，做着一天最后的眺望。

惜字亭的名字真好，有对文化的爱惜与敬意。古人读书识字不易，他们认为“文字乃圣人创造，人人皆当敬惜。文人渎污字纸，文曲星降罪，则进学无门，考试不第；常人渎污字纸，则瞽目变愚，拣拾者，功德无量，增福添寿”。所谓“敬字惜纸，功莫大焉”，这便有了焚烧字纸的惜字亭类建筑，它们成为儒家思想在平民生活中最淳厚亲切的表现。

据说，以往每年圣人节时，总有人从惜字亭内清出燃过的纸灰，送到长有梅花、兰花、翠竹之地掩埋，乡人敬惜字纸、重礼修文之心可见一斑。

八大山人的亭，是建在心里的建筑。

说鬼的往事

看八大山人的书画集，让我想起夏夜停电时在厢房听祖父说鬼的往事，又让我想起一个小孩坐在秋夜的煤油灯下读《聊斋志异》的场景。

《八大山人书画集》与《聊斋志异》同看，有奇味。蒲松龄的身体里住着一个八大山人，八大山人的墨管偶尔也流出一个蒲松龄，不同的是一个立墨烟云，一个下笔成文。八大山人的书画甚至可作《聊斋志异》的插图，俨若花生米与豆腐干同嚼。

蒲松龄和八大山人差不多生活在一个时代。蒲松龄出生那年，八大山人十四岁。八大山人去世那年，蒲松龄六十有五。十年后，蒲松龄去世。

读《聊斋志异》遇鬼怪惊险，遇剑客惊喜，遇狐仙惊艳。我喜欢狐仙，更喜欢蒲松龄笔下那些娇俏的狐仙。灯下读《八大山人书画集》，翻着翻着总能邂逅《聊斋志异》里的狐仙，惊喜复惊艳，惊艳之余心生惆怅。

我喜欢惊艳之余的惆怅——大美往往使人惆怅。《西厢记》《石头记》

《浮生六记》《板桥杂记》，一记有一记的惆怅。佛经上说：当思美女，身藏脓血，百年之后，化为白骨。这是大惆怅。吴承恩不甘，虚构了一个白骨精，安慰心中的惆怅。

我喜欢家居的氛围里读八大山人。如果下点雨，那感觉就更好了，在阳台上坐着，打开灯光，把窗帘拉开，看雨点打在窗上，发出木吞吞的声音，玻璃上斑驳的雨线，总是使人的情绪变得柔和，心底渐次生出一些温暖的东西。

中国书画，相较中国文章，更矫饰不得。书画是当头棒喝，类似于禅宗的顿悟。醍醐灌顶，其有力处，正是单掌劈华山。一笔落纸，情在笔墨之外；三笔两画，味在若有若无之间。

忽生秋意

一夜雨声不绝，清晨推开窗户，空气洁净，忍不住深呼吸。街角的淡绿浓了，不知不觉，客厅的春兰又张开了一个花苞，幽幽清香在屋内飘浮。院子里玉兰花次第开放，几只鸟儿在树上叫。早起熬粥，在书架上取下两册《八大山人书画集》在一旁候着。

两册书出版有些年头了，泛黄的纸张因旧而沉实，在指捻间悄无声息，没有新书页哗哗的纸响声。东边的天际越来越亮，再过片刻太阳就要掠过楼顶。暗淡的晨光中翻看八大山人的花鸟虫鱼、山水书法，感觉近乎神秘，风日洒然如空山无人、水流花放。

下午外出，春光大好。想起八大山人的书画，忽生秋意。

黄昏归来，一个人走在小区门外的长渠边。四顾无人，树影憧憧，抬头见柳丝垂下一尺有余，心底一惊。远处灯火通融，八大山人的故纸旧痕在脑际闪过，光影如魅，令人几入梦中。

夜里灯下翻《八大山人书画集》，揣测其作画景界：

一腔怨愤无处发泄必作画，下笔如飞龙如惊蛇，画怪鱼野鸟。

闲极静极，一人无事亦无一思虑，必作画。画花鸟瓜果，不知人在写画还是画在写人，但觉画上有一个八大山人，八大山人心中有一张画。

风风雨雨，余寒不去，斗室枯坐，温酒一壶，且饮且落笔，纸上顷刻氤氲出山水桥庭楼阁榭。

艳阳大好，开窗卷帘，扫地焚香，此为作书天也。

河上花图卷

留得残荷听雨声，真是好句子，但意思我不喜欢。有残荷便好，雨真多事，添什么乱！真要说雨声，我喜欢枇杷叶上的雨声，而后是瓦片上的雨声，入耳滋润。

雨打残荷，气息上太破败了，这破败倘或是古物的颓败倒也好，偏偏是枯荣更始，入眼只觉得落寞。

从残荷上，每每读出一幅水墨来。运气好的话，我能读出一幅禅画。有年在一荒村野渡口，看见数洼残荷，空而不虚，寂而不灭，枯而不萎，简而能远，淡而有味，高古脱尘，吓人一跳，还以为是八大山人的手笔。

我不喜欢园林里的荷花，风雅是够了，但风情不够，偶尔风情够了，风致又不够。无有风致，风流不值三文钱。

我喜欢山间野荷，长长短短，短短长长，高高低低，低低高高，有一茎没一茎，有一朵没一朵，花开得随意，叶长得随意。

随意比匠心好。

巧夺天工经常笑话。人工难夺天工，当然也得看是谁的人工。

见过八大山人画的荷花，再看园林里水塘里的荷花，总觉得自然的荷花不如水墨的荷花，这一回真真巧夺天工。

八大山人存世之作，最喜欢《河上花图卷》。这是山人七十二岁的作品，从五月初开始动笔，历时四个多月。有朋友送我复印本，打开来连绵一地，犹如白龙盘绕。

从头细看，一席清新的荷风迎面袭来，墨写荷叶，线勾花瓣，墨叶随浓随淡，荷香自生。再看，则变成了峭壁山坡，荷花低垂，荷叶稀疏。越往后，景致渐渐凄凉，成片荒芜的土坡与巉岩巨石中，看不到一枝荷叶，只有兰竹星点杂生。卷末更是只剩山石湍流。

一卷荷之舞的线条，由曲柔到瘦挺，自由转动，早无古人相随。

笔墨生花的过程有多少不为人知的艰辛。

画好，书好，诗好，诗书画三绝。七十二岁的老人竟如此元气淋漓。

齐白石曾如此题画：

> 作画能令人心中痛快，百拜不起，惟八大山人一人，独绝千古。

> 青藤（徐渭）、雪个（八大山人）、大涤子（石涛）之画，能横涂

纵抹，余心极服之。恨不生前三百年，或为诸君磨墨理纸，诸君不纳，余于门之外饿而不去，亦快事也。

此画山水法前不见古人。虽大涤子似我，未必有如此奇拙，如有来者，当不笑余言为妄也，白石老人并记。

吴敬梓的荷花亦好：

王冕放牛倦了，在绿草地上坐着。须臾，浓云密布，一阵大雨过了。那黑云边上，镶着白云，渐渐散去，透出一派日光来，照耀得满湖通红。湖边山上，青一块，紫一块。树枝上都像水洗过一番的，尤其绿得可爱。湖里有十来枝荷花，苞子上清水滴滴，荷叶上水珠滚来滚去。

——录自《儒林外史》

“荷花”之名甚好。兰花、辛夷花、梅花、菊花，花名都好。也不尽然，喇叭花的名字就一般，气促了。喇叭二字搭配，响亮敞亮，但作为花名，语气硬了。花名要软软的，或者脆脆的，念出来唇齿间留有余地，有余地才有余味，有余味才有余音。余音好，余音绕梁更好，管他三日绝不绝。

空无一人

《东坡题跋》，珠圆玉润。《山谷题跋》也珠圆，但不及东坡玉润。

读罢《东坡题跋》，复读《枯木寒石图》，几疑这不是苏轼手笔。幸有米芾说：“子瞻作枯木，枝干虬屈无端，石皴硬。亦怪怪奇奇无端，如其胸中盘郁也。”

胸中盘郁，以诗词遣之，以书画遣之，以游走遣之，以静思遣之，也有人以怒气遣之，以牢骚遣之。我过去胸有盘郁，如今胸中空空，盘郁心少，欣喜心亦少。

《枯木寒石图》，有东坡一时心性。

此一时彼一时。一时既了，复不再得。好的艺术品皆是孤品。

古人画树如画人，古人画花鸟虫鱼山水风物皆画人。苏轼的树如鬼魅，倪瓒的树如君子，八大山人的树如隐士，各有其好，各得其好。

我乡山多，有山有河，树木浓郁。乡居时，常常独坐于古松下读书。山林空寂，风吹树声，虫鸣如琴，树影挺立。有苏轼之树，倪瓒之树，八大山人之树，石涛之树。

暮色隐隐，寒风凛峭中，手握一杯红茶，庭前树挺挺的，叶落一空，枝干兀立如八大山人笔墨。

八大山人的山水，空无一人，常常有树。

物是人非。人是物非。

画的人心里空落落，看得人心里空落落。

前阵子，朋友请我看他的一批新作，秋风山林，亭台轩榭，池塘野鸭。心里突然一紧，为什么不是野鹤？这也是书画工作者生在当代的不幸。闲云已随清风去，野鹤展翅纸上飞。墨绘的瓜果生香，笔间的蔬菜水灵，一条鱼从砚台里游到宣纸上。山中白云悠悠，街上车水马龙，面对八大山人，常常觉得无从说起。

虎迹与大象缓步

八大山人的字让人想起明朝衣冠。

我甚至猜测，八大山人下笔，有让人想起明朝衣冠的飘飘衣带的心思。尤其是他的行书与草书。

八大山人的立轴《爱莲说》，圆厚高旷，有万毫齐力，如锥划沙之妙，正所谓是重剑无锋。

> 水陆草木之花，可爱者甚蕃。晋陶渊明独爱菊。自李唐来，世人甚爱牡丹。予独爱莲之出淤泥而不染，濯清涟而不妖，中通外直，不蔓不枝，香远益清，亭亭净植，可远观而不可亵玩焉。予谓菊，花之隐逸者也；牡丹，花之富贵者也；莲，花之君子者也。噫！菊之爱，陶后鲜有闻；莲之爱，同予者何人？牡丹之爱，宜乎众矣。

此中有深意。而其书写的纸色，仿佛黄昏时的窗纸，那窗是用旧报纸糊就而成，夕阳打在上面，染成一片旧旧的苍黄。苍黄中，墨色踽踽而行，弥漫笼罩着老杜风气。

八大山人书法以中锋为主，圆转厚重，删减提按顿挫，缓缓不惊，藏头护尾，不见起止。其笔画粗细均匀，用笔深浅墨色浓淡变化不大，使得墨迹有了一种单纯之美。他似乎不屑于线条的“粗细”“浓淡”变化，而以形写神，以神写意，以意写心，而变化无穷。

八大山人的书法是墨迹的明清小品。也不一定，偶尔也有唐宋古文。

写唐宋古文的八大山人，在浩浩宣纸上握管……一头斑斓的虎，独卧明月下，一声长啸，跃下山岗，独步平原，虎纹不见了，一头大象幻化而来。

虎迹迅捷，大象缓步。

日 常

有个阶段，翻来覆去读八大山人的手札。

手札里有别处所无的日常。

日常的好，无非随便。

旧游多违，对玉老诸位，恍如隔世，人生会晤，讵不释然，理耶！在圣人患难，益见之信道。委画奉还，箑惟柰老一握，书拙作求正，馀俱未敢署贱名，故乞求恕为荷。

八大山人顿首

食物至佳。《海赋》着一“盐”字。尤其佳者也，谨对，使拜登，深谢。

鹿顿先生八大山人顿首

一月之晦，问安澹长老，不豫知先生抵家。且祝。山人候教，以连雨阻之也。兴致若何？晤在来日。

二月三日八大山人顿首

牛未没耳，驴若向北，鹿村主人嚼得梅花，何以谢我鼒也？昨有贵人招饮饭牛老人与八大山人，山人已辞著屐，老人宁无画几席耶？山人尊酒片肉之岁，卒于此耶。遇老人，为道恨他不少，且莫为贵人道。奉别来将一月，右手不倦，赏臣者倦矣。但可为知己道。

十二月十三日八大山人顿首

属扇已就正，扁书并联二，还上。斗方小字，力疾未可书也。

海山先生行台八大山人顿首

八大山人的随便里有训练有素。那些手札，尺幅盈盈，在手心里如捧起一弯明月，半月、残月，圆月……多看一会儿，又月迹全无。明明如月，在宣纸的天空穿云走雾。

大是懵懂

八大山人书李白的诗：

船上齐桡乐，湖心泛月归。
白鸥闲不去，争拂酒筵飞。

书风是老翁健步，诗风是少妇娉婷，这也太意外，与我印象中的李白大不相同。太意外，于是有了意外之美。这件作品我恰恰见过真迹，有一树梨花压海棠之美。一树梨花丰盈，所幸海棠也还茂盛。

八大山人的书风，如果抄录古诗的话，杜甫比李白好，或者苏东坡，最好的是李商隐。解与不解之间，诗风如此。解与不解之间，书风如此。

解与不解之间，大是懵懂。

突然觉得，好的文章浅白流畅，大是懵懂。好文章之一吧。

八大山人抄录杜甫的书作我见过，肃穆在焉。八大山人抄录韩愈的文章我也见过，《送李愿归盘谷序》选文，徐邦达题跋："八大山人喜用淡墨作书。此书韩昌黎送李愿归盘谷序巨轴，用墨更淡中之淡，惟山人书乃为此习尚也。以款字八字形式编写当为极晚年笔，识者韪之。一九九八年冬十二月三十日，东海徐邦达题记。"淡中之淡，人云亦云，徐邦达先生画蛇添足了。

我倒是觉得那一件书作，并非淡中之淡，而是浓中有淡，密可走马，疏不透风，大得奇崛之妙。

八大山人有封信，恰好见过真迹：

瓶钵分张，未敢期也。先意是承，拜等为愧。适为友人涂抹得一幅，乃花王也，大是懵懂。题云：婆子春秋节，台湾道路赊。闻鸡三五夜，失晓对菱花。方丈定当之。

四月廿一八大山人顿首

大是懵懂四个字可谓自注，八大山人的好也正是好在大是懵懂。看他的书画集子，有这种懵懂感。看真迹，这种懵懂感越发明显。

杰作是不会一览无余的。说不尽的云山雾罩，不见人迹，不闻人语，深林深深，青苔青青，或许自有一段凄凉的华丽放虎南山。

放虎南山比放马南山峭拔。

八大山人属虎。

花　王

花王者，牡丹也。

八大山人的牡丹一片素意。牡丹画我见得多，画得出富贵，画不出素意。画得出锦绣，画不出素意。画得出繁华，画不出素意。

八大山人的牡丹，金农的牡丹，团团一片素意，有隐士气、清贵气，干干净净如梅如兰。

八大曾绘有《荷菊牡丹图》，将春牡丹、夏荷花、秋霜菊腾挪一起，不论时节，但凭胸臆，石涛："老涛不会论春冬，四时之气随余草。"八大山人给石涛的诗中也说："禅有南北宗，画者东西影。"

我乡多芍药，绝少牡丹。牡丹是木本，芍药是草本。第一次见牡丹，是在洛阳白马寺内。

白马寺牡丹园中的白衣少年不再少年，毕竟十几年过去了。

鹅

鲁迅小说《长明灯》里有一谜面："白篷船，红划楫，摇到对岸歇一歇，点心吃一些，戏文唱一出。"谜底是"鹅"。

鹅的样子好看。水乡里，几只大白鹅晃悠悠划过沟渠划过古桥划过柳梢，给风物添了颜色。鸡鸭差不多只当作家禽，鹅有人喜欢，经常是玩物。我乡既有不少。农人兴田种菜，养狗养鹅，自得其乐。

鹅的样子有其他家禽所无的威严，高视阔步、目中无人。据说鹅得了牛的眼睛，看得人渺小了，故有一番神俊。而牛却得了鹅的眼睛，于是性情驯良。

丰子恺好养大白鹅，称其为"鹅老爷"。写过一篇《白鹅》的文章，说鹅步调从容，大模大样的，颇像平剧里的净角出场。平剧即京剧。北京旧称北平，故京剧当时亦称平剧。净角俗称花脸，多扮演勇猛豪爽人物。鹅厉声叫嚣，引亢呵斥，要求喂食时的叫声，也好像大爷嫌饭迟而怒骂小使一样。的确有净角之风。

丰子恺还说他养的鹅是吃冷饭的，一日三餐。需要三样东西下饭：一样是水，一样是泥，一样是草。先吃一口冷饭，次吃一口水，然后再到某地方去吃一口泥及草……但它的吃法，三眼一板，丝毫不苟……这样从容不迫地吃饭，必须有一个人在旁侍候，像饭馆里的堂倌一样。

八大山人笔下的鹅没有丰子恺一般风清月白，一只呆鹅，并不见佳，好在题跋颇生动：

> 人传刘道士爱驾鹅，弃而爱王羲之书。所书长老家一卷《遗教经》。献之云之姊，告无它事，山阴刘道士鹅群并归也，所书也只是一卷《遗教经》。小雅兄弟甥舅岂伊异人。柔兆，八大山人记。

能看到优雅、闲逸的心态，淡定从容中有生之趣。

王羲之爱鹅，王献之也爱鹅。

王羲之爱鹅发乎心性，我总觉得王献之爱鹅有故意肖亲的成分。

我不喜欢鹅，嫌其心性不良。有年去枞阳，山村偶遇几只鹅，扑棱双翅上来啄人。

母亲养过鹅，鹅蛋极大。小时候，一手握不过来。每次捡蛋时，捧在掌心，刚下的鹅蛋，带着鹅的体温，暖暖的，富足。

董字画

> 手卷奉还，董字画不拘小大，发下一览为望。
>
> 八大山人顿首二月三日

董字画者，董其昌的字画。董字画，董其昌也真是懂字画。一本《画禅室随笔》如散金碎玉，见解一流。简淡而风神卓越，通篇皆是一片清亮的世界。软媚的笔墨，居然也能一针见血，飞花摘叶亦可伤人。

董其昌的文章、书画、画论，总有一份不紧还慢的清贵。八大山人也有。

董其昌以文人心境过滤了那些世事如麻，一种自在的心性，反衬出率性、透明与清新的艺术面目。奇怪的是，董其昌清润透明的影响下，能开出八大山人那样一种清绝孤冷。

八大山人在董其昌的贵族气、文人气、典雅气的基础上加了小令气、逸品气，他在董其昌的平静里，轻舟已过万重山，驶向冷寂。

八大山人的书画有涵养，涵而养之，一涵三养，沧桑感也是涵养的一部分。

可得神仙

返回尘世后，他还蓄发娶妻，只是婚姻很不理想，堪称短命。他可以是伟大的艺术家，却做不到称职的丈夫和父亲；他是画圣，却做不了情圣。

八大山人有方“可得神仙”白文常用印。文好印好，好在气势宏大，在痛面前有一种通脱。

八大山人晚年的书画，闲情有了，仿佛有一股仙气。

萝　卜

新糊的窗纸洁净如棉。天有些冷了，呵气成烟成雾，时候大概是初冬吧。一道烧萝卜放在铁皮锅里，锅底陶罐炉子旧旧的。陶罐炉子即便是新的，也让人觉得旧。这个陶罐炉子有道裂纹，被铁丝捆住，格外显旧。火炭通红，铁皮锅冒泡，开始沸腾。一个农民空口吃萝卜，白萝卜煮成微黄的颜色，辣椒粉星星点点。筷子头上的萝卜，汁水淋淋，吃萝卜的人旁若无人。

这是二十年多前的乡村一幕。今天想起，突然觉得那农民是八大山人转世。

萝卜品种繁多，我多以颜色分别。白萝卜、红萝卜、青萝卜、紫萝卜，此外是胡萝卜与水萝卜。

我吃过的青萝卜，天津与青岛所产者第一。其萝卜圆筒形，细长，皮翠绿，尾端玉白色。萝卜上部甘甜少辣味，至尾部辣味渐增，适合生食或炖煮。

东北红萝卜也好，浑圆一团，皮红色，肉为白色或淡粉色。切片切丝，放盐糖，拌了吃，顺气消食。

平生所食萝卜，我乡所产的水萝卜为上，有甜味，清凌凌的，富水分，空口生吃，极脆嫩，经霜之后，口感甜糯。秋天里放在墙角的戽桶里，可以吃到春节。很多年没有吃过那样好吃的萝卜了。

萝卜一年到头都有，春萝卜、夏萝卜、秋萝卜、冬萝卜、四季萝卜各有其美，皆蔬中妙品，只要不糠心就好。

萝卜入画，颇雅。金农、吴昌硕、齐白石画的红萝卜青萝卜紫萝卜胡萝卜真好看，比真萝卜风雅。白萝卜似乎不入画，难在假以颜色。八大山人的白萝卜例外。

一张纸上一个白萝卜，落笔清淡，情味却浓，肥大饱满喜庆富余。这么清白的画，寄情于味，让人看了隐隐感动。我总觉得这一天下雪，八大山人家陶炉子里炖白萝卜的香气从厨房弥漫到画室。

我喜欢白萝卜，不怎么喜欢红萝卜青萝卜紫萝卜胡萝卜。

冬天里挂了霜的白萝卜尤好，荤素皆可，烧得烂，吃在嘴里雍容宽厚，仿佛蔼然儒者的文墨。

白　菜

经霜的白菜滋味佳妙，《园蔬十咏》有诗道得好：

> 周郎爱晚菘，对客蒙称赏。
> 今晨喜荐新，小嚼冰霜响。

挂了霜的白菜，汁水转甜，质地变脆，嚼之柔嫩无渣，隐然作响，说是冰霜响也未尝不可。

白菜烧肉丝、炖粉条、煎豆腐、爆扇贝，不失清白之格，炒溜焖煨熬煮蒸，诸法不一，滋味中正，此可谓君子之风也。八大山人画过“瘦蔬图”，是君子中的君子。一身布衣，一身傲骨，白菜画得瘦骨嶙峋，世所仅见。

鹤　影

在秋浦河，一只鹤从头顶悠然掠过，优雅、自在、遗世而独立。太阳快下山了，青山阴翳呈墨黑色，仿佛兽影，白鹤之白微微薄亮。

黄昏飞鹤，山谷留不住影子。

想起曹雪芹笔下“寒塘渡鹤影，冷月葬花魂”一段。《红楼梦》中的夜晚，宛若梦境。鹤影之夜，尤其像梦。那个夜晚的大观园，史湘云弯腰拾了一块小石片向池中打去，打得水响，一个大圆圈将月影荡散复聚者几次。只听那黑影里戛然一声，飞起一个大白鹤来，直往藕香榭去了。

《红楼梦》多次言及鹤，二十六回写贾芸看到松树下有两只仙鹤。贾府钟鸣鼎食，松树下的双鹤是有暗喻的。在七十二回“凸碧堂品笛感凄清凹晶馆联诗悲寂寞”一节，不可捉摸的夜色里，贾府的白鹤飞向藕香榭。藕香榭，藕香凋谢，白鹤已去，大厦将倾矣。鹤影至此消失，变成鲁迅笔下的乌鸦。《药》结尾荡开的一笔余音绕梁：忽听得背后“哑——”的一声大叫；两个人都悚然地回过头，只见那乌鸦张开两翅，一挫身，直向着远处的天空，箭也似的飞去了。

曾经和朋友去湿地看鹤。三三两两的鹤到水洼边饮水，长长的嘴巴浸在水中，松软的羽毛仿佛披上了一层云一层棉。喝饱了水，鹤扑开翅膀忽喇喇腾起，鸣声四散，在天空中久久回响。因为空旷，鹤影格外漂亮，肢体或翅羽摩擦的发声，或修长或短促或爽朗或迟疑，原野骤然生动起来。动物有自己的声色，天下之鸣何其多，唧唧凤鸣，足足凰鸣，雍雍雁鸣，啾啾莺鸣，喔喔鸡鸣，嘒嘒蝉鸣，呦呦鹿鸣，萧萧马鸣。相比起来，我更喜欢鹤鸣，唳唳鹤鸣。鹤鸣于九皋，声闻于野，声闻于天。

同样是写鹤鸣，杨素如此着墨：“雁飞穷海寒，鹤唳霜皋净。”穷海指荒僻滨海之区，霜皋指积满重霜的水边高地。鹤有金石音，鸣于布满严霜的原野，令人感到寒气之苍茫，到底高处不胜寒。

有人惊叹群鹤的场景，说足以使《一千零一夜》中的大鹏黯然失色。群鹤翱翔，只有庄子《逍遥游》中的大鹏才可比翼吧。北冥有鱼，其名为鲲。鲲之大，不知其几千里也。化而为鸟，其名为鹏。鹏之背，不知其几千里也。怒而飞，其翼若垂天之云。这样的开头意味深长，是站在云端的俯视。

庄子之后的文人，纷纷从云端跌落，在草泽花丛中仰望或者寻觅或者怀古或者遐想。陶渊明诗云：“云鹤有奇翼，八表须臾还。”《列仙传》说仙人王子乔乘白鹤升天而去。云鹤有神奇的羽翼，可以高飞远去，又能飞回来。陶渊明并不相信有神仙，也不作乘鹤远游的诗意幻想，而自有独异的地方：“自我抱兹独，僶俛四十年。”独自抱定了任真的信念，勉力而为，已经四十年了。

古人经常作高飞远走的想象，庄子的大鹏，苏轼的飞鹤。李白有一篇《大鹏赋》，想象自己变成一只大鹏，遇见一只稀有之鸟，我呼尔游，尔同我翔。杜甫旅食京华，朝扣富儿门，暮随肥马尘。残杯与冷炙，到处潜悲辛，也愿意变成一只白鸥，消失在那烟波浩荡的大海上，离开这个失意痛苦的尘世。

李白和杜甫都没能飞走，陶渊明飞走了。在陶渊明那里，我看见鹤影在天空盘旋翱翔，越飞越远，越飞越高，和云霞融合在一起，最后又落入山川，呈现出自然的生机。

《宣和画谱》说薛稷能画鹤飞鸣饮啄之态，顶之浅深，氅之黧淡，喙之长短，胫之细大，膝之高下，别其雄雌，辨其南北，一一能写生笔下。李白杜甫曾为薛稷画鹤题诗作赞。

薛稷的鹤影遁迹而去，二百年后，飞入南唐徐熙勺西蜀黄筌的笔下。画史称为“黄家富贵，徐熙野逸”。《宣和画谱》鹤迹，徐氏有《鹤竹图》一件，黄氏也不过《竹鹤图》三件、《六鹤图》二件、《双鹤图》《独鹤图》《梳翎鹤图》《红蕉下水鹤图》各一件，总共九件而已。据传黄筌任职后蜀画院待诏，奉诏在偏殿壁作《六鹤图》，计绘“唳天、警露、啄苔、舞风、梳翎、顾步”情态六种，尽写其真，生动传神，引得鹤来以为同类。

徐熙勺、黄筌的鹤影再一次遁迹而去，飞到八大山人的笔下。八大山人的鹤好，好在孤芳自赏。鹤之精神，正好在孤芳自赏，常常与孤树一起，作回视状。

看到鹤这样的飞禽，元世祖的猎鹰也会扑过去。带着弓箭和猎鹰出去打猎，本是忽必烈最大的乐趣。马可·波罗在游记中说，忽必烈在查干湖那座富丽堂皇的宫殿四周留置了一大片肥沃的草原，种植有各种谷类，让那里栖息的鹤没有挨饿之虞。林逋纵鹤，是隐之鹤。忽必烈豢鹤，是玩之鹤。春秋战国时卫懿公也养鹤，最终因鹤身死国灭，是丧志之鹤。

《易经》的爻辞中有两只鹤，一只在山阴处鸣叫，另一只在旁边呼应。“鸣鹤在阴，其子和之。我有好爵，吾与尔靡之”。《易经》的鹤影留在先秦，白云千载，碧空悠悠。读八大山人的鹤，可解此中惆怅。

凤楼常近日，鹤梦不离云。

寤歌草堂

八大山人七十五岁的时候，终于有了自己的房子，终于可以稳定地住在一个地方。他给自己的房子命名为“寤歌草堂”。“寤歌”二字，来自《诗经·卫风·考槃》篇：

考槃在涧，硕人之宽。

独寐寤言，永矢弗谖。
考槃在阿，硕人之薖。
独寐寤歌，永矢弗过。
考槃在陆，硕人之轴。
独寐寤宿，永矢弗告。

赞美贤者隐居的诗：一个看透了沧桑世事的哲人盘桓在偏僻的山野，独卧、独醒、独言、独歌，自适其志，超然物外：

远离尘嚣隐居山涧，形象伟岸心怀宽广。
独身孤零零地度日，不违背高洁的理想。
远离世俗隐居山岗，形象伟岸心神疏朗。
独身冷清清地度日，心如止水欢乐舒畅。
远离喧闹隐居高丘，形象伟岸心志豪放。
独身一人悄然度日，无有哀告不改衷肠。

事已至此，时已至此，注定了的流离失所注定了的漂泊无着，能寄情的只是这样的草屋，于简单与散淡中明视内心。

这个时候的八大山人，有一幅颇具意味的书法：

吾室之中，勿尚虚礼。不迎客来，不送客去。
宾主无间，坐列无叙。率真为约，简素为具。
有酒且酌，无酒则止。不言是非，不闻官事。
持已以敬，让谦以礼。平生之事，如斯而已。

寤歌草堂可以用张岱的文章注解：

昔有西陵脚夫，为人担酒，失足破其瓮。念无以偿，痴坐伫想曰："得是梦便好！"一寒士乡试中试，方赴鹿鸣宴，恍然犹意未真，自啮其臂曰："莫是梦否？"一梦耳，惟恐其非梦，又惟恐其是梦，其为痴人则一也。余今大梦将寤，犹事雕虫，又是一番梦呓。因叹慧业文人，名心难化，政如邯郸梦断，漏尽钟鸣，卢生遗表，犹思摹榻二王，以流传后世。则其名根一点，坚固如佛家舍利，劫火猛烈，犹烧之不失也。

寤歌草堂。

放开惆怅。

王羲之杂帖末句云“临书但有惆怅”，惆怅，就是留有余地，心存憾意。那时的王羲之，已不是东床坦腹的不羁少年，更不是挥毫兰亭的士子。临书但有惆怅，乃中年况味，八大山人放开惆怅，则是老人心性。

放开惆怅，浮生若梦，不过如此。悲夫，不悲也。

安晚册

一六九四年，八大山人六十九岁了。人生七十古来稀，明日即是古稀人。这一年，八大山人为朋友作了一套《安晚册》。取南朝宗炳卧游之典故。宗炳年轻时到处游历，年纪大了把以前游历之山川绘成图画，张贴于四壁。所谓“安晚”，乃是安度晚年之意。安者，安分安吉，安分了才安于晚年安于笔墨，晚是夜是黑，安于黑墨，静心书画。

之前六十八岁的时候，八大山人在一扇面上如此书写：

> 静几明窗，焚香掩卷，每当会心处，欣然独笑。客来相与脱去形迹，烹苦茗，赏奇文。久之，霞光零乱，月在高楹，而客至前溪矣。随呼童闭户，收蒲团，静坐片时，更觉悠然神远。

幽静中略显孤寂，但有隐逸在，心绪到了月白风清之境地。

《安晚册》为小品册页画，二十二开，纸本墨笔。依次是花、竹、荷、鸟、鱼、兰，皆八大山人一生最爱的题材。八大山人闲卧白云之上，凝望无边浮世，下笔大安宁，大收敛。细看《安晚册》，能看出悲悯心。删去豪放与雄浑，整本册页的风格可以用司空图《二十四诗品》来形容：

冲淡、纤秾、沉着、高古、典雅、洗练、劲健、绮丽、自然、含蓄、精神、缜密、疏野、清奇、委屈、实境、悲慨、形容、超诣、飘逸、旷达、流动。

早期的动物还翻翻白眼、鼓腹里装着牢骚与愤愦。《安晚册》彻底随意了，随意得近乎恣意。鱼，身肥尾灵。鸟，毛羽柔密，无所事事融融一团，吹吹风，看看天，发发呆。荷花或廖廖几瓣或含苞一束，水墨泅出张张如盖如伞的叶，荷枝荷杆横竖斜逸，疏离亭亭。猫慵懒放松，鼠灵气欢喜。

八大山人画山水，情绪往往难平，大约一面对山水，禁不住想到朱家往日山河，下笔难免滞衬。但《安晚册》末页一帧题识为“蓬莱水清浅”的山水，如老僧负暄闲话。

老人的艺术

钱穆曾言：人生不寿，乃一大罪恶。

钱穆的祖父三十七岁谢世，其父终年四十一岁。一九二八年，钱穆发妻和幼子相继死去。长兄钱挚在为弟料理后事，劳伤过度，引发旧病亡故，年方“不惑”。家中“三世不寿”，在钱穆内心投下阴影。在《先秦诸子系年》跋中，钱穆写道：“儿殇妻殁，兄亦继亡，百日之内，哭骨肉之痛者三焉。椎心碎骨，几无人趣。”

钱穆本人早先体弱多病，读陆游晚年诗作，深羡放翁长寿。读《钱大昕年谱》，知谱主中年时体质极差，后来转健，高寿而治学有成。

八大山人享年八十岁，梵高只活了三十七岁，王勃年仅二十七岁。

长寿是最高的智慧。八大山人的艺术也是老人的艺术。

梵高六十岁到八十岁之间的作品是什么样呢。这样的期待让我好生向往又好生惆怅。

人似草木，秋叶凋零

康熙四十四年，一七〇五年夏，五月既望，八十高龄的山人大概想到了离开。展开纸，在砚台边舔了舔小笔狼毫，恭敬地写《般若波罗蜜多心经》。一生修养一生功力都在笔尖，观自在菩萨行深般若波罗蜜多时……墨迹进入无我之境，如水漫过土地，平淡天成，毫无修饰，肃穆如静水深流如高僧讲道，不着一丝烟尘，不着人间的闹哄，好似深夜里大雪覆盖的村庄，发出和缓的光亮。

八大山人晚年的字，是童趣与修养的集合，火气消尽，运笔疏松，不着力却处处是力，不求工而至工。

八大山人去世前夕，书法艺术水平达到顶峰，草书不再怪伟奇崛，而是一切化为平淡冲虚。如八十岁写的《般若波罗蜜多心经》，平淡天成，丝毫不加修饰；静穆而单纯，不著一丝人间烟尘气。

乙酉年十月十五日辰时，八大山人羽化而去，身边无亲无友，笔端无数书画继续浪迹天涯。人似草木，秋叶凋零。

这一年，朱由检自缢煤山一个甲子，爱新觉罗·玄烨登基四十四年了。

八大山人死后，葬在何处，难以查考。历史长河总有一段接一段干枯的河床。死后无踪，留下的墨迹格外给人无尽的遐想。

后 记

日常工作之馀，吃茶聊天玩乐，读读闲书，看看字画，无论魏晋。玩物丧志也罢，玩物怡情也罢，只因先贤清芬如菩提，其间有大智之境界，不敢忘昧。

山川草木花鸟虫鱼，是我文章师承之一。八大山人的书画，也是我文章师承之一。好文章未必非得从文集里读到，书集里可读好文章，画集里可读好文章，市集里也可以读出好文章。

十几年前，在鲁北市集看到有人卖菜，有人赶车，有人估衣，有人量布，有人抓药，有人测字，有人称米，有人打油。市集的尽头是牛市，换马的，贩驴的，赶猪的。有人还把布袋搁脚底，那布袋用毛笔写着“牛经济”三字，有点何绍基的味道。

不远处坝埂上走来一个推独轮车的中年汉子，昂然而行，推着南瓜、青椒、土豆。天空晴朗，狗尾巴草长到大红公鸡鸡冠那么高了。这一场场一幕幕都是好文章，可惜我写不出来。九百年前的孟元老得了先机。

孟元老避地江左的繁华追溯，直如华胥之梦，好在黍离之思。《东京梦华录》记彩山灯火，北宋汴梁之宫苑典祀、巷陌勾栏、节物风流，种种胜迹徒然湮灭。

八大山人的风格，简单说来，是简洁、干净，惜墨如金。像苏轼文集中的小品，闲笔淡淡，意味不尽，自娱自乐也自说自话。自娱自乐要烂漫之心，自说自话多少有点旁若无人。旁若无人的烂漫之心大抵是好文章之一种吧。

见过一琴铭：学琴三年，精神寂寞。

谭元春论：

> 大道妙艺，无精神不可，然精神有用不著处。寂寞字微矣微矣。

谭元春编过一本诗选《诗归》，其意以古人为归，“引古人之精神，以接后人之心目，使其目有所止焉”。写这一本《大是懵懂》，目的也是引八大山人之精神，接通胡竹峰的心与眼，心有所寄，眼有所安。此身此心，与人为徒，与古为徒。

乡居岁月，窗外一轴山水。山岚薄雪黑白灰皱褶相间，在黄昏的日照下，苍茫如宋元古画。

天地好颜色，人如草芥蜂蚁之微。终不足道也。

《大家》2017年第1期

刻之魂

夏　加

在牦牛头骨和石经墙间，在那条镌刻在神山周围悠长的朝圣路上，康藏儿女世代倾听祖先凝重的脚步声，在风卷经幡的震撼中延续着英雄血脉的世代追求。

英雄，是黑头藏人生生不息的力量之源和精神之脉。他来自远古，却近在身边，他创造于人，又被人创造。他是雄狮大王格萨尔，是千神一子，是南赡部洲岭国之王，又是藏域符号，是人类非物质文化遗产，是活态传承的代表。他让格萨尔这一声名无可替代，又被人以最伟大的方式创造出最伟大的英雄史诗《格萨尔王传》。

康藏，是一个想象的世界，也是一个信仰的世界，更是一个英雄崇拜的世界。在作为王的故里，在康藏，英雄的足迹更是遍布四方，英雄的传奇溢满天空大地。其影响渗透到雪域大地的民间民俗、文化艺术等各个领域，形成了独特的格萨尔文化。如：格萨尔说唱、说唱艺人、格萨尔藏剧、绘画雕刻、建筑等。在德格、色达、石渠、白玉、丹巴等地，英雄的遗风足迹众多，文化底蕴厚重，文艺形态各异。可以说，格萨尔文化，是康藏的魂之所在。

英雄的格萨尔文化在一定意义上汇聚了所有雪域人民所需要的精神营养。它是一种悠久的历史文化继承现象，是藏族文化极有特色的组成部分，也在蒙、土、纳西等民族中广泛流传。作为一部不朽的英雄史诗，是在藏族古代神话传说、诗歌和谚语等民间文学的丰厚基础上产生和发展起来的，它代表着古代藏族文化的最高成就。2009 年 9 月，以活态方式传承的《格萨尔王传》被联合国教科文组织批准列为人类非物质文化遗产名录。其艺术审美价值及其普世性更是得到了全世界的高度认可。

将英雄的精神传递给世人的方式各有不同。其中，让格萨尔传奇一生得以完整呈现并给人强烈视觉震撼冲击的，无疑是国家级非物质文化遗产格萨尔彩绘石刻。散居甘孜大地各个角落的格萨尔彩绘石刻艺人们，偏安一隅，不论风雨，将碎片式的英雄故事刻在石头上，连成一个完整的整体并着色添彩，让英雄的形象直到今日也得以栩栩如生地展现在世人眼前。草原之子石刻艺人们生活在一个偏远的神性世界中，他们要用自己的自然创作为当代人追回渐行渐远的神性。他们用神性的石头，灵动人性的神，把那位已经回归天界的王又请回了人间，请回到现世，甚至请回到未来。曾几何时，一刀一凿，石头成为他们全新而迷人的信仰。他们用石头，用色彩，用清晰的视野，努力还原英雄的本真。他们是美的直接参与者，是爱的直接引导者，是历史、文化与精神不可或缺的传播者。

目前调查研究成果初步表明，现存于四川省甘孜藏族自治州色达、石渠、丹巴三县境内多处格萨尔彩绘石刻出现的年限，至少可以上溯到公元17 世纪。经过数百年发展，已经形成了一套较为完整的刻绘工艺体系，以及相应的传承标准。按照发展历程，这些石刻大致可分为三个阶段。第一时段为 100 年以上的格萨尔彩绘石刻，称之为早期石刻。在色达、石渠、丹巴三县境内都有这个时期的石刻。第二个时段为 100 到 50 年之间，即中华人民共和国成立初期以前的石刻。中期以色达和丹巴所存的石刻具代表性。第三个时段为改革开放以来至今，在这 20 多年时间里，民间石刻工艺得以复苏，在色达的泥朵、年龙、色柯等地以及丹巴的莫斯卡都刻绘了数量较多的格萨尔彩绘石刻。

从技艺层面观照格萨尔彩绘石刻，其主要特点为：规模宏大、气势雄伟、刀法精细、取材考究，表现了岭·格萨尔王、岭国 30 员大将、80 位将士的前世，天竺 80 大成就者和中阴百位文武尊神的形象。在选材上以天然页岩石为原材料，以英雄史诗《格萨尔》为核心内容和表现对象。在加工技艺上保持石材的自然形状，先以线描构图，再用立刻、刮刻等手段雕刻，放弃了立体框架，融精湛的刻石技艺和传统绘画为一体，多以红、黄、蓝、白、黑、绿等六色着彩，这些色彩都具有特定的意指，与《格萨尔》史诗中的各位将士相对应，绘刻完成后，在刻石的画面上通刷一道白色颜料为底，干后着彩。在审美上以自然、和平、自由、信仰、英雄崇拜主义为主。色彩鲜艳，丰富多彩，即可单独成画，单独保存，组合在一起，又是一个完整的体系。同时，雕刻与彩绘协调统一，以画补空，以色填空，弥补了石刻本身在画面效果上的不足。是集合藏族美学艺术内在、符合中国石刻审美要求的一种藏族美学艺术形式。在表现形式上以独具特色的艺术风格，忠实于《格萨尔》文本的精神和内容，不断重现岭·格萨尔王及其岭国众将士铲奸除恶、坚持正义、为民造福、英勇奋战的活生生的战斗场面，一次又一次将波澜壮阔的历史画卷展现在人们眼前。在传承上以师徒或家族传承为主，作者一般不在石刻上署名。据统计，现有格萨尔彩绘石刻代表传承人尼秋、觉热、扎洛、切邛等。

无论历史、人文还是艺术价值，它都以最直接却极富想象力的表现形式为文化传承提供了民族观、世界观、艺术性和审美旨趣强有力的支撑。它既传统又时尚，既单一又绚丽，既复杂又简单，既厚重又轻盈，既自然又人为，总体呈现出一种悖论式的族群文化符号和人之意义象征的画面存在。同时，在不断演进和创造的过程中，它又不停地在刻绘中融入新的时代元素和审美指向，被赋予更全面、更饱满的时代意义和精神索引。从神性到人性再到神性的精神传递，从英雄故事到个体生活再到群体食粮的完整推进，是石刻艺人们无意识却勇于担当传递的强力支撑。当然，这也源于简单大气的环境和深邃厚重的文化积淀给予的与生俱来的创造力、想象力和忍耐力。

每一块石头都是神性栖居的住所，每一个艺人都是与神性存在直接对话的人。格萨尔彩绘石刻，不仅仅是美术、手工技艺的表象呈现，它的产生与发展，更多源自雪山高地人们与天地亲近、与自然亲近、与神亲近的内质和精神。他们用独有的方式靠近三宝，通过石头等介质完成与三宝的对话。每完成一幅作品，都将是自利利他的善举功德。与其说格萨尔彩绘石刻是美与传统文化再现的象征，毋宁说是藏民族神性生活与追求的结晶。它在宏观上呈现出神性世界的和平喜庆、大爱无我，也显示出藏民族于生活、于自然的追求方向和向往世界的模样。

格萨尔彩绘石刻这种“梦幻般的艺术”，作为格萨尔文化的一种新的传承方式，因高寒之地恶劣的自然环境，作品保护和技艺传承后继乏人的阴影却并未消除。长期以来，格萨尔彩绘石刻均露天放置，加上高原的严寒和强烈的紫外线照射等因素，早期格萨尔彩绘石刻遭受到严重的自然损坏。同时由于格萨尔彩绘石刻对艺人素质的特殊要求和艺人从业性质的局限，在市场经济条件下，很多艺人放弃了这项要求特殊的技艺而改从其他行业，艺人青黄不接的情况十分突出。怎样保护现有作品，怎样搭建艺人传承平台，怎样满足艺人创作需求，怎样培养更多传承新人等无数个问题显得越来越紧迫。值得欣慰的是，现在有了专门的保护组织机构，对康藏境内的格萨尔彩绘石刻群和民间艺人进行了普查，制定了保护措施，拨出了专款，复原了以泥朵乡格萨尔石刻群为代表的多处格萨尔彩绘石刻艺术……我们有理由相信，是智慧的财富，就必将恒久于尘世。

爱，是人性的本真，是艺术形态避不开的永恒话题。爱，也是格萨尔彩绘石刻的主要内涵之一，那是爱众生之大爱。在各个石刻艺人的作品里，我们既能看到神性的光辉，也能看到人性的灿烂；既能看到纯美的爱情，也能看到战争背后的和平向往；既能看到勇猛的王，也能看到多情的英雄。一代又一代的格萨尔彩绘石刻传承人，在他们的作品中不断提出两个当下人们极为关注的命题：人性与和平。他们通过作品弘扬格萨尔抑强扶弱、为民除害的丰功伟绩，歌颂藏族人民崛起奋发的民族精神，肯定人性存在的合法性，追寻神圣纯洁的爱情。在拓荒的漫长过程中，致力于雪山草甸中的格萨尔彩绘石刻艺人们，以极富现代性的内涵不断体现着他们的宏观视野和现代情怀，以对天道、人道、世道的理性思索和热情研究，将英雄主义的牧人情怀和具有普世意义的精神写照永恒传承并不断扩散放大。

目及石刻，指随线条，一幅幅灵动鲜活的画面入眼入心，一种来自心灵深处的震撼油然而生。神奇的故事，不老的传说，文化之旅的探索，宗教信徒的寻访，民俗风情的呈现，都能在他们的作品里一一找到答案。

英雄的格萨尔彩绘石刻，它是康藏温暖的存在。

《美文》2017 年第 7 期

寂静的美神

王 韵

琉璃，一个安静清澈的字眼。长一张清新的美人脸，轻轻一念，吐气如兰，如光滑的绸缎，似香甜的奶糖。每念及此，如面对一位长身纤腰的女子，不由人心旌摇曳。

琉璃，古代写作“流离”，最早见于西汉桓宽的《盐铁论》。又称“璧琉璃”，见于东汉班固著《汉书·地理志》，琉璃是璧璃的简称，后来加上“王”旁，成为“琉璃”。我国古代自己制造琉璃的记载，在《穆天子传》中所说的天子登采石之山，取采石，使民铸以成器的故事。东汉王充书中有道人消炼五彩石作五色之玉的记载。

我国古玻璃（琉璃）技术萌芽于西周，到战国时期已生产出真正的玻璃。最迟在3100多年前的西周时期，现代中国人的祖先就开始掌握琉璃制造技术。在河南洛阳、陕西宝鸡等地的西周早期墓葬中，均发现了大量琉璃珠。战国时期，琉璃是王公贵族权力的象征。河南辉县出土的吴王夫差剑，剑上镶嵌三块蓝色琉璃，湖北江陵出土的越王勾践剑镶有两块蓝色琉璃，王者之剑的琉璃装饰足以说明琉璃在当时的尊贵性。博山地区的琉璃生产历史悠久，这里有全国最早也是唯一的炉神庙。早在元代时期，博山地区的琉璃产业已经具备了相当的规模。及至明清时期，博山地区的琉璃生产发展更为繁盛。

由于琉璃生产对原材料和技术的要求极高，自古至今仅博山和北京两处设有琉璃生产作坊，而博山特殊的山区地质条件造就了琉璃生产所必需的自然资源。又因博山琉璃科学运用了博山特产的鸡油黄、鸡肝石料、亮红料、洋青料、珐琅等名贵色料，进一步创新了生产工艺而在全国独树一帜。

一

走进陶瓷琉璃艺术中心，就是走进了陶瓷的心脏。在这里，看到一件件精美绝伦的琉璃艺术品，让人不禁感叹，真的是美轮美奂，巧夺天工。最令我陶醉的是人立墨彩。它将中国传统水墨文化与传统的琉璃艺术结合起来，色彩微妙，意境深远，使琉璃不再只是一件精美的工艺品，而赋予了艺术品的意义和品味。

在那些气韵流动的水墨瓶前，我屏气凝神，驻足良久。不同的瓶型，不同的底色，在千度以上的高温下，手把铁线一气呵成这神奇的艺术之作，水墨淋漓，色彩斑斓，鬼斧神工。连那些瓶子的名字和注解都充满了禅意，桃花源记、驿寄梅花、被山带河、白日火焰……在一个题名“世外桃源”的水墨瓶前下方写着这样一段文字：褪去人世的繁华，来到这桃源仙境，顺着溪水行船，可以看到山间的桃花林，两岸花草鲜嫩美丽，远处田野交错相通，可以田间劳作，雾缠云绕，渺渺茫茫，仿佛与世隔绝。

它们全身是晶莹的，透明干净圆润的，透出了美、欢愉和安静。这些琉璃作品兀自高贵地站在那里，把这一瞬间延长了，它延长了生命，超越了可以感觉的范围，定格了无法用语言描绘的现象。作家无法描摹的瞬间的美，却被琉璃艺术家永恒地定格。同行的一位文友被这种美震撼了，她抱着手，一言不发，没有与同道窃窃讨论，也没有迫不及待按下相机快门，就这么安静地站着，站成了与眼前的艺术品一样的风景。一种让人平静地去享受这份销魂的美，并由此获得内心的欢悦和满足及对美的膜拜。当我们在观赏美的时候，心头会产生一种骚动感，这种骚动感是渴求净化自己内心的前奏，仿佛雨、风、繁花似锦的大地、午夜的天空和爱的泪水，把荡涤一切污垢的清新之气渗入了我们的灵魂，从此永不离去了。忽然觉得，艺术是无法用语言讲述的。所有与文学，尤其是与散文相邻的艺术领域，绘画、建筑、雕塑、音乐和琉璃制作，都能够丰富散文作家的心灵世界，并赋予他的散文以特殊的感染力，使之充满绘画的色彩、建筑的和谐、雕塑的线条、音乐的节奏以及琉璃艺术对具象的捕捉和意象的表达。

琉璃身，艺术心。从站在这里，用眼睛注视着它们的那一刻开始，你就跟你的心和解了，心底澄澈，安详宁静。此时，你只需怀着儿童般的纯朴和热心人的专注，听从一个更伟大的力量——自然的力量的调遣。你的心是平静的，同样也是充实的。你的眼和手，与头脑、四肢同时并用，急切地寻觅，开悟。一种无止境的美的享受与追求促使我们产生耐心，却细细揣摩。欣赏那两只天鹅脖颈的线条，荷花叶脉上的褶皱，体会行云的色彩，翠鸟的灵动，烈焰炙烤下沙漠里的点点绿洲。我们最为珍视的那些美的想象，此前一直在一种朦胧的抽象中保存着，在心灵深处保持着的纯洁完美，此刻瞬间被启发点燃了。

在展厅灯光的反射下，每件作品无不晶莹温润，光彩夺目。那些在我们想象中所描绘的、呼之欲出的物体获得了形态，形态的美又转变成实质的美，而世界的梦想和光荣也变得既可看见又可感知了。在这里，可以看到戈壁滩上游走的生命，飞翔的精灵；夕阳西下，斑驳的石壁间的缝隙也被残光映照得气势恢宏；田野里蛰伏的小虫，或憨态可掬或桀骜不驯的十二属相，无不惟妙惟肖，姿态各异。从真正艺术的眼光看来，自然中并不存在庸卑下的事物。艺术的精雕细琢和自然的精细微妙是没有止境的，精细作品随处都可以把美创造出来。

二

工坊里，工人们手持一杆长长的空心金属管，顶端放置材料，将其伸入1200℃的高温炉中烧热，迅速拖出，一手拿蘸料的铁吹筒，一手迅速拉出造型，反复锤炼——“火里来，火里去”。

工坊院子有些破旧，四周是一些古旧的房子，古朴，温暖。靠近北边车间窗前有几棵树，阳光直射下来，一束金黄色的光线透过树叶的缝隙，洒落在干燥的水泥地上。作坊里气温很高，一股热气扑面而来。一个穿灰色短袖T恤衫的工人正在制作琉璃，他坐在马扎上，身体看上去很结实，湿透的衣服贴在后背上，明显有一片深深的汗渍，仿佛能拧出水来。那人没有看到我，他在一块长长的取料器上慢慢地、静静地摆动，身子几乎一动不动。我走了过去，向他打听琉璃的制作工艺，并认真地看他在那里塑型，时不时到高达1200℃的高温炉旁淬火加料。他说正要做一只白色的兔子，并说工匠想做成什么，想加多少料，什么颜色，全在于匠人自己心里的构思。他说话不多，脸上带着一丝腼腆又略带自信的微笑。时不时站起来，去高温炉里取火，淬型，雕琢。他说琉璃制作需要娴熟的吹制技术和造型技术。吹制技术是利用琉璃在一定的温度范围内具有可塑性的特点，使用中空的铁棍从炉中挑出玻璃料，在冷却过程中不停转动手中的铁棍，吹制琉璃的形状。琉璃造型则要求十分严格的工艺，工匠手持一根带有小钩的长铁杆，将材料钩住送进温度高达1200℃的火炉中，材料熔化后，迅速拖出放在铁墩上，一手用工具拉着高温材料，一手用钳子拉出造型。

天气晴朗，闪烁的阳光从大门和窗户照进来，把他血管宛如珍珠般明晰的色调摹写出来，把健康红润的脸色及其阴影一侧流动的血脉描绘出来。琉璃造型仿佛是魔术一般转瞬间一挥而就的奇迹。要在1200℃的高温下快速定型，需要力气和速度。要在有足够体力的情况下需要精确精准，要处于全神贯注的紧张状态，同时具备艺术的审美和强健的体力。他边干活儿边自言自语起来，笑容温和，我却听不懂他到底说了些什么。慢慢地我感觉到，他是进入了一种状态，是将眼前手中的琉璃制品看作了鲜活可爱的生命体，它们能呼吸，会微笑，在它们的体内都藏着一颗玲珑心，懂得倾听他说话，默默地与他交流。在它们灵动的身躯以各种形态彻底成形之前，他的每一句话都能得到它们发自内心的回声，每一个动作都能赢得它们迎刃而解的响应。

正如作家用语言表现一样，琉璃师傅们用这些作品无声地表达着他们的生活和他们的生命世界，成为以琉璃制作为对象的艺术家。他们不会按照事物为我们所具有的意义，把它作为素材来感觉，而是把它对象化，化为一件血肉丰满的生命来感觉。这些艺术品，如此无意地从观察与劳动中产生。人有一种渴望，渴望以某种形式诉说和表达自己，恰如叙说某种同样真实的事物。人们通过空荡荡的大海，雨天的屋子，枯藤老树，西风瘦马，来表达这种寂寞。激情消失得越多，人类对这种语言理解得越透彻，越会以最朴素最天然的方式运用它。寻找让你心动的东西，在忘我中绽放。此刻，人不再是万物灵长，而是作为一个物安放在众物之间，平起平坐，共同交流和呼吸。在我们的感官吸收进所有这些美的同时，我们的心也沿着智慧与愉悦之路，朝着朦胧模糊的情感隧道前进。这些情感，在心灵之隧分岔，调整，延伸得越来越远，搅起了我内心未曾想到过的其他存在的词汇，启示着一些我们未曾见到过的形式。

三

琉璃，以其温婉含蓄高贵的气质源远流长，历经千载，它一直是美的化身，与美相连。让人忍不住屏气凝神，似乎一声轻咳都会破坏这份静谧安静神秘的美。它战胜了人精神上的追求，会让人体验到正在注入灵魂，体验和沉醉于一种难以言说的境界。琉璃工艺不仅是一门技术，更是一门艺术。当我们凝视着琉璃时，词语在非人类语言那苍白暗淡的边界地带抬起了他们纤弱的躯体，又在失望中陷落进去。他们必须通过把绿色渐渐变成蓝色和摆弄色块来叙述他们的故事，情感。神秘的，沉默地编织他们的语言，对于美的感受似乎不可思议地敏锐起来。水塘里闪烁着耀眼夺目的反光，光波在一层一层淡下去，表面和边缘那种镀金镶银般的光亮真是美不胜收；山峦那迷梦一样的紫色，冬天的枝干的绝妙的边线，以及遥远的地平线的暗白色的剪影，全都是你心里喜欢的样子。

美隐藏在每个人心中，每个人心中都有不同标准的美。艺术就在于能使它从人们心中苏醒过来，引起共识。精致的做工，新颖的创意，我们谓之“匠心独运”，匠人就是最好的艺术家。人类劳动无可辩驳地构成历史，劳动者就是历史的创造者，美的缔造者。当你真正拥有了工匠精神，你会很容易感知工作的乐趣，产生有诚意的劳动成果，人们也会从你的作品中，体会你的良苦用心，感受到每一个细节的美感或专业。无论这样的成果是什么，那些真正的艺术家，伟大的工匠们，已经被他们的全身心投入赋予了灵魂。

艺术是无声的，欣赏者也不忍心侵犯其缄默。艺术家无须说话，他竭尽全力去做的，就是为我们清晰地显示那一片绿色和银白色，那潺潺的溪流，那在风中摇曳的垂柳。他应该与我们走得非常之近，但又总该有某种东西把我们与他隔离开来。“存在两种形式的寂静：一种是语言的安静，另一种是声音的安静。而后者对我们的影响更加深远。”

我想到了有一类人和他们所代表的精神品格。像琉璃工匠这样的艺人一旦进入状态，马上会专注地干着各自的活儿，敬自己的业，努力将每一桩事、每一件东西都干得尽善尽美。他们有一个共同的名字：匠人。

《美文》2017 年第 2 期

一张千年纸背后的水土

周吉敏

泽雅奇云山的野水以“龙”的姿态，骑云飞下，而后紧贴地面迤逦而去。龙溪在到达石桥村和林岸村交界处时，冲过最后一道悬崖，泄为碧潭，而后潺潺流淌到戍浦江。就在最后一个悬崖上，当地人在上面建造了四座水碓，造碓做纸为生。

我自小养育于泽雅的青山绿水竹海水碓的大背景里，熟悉每个手工造纸细节。水碓捣刷是造纸流程里唯一借用外力——水力完成的一道工序，是竹子变成纸的关键转折节点。水碓是泽雅古法造纸的首要工具。

我以一个纸农后代的认知，始终认为水碓是唯一能代表泽雅的文化符号，隐含着泽雅的山性、人性、纸性，是泽雅的历史人文雕塑，是泽雅的原始歌咏。凝聚着一个文明从产生到遁去的漫长艰辛的剧情。

山性。我指山水肌理，自然环境。水碓所选位置是泽雅的山性所致。水碓以水为动力，自然落下捣碎刷料，形成纸绒，是一张纸的内在肌理。水源充沛，溪流落差大是建造水碓的两个必备的自然条件。

泽雅境内奇峰林立，北有奇云山和荸荠嶂，南有龙井山和金岗尖，西有凌云山、门槛山，东有马峰尖……青嶂千仞入云天，山壁对峙成天堑。山高谷深，溪谷纵横，瀑水飞溅。山成骨骼，水成血脉。安乐溪，金坑溪，桂川、西岸溪、梅溪……从高峻峡谷奔下，齐入龙溪。峡谷大水，山岩落差，满足了建造水碓的条件。水碓，如泽雅荒古山水间一个不容易被外人理解的“惊叹号”，隐藏着纸山地理秘密。

人性。我指当地人的智慧。泽雅 90%以上都是海拔 500—800 米以上的山地，山之险水之恶，泽雅人并不嫌弃，靠山吃山，靠水吃水，居住在大山褶皱里，在山坡开垦耕作种竹，峡谷山涧中建碓造纸。水渠、水溜、淋杆、淋筒、水扑、堆头、石臼、捣杵、眠牛、淋塘、碓坛……组合成一座碓。每一个部分都是千年实践经验，每一个细节都是智慧结晶。全盛期，泽雅山脉之中有千余座水碓。

纸性。纸性是山性与人性融合，最是丰满。一张纸里有山性水性，有人的智慧，有对生存的追求，有对自然的敬畏……有农历正月十三竹枝头挑灯的祝福；有石马爷、陈十四娘娘、杨府爷等众神的护佑；有五谷杂粮的甘甜芳香；有纸山炊烟的酸甜苦辣、五味杂陈……这一张千年纸，不仅仅是一张土黄色的纸，而是一个立体的，有魂，有声，有色，有味的纸山精灵。

“‘四连碓’有三‘所’碓是林岸人的，一‘所’是石桥人的。”林岸村今年71岁的退休教师林成法告诉我。水碓的背后是一个村庄。除捣刷，其他造纸程序都集中在村庄里完成。

林岸村藏在龙溪南岸的竹海里。从溪上的石拱桥进入竹海内部。我固执地认为，或许在唐代，或许是宋代，或许是明代，泽雅祖先种植毛竹的初衷就是造纸。北宋学者苏易简《文房四宝·纸谱》载：“今江浙间有以嫩竹为之，如作密书，无人敢拆，盖随手可裂，不复粘也。”泽雅嫩毛竹是否可造这“密书”嫩竹纸，无史料可查，但当地上了年纪的老人回忆说，在上世纪40年代，泽雅以生产“九寸纸”为主，主要原料就是嫩毛竹，纸张薄透，容易撕破，可书写毛笔字，学生书法描红就是用这种纸，也可做卫生纸和民俗祭祀。我还见过一张落款“清同治四年”泽雅“九寸纸”书写的地契，就是嫩毛竹制作的泽雅竹纸。宋记载的嫩竹纸与泽雅嫩竹纸，相隔千年，却有相似之处。泽雅偏僻信息闭塞，才使“蔡伦改良前”的古法造纸工艺完整原始地保存至今。中华文明传承，何须白底黑字的证据？

新篁旧竹，有郑板桥风范，有石涛风骨，有吴昌硕气质……古今竹风墨韵汇聚于此。而竹子主人，直接把自己的名字用墨笔写在自家的竹子上，一棵竹一个名字。这里是另一种意义上的村庄。

穿着灰色衬衫，满头银发，消瘦的林成法老师站在公路上等候。今年71岁的林老师，60岁从三垟小学退休后就回到老家重拾农耕生活。林老师是纸农培养出来的纸山读书人。他依然保持着师者风范，像当初带着学生春游一样手一挥说：“跟我来。”我们跟在他身后沿着山涧旁的石板路进入。山涧是古法手工造纸依赖的水源，无水不成纸，山涧沿线就是村庄造纸的核心部位。

石板路内部是一个原始的秘境。静谧，幽深，古野，散发着浓重的遗址气息。这浓重的遗址气息主要来源于那些与古法造纸相关的物象。水竹，纸槽屋，石头墙，瓦屋……阳光虽然交代了这些物象存在的细节，但像月光一样没有热度，如一层薄透的包浆，把一切封存在某个时光里。

水竹。这是一丛阴郁的水竹。阳光挥毫在如陈年宣纸的石板路上画下一幅“墨竹图”，这何尝不是一个光阴的故事呢？村人从这幅虚幻又真实的“水墨”里穿过，不知不觉走进光阴深处，成为村庄的历史人物。大自然总给你超然于现实的物象，添得无限情境之余，又让人玩味感慨。

水竹的美丽姿影背后是厚重绵长的中国造纸文明。水竹是中国传统手工纸产区的竹农和造纸工匠经过一千多年的实验筛选和精心培育出的造纸竹种，一直沿用到现在，已是十分宝贵的民族遗产。钱存训的《中国造纸和印刷文化史》载，竹子从唐代（618—906 年）中叶开始作为造纸原料。在 40 余种造纸竹材中，按照制浆优劣，水竹位列第二级。泽雅竹纸原料主要是水竹，纸农在每年暮春时节新竹长出枝叶时砍伐老竹，或晚冬时砍伐老竹，让其疏密有致生长有序，年年添得造纸原料。想到此处，这山涧边的水竹已然添得纸山古风潇潇了。

纸槽屋，在这丛阴郁水竹的斜对面。一堵石墙，两根粗糙石柱，四根歪扭木梁，十二条椽，小青瓦，支撑着一个三面通风的低矮阴郁的建筑空间。在白亮阳光与如墨绿叶阴影的交错里，森然寂立，无声有息，于时光深处摆设着。浓重的遗址气息生发于此。我认为，遗址气息是人类的智慧之光与时光交织抗衡而生成的一种拙朴光芒和经得起岁月的气度。

纸槽屋是刷绒化成纸浆捞成纸张的作坊，分纸槽、压棚（纸槽后）、槽屋组成。我的高中语文老师林志文的著作《泽雅造纸》载：“纸槽厂由瓦盖或稻草、茅草盖顶。长 500 厘米，宽 300 厘米，其中纸槽后宽 120 厘米以上。屋顶高 300 厘米，屋檐高 210 厘米。纸槽，总长度 250 厘米。”

一张千年纸在这个逼仄的空间里成形，需要一个庞大的体系支撑。纸槽屋废弃，一些构件也已消失，只存纸槽扇形的横截面闪烁着纸农思想的光芒，直达我记忆深处。那些取材于石头、木材和竹子的纸槽构件，统统复归原位。槽打、烹槽棒儿、隔板、帘竹弹儿……到纸槽里集合；高桩、矮桩、榴公、下岸板、上岸板、压杆、压棍、纸缆、纸枕、元宝枕、拄板儿、拄棒儿、插桢……到纸槽后集中，等待压纸时一一上阵。这些就地取材土里土气的工具，通过纸农的身体，融入一张纸形成的每个细节。一座纸槽就是一个小型工厂。

石板路曲折而上，进入村庄内部。这是一条大山折叠出的曲长山谷，民居、腌塘、纸槽、蓝天、白云，青草、野花灌满山谷。一路上来，除我们四人，见不到其他一个人。林成法老师说，林岸人除了一户姓支，其余都是姓林。清同治年间从泽雅林姓三派分来。我们走进一座破败大宅。林老师说这是村里财主屋，是村里最老最好的房子。这座老宅，七间带两个轩间。右边轩间已改建为水泥结构。花格窗、莲花垂柱、青石柱础，屋脊卷草纹，都显示着老屋与周围房子的与众不同。

在一座民居的一面石墙下，见到了一位晒太阳的老妪。这是一面安排精妙的石墙。石头大小不一方圆不等，似乎山中所有的石头都在这里集中了，石头所有的形态都可以在这里找到，都得到恰当的安排。这是一种绝妙的合理，今人已无法效仿。墙下的老妪，头发花白，穿着褐色厚棉衣，拄着拐杖，坐在方凳上，晒着初夏的太阳。石墙与老妪，以睡眠的状态存在。

林岸村到黄山村有一条石头山道连接。山道弯弯，大山的清野之气全部倾倒在山道上，人行其中，亦如野木山草。

友人黄周松是黄山人，已在桥上等候。午饭就在村民家中吃。八仙桌上摆满了菜肴，有豆腐鲞、腌制的猪头肉、新晒的笋干、野菜“菜红丝”(大青叶)、球菜炒粉干，这些都是就地取材的地道纸农菜。大镬烧的米饭带着柴火的香。一桌接地气的饭菜，让我们瞬间跟这个深山古村亲密起来。

吃饱后，黄周松带我们在村里游逛。

他在瓯海区文博馆工作。祖辈造纸养大的孩子，高山深谷走出的大学生。人到中年，开始怀念山里，频频回乡静养，与竹林松岭、溪泉山石、山花野草为伍。从此才开始真正认识了生养自己的小山村。

黄周松说：“自己是一只没有出息的纸鹞，漂游在外，但始终有一条线紧紧地把自己牵系在泽雅纸山这个小山村里。有一日，我偶然从谷歌地图上搜索到了黄山村，这是第一次从空中俯瞰故乡，看见了这个小山村的全貌，也看见了这一片小溪谷令人惊异的美丽。在群山环抱之中，一条小溪蜿蜒东流，溪谷两岸散布着石墙黑瓦的木屋，村外的缓坡上开辟出层层梯田，这条溪谷里的村庄，是一个天然的世外桃源，安静、安然、恬静、静谧。但仅仅如此还不足以令我感到惊异，惊异的是小溪在村里的走向。黄山溪谷竟是一个天然圆盘，而蜿蜒而过的小溪，恰好将这个圆盘分割成了两条鱼，村庄原来是一个天然的太极图。在我的心里，随着溪水的蜿蜒流转，太极图在不停地轮转。我想象着冬季的太阳如何将南山的阴影投射在这片溪谷里，由西而东，旋转着这个天然的太极图。”

山水有乾坤，天然造太极。我们就沿着村里溪流的方向，从南边到东边。水走山转村延。小溪从南面入村，在村子的西头冲向溪谷的北山，转而流向东南，在这里转出一个半圆的扇形，在南岸形成一片扇形平地，黄周松家的老屋就起在这片扇形平地上。小溪在村内缓缓东流，到村东头时撞上了溪谷的东山，转而流向西北出村，在这里又转出一个半圆的扇形，此处则在北岸又形成了一片扇形平地。

在村尾有神殿。神殿已是村里唯一的古迹，重建于清光绪十六年，梁柱粗大，雕梁画栋，做工讲究，显示出它在村民心中的崇高地位。供奉的神也有讲究，除了比较常见的陈十四姐弟、土地爷等以外，竟然还有东海龙王。而主神刘大侯王的金身后面，竟然还供奉着一个“地主爷”黄九六。

这个高山深谷中的村庄神庙里竟然供奉海龙王。偏居深谷的黄山人，也是心朝东海，祈求风调雨顺，纸行兴旺。村里老人说，纸漂洋过海，远销东南亚和全国各地。远离东海的深山古村，与大海一纸相连。宇宙间，有一条神秘的连接线存在。

而供奉的“地主爷”黄九六是黄山村的开山始祖，是黄山村的第一个村民，黄山这个村名很可能就是从他的嘴里出的。黄周松就是黄九六的后人，他家的老屋，据说就是黄山村第一座屋基。黄山村始祖黄九六没有被供奉在祠堂里，竟然被当作神，供奉在神殿里，其实这也不奇怪，在我们神祇谱系里，祖宗神也不在少数。黄山村黄氏的族谱在“文革”时期被焚，已无从考证先祖的身世，但从以数字为名的习惯来看，推测很可能是宋末元初时候的人。

作为地主的这一支黄姓人其实后脉势微，但黄姓仍然是黄山村的大姓，这是因为另一支同宗的迁入。这后来的这一支却是来历不凡，据他们的族谱记载，他们的先祖竟然是大名鼎鼎的明代大学士黄淮的孙子，黄淮第三子黄槃的儿子。黄淮的家世之高，在当时的温州算是首屈一指的高门大户，如此高门子弟，是因何缘由深入如此冷僻山坳，竟至结庐隐居而且还繁衍子孙至人丁兴旺？村里除了黄淮后裔，还有另一个大姓周家，周家的族谱明确记载，他们的先祖是山外某大户人家的四公子，性喜游山玩水，见黄山山明水秀就在此结庐而居。

黄山村的四面分别有四块缓坡地被开出了梯田，这四块有水源的肥土，曾经是黄山村一千人的粮仓。但是在将近三十年的时间里，荒草重新蔓延了这些田地。在溪的东边散落着十几座的造纸作坊，早已废弃。但黄山人翻山越岭把手工竹纸挑出山外的艰辛仍是记忆犹新。

大山里的村庄，他们的先祖，也许并不是天生的造纸和种山人，他们原本都是有文化的人，到他们的后代，文性失落。历史的车轮峰回路转，机缘促成，当城里人开始滋生回归自然的念头的时候，山里人的子孙又从山外寻回了先祖失落的文化。黄周松就是这样的子孙。先前的林成法老师也是回归的纸山子孙，我也是如此。

站在黄山海拔530米的瑞龟岩背，放眼望去，可以看见四分之三个泽雅纸山。发源于奇云山的小溪从神殿的山墙外流过，流出村子，从群山的夹峙中穿流出山，归入龙溪。高山流水，贯穿每一张泽雅竹纸以及泽雅纸山每一寸土地，每一个生灵。

《斜阳外》四川美术出版社、《散文选刊》2017年第4期

软文的套路

肖　遥

微信朋友圈有其暗黑的一面，比如说满足偷窥、暗恋、自恋、妄想、呓语等多元化癖好。但它之所以成为现代人不可或缺的生活方式，也是因为它有诗意的一面，比如朋友圈里的互相走访，大多数没有目的没有理由，乘兴而去，未至而归，就像王子猷雪夜访戴安道一样，“想他/她了”这个理由，单纯得就像雪夜的月光。

可是，据说不久的将来，朋友圈可能会消失，不是因为又有了更高级的社交神器，而是朋友圈有可能会逐渐地被各种微商所覆盖，届时，朋友圈那诗意的乐趣会慢慢地变味，就像幼子稚童总有一天会长成心机成人，所谓成年人的标志，就是不会再过无目的的生活，哪怕看上去很美好。

如果说朋友圈是原生态小作坊，订阅号就是一个个诱人的橱窗，也少不了“想要美味又低脂的美食，快来看看这个吧”硬邦邦的推销，或者类似“生活就是要兴致勃勃地探索如何取悦自己”的软广，后者打死也想不到图穷匕见后是一款日历广告，告诉你：“如今，‘撕’已经变成了一种仪式，提示你一天的开始和结束，让你珍惜时间。”软销售和硬文章之间看上去很像，但它们之间微妙的区别是，文章要有立场，而推销重在利益，比如一个号翻脸比翻书还快，昨天才告诉你“我已经不想取悦任何人”，明天宣称“懂生活的人，会用心经营自己的朋友圈”。

一切软文的感染力其实都是有套路的，含蓄型的会用桀骜不驯或放浪不羁的态度来获取精神优越和自信，从而“引领你的消费方向”；直白型的会赤裸裸地用社会地位和阶层感来诱惑你，就如同英国男装业的领头羊波尔顿服装公司宣称，他们家西装带给所有男人一种尊严，这种尊严同时体现在对公司销售人员的要求上，销售人员必须举止得体、彬彬有礼，正如波尔顿著名的训练员工的备忘录里所说：“既不要像收税官那样不苟言笑，也不能像算命先生一样油腔滑调……”

这一点，我的朋友G画家做到了极致，有客官去找他买画，他却一直不给对方询问价钱乃至讨价还价的机会，他会从自己画案上的一方寿山石聊起，聊到茶壶、文玩核桃——公子帽、满天星、四座楼……当听到他说最近看中了一对文玩核桃，一直没敢下手时，对方早已不明觉厉，衷心替那对核桃感到幸运，毕竟它们被一位艺术家相中了，而自己也何其幸运，艺术家想必会允许自己为他入手这对核桃效犬马之劳吧?

软文的套路，或说推销的艺术就是，即便是酱醋茶，也会把它装扮成诗酒花。G绝不会说自己其实在给孩子挣奶粉钱，君子爱财取之有道，不怕有欲望，只怕欲望太低级，必须高大上到跟生计、跟劳碌、跟一地鸡毛的现实生活没关系，才能撇清G这个不食人间烟火的“艺术家”和为五斗米折腰的匠人，以及无利不起早的商贾之间令人尴尬的关系。

《三联生活周刊》2017年第9期

人物影像

母亲的房子

王东旭

不知道母亲能否读到这篇文章，我想还是不要的好。

一

1970年左右，母亲此生居住过的第一所房子因为她爷爷的政治问题而被推倒，于是他们一家六口就借住在了被村里人废弃的几间房子里，直到1980年。

姥爷是个嗜赌的人，如今七十几岁，依然会骑着摩托车到处找寻老朋友敲上几个小时的麻将或是摇一摇骰盅。1980年夏天，他赌了一场大的，并且输了。十几个恶狠狠的男人来到家里要钱，家徒四壁，于是他们抄着家伙把房子里不多的器物拿得一件不留，走的时候还把土炕的炕皮也敲碎了。那时，我的两个舅舅还没有成年，小舅也才七八岁的样子，想象起来，一家无处可去的人无助地站在破败的家里哭着喊着，还是会令人动容。

母亲那年十七岁，当姥爷提出要将她嫁到陕北山沟里换彩礼，再用彩礼钱给她母亲和两个弟弟盖房子的时候，她并没有抵抗。母亲在给我讲述那段历史的时候，轻描淡写地说："我看到了你舅舅的袖子已经破得很厉害，脚也冻得皴裂了，我还看见地上有一个空着的蓝沿儿大碗，你姥姥还坐在烂炕上哭呢。"

于是，她嫁给了我的父亲，开始了一生都不曾幸福过的婚姻生活。

用我母亲换来的那盘院落我是见过的，到现在还记忆清晰。院子里有三间住人的平房，西边还有几间非常破败的棚子，我见到棚子的时候，它们已经被弃用，用作牲口的饲料房，里面尽是些玉米和晒干的苜蓿。那三间住人的平房是土坯房，很矮小，颜色和北方的黄土一样，从远处看，它们与土地混为一体，只能看见三个窗户，窗户上时常贴着各种颜色、形状的窗花，走近些看，窗花也并没有那么艳丽了。院子的门墙是用泥土混着麦秸夯成的，而大门则是几根用铁丝连接着的木桩，一开一合之间，已经让地面有了一条不深不浅的蹩路。大门一旁拴着一条黄色的狗，后来，又换了几条颜色不同的。狗窝的南边有一个猪圈，我能记忆起姥姥在那里面养着一头年龄很大的母猪，隔一段时间它就产一窝猪仔，贴补贫穷的家庭。

2004年，父母已经离婚，我也小学毕业。姥爷把家里的人都叫回了那盘院子，说是要将那排土坯房和西边的棚子推倒，再建起来新的砖瓦房。

姥爷说那排土坯房算是母亲的房子，所以他想问问母亲的意愿。但我母亲一句话都不说，其他人盘腿坐在炕上吵闹着，母亲把地上的玉米秸用膝盖折断，填进土炕，我看见她的脸被炕洞里的火照得通红。

姥爷最终还是请阴阳先生算好了日子、时辰，在阳光下晒了很久的鞭炮终于发出了刺耳的爆裂声。浅红色的鞭炮衣被炸上空中再缓缓落地，没有风，它们就安静地定在地上，被很多大人的脚踩踏着。大人们用很粗的麻绳把三间土坯房包裹住，像是包扎一块被子一样，很密实的线络。准备就绪，大舅喊了一句“起咯”，于是，每个人的手里都攥紧绳子，又把绳子扛上肩膀，垫着棉布，使劲儿地向前拉着，像极了我后来在电影当中看到的拉纤的纤夫，喊着响亮的口号。终于，轰隆一声，三间土坯房倒地了，向着南方倒地了。那是我出生到那时所见过的最大阵仗，我立在院子的远处一动不动，看着黄蓬蓬的土升腾而起，久久不落。那一声轰隆巨响也从院子出发蔓延了好远，将树上的鸟惊飞了，随即从远处传来混乱惊慌的狗吠。

西边的太阳就要落下去了，照着院子外围的树木，它们已经没了树叶，干枯的树影像是插进了土地一般。

我看向母亲的方向，她站在不远的山坡上，用袖子擦着眼泪，不知是怎样的心绪。

二

母亲从平坦的水源地嫁入陕北的一个深山沟，也就是我度过童年的地方，叫做砖井。上个世纪八十年代，我的爷爷和奶奶在砖井还操持着一个富裕的家，他们倾全家之力，为身为长子的父亲建造了全村第一排半砖半土结构的婚房，迎娶我的母亲。

我们家的院子在村子的南头，地势很高，即使是发了山水，也不会像旁人的窑洞那样受到损坏。那排房子一共有三间，宽敞的大房用来接待客人，里面有一盘能够容七八人睡觉的大炕，除了大炕占去一面墙之外，剩下的三面墙边分别摆着衣柜和盛放粮食的大柜子，中间是一架火炉。我现在能够记忆起那些漂亮的大柜子，上面画着非常好看的图案，有龙凤，还有许多雀跃的鸟儿，炉子在冬天的时候是火红的，母亲在炉子上蒸着土豆或者是馒头。

大房的两侧是两间比较小的卧室，靠西边的住着我们一家，后来，二爸结婚，东边的那间就住上了二爸一家。

我在很多文章里提及过那间我住了整整七年的小卧房，尤其是炕上的那张粉红色的木桌子，桌子上面总是摆着能够抵抗饥饿的食物以及一把自制的扫炕笤帚。虽然说那是非常小的一间卧房，如今有了平方米的概念，算下来也就是二十几平方米的样子，但是它盛放了我整个童年的喜怒哀乐，母亲的十余年光阴，以及母亲与它的纠葛。

正对着我们家小卧房的是一排窑洞，等到我有了记忆的时候，它们就已经变得颓败，甚至连一个像样的窗户和门都没有，里面堆放着许多杂物。那排窑洞里有一孔窑还是有炕的，炕上有一个用干草堆成的鸡窝，在干草上经常会卧着一只母鸡，肚子下面是温热的蛋。我记得有一年的夏天，可能是由于年久失修，那孔有母鸡孵蛋的窑洞突然在漆黑的夜晚发出了一声巨响，倒塌了。母亲拿着银色的手电筒冲了出去，我光着身子跟着她。母亲把手电筒递给我，并嘱咐我把那圈不怎么亮的光正对着一堆废墟，于是，我能看到母亲用两只手扒着黄土，动作迅捷，直到她把一只疲软的鸡提在空中。

母亲哭了。她曾经幻想着那群小鸡可以孵出来，长成大鸡，变成绵羊再变成黄牛，确实是美好，但是它们随着窑洞的倒塌破灭了。母亲坐在废墟上缓着、喘着粗气，右手提着一只已经死亡的母鸡，鸡的胸脯那里还沾染着蛋黄。我听话地照着母亲的方向，能看到她满身的黄土以及凌乱的头发，有些狼狈和绝望。天已经微微亮了，父亲玩麻将还没有回家，母亲等不到父亲的帮助了，她走进厨房架起灶火，把那只母鸡开膛破肚，毕竟不能把它白白地丢在沟里。

等到我睡醒的时候，小卧房里的粉红色方桌子上就放了一盆鸡肉，散发着诱人的香气，桌子的边儿上也已经围满了等着开饭的村里的亲戚。

那顿丰盛的早餐到底有多美味，吃了多久，我已经忘记，但我知道等到父亲下午回到家中后，母亲就一直在委屈地抱怨，抱怨父亲只赌博而没有及时地加固窑洞，抱怨一只母鸡和许多即将出世的小鸡被黄土埋没。父亲不怎么还嘴，但我能看出他正在做爆发前的酝酿。

其实自打我记事儿起，父亲与母亲的关系就只能用“维持”来形容，他们总是因为诸如洗脸水的温度而发生争吵以致厮打，每次厮打过后，父亲都会离家数日，有时候母亲也会领着我跑到她的娘家。然而母鸡被压死的那次，他们二人谁都没有走，吵架的声音越来越大，母亲开始将柜子上的花瓶摔到地上，红色花瓶里插着几枝不怎么艳丽的花儿，混杂在细碎的玻璃碴子之间。我心里突然兵荒马乱，有一种特别不好的感觉，那个时候还不知道预感一词，只觉着心口有很重的东西压迫着。

父亲从大门外的柴垛上一次又一次地抱着柴火进到大房里，再把那些柴火堆在房间的正中间，很高的一堆，像一座坟冢一样，即将触碰到大房的屋顶。父亲一边咒骂着一边用火柴从柴堆的底部出发，点燃了柴火。烟和火苗同时升腾起来，干柴烈火，发出嘎巴嘎巴的响声，随之而来的还有热浪，就要逼得我无法呼吸。

无助的我开始大声嚎啕，用手揪扯着头发，母亲也瘫坐在了地上。

闻讯赶来的村里人一齐把熊熊的火扑灭了。火焰卷及了房梁的椽子，我能看到屋顶被烟熏得很黑，隔开大房和小卧房的门帘完全被烧毁了，我不知道那门帘是什么质地，只看到它被烧作一团，上面画着的喜鹊也被烧没了脚和头，留下一个身子勉强地吊在门框上。大房炕上的床单也因为飞溅的火星而留下大大小小的洞，再加上满地的灰烬和玻璃碴子以及各种喊叫与哭声，那个场景真的非常狼藉。即使是过去了很多年，我依然不愿意过多地描写。

我的父亲要把我们的房子烧掉，到现在我都不能理解他的行为，更不用说原谅。但我一直都知道他与母亲的矛盾不仅仅关于一孔窑洞或者是一只母鸡，也不能确认他们二人到底是谁要负的责任更大些，因为年龄小，我知道的并不是很深入，在后来的日子里也没有勇气问起任何人。

除了之后的法庭相见，那次事故应该是父亲与母亲最后一次面对面的冲突，此后，他们分开生活。那几日，也是母亲住在她的第二所房子里最后的几日。

母亲再也没有踏回过那盘院子半步，甚至都不曾提起。

后来，村子里的人越来越少，那盘曾经为了迎娶母亲建起的院落因为无人看护而被弃用，短短几年，已经变成残墙，零零落落的定在院子中间，看上去还真有一些深沉的感伤。

三

作为远近几个村子中第一个与男人离婚的女人，母亲已经不能在家乡待下去了，甚至我姥爷也放出气话来要与母亲断绝关系。受压的母亲先是带着我们几个孩子到另一个村子生活了几年。后来，中国农村人外出打工的浪潮席卷到陕北的农村，于是母亲毅然地带上我与姐姐到外省的一个小镇投奔我的大姨，来到了她生命中的第三处房子。

大姨和姨夫经营着一家养鸡场，母亲帮忙饲养，也时常会带着鸡蛋和鸡肉到市场上销售，我和姐姐一边上学一边做些零碎的活儿。那时，我们与大姨一家住在一盘租来的院子里，房子的质量非常差，在那个小镇里算是危房，十几间房子的墙面上都画满了用白色圈圈围着的“拆”字。

本世纪初，我们落脚的小镇正在大力地开采煤炭，坐落在小镇周围的几个大型电厂也拔地而起。随着小镇快速发展的还有大姨的养鸡场，姨夫已经从老家雇用了四五个工人，一切都是那么忙碌红火。

母亲的娘家还是那么贫穷，由着大姨的关系，我的小舅一家以及大舅一家，加起来有十个人左右，都陆续来到小镇谋生。大姨托人把小舅安排在了当地的一所学校食堂，做些馒头和糕饼，而大舅则是向大姨借了一笔钱，在小镇的中心地带开起了一家小饭馆。虽说都有了自己的生意，但是还未盈利，于是他们全部寄住在大姨的养鸡场里，一时间，原本就拥挤的养鸡场变得更加紧张，大姨夫的脾气也是越来越大，院子中亲戚之间的矛盾都在合情合理的预想中积蓄着。

我与母亲以及姐姐住在鸡场院子的最东边，靠近厨房。我们的房子里有一台非常大的冰柜，里面放着被褪毛开膛的鸡肉，以供第二天的销售，似乎全家人的生计都在指望那台发出声响的冰柜。有一天，不知道是院子的谁偷走了几只冰柜里的鸡卖给了当地的一家饭店，大姨夫真的是绝望的愤怒，他怒吼着要将大姨的娘家人全部赶出院子。大姨夫站在冰柜的边上，把冰柜的盖子揭开再非常用力地盖上，反反复复，在那一揭一摔之间，我的心跟着蹦跳着，非常恐慌。

不知道是谁非常大声地告诉所有人“鸡是辉娃偷的”，辉娃是我的小名。也就是在我还一头雾水的时候，大姨一脚踢在了我的屁股上，很重的一脚，我随即趴在了砖地上，一时间并不知道如何求饶与哭泣，也并没有人阻拦。大姨又提着我的领子，把我拎到了院子里。我记得，我当时躲在了一架装水的车子旁边蜷缩着，紧紧地抓着车子的栏杆。大姨拿起院子里的一把扫帚，扫帚的把儿是实木的，那根实木的棍子敲打在我的身上，不知多少下之后，它断成了两截。

大姨夫叹气拉开了大姨，说着，别把辉娃打坏了。

我看到大姨坐在院子里委屈地哭了起来，我能感觉到她比我难受。

所有人都知道那些鸡并不是我偷卖的，但在那样紧急的时刻，需要有人替罪，需要有人将姨夫的愤怒转移到同情之上。我不知道为什么那个人是我，在有了成熟的思想之后，我想到，自己被打能够换来母亲以及她的娘家人继续寄住在大姨家，就觉着很值得，甚至还有一些微微的感动，而我也并不会怪罪什么人，在那样复杂并且难挨的日子之中，任何人都不比我轻松，任何人都比我委屈和伤感。

后来，小镇开始了大规模的拆迁和重建，原本租来的大院子也就要被推倒了。大姨在小镇的边角处买了一块地方，打算用所有的积蓄建起一盘属于自己的院子。那时，我母亲已经有了一些积蓄，大姨建议母亲把积蓄添在一起，等到房子建好，能够分给我们几间明亮的大房子，那样，母亲与我就真的有了属于自己的容身之处，姨夫也同意了。但我母亲拒绝了。

我一直都不敢说自己很了解我的母亲，就像我并不能完全理解她为何要拒绝大姨的善意。前几年，当我问起母亲这件事的时候，她淡淡说了一句："我怕你和你姐再被打。"

我突然有了一点难受，但也说不上是哪里难受，只觉着不怎么言语的母亲竟有那么强烈的寄人篱下的痛苦，只觉着我与母亲的弱势感以及内心不容侵犯的自尊是那么相像，彼此矛盾但却令人欣慰。

大姨兴建的三十六间房子拔地而起，四排呈阶梯状，最高的那一排房子还贴上了光亮的瓷砖，非常大气漂亮。当喜庆的鞭炮声响起，姨夫从房顶上向前来道贺的人们撒糖，母亲欢乐地捡着地上的糖果，动作夸张、笑容真实，再急匆匆地塞给我和姐姐。

在一阵喜庆之后，母亲领着我与姐姐站在了路边，手里提着大大小小的行李，姨夫的三轮车上还有送给我们的两张旧床和一张很小的桌子。我们打算就此离开大姨独自生活。

在大姨的养鸡场工作了五六年之后，因为长期把手掌泡进清洗鸡肉的冷水里，母亲的关节变形严重。这应该是我能想到的母亲离开的最直接的原因，还有别的什么原因，我并不是很清楚。于是，拿着糖果的我们成为了那个小镇无家可归的人，也是从那时开始，我的母亲开始了漫长的租房生活。

四

母亲第一次租住的是我同学家的房子，有20平方米左右，还有一个只能放得下一张单人床的隔间，她把那个隔间分配给了我。房子有白色的吊顶，刚装修过，之前的租户不知道因为什么把房子引燃，一时间惊动了好几辆消防车灭火。母亲由着最低的租金选择了被旁人认为是不吉利的房子。很草率地，我们就住进了母亲的第四所房子。

这并不是很大的房子说起来也是母亲从农村到城市谋生之后第一处用自己的努力租来的房子，所以她似乎很激动。那一整天母亲都戴着麻色的头巾一直忙碌，还去市场上的布店扯了一大块花布，裁裁剪剪之后竟然也还漂亮地挂在了窗户上。母亲还买回来了一面蛮大的梳妆镜，镜子周围还镶着放香皂以及梳子的盒子，很精致漂亮。那天收拾妥当之后，母亲带着我到刚刚拆迁过的废墟那里又拾回了一个被人丢弃的沙发，暗红色，她把白色的带有喜鹊的床单折叠之后用作沙发的套子，非常合适。细细看起来，一间被大火烧过的房子在我们的一阵布置之后竟然也有了温情，有了一丝家的感觉。

一盏45瓦的白炽灯投下来昏黄的光，母亲摘下头巾，仔细看了一阵屋子里的简单家具以及坐在沙发上的我和姐姐，她很满意地说："呀，美气!"

母亲是个非常能干并且节俭的人，自打她决定离开大姨那时起，我就知道她心里萌生了一个宏大的目标——买房，平房或者是单元楼房都可以。母亲经过熟人介绍获得了一份工作：将机器制作出来的楼板修补完整，再用非常巨大的铁钳子把多出来的钢筋剪短，简单却辛苦。再后来母亲还在晚上兼职给宾馆打扫卫生。在母亲攒钱买房的那几年时间中，我觉着我生活得很辛苦，我所有的零花钱都是来自于我自己的勤工俭学以及暑假的时候会伙着其他孩子到工地上捡拾别人不要的铁皮或者是钢筋。而我的母亲也逐渐进入到一个疯狂、充满精力的阶段。她又辞掉了手上的两份工作，艰难地与我的大舅妈合伙开起了小饭馆，早晨卖早点，中午和晚上卖陕北的炒菜和面食，还请了一个服务员。

狭小的厨房里到处都是让人不能呼吸的油烟，黑色的换气扇发出笨重的声音，靠近灶台的玻璃上布满了油渍，傍晚的阳光就从那布满油渍的玻璃射进厨房，微弱地照在母亲的围裙上、脸上。她正在小锅里炒着一盘菜，旁边的大锅里是沸腾的面汤和零星的几个饺子。我已经站在水缸那里给她说了三遍我要一百块钱，并且很急。那时我已经读到了初中，自己的勤工俭学已经不能够支撑我的日常花销，所以时常会伸手向母亲讨要。但不知道是因为忙碌还是别的什么原因，母亲一直紧锁眉头没有给我答复。

太阳越来越低，就要到晚自习的时间了，这时候，服务员掀开门帘冲着母亲喊了一声："阿姨，催菜了，催菜了！"母亲把锅里的菜放在小碗里尝了一下，准备装盘，而我作为一个叛逆期的男孩儿，已经在极大地控制着自己的情绪。

"给我一百块钱，听到了吗！"我声音很大。

母亲毫无征兆地给了我一个用尽全力的巴掌，落在我的脸上，随后，她又将炒菜的勺子敲在我的后背上。我的眼泪不由自主地落了下来，要知道，自从父亲离开我们之后我便很少哭泣，而那次的眼泪怎么都止不住，甚至到最后我因为哽咽而无法站立，用一只手扶着水缸，全身都在发抖。在那一刻我是恨我的母亲的，攒钱买房是母亲的愿望而不是我的，房子对当时的我来说只是用来睡觉的地方，而母亲之所以想要一套自己的房子，不过是虚荣地想要证明自己的能耐罢了。那时的我，确实是这么想的。

成年之后，我时常与母亲聊起她过去打我的事情，那一巴掌也每次都会被提起，母亲告诉我她已经忘了那件事儿，但她说如果联系起当时的状况，应该是她在拼命赚钱、攒钱的过程中也积蓄了无处排解的委屈和仇恨。是的，母亲非常真实地诉说着如果不是我与姐姐的拖累，她会生活得轻松许多，于是，有时候她会将生活的苦难转变成对我与姐姐的仇恨。而当我又问到为什么在那个傍晚用一个巴掌纾解仇恨，并且对象是我的时候，她说那只是一个巧合。

2007 年，我初中二年级，母亲的存款已经够买一套售价 5 万元左右的单元楼房。虽然母亲没有告诉我什么，但是我能感受到她从心底发出的兴奋和慌慌张张。她每天中午都会到小镇的角落转悠，在告示栏的位置站立许久。她也悄悄地托熟人帮她注意有谁要卖房子。而那个被嘱托的人一定是大张着嘴，表情夸张地看着母亲："春霞，你要买房了！"随后，那人会有一些动情，甚至熟识母亲的几人在得知母亲要买房子的时候都落了眼泪。此情此景，我的母亲先是佯装着拍打那个人的肩膀，再声音很小地说："哎呀，你悄悄的，不敢声张！"

一个周末的晚上，母亲领着我和二姐去看房。那套房子是煤矿职工的家属楼，在三层，朝阳。我们小心地走进那间不算很新的房子，问了主人是否需要换鞋。80 平方米左右的房子是两室一厅的结构，地板还是比较落后的水泥地，客厅的墙上挂着一幅我忘记了内容的画。房子的阳台很大，上面养着花草，还放着一个空空的鸟笼。可能是因为水汽还是别的什么原因，阳台的墙面开始有白皮翘起来，也有落在地上的，但是总体看起来还是非常不错的。母亲细致地看着那一切，把我的手握得很紧，她嘴里嘟嘟囔囔地说着什么，房子的主人有一搭没一搭地回复着。

“辉娃，这间小卧室你住，我再给你弄个书桌，你也能把同学领回来写作业。我和你二姐住大卧室，等到你大姐放假回来，我们母女三个挤一挤!”我们站在那间小卧室的门口，母亲手扶着门框，她动了感情，所以说话的声音生硬并带着一丝哽咽。

交了一千块钱的押金，我们下了楼。那时正是初秋，天气温热，各种昆虫都发出响亮的叫声，还没有被污染的小镇也能看到很多星星。母亲左手拉着我，右手拉着二姐，我们到公用电话亭给姥姥报喜，当母亲说出第一个“妈……”字的时候，她就已经痛哭起来，说了许久才算交代明白她将在两个月后拥有一套属于自己的房子，而电话的那头也随即痛哭起来。

即使是未成年，我也完全可以理解母亲与姥姥痛哭的缘由，我可以体味那中间复杂并且隐忍了数十年的委屈，再加上母亲是因为房子才开始了她苦难的婚姻生活。于是，在我看来，任何动情的表达都不算过分，合情合理。

同年中秋节，大姐领着一个男人回到我们的出租屋，带了很多礼品。那年大姐 22 岁，已经在省城打工超过六年时间，她打工所赚的钱也大都上交母亲贴补家用。饭桌上，大姐告诉我们，她要结婚了，婚礼想定在那年的元旦。

不论那套已经交了定金的房子在母亲心里占据着多么重要的位置，但从根本出发，她是一个母亲。当大姐说出要结婚的那一刻，我想，母亲就已经打定主意要暂缓买房，她要拿一部分钱给大姐，当作嫁妆。她甚至再一次莫名其妙地激动起来。

大姐回省城之后，母亲单枪匹马再一次踏进那套已经交了定金的房子中，我不知道她用了什么方式，流了多少眼泪，要回了那一千元定金中的五百块钱。

母亲为大姐操办的婚礼很简单，虽然父亲没有参加，但是母亲准备了所有娘家人应该准备的东西，大到一床红色被子，就是那种绣着龙凤的被子，小到两双绣着百年好合的鞋垫。母亲还偷偷交给大姐一万元的现金，哭着对大姐说她对不起大姐，让大姐没有受到好的教育、受了苦难。

婚礼之后，母亲积攒的财产折半，那时候我们并不懂分期付款，所以母亲买房子的计划似乎还要再等上几年才会有实现的可能。而也是从那时起，母亲似乎意识到了她拉扯的孩子已经长大，两个女儿陆续到了适嫁的年龄，她的儿子也是肯定要培养至大学毕业。慢慢的，她生命中出现了很多比她买房子更紧急更令她放不下的事情。2008年前后，小镇涌入了非常多的电厂、化工厂工人，当地房价也以近乎不可想象的速度翻涨，于是，母亲很少再谈及买房的事情。

五

在2008年之后的很长一段时间里，母亲都是租住在旁人的房子里，有大有小，有好有坏，而我那时已经进入省城的一所高中读书，所以很少与她同住。在母亲后来租住的那么多房子之中，我对于其中的一间有极深的印象。

那时是冬天，我放假回家看望母亲。那套房子装修蛮好，瓷砖和吊顶都有，还有沙发和电视。晚些时候，我趴在靠近火炉的地方睡觉，迷迷糊糊睁开眼睛，看到母亲在灶台忙活着。炉子上放着一口砂锅，能看到有水汽从砂锅的缝隙弥漫出来。她腰间系着围裙，穿着一双棉拖鞋，黑色的袜子，弯着腰也驼着背，我看到母亲老了，身体微微胖了起来，切菜的动作也慢了许多。她用刀面盛着类似于香菜一样的东西，走到火炉旁，把砂锅的盖子揭开，再把那香菜倒进锅中。最后，她又走向我，轻轻把我的被子掀开说："辉娃，别睡了，来，妈给你炖了土鸡。"

吃过鸡肉已是黄昏。我背起背包打算搭车到省城的学校报到。走在空空的土路上，两旁稀稀拉拉的树没有了叶子，显得很萧条。我回头望去，母亲站在我的身后，穿着深色的宽大的棉衣，她身后是一座小小的租来的房子，炊烟还在缓慢升起。我发现我的鼻子和眼睛酸涩得厉害。

你可能不会相信，那是我母亲第一次站在门口张望我。与旁人的母亲比起来，我的母亲是一个受着很多人不曾受过的苦难的母亲，她也像是一个刺猬一样时常用尖刺刺疼着她的儿女。她在我的记忆里是那个说话绵软却力道十足、一天兼工两份、独自拉扯三个孩子长大的坚强女性，这是真的。然而，就当我回头看的时候，我看到冬天寒风里的她，我确认了她的衰老，与衰老同时出现在母亲身体里的还有柔软，那是我一想起便想要保护和落泪的柔软。原来，时光以及那一套套纠缠着母亲的房子将母亲蹂躏到柔软。我柔软的母亲。

2012年，我已经是大学二年级。那时母亲已经把我二姐嫁了出去。母亲在电话里自豪地告诉我，除去二姐的嫁妆，她的存款还剩着六位数，我知道柔软的母亲本性难改，买一套房子的心火又在她心里烧了起来。

母亲托了很多人拐弯抹角地问我想要在哪里安家，我也知道，母亲想把房子买成我的婚房。从最初想要给自己的孩子买一个容身之所到如今想要给自己的小儿子买一套婚房，这之间是超过十年的时光，旁人看起来或许会认为有些滑稽，甚至会有人觉着我的母亲没有足够的能力。但作为一个已经懂事的男人，回想起那十年我是五味杂陈的，有一种自豪以及无以为报的感恩。我想我不能再自私地阻碍母亲的路，即使我深知我不会再回到小镇生活，但我多次坚定地告诉母亲，我要把家安在那个小镇，就是那个她一直想要买房的小镇。母亲说："太好了！"

那年夏天，母亲将半生的积蓄从银行取了出来，她还将自己的商业保险存款也取了出来，全部交给了我二姐的婆婆，托她找认识的人，买一套价格最实惠的房子。可能是心急，母亲与二姐的婆婆连一张字据都没有写下。

2015 年年末的时候，房子还没有交到母亲的手上，她着急起来。那时，母亲还是居住在出租房中，两个姐姐多次要接母亲到她们家中都被母亲拒绝。北方的冬天特别寒冷，母亲的出租屋内生着火炉，但是她的腿依然因为风寒而不能走路，我强拉着母亲到二姐家过年。

在年夜饭的桌子上，二姐与她的婆婆谈起母亲房子的事情，当她说到母亲目前居住在出租房，并且膝关节变形的时候，她哭得很伤心，像是这一切都是她造成的一般。

和平圆满的年夜饭变得紧张并且严肃起来，最后演变成二姐与她婆婆的骂战，再后来我的姐夫因为二姐的出言不逊而扇了她耳光。我和二姐共同生活患难超过 18 年，当我看到她被打之时，我的眼里瞬间充满眼泪。

我和姐夫厮打过后，桌子上的餐具落得满地都是，破碎着，饮料也倒在了地上。这一切让我想起父亲在十几年前烧房子的情景，一样的狼藉。刚会走路的小外甥女站在地上发出凄厉的哭喊，小小的身子一闪一闪的，像极了当时我面对那堆大火时的反应。我在那一刻才真正悲痛起来，我很委屈，我想母亲比我更加委屈，我们一起努力了十几年，但是时光好像倒退回去了一样，只是主角变成了母亲的女儿，为什么我们要像被诅咒了一样摆脱不掉苦难呢？我们感到委屈，这一切都是凭什么？

给二姐的婆婆鞠过躬，道过歉，我得到了姐夫的原谅。我陪着哭泣的二姐把那残局收拾干净。等到我收拾完毕，母亲也已经把我们的行李准备好了。我们没有让任何人挽留，也非常残忍没有去理会哭泣的二姐，只是给我的外甥女留下了压岁钱，打开铁门，离开了。

街上什么人都没有，天还没有完全黑下来，但是路灯全部亮起来了。路上的雪也没有化，我与母亲踩上去，发出巨大的响声，似乎那个傍晚寂静到只能听到我们的脚步声。路过人家，水汽已经在玻璃上布满了，我们看不到人们家里的情景，无数个窗户都是这样，虽然看不到屋内的红火，但是从红色的窗花那里透出来的光亮还是能品到几分温暖和喜庆。我看向母亲，她已经和我一样平静。

大舅开车把我和母亲送回到了出租屋，灶台那里放着几根做饺子馅剩下的白萝卜，已经冻得硬邦邦的了，地上的暖瓶也冻裂了。母亲用煤油和柴火将炉子点燃，屋子渐渐有了温度，炉子上烧着的水也冒出了充足的白汽。母亲让我打开电视，她说春晚快要结束了。我心情放松并且舒适地问母亲："妈，你怎么不哭?"

母亲笑着说了一句什么，我没有听清，她给我的怀里丢进来一瓶已经焐热的黄桃罐头。瞬时间，门外面的鞭炮噼里啪啦地响起来，烟花"嗖嗖"地冲上天空，然后发出爆裂声，出现美丽的火花。

六

2016 年，距离姥爷将母亲嫁到山里、用母亲的彩礼建房已经有 30 余年，父亲烧房的事情也过去了将近 20 年。而那时我已经大学毕业开始工作，还出版了自己的书，生活都向着好的方向发展。

春节后，我回到广州开始工作。母亲打电话说要告诉我一个消息，二姐的婆婆已经拿到了房子，小高层，我们那套 135 平方米的在五楼，她让我迅速回家办理手续，免得夜长梦多。

母亲在电话里的语气比我想象的要平和，反倒是我不太淡定，连夜请了假，赶动车、飞机、火车和汽车，一路狂奔回到母亲的出租屋。

农历三月末的一天，西北的风在那日尤其大。四车道上连一辆行驶的车子都找不到，大风将才生出芽子的柳条吹得很高，飘荡着。我走在母亲的左侧，在路沿的下面，母亲在路沿的上面，我们两人刚好能并肩。母亲戴着浅色的口罩和帽子，许多银白色的头发从帽檐儿散落了出来，也有口罩没能遮挡住的鬓角，从根部出发，白了一大片，还有在飞舞的头发之间隐约能看到的眼袋和皱纹，不能再重一点儿也不能再多一条。

母亲确实如旁人说的那样，她老了。

"你确定那些手续和证明都带着了吗?"母亲从早上出发就不厌其烦地问我这句话，我没有回答她，只是应付着笑了一下。

“一会儿登记的时候，我跟着你，我怕你把名字写错了!”母亲小心翼翼，声音突然小得就要淹没在大风里了。

“你的房子写我的名字干吗，只写你的名字啊！你老人家老糊涂了吗?”我抬起手，非常轻松地搭在母亲的肩膀上。

而我的母亲，突然停步，终于放下所有的伪装，泣不成声。

那是我与母亲第一次谈及房子归属的问题，我从心底里觉得那套凝聚了母亲一辈子心血的房子只能属于母亲一个人，房产所有人的名字也只能是她的名字，并不需要讨论。但自从被通知办理手续开始，她就陷入到一个矛盾纠缠，甚至失眠的境地，几次试探性地问我“房子写你的名字吗”，但还没等我开口她就转移话题。母亲认为，她的房子是为我买的，并且她时常说自从与我父亲分开生活之后，我就成了一家之主，房子理应是写我的名字。所以，她才能在电话里那般平和。但她终究是要回忆起那些与无数房子的情泪瓜葛以及自己的苦难。于是，她进入到崩溃的沼泽，寸步难行。而等到我斩钉截铁地告诉她“你的房子只写你的名字!”时，她终于释放了一切深埋着的情感，瘫软了下去。

她手扶着距她最近的一棵柳树，口罩被摘了下来，捏在她的手里。大风灌进她微张的嘴，噎住她的喉咙，我能听到母亲柔弱委屈的哭声在风里断断续续。

终于，母亲拥有了属于自己的房子。

七

前天，母亲打电话给我，她最后选了乳白色的实木门，厕所的墙面决定用马赛克样式的瓷砖，厨房的灶台会做成大理石的，可以切菜而且容易清理，她也不打算请人给墙壁刮腻子了，说贴上壁纸更加实惠些。家电和沙发也有了着落，她的两个女婿已经承包。老太太说个不停，我能感受到那份快乐。

“辉娃，我再跟你商量个事儿!”母亲放慢了语调，试探着。

“等到这套房子装修好了，就把它抵押给银行。我用贷款再给你买一套婚房，买到省城去。贷款我慢慢还，你安心工作就行了!”

母亲不是在商量，她已经决定了。

《作品》2016 年第 10 期、《散文选刊》2017 年第 3 期

背离是另一种抵达

杜永利

一

争执后，父亲的屋子月光通透。

我辗转反侧，脊骨被凉席上的沙子不停磨削。我知道这仅仅是很少的一部分，更多的沙子已经钻进父亲体内，长成他骨头的凸起。抽屉里的膏药暗藏止痛颗粒，它们已被放逐，对于一心挣钱的父亲来说，刮骨术更为直接。取出的珍珠质地密实，仿佛加了明确注解：脚手架上的父亲已不堪重负。

这些认错人的沙子不停尖叫，一遍遍加重我内心的悔恨。其实刚才我就后悔了。听到我的斥责，父亲颓丧地跌坐在地板上，往日的强势顷刻间瓦解。我没想到他会哭，他仰着脸，咧开嘴巴哭。他的两颗门牙不知道什么时候掉了，这种缺失像是无告的呼喊，我的强横就此陷落。他摇摇晃晃地走出去，坐在门口抽烟，母亲让我喊他进来，我却羞于开口。

我想他真的老了，时光替我夺下江山，却颠覆了整个世界的秩序。

二

之前父亲一直是强硬的，他是绝对权威的领导者。他握着瓦刀，在别人的工地不停垒砌，借此垒出一家人安身立命的砖房，以及我和弟弟迅速拔高的躯体。

那时候他年轻、脾气火爆，下工之后喝一瓶啤酒就能解乏，留下的力气用来同我母亲吵架。我和弟弟时常在摔锅砸碗的声响中溜出去，守在门口，等他睡了才敢溜进屋。我们因惧怕而疏远他，父爱成为成长之路的稀缺品。我在学校被污蔑偷钱，被老师搜身，被跟踪，委屈只能装在自己心里。他无意中得知后，也不管冤不冤枉，先操起擀面杖打我一顿。又一次，我被同学整哭，含在嘴里玩的图钉不小心滑进肚里，事情被全村人知道，他首先想到的不是送我去医院，而是用皮带抽我，因为我丢人了。

他的暴躁是我童年的巨大阴影，而他对读书无用论的迷信，则使我和弟弟的求学道路充满坎坷。也许是太穷了，他不给我们缴书费，借来的旧书版本不符合，害得我们常常跟不上讲课节奏。读完小学，他不愿意让我继续读书，母亲和他大吵一架，他把酒杯摔碎，溅湿了我的通知书。母亲只好请亲戚们游说，他才松口。

他时常说："上学有什么用？大街上擦皮鞋的都是大学生。"他的想法简单实际：读完初中回家挣钱，过几年娶媳妇，他就可以松口气了。在他潜移默化的影响下，我像泄气的皮球一样，没有学习的动力。中考如他所愿，我落榜了，本来父亲已经决定让我去打工，英语老师却在这时到访，她替我在父亲那里争取到复读的机会。从此我开始发奋，每天偷点蜡烛，和负责安全工作的校长打游击，冬天还在教室熬通宵，终于考上了高中。而两年后弟弟同样落榜，他运气不好，没能等到游说的老师。父亲说："我不可能同时供你们俩读书，太累。"弟弟没有办法，只能听从安排，到小饭馆打杂去了。

弟弟的梦想是当画家和演员，可是有什么用呢？现在一切都结束了。出门前他把自己心爱的画册与颜料转手送人，只留几页画作在柜子顶层，目睹着时光的碎片对理想进行活埋。他在外面染了一头黄发，打了耳钉，以此填充青春期的空洞。他常常在后厨被教训，挨打之后灰溜溜离开，一分钱薪水也讨不回。他用人生第一桶金给父亲买了一条裤衩，还给我十块钱充当伙食费，我突然就哭起来，我们对不起他啊！他的前途被我们断送，他却傻兮兮地选择对我们好。

三

又过了几年，我们都到了快结婚的年龄，父亲开始利用一切空闲时间来添盖房子。他没有请工匠，仅仅依靠我母亲的协助。大夏天四十度的高温，别人都停工在家，他和我母亲却开车去装土；大冬天上冻，手都伸不开，他们却点上一盆锯末，忍着烟熏往墙上抹白灰……点点滴滴的时间被堆积起来，终于垒砌成了一整座崭新的庭院。到这里我们家就有两套房子了，我知道这是父亲给我留后路呢：读完书不还得回家种地？

他在我面前再也没提过读书无用论，却在背地里一再抱怨我母亲：

"是你让他读书的，我倒要看看他能有什么出息。"闻知此事，我不敢选择文科了，大家都说文科找工作太难；在填报志愿时，我在汉语言文学这一栏停留几十秒，然后果断选择了热门的冶金、机械、采矿。我违背了自己的理想，想以此增加自己获胜的筹码。其实结局已定，父亲在起点就赢了，他在潜意识里对我指手画脚，我选择的永远是屈服。

而弟弟却选择了背离。父亲让他去学习安装铝合金门窗的手艺，他三天打鱼、两天晒网，一心想着去大城市闯荡。终于有一天，他的理想被快乐男声的报名消息唤醒了。他在母亲的协助下偷运出一包粮食，换来路费，去西安参加海选。那时候我已经读大学了，看到他在空间发表的动态，真替他高兴。顽强的弟弟，这么多年过去了，残忍的现实没有磨灭你高贵的理想，反而使它熠熠生辉。当初我们信誓旦旦地说，一个当作家写剧本，另一个当明星来演主角，而现在呢，我每天学着毫无趣味的力学与绘图，早把理想弄丢了，寻梦的路上只剩下你一个人。

现实真的很残酷，没有出过远门的弟弟在海选时被评委耻笑："你五音不全我就不说了，但作为中国人，你竟然连普通话的发音都不准……"弟弟愈挫愈勇，他用所剩无几的钱买了一张去成都的火车票。可悲的是海选依然没有通过。他没钱了，下一站要去哪里？走在成都的街头，他的眼里布满泪水。也许他想到了命运，想到了几年前如果中考成功，他在高中会不会选择当艺术生呢？也许他还恶狠狠地想到父亲，以及正在大学里养尊处优的我。想到两个"仇人"，他再一次拥有了力量。他把手机卖了30块钱，吃了一碗面，然后用最后的几块钱买刮刮乐。没错，他赢得了去往杭州的路费。

我不忍心再说下去了，你知道吗？结果和西安一模一样，我怀疑评委是同一个人，他和我弟弟上一辈子是冤家。什么叫山穷水尽？睡了那么多天大街，挨了那么多蚊子叮咬，忍受了一路的饥饿与冷嘲热讽，我的弟弟都没有半点动摇，可是这一次他却彻底动摇了。他用最后一块钱给我打电话："哥，我想回家……"我借了同学的钱给他打去。

我流了很多的泪，一直以来我都把他当成我活着的另一种方式，让他代替我去追逐梦想，可如今连他也动摇了。

四

母亲一直是父子矛盾的缓冲地带，她用柔弱来承受疼痛，竭力为儿子们争取成才的机会。她反对父亲的独裁，却没有多少话语权，父亲的一句醉话就能把她噎死："有人养活饿不死的，你让他读书，你去挣学费啊!"母亲没有力气，也没有做生意的头脑，故此只能听凭父亲抱怨，然后偷偷流泪。

忍受久了，她也需要关爱。她不能去年迈的外公外婆那里告状，因为女儿家庭的不睦会使他们后悔不迭。我和弟弟飞走了，电话里一听见父亲的恶行就反感，母亲只好闭口不说。她只能选择邻居，那些听众的同情被她误认为是真心实意。殊不知，那些长舌妇惯于看笑话，惯于添油加醋，父亲的名声因此坏掉了。

日子就这样磕磕绊绊地过着。盖完房子，父亲继续为结婚的彩礼奔波劳碌。而我放弃了考研，开始找工作，大城市、高薪是我对工作的期许，这其中满含着我对父亲那句谶语的恐惧。弟弟从杭州归来后，并没有放弃明星梦，他在朋友的鼓动下跑到了大连。

各自忙活，原以为日子可以这样过下去，却被一个电话打破了平静。

电话是从大连那边打过来的，陌生人说弟弟蹭了他的车，必须掏出五千元作为赔偿，要是不给就卸掉一只胳膊，末尾是弟弟带着哭腔的自责。父亲气冲冲地摔了电话，母亲却吓得瘫软在沙发上。过了一会儿又打来电话，问卸掉右胳膊还是左胳膊，母亲一下子就哭了，央求他们千万别动手。父亲说他这是掉进传销了，别理他就好了，一旦得手他们会变本加厉的。道理都懂，可是放在一个母亲身上，她怎敢押上儿子的胳膊去赌一把?

母亲偷偷汇去了五千块钱，父亲知道后把家里的碗全部摔碎了。五千元可不是小数目，他一个人搬砖抹灰得干上好几个月呢。眼看着大儿子就要毕业了，结婚的彩礼还没备齐，谁家女儿愿意跟随他?父亲越想越气，但是事已至此，除了喝酒解愁还能有什么办法呢?他喝了很多酒，把母亲数落了一晚上。别人都劝说父亲赶紧去救人，而父亲却说："打不通电话，世界那么大，我上哪儿找去?"他不再过问此事，依然累死累活地挣钱。而母亲却一遍一遍地拨打电话。我后来才知道这件事，父亲的冷漠让我直打哆嗦。

母亲受不了父亲的责备，只好去工地挣钱。她肠胃不好，为了不让工友说她"懒驴上磨屎尿多"，只好尽量少吃饭，因此时常挨饿。她太瘦小，即使非常卖力，仍然不能逃脱被嫌弃的命运。工头少给她开工资，工友给她脸色看，她都忍着。

我宁愿相信老天爷是善意的，他仅仅想借用疼痛来终结疼痛。那天架子倒了，母亲摔了下来，断掉两根肋骨。我从学校跑回家，问她为什么不住院，她只是沉默。我在工友那里问清了来龙去脉：包工头送她去医院，路上不断暗示，母亲领会了他的意思，在拍过片子之后居然顺从地回家了，而到了家里，父亲居然也选择了忍气吞声。我受不了，包工头怎么可以这样？为了自己少出钱，他居然忍心让我母亲受疼。我在电话里义愤填膺，母亲无力地走过来夺手机。我跑到院子里，母亲在屋里哭了。我听见她说："得罪了他，我到哪里干活去？别人都不用我啊！"

原来如此，她想用自己的疼来保住工作机会！我慢慢挂了电话，几滴泪噼里啪啦滚下来。劝她瞒着工头去住院，她看了看父亲没说话。我知道了，那五千块钱还没挣回来呢。

此后的几个月，她用偏方来欺骗自己，偶尔买来排骨还不舍得吃，非要把肉留给我们。她很疼，手捂着右腹，躺不下去，整夜整夜地坐在沙发上。她的每一次喊疼都如刀片一样割着我的心，我想我总要自立的，到时候绝不会再让母亲受罪。

五

弟弟从传销窝点脱身了，他到了北京，靠跑龙套养活自己。他把自己上过的节目用截图发过来，画面中弟弟傻乐着，我却感到恓惶。他在电视里依然是观众，眼巴巴看着舞台上的主角，台上是某过气演员，他不甘心消失，花了钱请这档不知名娱乐节目炒作自己，而台下的都是五十块钱请来捧场的。我呢，签到了一家车企，离家几个小时的车程，虽然不是大城市，但是工资还行。父亲到底输了，我没有沦落成擦鞋匠或者种地的。

我不知道父亲是从什么时候开始显出老态的，在我发现的时候，他的老已经由动词变成名词，冒号之后是染发剂遮掩不住的白发、被岁月犁头深耕过的额头、膏药下磨损的膝关节与腕关节……坚硬的性格也出现了松动，他开始喜欢找我说话了。我怀疑那几次刮骨，不仅刮去了沙子化成的骨刺，也刮去了他体内石头般的沉默。我不习惯他柔软的表达，依然离他远远的。他会在父亲节用一整天来等我的电话，事后让母亲传达他的失落。

当然他依然是家里的权威，我时常对他进行冒犯，比如在他逼我相亲的时候，在他骂我读书读傻的时候。他仍然和母亲吵架，我一劝解他就对我开骂。我不想回家，在大四最后一个寒假选择了去昆山打工。我必须挣一笔钱来还助学贷款，因为毕业之后就要开始计算利息了。

过完年，父亲在一次大吵之后离开了家，他恶狠狠地说不会再回来了，让我母亲一个人过。我们母子俩在电话里笑，说早该如此，分开了才清净。

其实我们都误会了他，他不是被母亲气走的。两个月后我在做毕业设计，母亲告诉我他回来了。我隔了很久才抽空回家，没想到他躺在床上，两眼无光。见我进来，他让母亲给我拿出从福建带回的特产，有槟榔和橄榄，也有即将腐坏的枇杷。这是他在火车上买的，一直不舍得吃，纵使放坏了也要等我回来。说话之间才知道他去了龙岩，那里一天可以挣两百，可惜一直下雨，没有几天可以出工。他在那里感染上了肺结核，不过已经快好了。

父亲因为我的到来而十分愉快，但是没多久又陷入了愁闷。母亲说不是因为病，而是因为惹上了麻烦。

眼见着雨没有停住的意思，父亲只好和工友商量好了一起回去。离开时，只要到一小部分工资。老板让集体办一张卡，没有人肯拿出身份证，除了父亲。这一部分钱打进了父亲的卡，回家后将要平分。父亲没有想到这是一个骗局。

到家之后，父亲提议等工资全额到账后再分发，很多人不愿意，但是父亲一再坚持。期间有人向老板催要工资，老板说已经给过我父亲了，之后再也打不通电话。一伙人来到我家讨账，任凭父亲怎么解释他们也不相信，还差点动起手来。他们的理由很充分：“难怪你一直不肯分钱，原来想独吞啊!”听到这里，我说可以去银行查账啊。母亲苦笑一声，查过了，他们非说也许用的是另一张卡，鬼才知道。

母亲压低了声音埋怨道：“烧包，别人都不掏身份证，他逞什么能呀?”

后来父亲病好了，他打算把家里的粮食都粜了，我帮忙往车上扛粮食。父亲说：“本来想借用他们的钱替你还贷款呢……”我的泪水不听话地落下去，染湿了一小片麻袋。

六

我毕业了，穿上蓝色工装，每天如蚂蚁一般蠕动在几千号工人的队伍里。每天过得很忙碌，但是下班之后却莫名其妙地涌起一阵空虚。有一天我突然想明白，这都不是我想要的，我打一开始就不应该荒废写作梦。后悔已经没有用，我只能从现在开始补救。

父亲那边也开始忙活，只要我回家，他就有说不完的话，主题永远都是泡妞攻略。他说："现在网络这么发达，你居然说机械行业碰不见女人！百合网不让你找？微信附近的人不让你约？世纪佳缘……"我打断他："大街上的女人也多，我能看见一个就追一个吗？"把他晾在那里走了。

我只关心写作，其他的都被我排斥在外。错失了太多青春好时光，我只能这样使劲儿。父亲不可能支持我，不是吗？他从来都是按照自己的步骤来对我们进行培养，我读大学以及弟弟出逃仅仅是两场意外而已。如今我自立了，再也不愿受他的影响。

弟弟混成了跑龙套代理，需要一笔钱来扩大事业。他找到我借几千块，我不敢借给他。事情过去半年多了，我始终不能原谅自己。我拥有许多理由，比如害怕他又一次进传销呀，比如我攒钱只是为了凑个整数等过年时报答母亲呀，等等，这些理由都是真实的，也是充分的，却无力弥补我和弟弟之间的罅隙。

他两手空空回家了，穿的是离开时的那身破旧的袄子，肠胃也饿坏了，回到自己家居然也会水土不服。我给他买了一身羽绒服，他勉强接受下来，却不愿意同我说话。有天母亲让他去理发，他说没有钱，母亲给他钱，他不接，还用尖刻的语调挖苦："千万别给我，我是无底洞。"这句话是父母一时的气话，弟弟确实也不小了，在别人眼里他符合不务正业者的所有特征。

我责备了几句，他离家出走了。羽绒服脱在床上，天蓝色的布面仿若童年时无忧的天空。一整晚我都睡不着，弟弟也是心重的人，我怕他想不开。其实兄弟反目的原因不在于借钱之事，母亲告诉我攀伟一直在挑拨是非。攀伟也没错，他只是说出了一个事实："你爹和你哥都欠你的，别傻了，自己要争取。"攀伟的弟弟在市里娶了媳妇，房子是父母买的，一碗水没端平，攀伟一直想把他们撵到老二家里。我读大学时宁愿贷款也不愿花父亲的钱，正是出于这方面考虑，而父亲却用粮食取消了我在弟弟面前硬气说话的资格。

第二天是除夕，弟弟回来了，我和父母都很高兴。弟弟搬梯子贴对联，父亲让我去给弟弟递糨糊。太阳升起来，照亮了父亲的笑脸。他一定体会到了家人团结的幸福，所以不久之后他给弟弟买来了电脑，并且告诉他："是你哥掏的钱。"弟弟的轻蔑响在鼻腔里。是的，我们想得太美了，以为这些小恩惠可以补救情感的债务。弟弟再也没碰过那件羽绒服，他也不和我同床了，自己搬进简陋的配房。这个年过得真不是滋味，如果时光倒流，我一定把上学的机会留给他。

七

父亲出钱让弟弟考驾照，他领情了；父亲托人给他说媒，他也积极响应。本来父亲的计划就要成功了，却被一场车祸搅了局。有时候生活充满了扯淡，让你难以接受，但是它非要那么真实且生硬地降临在你头顶，你除了接受还真是没有办法。

弟弟在去约会的路上撞了一个人，她再有十九天就要成婚了，而且有孕在身。弟弟把她扶起来，问清楚了没事才离开，谁料女子的公公生了歪心思，想借此捞一笔钱。很意外，父亲慷慨地掏出钱来，我甚至怀疑他有些庆幸，因为弟弟花的钱马上就要和我的学费持平了。

交清了钱，弟弟一头撞在门外的石磙上。一群人赶紧去拽他，幸亏没事。经此打击，他再也没心情待在家里。他又一次飞走了，到北京重操旧业。

父亲很生气，抱孙子的计划又落空了，他只能把注意力集中到我身上。背着我，他多次托媒人去说亲，女方都是我再熟悉不过的同学，她们对我知根知底，对我们家又怀有深浅不一的鄙视，故而不可能同意的，到头来落了许多没趣。我知道了此事，越发对相亲反感，有段时间竟不想接他的电话。

我没想到他如此不堪一击，竟然会就此沉沦下去。邻居告诉我："你爸每次去别人家随礼都喝得醉醺醺，回家后和你妈吵架，半夜大哭。"另一个邻居说："你爸在小卖铺抱怨你们没本事，别人家的儿子都满街跑了，你们居然连个对象也找不到。抱怨完掏出一沓钱说，不过了，给我来最好的酒！"

这些都没什么的，我不能容忍的是，他拿走母亲的钱去 KTV 挥霍。母亲的肋骨愈合之后，又去了工地，她不堪重负，足跟骨很快长出骨刺，每天瘸着腿干活，老板快烦死她了。如此辛苦换来的钱，父亲居然忍心拿去唱歌。

就在刚才，我和父亲进行了有史以来最严重的一次冲突，他跟我说："咱们这里也有歌厅啦！有个二十六岁的陪唱女，一会儿我们一起去，我跟你说啊——"

"别说了，是个女的就可以和我结婚吗？你想赶快松口气，你就是害怕自己累死，是吧！"

他跌坐在地板上，居然哭起来。

母亲让我去门口喊他，我不去。睡下后我十分后悔，其实父亲是非常老实的人，他去歌厅都是被工头拉去的，仅仅是唱歌罢了。他花母亲的钱只是为了还工友的情。就是在微微沉沦时，他想到的仍然是儿子的婚姻大事，这样的父亲，我竟然忍心伤害他……

我在床上想了很多往事，思前想后，觉得父亲只做错了一件事情，那就是爱错了方式。他用自己的方式给予我们一切，却没有收获预期的效果，爱灌溉出了恨，我们因爱而恨，或许也因恨而爱得更深沉、更不易察觉。这种爱就是棉被里的线，偶尔露出很小的一段，更多的却藏在棉花里，在千里冰封的季节率领棉花替我们默默抵御严寒。

我相信所有的背离只不过是换了一个方向去奔赴，而最终我们必然会抵达共同的目的地，原因是我们拴在同一根柱子上，绕来绕去终究逃不出四个同心圆。我相信父亲终究会抱上孙子，那些他倾尽大半生力气想要得到的，只不过是绕了一段远路，它们终归会奔赴到父亲的手掌心。我相信飞走的弟弟会荣归故里，到时候他想要做的是向我和父亲炫耀，然后我们抱在一起痛哭，把所有的亏欠与恨意统统交给泪水……

八

父亲见我睡在他床上，便在沙发上躺下了。

我一夜都担心他不能原谅我，但是第二天他却喊我起床吃早饭。我起来时他已经去工地了，桌子上放着小笼包，那是村口卖的、他一直舍不得吃的小笼包。

《作品》2016 年第 10 期、《散文选刊》2017 年第 3 期

生前是传奇，身后是传说

——追忆钱谷融先生

李　洱

几个月前，华东师大中文系文贵良教授打来电话，又发来邮件，说学校要为钱谷融先生的99岁诞辰出一本书，望我也能写点文字。我犹豫了一下，答应了，后来却没有写。如今在高校，似乎有个不成文的规矩：如果没有读过某位先生的博士，似乎就不能算是某位先生的弟子。照此说来，我没有资格来写这样的文章。后来，文贵良教授又打过电话，我就支支吾吾地把这个意思表达出来了。文贵良教授劝我还是写几句。没想到，那天中午我打开电脑，就在网上看到钱先生在99岁生日当天驾鹤西去的报道。

我第一次听到钱谷融先生的名字是在1983年。那一年，我进入华东师大中文系读书。当时学术界有“南钱北王”一说，“南钱”指的是钱谷融先生，“北王”指的则是北大的王瑶先生。不久，在《中国现代文学史》课上，冉忆桥老师告诉我们，写论文时要引用经典作家的观点。她举例提到，钱谷融先生的观点就是经典作家的观点。多年之后我才知道，冉老师曾做过钱先生的助手。冉老师本人就经常引用钱先生的话来说明问题，引用最多的自然是《论“文学是人学”》和《〈雷雨〉人物谈》里的话。如今回忆起来，冉忆桥老师是非常优秀的大学教师，她手把手教我们如何写作业，如何写论文，在中学语文和大学文学教育之间做了一个很好的衔接。冉老师也告诉我们，华东师大中文系教授当中，施蛰存、徐中玉、钱谷融、史存直，可以称为“先生”，别的教授，你们可以称为老师。我们自然能听出这句话的分量。在此之前，我们只知道“先生”是鲁迅先生的专用名词。

当时给我们上课的老师，有钱先生的多位弟子，他们也刚刚毕业留校任教，中文系83级是他们的第一届学生。这些老师都属于知青一代，大都有过下乡插队的经历，对教学和研究都极为认真，教同一门课的两位老师，一位在台上讲课的时候，另一位也会坐在下面听讲。我记得很清楚，宋耀良老师和夏中义老师当时给我们讲《文学概论》，他们就互相听课，当然这也可能是系里的要求。有一次宋老师在文史楼一楼朝北的小教室里讲课，夏老师就坐在我旁边阅读朱光潜先生翻译的黑格尔的《美学》，并做了很多笔记。当时中文系办公室是一排平房，就在文史楼的后面，门口盛开着夹竹桃。它们暗香浮动，但据说带有某种毒性。给我们上《中国现代文学史》课和相关选修课的，还有许子东老师和王晓明老师，他们是钱先生的研究生。关于钱先生的很多观点，很多习惯，我们自然又从这些老师那里知道不少。钱先生的另一位弟子殷国明就在我们班上实习。我记得他讲的是《小二黑结婚》。我还记得那天特别冷，钱先生本人亲自陪同前来，就坐在下面听讲。殷国明老师上来就介绍自己是钱先生的弟子。他当时既紧张又兴奋，有点结巴，“小芹”这个名字有时候要重复多遍。殷国明老师当时又黑又瘦，课后我们就直接以“小二黑”称之了，也胡乱议论“小二黑”是不是觉得某个女生像“小芹”才这么紧张和兴奋的。扭头一看，钱先生就在旁边，吓得我们直吐舌头。钱先生对殷国明说，多讲几次就好了。钱先生的另一位有名的弟子李劼，当时还在读研究生，喜欢演讲。他更是言必提到钱先生。如果我没有记错，李劼的硕士论文就叫《“文学是人学”新论》。李劼最喜欢提到的另一个词叫“双向同构”，大意是说审美客体与接受主体是“双向同构”的关系。在文史楼三楼朝南一间大教室里，李劼说，钱先生的理论就是“文学是人学”，我的理论就是“双向同构”。从事文学创作或研究，最重要的素质是敏感，钱门弟子无疑都是敏感的。但龙生九子各不相同，钱门弟子每个人又有着自己鲜明的风格。

钱先生本人，我们只能在一些学术讲座上遇到。不过，钱先生从来不讲，都是他陪着别人来讲。他甚至都懒得坐到讲台上，而是和学生一起坐在下面。钱先生曾陪着王瑶先生来华东师大讲课。王瑶先生口音极重，讲的是什么，除了来自山西的同学，我估计很少有人听得懂。我只记得王瑶先生讲上几句，就朗声大笑，露出满嘴黑牙，并因为笑得厉害而气喘不已。徐中玉先生也曾陪着李泽厚先生来华东师大讲课，但李泽厚先生讲的却是刘再复先生的《性格组合论》。李泽厚先生粉丝众多，一般的教室盛不下，所以讲课的地点换成了学校的礼堂。上个世纪 80 年代的华东师大中文系，能领全国风气之先，徐先生和钱先生无疑是起了极大作用的。某种意义上，在相当长的时间里，钱先生和徐先生已经成为华东师大中文系的象征。

大学毕业之后，有一次我从河南去上海，去过钱先生家里一次，是与格非一起去的，当时格非在读钱先生的博士，然后我们在师大二村的小饭馆里陪钱先生吃饭。钱先生点了响油鳝糊和豌豆苗。我也曾陪着格非去过徐先生家里，每次格非都要在师大后门买一瓶红酒。钱先生不抽烟，徐先生则抽牡丹烟，我与格非由此讨论过抽烟对身体到底有没有害。五年前，有一次在北京开会，我请徐先生吃饭，赵丽宏和南帆作陪。年过九旬的徐先生，一次还能喝二两茅台。与学生在一起，这两位先生一点架子都没有，说“如沐春风”当不为过。

大约在2010年，有一次我去华东师大讲课，当时的中文系主任谭帆教授约徐中玉先生和齐森华先生一起小聚。谭帆教授说，钱先生知道我回师大了，本来也要来的，临时有事来不了，托他问个好。我当时自然是感动不已。2013年夏，我去杭州开会，路过华东师大，在逸夫楼下的咖啡馆里，有幸与钱先生有过一次闲聊。我记得李莲娣向钱先生介绍说，这是李洱。他说知道知道，我们师大的学生。当时有不少人看到钱先生，都过来与钱先生合影。钱先生手拄拐杖，非常配合，来者不拒。我还记得钱先生当时的眼睛。年过九旬的老人，眼睛还那么明亮、灵动，能随时观察到周遭的一切动静，让我着实暗暗吃惊。2016年11月，钱先生来北京出席中国作协第九次代表大会，我去看望过他，并陪他吃了两次工作餐。有一次，南帆、吴俊、杨扬和我，陪着钱先生在餐厅吃饭，我发现钱先生只吃肉，不吃青菜，钱先生解释说，这是因为青菜嚼不动。钱先生嚼不动青菜，却嚼得动烤鸭和酱鸭，令我们感到惊奇。晚上我送了几盒茶叶给钱先生，杨扬在旁边说，这是好茶啊。钱先生的一句话，给我留下深刻印象：“是不是好茶，明天早上喝了就晓得了。”算下来，这是我与钱先生仅有的几次近距离接触。

众所周知，在现代作家中，钱先生最喜欢的作家是鲁迅和周作人，手不释卷的是《世说新语》。钱先生本人写得很少，但这双脚走出来的路，却是一条与当代中国文人不一样的路。众人皆看到了钱先生的散淡，钱先生本人也常自称“懒惰”，但我常常觉得，这“散淡”和“懒惰”中，或有深意存焉，不然，他的文章不会写得那么好。钱先生早年曾著有一篇散文《桥》，据说那只是他20岁出头时写的一篇作文。我至今没有看到这篇文章，只是听格非讲过其中的大意：人们都说要到河的对岸去，但“我”却以为没必要过去了，那边的风景跟这边是一样的，看了这边就行了。不久我又在另一篇文章中看到，钱先生关于“桥”还有另一种说法。钱先生认为，盈盈一水间，脉脉不得语，千古的悲剧，就是因为缺少了一座桥。

钱先生无疑是有大智慧的人，这大智慧中，怎能少得了对人生苦况的深刻理解。认为千古悲剧是缺少一座桥的钱先生，在他的晚年何不是把自己当成了一座桥，试图让更多的人通过文学，好走出那千古悲剧？

钱先生仙逝于9月28日，这一天也是孔夫子诞辰的日子，我国台湾将这一天定为教师节，大陆的很多专家学者也建议将我们的教师节从9月10日移到9月28日。作为一个在现代文学馆工作的人，我或许也应该顺便提到，这一天也是中国现代文学馆竣工典礼的日子。钱先生对中国现代文学馆是很关心的，也是现代文学馆的学术顾问，是“唐弢批评奖”的顾问，是《中国现代文学研究丛刊》的顾问。我在替中国现代文学馆起草的唁电中说：“钱谷融先生，中国当代杰出的文艺理论家、文艺批评家、文学教育家，他杰出的工作为中国现当代文学赢得了荣誉。钱谷融先生，生前是传奇，身后是传说。”我想，了解钱谷融先生的人，或许都会认可这个说法。

传奇和传说，注定是不朽的。

《文艺报》2017年10月13日

高高的苔草依然在吟唱

——怀念高莽先生

肖复兴

6月，我还见过高莽先生；10月，高莽先生就离开了我们。真的是世事茫茫难自料。

那一天，我和雪村、绿茶去他家探望。他早早地在等候我们，每一次去看望，他都是这样早早地守候在他家那温暖熟悉的门后。我知道，这是礼数，也是渴望，人老了，难免孤独，渴望风雨故人来。

我算不上他的故人。3年多前，雪村张罗一个六人的“边写边画”画展，邀请六人中有高莽先生和我，我才第一次见到了他。第一次相见，他在送我的书的扉页上随手画了我一幅速写的肖像，虽是逸笔草草，却也形神兼备，足见他的功力，更见他的平易。

我和他居住地只有一街之隔，只是怕打扰他，并不多见。不过，每一次相见，都会相谈甚欢，对于晚辈，他总是那样谦和。记得第一次到他家拜访，我请教他树的画法，因为我看他画的树和别人画法不一样，不见树叶，都是线条随意飞舞，却给人枝叶参天迎风摇曳的感觉，很想学习。他找来一张纸亲自教我。这是我生平第一次有真正的画家教画画。

他喜欢画画，好几次，他对我说，现在我最喜欢画画。在作家、翻译家和画家三种身份里，我觉得他更在意做一名画家。在他的眼里，处处生春，画的素材无所不在，甚至开会时候，坐在他前排人的脑袋都可以入画。晚年足不出户，我发现他喜欢画别人的肖像画，也喜欢画自画像，数量之多，大概和梵高有一拼。有一幅自画像，我特别喜欢，居然是女儿为他理发后，他从地上拾起自己的头发，粘贴而成。这实在是奇思妙想，是梵高也画不出的自画像。那天，他拿出这幅镶嵌在镜框里的自画像，我看见头发上有很多白点儿，很像斑斑白发，便问是用白颜色点上去的吗？他很有些得意地告诉我，把头发贴在纸上，看见有很多头皮屑，用水洗了一遍，就出现了这样的效果。他说："我喜欢弄点儿新玩意儿!"俏皮的劲头儿，童心未泯。

有一次，他让我在一幅自画像上题字，我担心自己的字破坏了画面，有些犹豫，他鼓励我随便写。以往文人之间常是这样以文会友，书画诗文传递着彼此的感情与思想。尊酒每招邻父共，图书时与小儿评。他是这样一个愿意将自己的作品和平常人分享的人，不是那种自命不凡甚至待价而沽的画家。

记得那次，我在他的自画像上写了句：岂知鹤发老年叟，犹写蝇头细字书。这是放翁的一句诗，我改了两个字，一个是衰，我觉得他还远不到衰年之时；一个是读字，因为晚年他不仅坚持读，更坚持写。

《阿赫玛托娃诗文抄》是他写作的最后一本书，于他意义非同寻常。他不止一次说过：我翻译阿赫玛托娃，是为了向她道歉，为自己赎罪，我亏欠她的太多。1976 年，他在北京图书馆里看到俄文版阿赫玛托娃的诗集，内心极大震撼。自己以前没有看过她的一句诗，却也跟着批判她的人，他的良心受到极大的自我谴责。从那时候起，他开始翻译阿赫玛托娃的诗，就是想在有生之年完成对她的道歉，为自己赎罪。

我们中国文人，自以为是的多，文过饰非的多，明哲保身的多，闲云野鹤的多，能够长期以自己的实际行动，向他人道歉、为自己忏悔的，并不多见。这一点，高莽先生最让我敬重。他让我看到谦和平易性格的另外一面，即他的良知，他的自我解剖，他的赤子之心。淹留岁月之中，清扫往日与内心的尘埃，并不是每一位文人都能够做到的。

在高莽先生最后的时光里，重新翻译阿赫玛托娃的诗，并用他老迈却依然清秀的笔，亲自抄写阿赫玛托娃的诗，成为他生命中最重要的事，可以说是他人生最为浓墨重彩的一章。"让他们用黑暗的帷幕遮掩吧，干脆连路灯也移走""让青铜塑像那僵凝的眼睑，流出眼泪，如同消融的雪水……"重读《还魂曲》中的诗句，我有些分不清这究竟是阿赫玛托娃写的，还是高莽先生写的了。想象中，译笔流淌在纸墨之间那一刻，先生和阿赫玛托娃互为镜像，消融为一样清澈而清冽的雪水。知道先生过世消息的这两天，我总想象着他，每天用颤抖的手，持一管羊毫毛笔，焚香静写，老树犹花，病身化蝶，内心是并不平静的，也是最为幽远旷达的。

6 月，我们见他的时候，已知他病重在身，但他精神还不错，我们聊得很开心。聊得最多的还是绘画和文学。这是他的爱好，更是他的事业。只要有这两件事陪伴，立刻宠辱皆忘，月白风清。那天，他还让他的女儿晓岚拿来笔纸，为我画了一幅肖像画。晓岚说：这是这大半年来他第一次动笔画画!

他画我的时候，雪村也画他。不一会儿，两幅画都画得了，相互一看，相视一笑。他的笑容，定格在那天上午的阳光中，那样灿烂，又显得那样沧桑。想起一年前，我们一起为他过90岁生日，虽是深秋季节，他的笑声比这时候要爽朗许多。不知为什么，心里总有一种“病叶多先坠，寒花只暂香”的隐忧和哀伤。

那天，我比照着也画了一幅送给他。他很高兴，将他画我的那幅肖像画送给我。在这幅画上，可以看到他笔力不减，线条依然流畅，也可以看到从青春一路走来的笔迹、心迹和足迹。这是他为我画的最后一幅肖像画，也是他留给世界的最后一幅画。

如今，高莽先生离开了我们。91岁，应该是喜丧。我们不该过分地悲伤，他毕竟留下了那么多的作品，包括绘画和译作，更有他的心地和精神。想起在《阿赫玛托娃诗文抄》中，他亲手抄写的一段诗句：“让我孤零零的一个人能够，安然轻松的长眠，让高高的苔草萋萋的吟唱，吟唱春天，我的春天!”先生90岁生日宴席上，93岁的诗人屠岸先生解释他的名字时说，高莽就是站在高高的草原上看一片高高的青草呀！那么，阿赫玛托娃诗中高高的苔草，也应该是你——高莽先生呀！就让你在天堂里，和阿赫玛托娃相会，和所有你曾经翻译过作品的诗人相会，吟唱你的春天吧！春天，永远不会离开你，你也永远不会离开我们!

《人民日报》2017年10月12日

外乡人

安　宁

玩戏法的

玩戏法的锣鼓一沿街敲起来，比铁成他爸要放电影的消息，更让全村人觉得兴奋。

其实玩戏法的每年都来，表演的节目，也大致是胸口碎大石、银枪刺喉、头断石碑、油锤贯顶、卸胳膊那一老套，但是锣鼓一敲，全村男女老少，就全变成了好奇的小孩子，无论如何都要放下碗筷，连嘴边的饭渣子也来不及抹一下，便纷纷胳肢窝下夹个马扎，三步并作两步地，朝村子东西两头交界处的空地上赶。好像即将上演的，是一场从未观看过的精彩绝伦的好戏。

玩戏法的人走南闯北，是流动的杂技团，所以他们最能拿捏得准村里人的热情，在什么时候会被点燃和膨胀。他们总是早早地就到了村子里，选一块四通八达又风水好的地盘，便支起帐篷，安下营寨。事实上，总有些消息灵通的人，在玩戏法的还在邻村表演的时候，就打探好了他们下一个目的地。如果恰好是我们村，那这个报信的人，简直像载誉归来的英雄，逢人便拍着胸脯自信满满道：明天玩戏法的肯定要来，大家都等着出来看好戏吧！于是这消息一阵风一样，便从村东头吹到了村西头。村里人都走了出来，站在大道上翘首期盼，好像话一落地，那些玩戏法的人，便会将他们自己给神奇地变到了村子里。而那通风报信的人，这时候也有些着急起来，尽管亲耳听说了玩戏法的人要来我们村，但还是怕万一他们食言了呢？或者那个被卸了胳膊的小孩子，如果真的残废了，再没有胳膊可卸了呢？再或他们的马车忽然爆了胎，不得不在其他村子里暂住一宿呢？总之这个报信的人着急死了，可又不能说，怕村里人笑话他谎报军情，于是他只能硬撑着脸皮，一脸兴奋地讲起去年玩戏法的来，谁家的小孩子，因为羡慕这些人的神奇本事，差一点就跳上人家的马车，一起去闯荡江湖了。这样闲言碎语地说上一阵，大家的热情也就不至于松懈下去，始终是旺旺的一团火，在那里热烈地烧着。

终于，那些穿着大红或者金黄绸缎裤子、腰里又扎了鲜艳红腰带的男人们，在村口出现的时候，整个村子都沸腾起来。那个最先报信的人，也松了口气，并用骄傲的语气慢悠悠说道：怎么样，我说来，就一定会来吧?！说实在话，如果不是我先请他们，说不定啊，早就被人家小孔村的，给抢去了。

但村里人这时候早就将这报信人的功劳，像一颗废弃的牙齿，给抛到了高高的房顶上。大人们这一天在田间地头碰见了，聊的全是玩戏法的人。当然先从马车上的五个人，是什么关系说起。有说他们是一家人的，兄弟五个，或者，是叔伯家的五个孩子，恰好凑成一个杂技团。有说他们是一个村里的，因为太穷了，不得不从小就学这些江湖技艺，走村串巷，混口饭吃。也有说他们整个村子里的人，都是演杂技的，而且家家户户都靠这个发了大财，可比我们这些泥土里刨腾粮食的农民强得多。不管怎么说，总之这些外乡人跟我们是不一样的，他们来自遥远的某个村庄，遥远到村里人都没有去过，也完全没有概念，他们究竟在哪一个神秘的又充满了蛮荒气息的角落。而他们自己，自然是不肯说的，他们是一群守口如瓶的人，既不会给任何人透露他们戏法的秘密，也不会谈及自己的私事。他们只负责卖力地表演，至于其他，一概不提。

而我们小孩子，着迷的恰恰是整个戏法班子散发出的神秘野性的气息，好像他们来自某个原始的部落，或者广袤无边的森林，再或者地球的另一端。对，村里大人们总说，如果用铁锨不停地挖的话，是会从地球的另一端，挖出人来的。他们还煞有介事地提及某个村庄，村庄里的人，有一天挖井，挖着挖着，没有出来水，却挖出一个活人来，那人的皮肤还是黑色的，煤炭一样。于是我们小孩子认定，这些跟我们说话口音都不一样的玩戏法的人，也是来自地球的另一端，在他们那里，所有的人都具有超能力，都会变幻模样，会卸掉人的胳膊，重新安好，还有刀枪不入的本领，甚至拿大刀去砍脖子，那脖子不只不流血，还会将大刀给磕掉一块。而他们千里迢迢赶着马车，经过我们村子，不过是为了炫耀一下他们超人的功夫罢了。

玩戏法的扎下营盘之后，便开始绕着村子，敲锣打鼓地招揽观众。事实上，他们根本不用那么卖力地吆喝，因为整个村子里的人，早就知道了他们要来的消息，就差将小马扎排好，列队迎接他们了。于是他们信步闲庭地扯嗓子喊了一圈后，便歇了锣鼓，等着男女老少从院子里快步走出，聚拢到临时搭起的表演区来。

好像所有玩戏法的男人，都有一模一样的嗓音，沙哑的、粗野的、让人心生畏惧的外乡人嗓音。这种嗓音将他们与我们村里所有人，都鲜明地区别开来。甚至他们亮开了嗓门一声大喊，即刻会将全村人带入到蛮荒生猛的远古时代。我们一边紧张着那银枪会不会刺破玩戏法男人的喉咙，一边却又相信，他们一定有电影里少林寺和尚们一样的真功夫。他们还会飞檐走壁，会将所有人的钱，瞬间变入自己的口袋。这让我们小孩子又惊骇又向往，而铁成钢蛋之类的，早就受不了煎熬，主动跟他们套近乎，试图学到一点功夫，供以后吹嘘之用。钢蛋甚至还央求他们收他为徒，当然，他们像挥一只苍蝇一样将手一挥，又漫不经心地吐出一句：祖传功夫，概不外传。

不外传就不外传吧，钢蛋一边撇嘴，一边却早就找好了最佳地理位置，发誓一定要偷学到真功夫。我当然没有钢蛋大胆，知道胸口碎大石，或者银枪刺喉，都是颇危险的，于是便找个避开碎石飞溅的角落，兴奋又不安地站着，或者直接坐在地上，看头顶刺眼的灯泡下，玩戏法的人晃来晃去的影子。那影子也是高大威猛的，一锤砸下去，碰飞或者震折了的，一定是铁锤自己吧。

在观众的数量，还没有到达玩戏法的预期之前，会有一个十几岁的男孩，不停地敲打着大鼓。那鼓明显年岁长久，油漆剥落，连皮子都卷了起来。但这丝毫不影响沉郁的鼓声，传遍村子的每一个角落。间或，男孩也会重重地敲几下锣，并在最后的一敲过后，迅疾地捂住那锣声，似乎锣声多一点，都是浪费。而其他玩戏法的男人们，则不停地走来走去，活动着手臂和腿脚，为马上就要到来的惊险杂技热身。

观众越来越多，直到整个村子里的人，都来到了这片空地上，等着好戏的开场。搬马扎来的，很快发现坐着是最吃亏的，因为完全被挡住了视线，于是大人自觉地让我们小孩子站在前面，他们则里三层外三层地围成一圈，将玩戏法的结结实实地包起来，这才长舒口气，好像这些玩戏法的人，即便是变出翅膀来，也飞不出我们的包围圈。摆好了阵势，大家便开始张家长李家短地热热闹闹拉起了家常，村东头和村西头的媳妇们，有一段时间没见，好一通掏心掏肺地倾述。老人们都淡定，他们几乎对玩戏法表演的每一个节目，都熟稔于心，所以他们过来，大半是为了听听热闹的声响，好像在此之前，他们一直被囚居在暗室里一样。我们小孩子呢，完全不理会大人们的亲密交谈，事实上，我们才是玩戏法的人，真正的观众，因为没有人比我们更相信玩戏法的全都是会飞檐走壁的英雄好汉了。

在全村人将玩戏法的围了个水泄不通之后，他们终于不再无休无止地拖延下去，用一声震耳欲聋的鼓声，让吵嚷的人群瞬间安静下来。最先开始讲话的，是个类似领袖的中年男人，他会先来一番让人看得眼花缭乱的功夫，以此换来人群的叫好声，算是博个头彩，活跃一下气氛。男人举止有常年在外奔波游走的粗粝，双手抱拳，嗓子一亮，道一声“老少爷们，多谢捧场”，便开启了今晚的精彩演出。

开始照例是相对轻松的小魔术，比如将一沓白纸变成实打实的钞票。这魔术尽管我们年年都看，但每次看都信以为真。我和二芹还热烈地讨论着，如果跟他们学会了这个戏法，以后岂不是像神笔马良或者聚宝盆的故事里讲的那样，想要多少钱，就能有多少钱了吗？可是，二芹毕竟比我精明一点，她转念一想，质疑道：既然他们能变钱，干吗还吃胸口碎大石的苦头？这个问题的确把我难倒了，我只能犹豫着解释说，或许，他们变钱的魔法，仅仅在玩戏法的时候，才能施展吧？

但我和二芹还来不及就这个问题展开深入讨论，就到了惊险刺激的胸口碎大石的节目。那个躺在红色的垫子上，胸前被压了一块厚重石板的男人，立刻引来全村人的关注和同情，而扛着大铁锤的“凶手”，则不停地走来走去，尽力渲染着这一锤砸下去，将可能出现的毙命结果。他不愧是一个讲故事的高手，很快便让每一个人的心，都提到了嗓子眼，大家一边希望那大锤不要落下去，或者最好是砸偏了，在地上震出一个大坑来，一边却又希望那男人别再啰嗦，尽快一铁锤砸下去，来个要么命丧要么石断的痛快结局。但那男人还在喋喋不休地说啊说，一直说到有人憋不住了，骂一声“操!”随即兔子一样冲出人群，跑到某棵大树后面，将一泡尿嗖一声发射出去，又迅疾地提着裤子跑回原位。终于，那刽子手抡起了大锤，就在砸中的那一瞬间，有大人将小孩子的眼睛给蒙上了，也有小孩子自己惊骇地闭上了眼睛，当然只闭上了一半，另外一只眼，留出一条缝，紧张地窥视着明晃晃的电灯下“杀人”者和被杀者，有怎样惊心动魄的表情。但事实上，“杀人”者并不邪恶，好像这是一桩司空见惯的表演，而“被杀者”，也没有我们想象中的恐惧。甚至，在石板断裂的那一瞬间，他一下子轻松地跳起来，并骄傲地绕着全场，英雄一样抱拳走了一圈，好像，应该慰问的是我们这些观众，而不是躺在石板下，等待不长眼睛的铁锤决定生死的他。

接下来的表演，自然一个比一个惊险刺激。比如那银枪刺喉，两个男人的喉咙，顶在尖锐的银枪上，并用气功让银枪两端尽力地朝一起靠拢的时候，所有人真怕两个男人忽然间一起倒地毙命。那枪头当然是真的，在表演之前，每个观众都会被允许去触摸一下。夏日夜晚的星星，如果看到两个涨红了脸、鼓着腮帮、憋着一股子气努力折弯银枪的男人，一定也会吓得躲进云层里去吧？但每一次，这些表演者，竟然都能化险为夷，于是我们的心，就这样一整个晚上，提上去，落下来，又提上去……

但最为惊恐的，怕是卸胳膊了。每年来表演卸胳膊的，都是一个十三四岁的男孩，有一张和铁成或者钢蛋一样稚嫩好看的脸。我和二芹都怀疑他生下来就没有爹妈，否则，谁家会舍得自己孩子的胳膊天天被卸来卸去？或者收养他的一定是后爹后妈，只拿他当挣钱的机器，哪管他的胳膊被卸下来，再安上去，会有怎样撕心裂肺的疼痛。每次到卸胳膊这个残忍的压轴“好戏”，那玩戏法的头目，都要先领着男孩，炫耀似的绕场两圈，让每一个人都看清这个面容有些清秀的大男孩，这一刻，是多么的健康活泼可爱，而即将面临的，又将是怎样的一场酷刑。果然，在这样反差巨大的情境下，有女人开始恳求头目，不要卸孩子的胳膊了，我们不看这个节目，实在是太可怜了啊！还有孩子被这敲锣打鼓的气氛渲染着，吓哭了。而更多的人，是怀着期待被惊吓的热情和好奇，去观看即将到来的演出的。玩戏法的当然拿定了看客的心理，所以根本不顾及小孩子的哭声，像对待一个动物或者没有生命的物体一样，将男孩的脑袋按下去，让其弯下腰去，告知村人们，他即将给男孩的两条胳膊，做360度旋转时，有胆小的女人，早已捂上了眼睛。但是，一切都是阻挡不住的，随着咔吧一声脆响，男孩的胳膊瞬间就被转了一圈，并随即像柔软的面条一样，耷拉下来。那男孩，竟然一声都没有哭，但眼尖的人，还是看到了他的眼泪。在头目将男孩弃之一旁，又喋喋不休地诉说了一通男孩的痛苦之后，终于在人群的叫喊抗议声中，又轻而易举地给男孩的两条胳膊复了位。村里人都不懂这是脱臼，我们小孩子更是不明白，只觉得这是世间最残忍的酷刑，每每都是这样的恐惧和震撼，让我们那一颗跟着玩戏法的人，走遍天涯海角卖艺的心，瞬间变得小小的，隐匿在村子的某个角落，遍寻不着。

第二天早晨，我还在噩梦中，跟要卸掉我胳膊的人拼死搏斗的时候，玩戏法的头头，已经带着惨遭他卸胳膊的男孩，挨家挨户地讨要打赏了。那男孩一脸的漠然，好像昨晚的疼痛，从未在他的身体里留下过任何的印记，一觉醒来，他又成为一个走南闯北、心肠冷硬的人。他提着大大的麻袋，站在人家门口，不发一言，任由那个长相凶蛮的头头，在女人们不舍得施舍更多粮食的时候，将他一下子推到人面前，以不容违逆的语气，逼迫道：大姐，行行好嘛，看在这孩子昨晚胳膊都被卸断了的份上，怎么也得多给我们几斤粮食吧。大多数时候，女人们是会发慈悲的，看那一脸漫不经心的男孩一眼，叹口气，拿着葫芦瓢，扭头去大瓮里再舀上一些，而后边将灰尘仆仆的麦子倒入大张着嘴巴的麻袋，边歉疚地笑道：只能这些了，多了真没有了。那头头知道哪怕他再卸一次男孩的胳膊，也换不来更多的粮食，于是便换了脸色，将还弥漫着尘灰的麻袋，拽住口，哗啦一提一礅，便甩上肩，扭头走人。那麻袋在他的身后，发出轻微的哗啦哗啦的声响，似乎，有万千的沙子和麦子，在彼此排斥，又不得不委屈地拥挤在一起。

玩戏法的人，要花上一天的时间，才能挨家挨户地将全村的粮食收敛完。有时候，会遇到像胖婶一样精明的女人，知道他们上门讨要，早早地就扛起锄头下了地，借此躲开这烦人的债主。玩戏法的也没有办法，看一眼无情闭锁的大门，知道这家人是铁定不会给打赏哪怕一粒麦子的，于是恨恨地探头朝墙内看一眼，恰好跟一只狗视线相遇，于是狗一声怒吼，显示出对于主人的耿耿忠心，而人也气愤地骂一句：操他娘的！只有那个男孩，在烈日下疲惫地倚墙站着，一声不吭。

他们其实也没有收敛到多少的粮食，村人习惯了看免费的演出，比如铁成他爹放的电影，就从来不会挨家挨户地收刮什么。所以像盼着他们快点来演出一样，全村人都盼着他们快点离开，好像，那个被卸了胳膊的男孩，在村里多待上一秒，便在人们心里，多压了一麻袋的粮食。那麻袋那么沉，银枪一样一直压到喉咙，快要让人喘不过气来了。

我特意跑到巷子口，注视玩戏法的赶着马车，从大道上离去。那个男孩坐在一麻袋的麦子上，仰头冲着蓝得耀眼的天空，轻松地吹着口哨，好像他们即将要去的，是一个开满了花朵的梦幻之地。在那里，众目睽睽之下，他不会再被人残忍地卸掉胳膊，也不会有银枪无情地刺向喉咙。

正午的阳光重重地砸下来，落在脊背上，有微微的疼。我在越来越远的口哨声里，像男孩一样，仰头看向正午的天空，那里除了无穷无尽的深邃的蓝，什么也没有。

要饭的

村子里隔三差五就有要饭的来，也不知道是哪个村的，叫什么名字，家里有没有儿女老人，冷了热了住在哪儿，病了有没有人照顾，死了呢，会不会有人知道。总之他们和乡下的流浪狗一样，只要还愿意每日在周围的村子里游荡，就不至于饿死冻死。随便谁家还不给一碗汤喝，不给一个白面馍吃？即便是大雪覆盖的冬夜，在麦秸垛里掏挖出一个洞来，也能避一晚风寒吧？

所以家门口来一个要饭的，高一声低一声地求人给点吃的，从来不会有谁觉得稀奇。而我们小孩子，放了学，看到要饭的站在自家门口，会觉得有个亲戚或者熟人登门拜访了一样，朝着院子里便大喊：娘，要饭的来了，家里有啥吃的没？如果爹娘不吱声，我便自己跑到碗柜旁边，看看早晨有没有吃剩下的“玉米呱嗒”。如果有，我会立刻端出去给要饭的；如果没有呢，我翻箱倒柜也要找出半个煎饼或者白面饼来，好像找不出点吃的，空着手打发要饭的走，是一件很丢人的事。

所以在乡下做要饭的，并不怎么难堪或被人欺负。“乞丐”或者“叫花子”这样的称呼，是城里人才会叫的，乡下人只管他们叫“要饭的”，这比“讨饭的”听起来似乎更文雅一些，甚至那“要”字里，还带着点理直气壮，是非要不可，不给也要。而“讨”字听起来就惨兮兮的，是可怜巴巴地伸出手去，求人给一点吃的，而且边哀哀地恳求人家行行好，还要边看人家脸色。

乡下要饭的因此活得舒坦自在，我几乎也想做个要饭的，提了打狗棒，肩膀上挂个褡裢，或者直接背一个面口袋，走街串巷、挨家挨户地要饭吃。而且还能吃百家饭，即便是天天吃煎饼吧，每家的煎饼也一定是不重样的，张家的煎饼里会夹点咸盐芝麻，李家的吃起来更酥香掉渣，赵家的散发着清香的野菜味，孙家的一口咬下去，还有碎花生扑簌簌地落了一地呢。汤水呢，也是各式各样的，咸的香的麻的辣的，想想都美得很，更不用说喝了。

大约要饭的也觉得自己的这份职业特别有趣，所以看到顺眼的小孩子，还会将那些完好无损的煎饼啊馍馍啊饼子啊，拿出来分我们一块。于是我们便跟着这个要饭的，一起吃了一回百家饭。想到那褡裢里的好吃的，是来自另外的一个村庄，或许那村庄需要翻越很多座大山，穿越很多条江河，我们便觉得这要饭的，充满了浪漫的异域气息。啊，他简直是童话里略带忧郁沧桑的流浪王子！

要饭的是最会看人眼色的。他们在行经过很多个村庄之后，比村子里的男人女人都更淡然。有时候他们站在大门口，喊了许多声“有人吗”，房间里都没有传出任何的声响。他们当然知道人是隐匿在某个角落里，悄无声息地窥视着窗外的，要饭的在明处，人在暗处，两个人相互较着劲，谁也不肯先退缩。要饭的执意要讨到一点粮食，他知道人在躲避着他，希望他快快地走开，甭指望从这户人家讨到一口吃食。可是他也执拗地坚持着，既不恼怒，也不装可怜，他不卑不亢地站在门檐下，用手不紧不慢地叩着朱红色的铁门，并一声声地重复着“有人吗”。他这样喊着，连邻居家的女人都探出头来，也不说话，只带着些同情，看他一眼。要饭的当然知道那视线里暗含的意思，是让他再坚持一会儿，主人或许忽然就心软，施舍他一张香酥的油饼。小孩子们也叽叽喳喳地围拢过来，瞅瞅这个穿着补丁衣服的胡子拉碴的老头，又好奇地将手伸到他的褡裢里去，偷偷捏出半个烧饼来。要饭的也不生气，那一刻他好像成了一个演员，因为有观众捧场，乞讨声里，便多了一分自信。

终于，那躲在窗户后面窥视的女人，懒洋洋推开了房门。女人的头发蓬松着，脸上是一副睡眼惺忪的模样，好像之前她一直在专心午休，完全没听到要饭的在乞讨。女人倚在堂屋门口，朝着院门口嘟囔：烦不烦，一声声喊什么啊，没看到人都在睡觉吗?

要饭的并不跟女人急，照例笑着，伸出手去：行行好，给点吃的吧。

团团围住的小孩子们，则一脸的迫切，想知道要饭的叫了这么久，女人到底会拿出什么吃食来打发了他。邻居家的女人呢，也探头探脑地看过来，专瞅着隔壁婆娘的施舍标准，以便到时候不至于因自已给得太少，而输了颜面。

被这样视线围攻着的女人，终于不好意思再硬撑下去，回身去堂屋里，拿出一块早晨吃剩的煮地瓜来。那本就不大的地瓜，还被掰去了一半，新掰开的口子上，有一道不知怎么抹上去的锅灰，似笑非笑地冲着众人。

女人也不正眼看要饭的，她几乎是将地瓜丢给了那只有些污渍的手。要饭的并未因这样的怠慢，而生出不悦，他永远都是一副被磨练出来的好脾气，谦卑地弯腰笑着，说一声谢谢，而后将地瓜放到褡裢前面的袋子里去。那地瓜在一块块带着棱角的烧饼、煎饼、馒头、白饼中间，颠来倒去，左冲右突，最终找到一个稳妥的角落，安静下来。

要饭的坚持了约摸二十分钟，得了这一块地瓜，于是心满意足地拨开我们这些围观的孩子，转向相邻的一家。有了这样“漫长”的较量，邻居家一直窥视着的女人，也便有了施舍的标准。于是但凡比那半块地瓜多出一截的随便什么吃食，都足够将这一场乞讨，体面地应付过去。邻家女人因此将一搪瓷缸的地瓜干，倒进要饭的袋子里的时候，很有一股子土财主广散钱财给受灾民众的豪迈感，好像她送出去的地瓜干，是倒进了传说中的聚宝盆，会源源不断地生出取之不尽用之不竭的地瓜干一样。要饭的进过千家万家的门，遇到过形形色色的脸，遭人唾弃过，也被人厚待过，所以尽管这邻家的女人，比之前的慷慨，他却并没有生出多一分的感激来，照例是我们习以为常的一句“谢谢”，而后拄了打狗棒，伴着胸前搪瓷缸子与衣服纽扣轻微碰撞发出的声响，继续他下一次的乞讨。

大约是要饭的没有来处，也不知去向，或者，他们对于村子里的人，没有太大的价值，既不关系到我们的颜面，也不会对我们造成怎样的利益损失，所以很少会有女人去八卦一个要饭的来龙去脉。尽管，当街闲扯的女人们，会将村里某个姑爷八辈子前的事，都弄得水落石出，或者把谁家新媳妇陪送的嫁妆，究竟值多少钱，也能打探个分毫不差。但是对于要饭的，不管是男人还是女人，壮年还是老人，瘸子还是独眼，她们一概没有兴趣。而我们小孩子跟女人们恰好相反，我们一点也不关心谁家娶新媳妇欠了一屁股债，谁家女儿赖在娘家不走，快要将哥嫂吃穷了，我们只对那个来去无踪的神秘的要饭人，充满了无穷的探知的欲望。

我们想知道的事情太多了。譬如要饭的年轻的时候，也是要饭的吗？如果他一辈子都要饭，那得走过多少的村庄了啊？他走过的那些村庄，跟我们的村庄有什么区别？也有大片大片的桃树杏树梨树枣树吗？春天的时候，他去要饭，一定会被太阳晒得暖融融的，走着走着，额头还冒出了汗珠，他的历经了一个冬天风寒的棉袄，亮堂堂地敞开着。后来他就干脆脱掉了，系在腰里，或者搭在肩头，于是这让他看上去更加地洒脱，或许，他还会因此快乐地哼起歌来呢。冬天的时候，他也不怕吧，谁会在风雪之夜，难为一个要饭的？况且要饭的总是能让村里人觉出自己是幸福的，于是随意扯下一小片幸福，给要饭的，那幸福不是少了，反而更加的浓郁起来。要饭的有没有过想成一个家，像每一个正常人一样，娶个女人做老婆，再生一堆的孩子？啊，还有，他究竟是从哪个村庄里来的？与他同属一个村庄的人，知道他每日游荡在不同的村子里吗？过年的时候，从未见过一个要饭的，那么他们都藏到哪儿去了呢？当要饭的老了，走不动了，会不会有人接替他，走街串巷地继续讨饭？如果某一天，要饭的快死了，他们是不是像一只猫，避开熟悉的村庄，躲到无人的荒野上，安静地咽下最后一口气，并任由无人收拾的尸体，腐烂进泥土里去？

我们小孩子有太多的问题，想要问大人，可是大人并不搭理我们。于是我们只能跟在每一个要饭的屁股后面，好像他们的跟班或者喽啰，并尽职尽责地将这一卑微的身份，坚持到最后一家。有时候要饭的走着走着，身后跟着的小孩子会越来越少，但总有那么一两个，是始终保持了热情的。那热情到底是源于对村外世界的好奇呢，还是那些要饭的身上因走过了上百个村庄，而流露出的万事不惧的气质，引诱了他们呢，也说不清楚。总之我也曾经是那孤独的一两个孩子，怀着被要饭的带走他乡的浪漫想象，跟在他的身后，走啊走，一直走到他要离开我们村庄，去往别的什么地方了，那人忽然回头，真诚地看我一眼。而我，却被这样的注视，给吓住了，一扭头，朝家的方向狂奔。

我从未跟踪一个要饭的，走出过自己的村庄。所以我也和村里的女人们一样，永远不知道一个要饭的究竟有怎样神秘的过去和虚无缥缈的未来。

可是有一年的冬天，大雪纷飞的夜晚，一个要饭的老头，忽然间出现在了我们家的火炉旁边，而且还烤着旺旺的炉火取暖，好像他生来就是我们家的一员，或者是跟我们有密切来往的亲戚。他一点也不觉得跟我们有什么隔膜，以至于他那样熟络地跟父母说着闲话。我竟然生了气，搬了马扎，坐在灯光照不到的角落里，远远地瞪着这个陌生的来客。

是母亲最先发现了大门口站着一个要饭的。那时，天已经蒙蒙黑了，雪纷纷扬扬地下了一天，而且在夜幕笼罩了整个村庄的时候，没有任何停歇下来的意思，好像那雪根本不关心有多少人挨饿受冻，或者艰难行走在回家的路上，它们只顾着下，而且一阵紧似一阵地下。所以那老头出现在迎门墙边上的时候，几乎成了一个雪人。母亲出去倒没了酽的剩茶水，一推门，见那老头窸窸窣窣地倚墙站着，吓了一跳，马上缩回身来，紧张地问父亲：迎门墙那里站的是谁？我和姐姐慌得马上要躲到里屋去，可是一想，里屋也黑黢黢的，无处可藏，所以到底还是胆战心惊地站在母亲身后，像看鬼片一样，一只眼闭着，一只眼则努力瞪大了，去看那大雪地里，到底是谁。父亲胆大一些，或者他也只是装胆大吧，所以便隔着房门，用袖子擦擦玻璃上的霜花，透过那清晰的一小片地方，看向黑咕隆咚的天井。

在父亲还没有来得及找到手电筒，去照一照那是否是个活物时，那雪人竟然又向前移动了几步，站在了我们家的大水瓮旁。水瓮里的水，已经结了厚厚的一层冰，并落满了雪，那雪看上去便不像是落在了瓮里，而是长在了里面。那雪人究竟想做什么呢？难道他要砸开冰，取水喝吗？就在他似乎还想继续移动的时候，手电筒射出的一束强光，让那雪人忍不住抬起胳膊，挡住了眼睛。而他胸前挂着的搪瓷缸子，也随即发出一声轻微的响声。那响声在静寂的雪夜里，格外地清晰，好像一块冰裂开的脆响，或一片树叶飘落在河面上溅起的水声。就是这样的一点响动，让父亲确凿地下了结论：这是一个要饭的！

其实不用那要饭的开口，全家人都知道，他在这大雪天里，无处可去，恰好看见我们家被炉火映得暖意融融的窗户，那窗户上还有梧桐树疏朗的影子，随了跳跃的火光，欢快地起舞。要饭的大约被这雀跃的影子给吸引住了，于是从门口走到了迎门墙边，又从迎门墙边挪到了水瓮一侧。如果不是母亲及时地发现，雪地里冻得瑟瑟发抖的他，一定会继续向前挪移，一直走到堂屋门口的吧？不过也或许，作为一个要饭的，他会以随随便便闯入人家天井为耻，他们的界限，一向只是倚在大门口，并毫不逾越这样的界限的。

不管怎样，要饭的老头坐到了我们家温暖的房间里，而且用他的搪瓷缸子，喝着滚烫的热茶。那茶还是母亲新沏的，就像要饭的是我们远方的一个亲戚，许久没有音信，却突然间想念我们，于是便千里迢迢地在这雪夜里奔来，就为了跟我们围坐在火炉旁，叙一叙家常，或者什么也不说，只是安静地烤一烤奔波中冻僵的双手，听一听火炉里煤炭燃烧时发出的轻微的响声。

我知道母亲的热情里，带着几分村里女人们都会有的好奇。她很巧妙地打探着要饭的个人生活，譬如他从哪个村子里来？他离家已经多久？他有没有老婆孩子？他走街串巷地要饭，会不会想起他们？每天晚上他睡在哪儿？最多的时候他能讨到多少的粮食？尽管母亲这样八卦，但她的语气里，却带着深切的同情，以至于这样的时刻，连父亲也不再当众训斥母亲多嘴，任由她细细碎碎地将要饭的内心隐秘，像一团毛线一样，一点一点地从他的心里向外牵引。而我则惊奇地从那蓬松的越扯越多的毛线团里，发现要饭的原来跟我们村子里任何一个庸常的男人一样有家有口，只不过，他的父母早已去世，而他的老婆，则因为他穷，早早地带着孩子离开了他，改嫁他人。因为没有什么人可以牵挂，他就这样要了很多年的饭，走过不计其数的村庄。他将那些讨来的粮食，卖掉换成钞票，而不能卖掉的那些饼啊馍啊粥啊，就自己吃掉，或者带回去给村子里人吃。可是谁会吃一个要饭的讨来的东西呢？我努力地想，除非……除非他整个村子里的人，都是要饭的！啊，想到这一点，我又重新觉得要饭的身上，有了遥远的神秘的光芒。那光芒是我不能够抵达的远方。远方在哪里呢？就在要饭的离开的那个村庄，那里的每一个人，都过着与我们不一样的生活，他们从来不会种地，或者，他们那里根本就没有可以耕种的土地，除了山，还是山。那山上是荒芜的，连一株草都不长，于是整个村庄的男人们，便纷纷地背了褡裢，离开家人，外出要饭。

我因为这样的想象，忽然间对低头呼噜呼噜吃着面条的要饭的老头，产生了好感。就连他荒草一样芜杂的胡子，都被红通通的炉火给涂抹上了一层暖暖的橘红色，就像神话故事里的白胡子老人。啊，我真希望他再说一些什么，关于他们村子里其他要饭的男人们，或者过年的时候，他们怎样从四面八方赶回贫穷的山村，彼此热烈地交换着十里八乡要饭的经历。只是那些历经的风霜雪雨，见识过的成千上万的男人女人，经过的无数个不同模样的庭院，也足以将他们跟每一个从未离开过村庄的男人们，区分开来。

于是那一个夜晚，我将马扎搬到要饭的对面，以比母亲还要好奇的视线，注视着这个一脸刀刻般沧桑的老人，我甚至因为他进了我们的家门，与我们同吃过一个碗里的菜，喝过一个锅里的面条，而觉得有在小伙伴面前骄傲的资本。我想等到天明，这个故事一定会发了酵的，我怀揣着这样一个巨大的秘密，走到学校里去，一定会连老师也给吓住的吧？

可是，要饭的终究没有等到天明，就从我们家的偏房里爬起来，消失掉了。我早起上学，蹑手蹑脚地经过偏房门口，而后推开半掩的房门，看到母亲专门放置的一盆炭火，早已经熄灭。铺开的草苫子上，有要饭的躺过的痕迹。可是，也只有这么一点的痕迹了，就连他离去的脚印，都被天地间飘飞的更大的一场雪，给完全地覆盖了。

要饭的究竟去了哪里呢？没有人告诉我。

所有行经过村庄的要饭的，他们都没有来处，也了无去向。

《广西文学》2017 年第 5 期

匠人春秋

阿　占

船匠人的潮汐

有渔民的地方，就一定有造船的匠人。

伏天休渔，渔民们停船晒网，外出打工去了。渔港忽然静下来。那些特定的马达声、摩托声、装卸声、叫卖声，好像从来没有响起过。鱼腥味也沉了下去。只有船匠人忙碌在刚刚成形的船体骨架间，每天十几个小时不停歇。

大块的木料和整个作坊裸露在七月沸腾的阳光下。船匠人的胸膛和脊背也裸露着。造船，须露天作业。三伏天三九天，船匠人从来躲不过毒日头和西北风，越到了下刀子的天气越忙活。渔民们都是趁不出海的当口来修船的，又或者，赶在开海之前，船匠人要把新船做好交出去。

船体沿海岸岬角搁置。至少有两艘在同时开工。电锯、电钻、电刨取代了斧子和刮刀，造船的步骤却从来没改。备料、定盘、舱船、做橹、做舵、做桅杆和帆、做锚、刷桐油……每艘船，一百多道工序，每一道都被注入了神性，工序与工序之间的帮衬，就像一种缜密的生存仪式，严严实实，稳稳当当。

船作坊里必有一个领头师傅，俗称“凿头”。一眼望过去，就是他。奇怪，他也穿着粗陋的工装，脸上也有飞落的木屑，也不过精瘦黢黑的模样——可偏偏就是他。原来，他还有说一不二的霸气，俱往矣的英雄暮气。这些扑面而来的东西，挡也挡不住。

“凿头”祖上都是造船高手，一辈传一辈，一直传到了他这里。爷会，爹就会，爹会，他打娘胎里就开始琢磨，技艺都是基因里带着的，不用图纸，依赖于眼看、手拃，自是心中有数。船的形状、功能，早就与他长到了一处。

做人要实在，做船也要实在——这是“凿头”最初领受的人生哲学。他比谁都清楚，出海就是赌博，不是站在生的一面，就是站在死的一面，船不好等于输了命。

船，造得好，技艺不外传，却是行规。徒弟都属同村，由“凿头”手把手地带出来。时间加上天分，实践配以悟性，最终成为多面手，什么都会，又什么苦都能吃——没有后者，也是造不了船的。

算上“凿头”，船作坊里的匠人总数要为奇数才好。尤其忌八。“八仙过海，各显神通”，他们固执地认为，八个人是不能同舟共济的。

许多年过来了，匠人们拼出了上千艘好船，却拼不过年纪带来的衰老，拼不过时间的过滤。他们真的越来越老了。最年轻的那一拨已经人过中年，更不消说已经六十多岁的“凿头”。

只是，眼下，“凿头”还不服老，他在讲祖宗的故事呢。清朝咸丰三年，也就是 1853 年，他的祖爷爷造出了第一艘简易木船，耗时两年。后来，半岛地区的船头越做越高，幡然上翘，用以挑战，也用以敬畏。

从“凿头”的祖爷爷到“凿头”，关于造船技艺如何完善，都是在惊险中获取的——甚至是那些葬身海底的渔民提供了最终的答案。选木是造船的第一步，要选树龄几十年以上的老树。槐木杉木都是上料。选好买回来，放在太阳下晾晒，把握住干湿的分寸，开始“解木”。

解，是从木料中解出造船用的各种不同形状的方料和木板。船骨架用方料，船边、船底用木板。一艘船需要几十种不同的方料和木板，如何最大程度地利用好木料，很是考验船匠人的才华。这是一个离不开预感和直觉的过程，灵感借助经验出演，绝无闪失。

龙骨中最为重要的一个部件是“船刀”，即船头中间的那根木头，它负责劈风斩浪，选材极为挑剔。一个碗口粗、两米长的“船刀”通常是由合抱的整棵槐树削出来的。“角梁”类似房屋的小梁和椽子，担负着船底的结构，还是得用槐木——同等体积的木料，槐木质量较大，能压住一艘船，在风浪中保持平衡。槐木的握钉力也强，有着笃定脾性。

龙骨与角梁安装在一起后，木船的外形就类似 X 光片下的人体脊椎和肋骨。随后上舱板，也就是船身。有了脊椎肋骨，还要有肌肉组织，舱板好比人体的肌肉组织，以美国杉木为佳，每块长达十余米，木质坚实而轻，浮力大能载重，且油脂丰沛，耐水浸，不易腐。

龙骨之于一艘船就像大梁之于一座房子。起龙骨，上房梁，都要选吉日良辰，都要放鞭摆酒，上香敬神。起龙骨的日子不能与船东的生辰八字相冲。“凿头”是安下龙骨的不二人选，匠人伙计们把祭品分别摆于龙骨的头、中、尾，以示祭祀龙头、风坛、龙尾三个重要部位。

亟待十五米长的“龙骨”被高高架起，上面飘扬着两面小红旗，寓意平安吉祥，有彩头，也对风向和风速起着指示作用。随后开始“做缝”，把桐油石灰搅成的网纱饼用挣凿挣进板缝中，随后用铲钉、成缝钉交叉钉牢。“做缝”的同时，大木手艺好的匠人做好舵、桅、橹、桨；铁艺好的匠人打好锚；小木手艺好的匠人在船内安装后舵盘……

桐油刷过三遍，才算完工。桐油将三百多块大小木板与两千多个螺钉之间，严丝合缝。桐油似乎拥有维护牢固的所有优点，它干燥快，比重轻，光泽好，附着力强，耐热耐酸耐碱以及防腐防锈，并且不导电。渔民在每个休渔期都会为船体涂上两次桐油，分别在休渔期的开始和结束。涂了桐油，这船才让人心安。

新渔船放到海滩上，船东兴兴头头地购置渔网渔具，再贴满吉利的对联——大桅上贴“大将军八面威风”，二桅上贴“二将军日行千里”，三桅上贴“三将军舵后生风”，四桅上贴“四将军前部先锋”，五桅上贴“五将军五路财神”，船舱内贴“船舱满载”“积玉堆金”“黄金万两”“日进斗金”等，大网上贴“开网大吉”，船头上贴“船头无浪多招宝”，船尾上贴“船后生风广进财”。无不祈求出海太平，满载而归。

终于，一切停当了。挑日子，放炮仗，请财神，做羹饭，下水。

潮满之时，新的木船像一个披挂齐整的武士，经过直角尺轨道划入海中，展开了它的有生之年。

至今日，半岛地区的渔民出近海，捕小虾钓光鱼，仍然使用传统的木质渔船。小的十几米长，大的三四十米长，每年大修一次，小修数次，修修补补，二十几年后报废，船东会再新打一只。

有时候，“凿头”觉得自己快干不动了。到他这一代，已经再也招不到年轻徒弟。年轻人谁会愿意干这行呢，太苦。

没有专利的时代，手工中至关重要的绝技依赖世袭或师徒方式单传下来，如今却要归于潮汐的淘换，“凿头”成了所剩无几的手工活态的传承者。与他情况相同的还有几家，散落在半岛地区最后的渔村里。不知为什么，这让我想起了最后一个鄂伦春人，随着他的迁徙和定居农区，鄂伦春的狩猎文化就此终结。

有海便有船。鱼少了，渔村在消失，船匠人像地球上的稀缺物种一样，不知道还能存留多久。

琴匠人的月亮

老胡看上去像个糙人。肿眼泡，狮子鼻，头顶是谢的，常见油光，一张凡夫黑脸。

小韩看上去像个文人。戴眼镜，不高，偏瘦，食草动物的眼神，一张书生白面。

老胡能说，张口就停不下来。小韩讷言，几乎没有动静。如此不搭的二人，一起做琴，少说也有十年光景了。

在青岛老城，在那些海雾须臾的晚春以及金风跳舞的仲秋，在太阳下面，在月光里面，在遗留自殖民时代的德式老房子中，这，一老一少，一动一静，一黑一白，一武一文，运用数学、物理学、造桥工艺、美学、声学甚至化学，愣是做出了一把把绝妙的手工小提琴。

老胡做琴的时候，你须责怪自己看走了眼——人家一点也不糙嘛。他戴着花镜，花镜背后的肿眼泡也被美化了。右耳朵别一支铅笔，没办法，他的童子功是从木匠那里开始的，早年打五斗橱的时候，右耳朵上别一支铅笔是标配，现在做琴了，依旧。

木匠人时代的老胡曾是一等一的高手。从师父那里学了半榫破头楔的做法，江湖上的“绝户活儿”——这种做法不常使用，因为它没法修复。破头楔用在半榫之内，易入难出。也就是说，破头楔一旦在半眼的卯里撑开后，榫头将很难再退出，是一种没有可逆性的独特而坚固的结构，最适宜用在悬垂而负重的部件上。

一个木匠人怎么就成琴匠人了呢？心细，手巧，这两样老胡天生就有，又在木匠生涯里得到了论证和升华。突发奇想，则是从五十岁那年开始的。适逢首届青岛国际小提琴节，老胡去闲逛，被国际琴展上的名琴镇住了，随后魔怔了一路，回家就说，我要做琴。

春节很快到了。老胡无心备年货，而是把做小提琴的资料拿回家研究，大年初一就拉开架势，图纸铺了满床满地，逐步分解，归纳笔记。要么说人不可貌相，别看老胡外表糙，做起事来却是有洁癖的，一旦入了状态就不跟任何人说话，周围也不能有不相干的声音——他恨不能变回早产儿躲进保温箱里，与世隔绝。

图纸研究明白了，老胡心里有了底。开春，开凌梭鱼上市的时候，老胡取料、刨料、画线，继而打眼、锯榫头、组装，把自己放在半成品、木屑和工具之间，一边琢磨一边敲打，不分昼夜。吃起饭来也是心事重重，个把月后瘦了十斤。终于，等到樱树开花的时候，他做出了人生中的第一把小提琴。

第一把琴让年过半百的老胡重整雄风——他要一把一把做下去，且一把比一把做得更好。他觉得自己需要一个搭档，于是，背起琴，昂着头，如侠客佩剑一样穿过车水马龙的街道，过两个红绿灯，径直走进了小韩的琴行。

小韩的琴行已经开了五年。代理着几个品牌的小提琴、中提琴、大提琴，还有各种尺寸的儿童提琴，方圆百里，是琴行中最靠谱的一家。小韩毕业于三流大学的机械制造专业，工作没几年辞了职，皆因应付不来"丛林社会法则"，只好跟父亲借钱开起了琴行。他是古典音乐发烧友，开琴行，或会让爱好最大可能地介入生存方式。琴行里有乐声，就像教堂里有颂歌一样，小韩再也听不到尔虞我诈的市声了，他幸福起来，做一个逃过劫难的人。

初开张，门庭落寞，怕什么？有勃朗姆斯陪着。小韩守着一屋子从工业流水线上下来的乐器，眼前却有一支庞大的交响乐团在演奏，其音场宏阔，完美到无法挑剔。

谁也想不到，这个本性沉默的小韩还有晚期四重奏情结。肖斯塔科维奇对恐惧和压抑的诉说，贝多芬穿过苦痛之门面对上帝召唤的谦卑，巴托克的孑世孤傲像极了巴塔哥尼亚的山峰，舒伯特则是一个孤独旅人喃喃自语着少女与死亡……小韩承接起他们传递的情绪，如知音的体悟。

话说那日下午老胡背着琴，逆光中走进琴行，撞上了天籁般的乐音，便站在原地，一动不动，直到曲终，才说了声"真好听"。

来人不俗。小韩望过去。果然，老胡亮出了琴。"我不会拉，你找人来试音吧。"

接下来的两三天，几个行家在试过老胡的手做小提琴后，有的惊讶，有的打问，有的笑了，有的哭了，总归都离不开一个好字。老胡再出现的时候，拍了拍小韩的肩膀，说，你代理的那些机械琴不利于天才琴童形成个人风格，机械琴看上去就像标准的饰物，而手工琴却是艺术品。我有匠人手艺，你有琴行客源，不如我们一起做琴吧。

就这样，半年后，以制作小提琴、大提琴为主的乐器工作室，在青岛老城的一条百年老路上，一座大约建于1901年的德式老房子里开了张。老房子是古典主义构图，左右两个石阶踏步通往气派的门廊，繁复雕花隐约在多个细节处，日耳曼的傲慢与精致展露无遗。他们租下了老房子的西南一角做乐器工作室，为的是让古典美彼此相遇——那阔绰的挑高，刚好成就琴声回转悠扬。

一面墙，挂满工具，构成了无意识的装置艺术。一面墙，堆满木料，好像长长短短的诗行。在木头的淡然暗香里，老胡和小韩一边做琴，一边雕刻着自身的语言和立场。

小提琴由三十多个零件组成。面板、背板和侧板的优美弧度用来确保共鸣的良好。对于琴体造型和构造，老胡小韩严格比照世界制琴巨匠在鼎盛时期的作品——琴的腰身狭窄，便于演奏高把位和低音弦。面板与背板中间有音柱支撑，位置讲究，一分一厘的变化都对音色产生影响。当然，小提琴表面的油漆不能太硬也不能太软，不匀也不行，这些都会有损于音质……

机械专业出身的小韩上手很快，加上他的音乐素养，几个月后便与木匠出身的老胡平分秋色了。受小韩影响，老胡做琴的时候也离不开交响乐了，他忽然发现，那个隐形的自己，原来竟是天生通音律的。

木屑纷纷飞扬，如鼓般的敲击声声不断，老胡和小韩都明白，树木是有血肉经脉的生命体。从一棵树到一块木材，不是消亡，而是重生。成为一把好琴，当属灵魂蛇立。这一老一少一动一静一黑一白一武一文，这两个天才的制琴者用一招一式负载起生命与伦理。

做一把小提琴需要二十五天的时间，搭上了脑力、体力、心力，小韩手掌起泡，老胡腰酸背痛。能否使琴声得以充分发挥，取决于琴弦及其张力、琴马质量、运弓的压力和速度……做琴太复杂了，简直囊括了整个世界。仅仅懂科学是不够的，这毕竟是一把琴而非一台机器。没有对音乐的热爱以及说不清的天赋，根本无从判别从自己手上诞生的琴是一个精品还是一件产品。

老胡说，每把手工琴都不一样。首先木头就不一样，月亮下面砍伐的木头和太阳底下砍伐的木头，怎么会一样呢?

小韩说，不同的琴所选用的木头纹理不同，密度不同，出来的琴声自然不同。古代大师们对木料讲究得要死，尤其是木材的声学性能。

老胡和小韩一致认为，老提琴声音优美的秘密，在于大师们用的是一种现在已经灭绝的云杉。几个世纪前，地球经历了一个小冰川期，让那时生长的木材特别适合于制作小提琴。

瓷匠人的泥土

七八个外地人围着一个拉坯的博山工匠，看傻了眼。连呼吸都是谨慎的，大气不敢出，似乎稍有动静，行进中的坯体就能在瞬间坍塌似的。

工匠旁若无人。他利用轮盘转动的离心惯性，将一抔泥土挤压、提拉、拔高，以手法还原心象，以心象呈现世界。他用的是阴劲和巧力。他谙熟控制——控制情绪与节奏，控制加压方向，控制手的轻重起承，这种时候，控制力变成了老大，控制得好，就绝无闪失。

拉坯是坯房中最显技艺的活儿。只是，在博山并不稀罕。会拉坯的满大街都是。博山人世代以陶瓷为烟火，为传承，为生计，将泥巴捏造成造型精美的器物胎体，是基因里带的，老天给的。

手工拉坯，比之机械的模压成型，少了一成不变，多了独一无二。手工，拜情感密度所赐，看上去完全一样的器物也有各自不同的密码——或许是瓷匠人指纹的不同，或许是眼神投注的不同，或许是心跳的不同。正是这些看不见的材质构成，让坯体不同，终于决定了瓷器的不同。

最完好的保存永远在手工活态的过程中。活态里有一片深广的生活景象与历史信息。推瓷土、揉泥、拉坯、捧坯、吹釉、驮坯、装坯入匣、满窑、彩绘、茭草……“共计一坯之力，过手七十二，方可成器。其中微细节目，尚不能尽也。”

从泥到瓷的一系列工序，环环相扣，步步紧凑，任何一道出了问题，即成废品。采土工采得瓷土，搬运工运输，早年的陶瓷作坊全部仰仗肩膀挑扛，或用独轮车运送。揉泥工干起活来和揉面有点相似，瓷土要揉至无气泡、有韧性才算好，整个过程全凭力气和耐心。驮坯则是将装有泥坯的匣钵从外面搬运到窑里。一段不到十米的驮坯路，却需要好几个驮坯师傅。巨大的窑炉，每次可烧两万多件，这是一个很有吞噬感的工作量……

博山的瓷匠人回忆，因为有手艺，从前再穷的人家也穷不到哪里去。

村村窑火，户户陶埏。早在宋代，博山陶瓷业已具相当规模，雨点釉、茶叶末等名瓷成为贡品，明清时期达到了历史的最高峰。博山人家，任谁都有几件说来得意的传家陶瓷器。可能是爷爷所制，也可能是爷爷的爷爷。博山人家的族谱是立体的，器物为证，愈显峥嵘。若把邻里坊间的传家陶瓷集合起来搞个草根大展，那展，必定可以称作博山人变土为金的编年史。

所谓一方水土养一方人，博山多山，盛产煤炭，石灰岩丘陵地貌蕴藏着优质的陶土瓷土。有了上天的眷顾，手艺与智慧得到大应承，陶土成陶器，瓷土成瓷器。博山与陶瓷，互为定语，互为副词。在过去的六十年中，从柴窑到柴煤混烧、煤窑、煤制气隧道窑、燃油隧道窑，再到液化气窑，博山的瓷匠人走完了窑炉进化的全部过程，为世界提供了一份瓷器烧成技术与瓷器品质的完整记录。

博山西南城郊，古窑村，已经在时间的窑炉里煅烧了上百年。时间把它烧得举世无双，时间把它烧成了一件厚重的礼物。时间把它烧得成了精，烧成了一段段谶语。

阳光斜打的下午，古窑村光影深重。那些来自于窑火鼎盛时期的家庭作坊，那些四合院与古圆窑，繁盛在一起，凋敝在一起。刘家转堂楼，侯家套院……北方民居的经典骨架还在，几进几出，苔生千重，仍有气度隐隐。老圆窑将亏损的圆满置于天空之上，不消说，窑顶的烟囱是科学依据的构成图案——也如点，成就了线与面；如时间的分号，打理着古窑村的断章。

匣钵砌成的屋墙和院墙，分割或夹击出陶镇独特的胡同风貌。如果说时间是有具体颜色的，就是古窑村狭窄的胡同、破败的圆窑、参差的匣钵墙，它们被层次渐变的灰统一了，又执拗于各自的陈词。沿着凹凸的界面，仿佛走入一幅幅消色的油画，市声骤弭。

柴窑煤窑时代，窑变这场大戏中，匣钵是个不可或缺的配角。要知道，在千度以上的高温里，不可预知的事情随时发生，为防止有害物质对坯体、釉面产生破坏或污损，各种瓷坯均须先装入匣钵，再进窑炉焙烧。这种由耐火材料制成的各种规格的圆钵，以固有的导热性和热稳定性为陶瓷献出全部忠诚。

“满窑”，将装有成坯的匣钵有规则地码放入窑，是个智慧与经验缺一不可的老到活计。匣钵底以上涂抹釉，底下用稻壳铺垫，以柱状排列，柱高接近窑顶，为了让窑火充分燃烧，窑内留有“火路”。按照以中心点向四周围算，越靠近中心点温度越高，须放置高温釉陶瓷，窑尾温度较低，则适合低温釉陶瓷。

满窑通常要花一天工夫。瓷匠人都知道，“满窑时，留火路，差一分也不行”。由此可见，火路何等重要。火路即匣钵与匣钵之间的缝隙，宽约四指，不能多亦不能少。五行相生，神韵天成，火路出了差错，便无法烧制出完美的瓷器。

待陶瓷成器，完成了使命的匣钵，通常被浅埋于窑口附近的泥土里，化为时间的标本。前些年，老窑口附近随处挖一挖，都可以找到各个朝代废弃的匣钵。用这些古老的废弃窑具砌墙，新墙也是老墙，生就沧桑，一切磨损的细节，使它们更逼真地表现出方死方生的神情——恰恰是这种神情能对美学做出惊人的贡献。

匣钵饱含着令人震惊的寓言主题。它像个戏搭子，用性命去成就主角，落幕了，它扑身大地，甘愿瓦解。时间的形状在出土的匣钵上找到了答案。

情致幽微的人会想到收藏，抛开流通性，去建立一份审美意义。他们迷恋匣钵的时间质感，越糙野越动人，斑驳泛起的锈铁意味，正是携道法自然之质朴。在文房在茶室，用匣钵栽种兰草、菖蒲，茶花和多肉植株，老旧、新艳形成的落差，常常带来生命无涯的宽广感受。

不是吗？匣钵逆光黯哑，老而不死，像个铠甲残缺的武士。植物生长，只要活着，就是新生。它们彼此映衬，演到了一处，这让匣钵终于在来生里获取了角色的平等。

穿过古窑村的下午，我有幸遇到了属于自己的匣钵，它倔强地保存了完好，就像从来没有破碎过一样。捧与掌心，隐隐地，窑火呼呼地燃烧起来，这一种略有分量的仪式感，将为我对话瓷匠人的情怀和精神，而揭幕。

《中国作家》2017 年第 2 期

父亲的戥子

周云戈

戥子，中医用来称药的小秤。过去是，今天亦然。

父亲悬壶一世，在他心里戥子称的虽是药，可维系着的却是患者的痛苦与健康。准确诊断，还需对症下药，用量精准才能奏效。秤平与秤低，计的是量，体现的却是悬壶人的医术和医德。

我家有把老戥子，如今已年逾百岁。父亲说，那是他出徒时师傅的赠送。一个黄铜小秤盘，状若银元大的黄铜秤砣；一根闪烁着金星刻度的乌木秤杆，还有一个褐色琵琶状的木盒子。它是父亲的珍爱，如今已成为我们的家传。

父亲十六岁入县城一家叫天德堂的医馆拜师学徒。那时，入堂拜师大都先学药性。所学之书或是《药性歌括四百味》，或是《雷公药性赋》。方法仍然循着中国人"书读百遍，其义自现"的传统理念。师傅每天规定条目，徒弟则起早贪晚地机械背诵，第二天一早接受师傅提问，方法还是背诵。而白天里徒弟们多是学认药，主要干些药缸子捣药、研盂研药和药碾子碾药，或参与做些丸散膏丹之类的活计。虽是些简单的零星活儿，却可通过接触使学徒对每味药的色、形、味有了初步感性认识。

方剂，也如是学。徒弟每天除按师傅规定背诵《汤头歌诀》的条目外，白天多是坐在师傅身边抄写处方。一段时间下来，师傅便有意识让徒弟进入柜台，拿起戥子开始按着处方为患者付药。付药也是学徒者的必修，通过付药一来加深你对药物的识别能力，每味药经由你的眼看、手摸、鼻嗅，使你对每味药物有了深刻的理性认识。更主要的是让你从付药中领悟师傅的用药风格。二来也是检验你的所学，当你接过方子时，师傅常常要问"这是哪个'汤头'啊?"答对了，师傅只"嗯"一声。如果回答不出，那就让你当堂尴尬一番。接下来，你便是一味药一味药地称，称量之中再理解师傅是怎样遵古方，而不拘泥于古法，细心参悟师傅每付药的配伍，“君臣佐使”间位次的确立和用量。而父亲与戥子的情感，则源于那时一次灵魂深处的触及。

一天，有位伙计歇工回乡，师傅便让父亲到柜台里做了顶替。他拿起戥子没几天，不但熟悉每味中药在柜里的位置，就连每剂中药的包装与捆扎都做得熟练利落，深得师傅和掌柜的赏识。父亲说，那时中医堂对伙计和学徒都有严格的要求，当你拿起戥子称药时，掌柜要你必须做到挺胸抬头，齐眉对戥。为了让学徒练手，掌柜要求学徒必须做到一药一回戥。一天，父亲在柜台里当班，师傅递过一张治疗产后气血两亏的方子，当他看到处方最后注明：“山参 5 钱，研末，温开水送服”。看到这儿父亲心想，“山参可是药中的珍贵，也是医馆的家底儿，小心称量才是。”于是，称药时他故意将那戥子钮绳用力向上一提，右手随之把那小秤砣向上一送，不经意间却打了那山参的折扣。他的举动被站在身后的师傅看在眼里，就在要落戥的瞬间，师傅便操着鸡毛掸子的杆儿猛抽父亲的手背，夺过戥子补齐了亏秤。那天关店后，师傅便把父亲叫到了他的卧房，按规矩罚了跪，还要他多背五首《汤头歌诀》。第二天晨诵书完毕，师傅语重心长地对父亲说：“学医，一辈子就要以医为业，治病是关乎人命。当郎中不但要有好医术，还要有个好德行。记着，患者心里也有杆秤。”

那次教训后，父亲更加发奋读书了。五年学业，三年半便把必修的药性、方剂、脉学、四诊、内外妇儿等基础课和临床课都烂熟于心，还熟读了内经、伤寒等经典，并能独自熟练地诊病开方，成为师傅的高足和得力助手。那时，我家在乡下，境况也不十分好。于是，父亲便跟师傅请求出徒。师傅舍不得他走，要留他在医馆坐堂，或聘他为医馆的掌柜，父亲都婉言谢绝了。

作别之时，恩师送父亲两样东西，一把戥子和一个药碾子，开业之时，还亲自为父亲的中医馆题写了牌匾。父亲没辜负师傅的厚望，悬壶时间不长，便名播四方。每天来求医的络绎不绝，成为家乡那一带的名医。

实行合作化时，父亲与另外三位郎中成立了“联合卫生所”。第二年，国家实行了度量衡改革，大秤也好，小戥子也罢，都由原来的十六进制，改为十进制。从此，我家那把旧式制戥子，便被诊所搁置了一旁。一直与父亲相伴多年的戥子受了冷落，他心里不好受。不过每天他还要为它擦灰拂尘，处处体现着相惜不舍的样子。父亲的举动，让所长李大叔看在眼里，后来李大叔让父亲将这把闲置的戥子拿了回家。收回后，父亲又用一块黄色细绸布把它包裹起来，小心翼翼地放到我家那张八仙桌抽屉的深处。可不知什么时候，父亲却用毛笔在一小方宣纸上写下了“温凉寒热，天地良心”八个字，并贴在戥子盒盖上。

父亲写这几个字是怎样的用意？在世时他没讲过。去世后，我和哥哥清理遗物时，发现了这把老戥子。原本一个寻常之物，皆因有了这父亲的亲笔，让我和哥哥着实费了一番心思。哥哥自幼从师于父亲，后来也以医为业。哥哥说：“‘温凉寒热’是药物的‘四性’啊！那‘天地良心’一定就是悬壶者的医德了。”哥哥如此解释虽说得通，可我总觉得不尽达意。其实，这每味中药都禀受四时之气而生，而这“温凉寒热”不也正是人世间的春夏秋冬么！如此理解，我便觉得这八个字应是父亲禅道杏林的一生体悟。老人家如此珍爱这把戥子，除感念恩师，铭记教训外，更应是以物示人——传承医术，治病救人，坚守医德。不错，家兄继承了父业，如今家兄的儿子和孙子也开始为患者把脉，延续着父亲悬壶济世的祖业。父兄一生积累的丰富医疗经验，如今不但有了传承，更有了发扬！戥子在他们手中依旧度量着——患者的病痛与快乐，还有他们的医术和医德。

父亲的戥子，如今已被家侄放在玻璃罩子里，并置于他的中医堂大厅的几案上。特别是“温凉寒热，天地良心”那八个父亲亲笔的寓意，都已溶于家族人的血液，并成为永远的心传……

《中国作家》2017 年第 6 期

养 活

吕润霞

讲的是公公和驴谁养活谁的事儿。公公和驴，究竟谁养活谁，这个问题不宜早下结论。

天麻麻亮的时候，公公就起来了。公公起来的第一件事就是挂起驴圈的布帘打开驴圈的门。驴还没起来，四仰八叉地躺着。见是公公进来，便打个响鼻骨碌了起来，站在一旁有些迫不及待。公公先是把驴昨夜吃剩的草秸清扫到旁边，再把背篓里剩下的拌了面食的草料倒进光溜溜的土槽。驴便大口大口地咀嚼起来。公公接着铲起散乱一地的驴粪蛋，扫净驴圈的每一个旮旯，包括驴蹄子下面。被驴尿浸湿了的地方就撒上细碎的土，再匀匀地铺开。公公挑着两篓子驴粪压进地头回来，婆婆的罐罐茶已经咕嘟咕嘟叫了半天。

公公没牙，一颗牙也没有。公公三十来岁的时候，常常牙疼，村里好心的人就出主意，让他噙一噙麝香。那时竟然能搞到真麝香。公公听那好心人的主意噙了麝香，却把一嘴牙全给毁掉了。公公就这样大半辈子没了牙。他的儿子成人了，想着再不能叫老人吃稀烂饭了。可是公公的牙床也毁了，根本安不住一颗假牙。因此，公公的早餐时间至少要用半晌。尽管婆婆煎的油饼酥软酥软的，公公也得用他磨光了的牙床就着茶水，才能够把一个油饼囫囵进去。

日头半竿子高了，公公给驴新拌了一背篓草料，就开始清扫驴的二院子。二院子与里圈连在一起，是冬日里天气晴好的时候，驴在外面吃草晒暖暖的地方，同时也是夏天的夜里驴纳凉的地方。清扫干净了，草料填好了，公公拉出驴拴在明槽上，重新打扫一遍早晨刚扫过的里圈。

给驴饮水以前是个愁事。山上水少，井里一次连水带泥吊不上半桶，人吃都成问题，公公只好到弯沟里去挑泉水。让公公到弯沟里去挑水可真是一件危险的事。一是弯沟的路太难走，地势陡峭，更何况公公的腰也有毛病，而且还很严重。也是三十几岁的光景吧，公公给农业社背麻袋，是那种细长的麻袋。一麻袋玉米背到半山腰的时候，公公脚下一哧溜就跌倒了，瞬间就把腰给闪了。闪了的腰公公再也没有直起过身，从此成了弓字形。这都是老话。可以想象，弓字形的公公到弯沟里去挑水，有多悬啊。再悬也得去挑水，公公终归把一担水从沟底挑回来了。

中午饮了驴。伺候驴的事，算是告一段落。下午三四点钟，公公又会为他的驴忙活开了，无非还是拌料、扫圈、饮水。直到天黑把驴再关进里圈去。如此累计，就可以估算了：一天里，公公有大半天的时间在伺候他的驴。

隔三差五的，还要给驴铡草。别的人家摊子大农活多，养两三头牲口，还有铡草机。公公和婆婆用的仍旧是老铡刀。老两口一人送草一人铡草，折腾大半天才能为驴铡够三五天的草料。不管是送草还是铡草，公公都是那个不变的弓字形。一起一蹲，一弯一直，都是在为难公公。为难是为难，公公从没说过一句为难的话。公公常埋怨的一句话是：你这个驴么，咋就越吃越瘦了！公公就是想不通，他自个儿胖不了是因为牙口坏了，大半辈子吃稀烂饭的缘故；牙口好好的驴，怎么尽吃好料不长膘呢，莫非是地里的活干得太少了？

说实话，公公的驴是干活少了些。公公的地差不多都送了人。城里上班的儿子抱怨得没法招架，招架不住了，公公就将地送给别人去种，包括送给硖里的女婿和庄里的亲房。公公送一次地，就心疼一次。几十亩地眼看着只剩下几亩了，公公打死也不肯再送了。

最后，公公和驴一共种了四亩地。四亩地分成了四坨：一坨种胡麻，一坨种洋芋，一坨种玉米，最大的一坨种麦子。除了老两口自己吃，主要是供给城里的儿子儿媳，说是乡下土坊炸的油香，自家种的洋芋和玉米新鲜。公公婆婆加上城里的儿子一家，一年统共也吃不了多少粮油和蔬菜。如此说来，这四亩地，可种可不种。问题是，公公不舍，公公非种不可。

这四亩地，公公的驴先前是和下庄亲房的一头乳牛一起耕种的。下庄亲房媳妇的男人出去打工了，亲房媳妇是个单干户，就和公公一起合伙，主要是合伙两家的牲口。合伙了几年。乳牛后来做了妈妈，就不跟别的牲口搭伙了。随后，公公的驴就有失业的意思了。硖里的女婿家有两头大乳牛。不管种啥，只要女婿牵来他家的大乳牛，呼啦啦半天就将事情弄得利利落落的。失业的可不只是驴，还有七十多岁的公公呢。公公种不了地。公公依然是个庄稼人；驴不耕种，驴毕竟是养活人的牲口。问题大概就在这里。驴不养活人，反倒让人养活驴。所以，这驴继续存在的可能性就变得危险了。不定哪一天城里的儿子发话，让公公老两口到城里生活，可怎么办?

公公就这样守着他的驴。守着驴就像守着自己的根据地。牲口是离不了人的。还有几只老母鸡，下了蛋要及时拾回家，否则就会被别人家的猫偷吃了。公公总是不肯随儿子走出村子到城里生活。公公舍不下他的驴，他要养活他的驴。就像当初，驴养活了他们一家。

《朔方》2017 年第 5 期

生命情思

书房八段

李敬泽

1. 面积

书房的面积必须大，或者必须小。必须大是理想，最好有半个足球场那么大；必须小是现实，很多人的书房很小，如果你家有两三口人、三四间房，在规划房间功能时最终总是最小的那间适合作书房。

小的书房有幽闭感，躲进去，把门一关，就像刚从野地里回巢的田鼠，鬼鬼祟祟地舒服。我认为无论看书还是写作都不是光明正大的事，必须鬼鬼祟祟，就像……像什么我就不说了，反正狭窄的空间比较有利于营造上述气氛。

但我们还是向往大书房。不过，我们在如同半个足球场的书房里干什么呢？看书、打字，还是颤颤巍巍地散步？我觉得那么大的书房不用来散步比较可惜，我相信有大书房的人也是这么想的，由此也就可以理解为什么他们通常产量小、质量低。

现在就有了一个定律：书房的面积和写作的产量、质量成反比。这个定律的另一层意思是，“理想”最好是止于“想”，实现了的理想总会有出人意料的弊端。

我的书房不大，也不小。

2. 朝向

书房的朝向无一定之规，东西南北皆宜。我的书房朝南，好处是有太阳，坏处也是有太阳，太亮，暴露在光天化日之下，而且风不推窗。——冬天或春天，北风猛烈，你会觉得窗外有一群暴徒，窗里的人心却静了。

而在南窗，只得听琴。总有一把胡琴吱吱啦啦响，琴弦大概是钢丝，琴弓如锯，操琴者每天从上午到下午，坚忍不拔地用他的哀怨和痛苦刺激人，那是街上的一个老年乞丐。

3. 书

书房里要有书。有的人书多，有的人书少。我的书多，但也正应了那句老话——“书到用时方恨少”，我认为对这句话的正确理解应该是：我们真正用得上的书其实是那么少。大部分的书功用仅限于占地方，每思及此，焉能不“恨”?

关于书，有一种军备竞赛原则。我的武库中有一万枚核弹头，是不是我真打算有朝一日把这些弹头一枚枚地甩出去？当然不是，除非我疯了。一般来说，有的书是坦克、飞机之类的常规装备，没准能用上，有的书却是买时就知道永远用不上，但还是要买，超级大国配备原子弹就像女人配备镶钻的首饰，同样，有些书不买我就觉得委屈。

比如，我的柜子里有大批关于鸟类和航空器的图书，人家会以为我有鸿鹄之志，或者对鸟与飞的学问素有研究，实际上，我只认识常在窗口出现的麻雀、黑喜鹊和一只红喙乌鸦；至于飞的经历，我只坐过飞机，小时候有一次从二楼阳台往下跳还崴了脚。总之，我大概永远不会去读那些书，但是，它们千万不要被我看到，看到了我就没理智啦，鸟类图谱或飞机图录通常很贵，我会挖空钱包，买回来，放进书柜，从此再也不翻一下。

但我们真正爱着的恰恰是那些没用的书：

《亚洲古兵器图说》

《洛阳伽蓝记校注》

《维多利亚女王传》

《临床医学的诞生》

《游移的湖》

《云南相玉学》

《雷蒙·阿隆回忆录》

《东印度公司对华贸易编年史》

《黄金草原》

《徐霞客游记》

《人的大地》

《傅科摆》

《周作人俞平伯往来书札影真》

《老北京店铺的招幌》

《上海洋场竹枝词》

《板桥杂记》

……

当然，除此之外，我的书柜里照例也会有《瓦尔登湖》《圣经》《神曲》《卡夫卡全集》等等，这些书是有用的，虽然我并不曾读，但把它们摆在这里可以让我获得一种安全感，就像出门带着身份证；否则你就想想吧，你居然没有一本《瓦尔登湖》!

其实我的《瓦尔登湖》是1982年的初版本，内容提要中写道：

“19世纪美国著名作家梭罗，因为厌恶资产阶级的物质文明，独自在瓦尔登湖畔筑屋隐居，在劳动生活中思索人生、社会等问题……”

——1982年距今多少年了，一本书多年不读，也就不必读了。

假设有一天，被放于荒岛，只许带一本书，那么我会带上《东亚鸟类图志》，那时我就坐在树下，晒着太阳，一一辨认那些飞来飞去的鸟。

4. 床

请原谅我谈到床，我的书房里没有床，但我认为一般情况下，书房里放一张床很有必要。它的功能是可以雄赳赳地从卧室摔门而出，再一脚踹开书房的门，不必为去哪儿睡觉心虚。我想已婚同志们对此都有充分的体会。

5. 视听设备

很多书房里是有音响的，我没有。我听窗外的胡琴，也听车声，还有附近歌厅的小姐们下班时夜鸟归巢的尖笑。还经常有人在街上争吵，夜让他们口无遮拦，他们不知道有人在他们的头顶正抻着脖子看。有一度，楼下那家茶楼生意寂寥，两个穿中式裤褂的女孩子闲着，居然在马路中间跳绳，那是凌晨一点，听着“哒哒”的声音，夜变得点点滴滴。

我敬畏那些在写作或读书时听巴赫或莫扎特的人，我觉得他们“白衣胜雪，玉树临风”，也就是说他们又瘦又白，身体几乎抽象为精神。我希望我也能这么干，也许还能瘦身减肥，问题是我对音乐的欣赏水平最高也就到了王菲，我的心总能随着她的哼哼不知跑到什么地方去，这显然是看书不宜，写字也不宜。

所以，没有音响。但有过电视。我喜欢让电视无声地开着，我在电脑前工作。打出的字数差不多够一千字了，如蒙大赦，赶快懒到沙发上，攥着遥控器，一个一个频道翻过来翻过去。和“知识分子”们一样，我也经常控诉电视，因为是否爱看电视是政治正确与否的标志。但谁都说北京的空气质量不好，可你总不能因此就闭住嘴不喘气。

看电视的主要问题是大大降低工作效率，一个小时，两个小时，很难收拾起心情回到电脑前，这让人有一种自甘堕落的罪孽感。为了证明自己依然是个上进的同志，我最终把电视搬到了另外的房间。

但有电视的日子是好的。蓦然回首，见那人或那群人在无声地哭、笑，在街上奔跑、在床上拥抱，一条鲨鱼张开血盆大口、一只鹰展翅滑翔……

6. 书桌

20 世纪 30 年代国破家亡，书生们投笔从戎，最坚强的理由是：天下之大，竟放不下一张书桌。到太平年月，书生的烦恼主要是房间之小，也放不下书桌。90 年代初，我的一个朋友在他那间六平方米的书房里对我说：“有朝一日，我要买一张六平方米的书桌。”然后他就怀着这个宏伟理想出去奋斗了。现在他肯定已经有了六平方米的桌子，他可以在上面睡觉、打滚儿，当然也可以大笔一挥，签合同。

显然，中国的读书人一直端着他那张书桌，寻寻觅觅，犹犹豫豫，凄凄惨惨戚戚。好在这个问题终于有了解决办法，就是取消书桌。我的书房里只有一张长不过四尺，宽约一尺五的老式琴桌，雕镂着鹿、鹤、云纹和松枝，烦琐而呆板的工艺风格透露着筋疲力尽的末世趣味，应是晚清制品。这张琴桌正好只能放下电脑、键盘、鼠标、一杯茶和一个烟缸，也就是说，它成了一张电脑桌。

——这不是书桌。要看书我可以坐在沙发上，要写字我就敲键盘，我为什么需要书桌？

7. ……

“……”是“等等、等等”的意思，指书房里难以归类的各种物品。书房是私人博物馆，而且那位收藏家通常看上去趣味混杂、随遇而安。比如，我的书房里就有仿均窑的大瓶和景德镇大瓶、根雕观音和醴陵的滴水观音，有来自古巴的格瓦拉烙画和来自巴黎的拿破仑铜画，有一只汉白玉羊和一只汉白玉鸭，几只真假不明的陶罐，一把铜茶壶和一只云南石瓶，北海渔船上的桅灯，一架飞机模型，是朋友在青岛机场所赠，一张羊皮上的唐卡，它来自甘南；还有一块据说花纹很像卡夫卡的石头，一根绿玉笛，插在青花大瓶里，一艘白瓷船，两只巴基斯坦铜瓶，几把藏刀，一头青铜怪兽……

这些物品被珍重地收藏。它们本身的价值可疑，它们之间构成一种“关公战秦琼”式的古怪关系，它们之所以放在这里因为它们是个人生活的印迹。那些物品落满灰尘，但擦去灰尘，记忆犹新。

8. 主人

书房当然有主人。书房是它的主人隐秘的舞台，是一个人的梦境，是他绝对虚假、绝对真实的生活。

《咏而归》中信出版集团

白露微凉

李万华

菊 芋

站在阳台上，我看到远处云雾迷蒙的天。近处是这秋天的雨，秋风了吧，昨夜我听得雨的脚步齐整，在帘里，误以为是春天刚刚来到。早晨起来，看见帘外果真是秋天的雨了。雨在远处是雾，绵缈着；在近处，却又是柔弱的，失去了体温的文字和符号。“昨夜西风凋碧树，独上高楼，望尽天涯路。”这词早已烂熟，想换些新鲜的，譬如“雨声疏复密，窗影暗还明”，但新鲜的，总不及这熟透的更贴近心绪。这样站着，望过去，眼前的树，青杨和白桦、榆、人家院落里的桃李，以及那些在春季里开花的丁香碧桃，它们的叶子在这个早晨有些稀疏，它们的枝干，也都微微地瑟缩着。什么天涯路，什么斯人，它们其实与这个早晨毫无关系，昨夜西风只该凋昨夜的树，山不长，水不阔，此处便是何处。

我看到菊芋开花，在一座小楼的拐角处。

清寂的花。

以前见到它，认为它就是姜花。“正如他此刻抱着一束姜花，弯身拨开的前门的塑胶布帘，帘上蓝白的条纹，在晚风中摇摇荡荡，早已化作了他童年的水湄。”那时候年轻，喜欢读刘墉的花花草草。然而地域有别，他书中的一些花我并未见过，理解全凭想象，但想象总是错误倍出。不过出错的想象与文字一搭配，没来由的动人。那时，从阳台上望过去，会看见别人家寥落的小院，高大植株掩映着陈旧的玻璃窗，大丛黄花正在绽放。那也是些凉秋天气，木不清，草也不幽，荒寒正从远山降临。院子里，一些花已经萎谢，黄花旁歪斜的一株大丽菊，繁复层叠的花瓣还在绽放，但是它深紫的花瓣，已被霜冻裹上细小黑斑，它浑圆的暗紫，衬托出黄花的明艳。然而那种艳，那么哀伤。仿佛柴可夫斯基写给鲁宾斯坦的那支钢琴三重奏。那时候，我总是将哀与伤两字随意搭配，觉得那将是一种极限，但是有人说，哀而不伤才好。停下手中的活，我固执地认为，那些绽放在我眼前的花便是刘墉的那一束姜花，但他的姜花分明洁白无损，我看到的却是一束束明艳。

那些秋天，我便那样站在阳台上，看别人的黄花，却总是想着姜花。后来，我请教别人，并从别人那里接近现实：是菊芋，而非姜花。

菊芋便是洋姜。

更早一些的秋天，我看见人们忙着腌菜。我也该学一学了，总不能一到秋天就去婆婆大人那里抱一坛子腌菜回来。腌萝卜干我尝试过，简单有效。街头有卖洋姜的，说随便怎么吃都可以。买回来，洗净，晒成半干，烧开醋，加入白糖，浸入洋姜。我希望洋姜是甜的，因此加的白糖多，半月后去尝，洋姜丝果然酸甜爽脆。

小时候也吃过洋姜，怎么没见过洋姜开花呢？也许是忽略了。想一想，那时候忽略的，何止是一朵花。

这个早晨，我站在楼上，于烟雨中看一丛菊芋。但是菊芋，正在见证一个人的离去。那将是一种永远的离去，也有可能，这种离去并不太远，那只是擦肩而过的一个瞬间。一位女子躺在灵柩里，经过菊芋身旁，有哭声似那高楼上微茫的歌唱。人们送行，但她在黑暗里无知觉。我看到菊芋静立着，菊芋的花瓣不是度亡经，菊芋不念诵，菊芋只是浸在雨水中，见证一个季节的消失。

牧羊人

麦客走出村庄的时候，牧羊人还是赶着一群羊进了深山。他们最终走向两个方向，越来越远，即使他们步步回首，彼此的容颜已经不再清晰。然而谁又在乎清晰与否，长久的别离之中，记忆终将模糊。便是藏蕤别离，也终将成为一蓬曾经青葱的枯草。

我不喜欢一篇文章这样开头，仿佛在刻意模仿。然而事情总是这样开始，抑或这样结束，所谓世间再无新鲜事，大约如此。

八月，麦子成熟，村庄被金色麦田和大棵青杨树分割。那些密植在河沿、田埂和路旁的青杨，长势肆无忌惮，不仅树冠膨大，连树干都被细小枝条层层包裹，显得肥胖臃肿，失去原本的俊秀挺拔。这其实也是无奈的事情。有时，会有大棵榆树夹杂其间。榆树叶子总是绿到深处，一掐，仿佛便会渗出墨汁。也有沙枣树混杂进来。沙枣树横向发展，并且善于虚张声势，有风时，肢体动作夸大如同醉酒，尽管叶子绿中带灰显得低调。这样，成排的青杨树，在大地上，阵势十足。大块麦田同样恣意汪洋。

麦客纷纷从远处山沟走来，戴着草帽，握着镰刀，有时结伴，有时独行。他们将吃住到某户农家，然后在他们的田地中劳作。但这种时日并不长久，麦子很快割完，大地变得单薄，麦客便将走向另一处金黄之地。有时，麦客也会游荡一番，一无所获，走回山沟。这毕竟是一个机械化的时代，麦客的存在岌岌可危。

但是牧羊人一直在别人的山坡上，放牧着别人的羊群。

他们同样从远处山沟走来，带着换洗衣服，有时，甚至什么都不曾带。他们在一个村庄停驻，找到安身之所，开始他们的生活——早晨，人们将羊赶来交给牧羊人；傍晚，羊又被牧羊人赶回村庄。牧羊人只有一处栖身之所，饭食由各家各户轮流提供。

这里存在一个问题，如果没有信任，谁又会将羊群交到一位来历不明的牧羊人手上？羊群走进深山，一走便是一天，这期间，坑蒙拐骗的事情如若发生，除去牧羊人，谁会知晓？假如羊被狼吃，牧羊人又该如何交付？然而并无这样的事情发生。一些发生的事情，也不是传奇。一次有人追问牧羊人，回家的母羊为何少去一只，牧羊人说明天带绳索跟我进山。第二天，羊被找到。原来母羊独自乱跑，不小心掉进山沟，爬不上来。而且山沟高草披拂，羊一下去便不见踪影。倒是羊羔站在沟畔咩咩不已，这才引起牧羊人注意。

事情发生的其实很少，更多时候，牧羊人不过是个单调的移动景物。八月之后，大暑之前，淫雨霏霏，阳光暴烈，牧羊人总是带着背影，捏着牧鞭，在黄土松动的小道，在野草湿滑的山坡，在清晨，在薄暮，在一群又一群羊之后，仿佛一棵没有根须的植物，仿佛世间与他无关。

与世间无关，该是怎样飘潇。没有群体狂欢，没有独自哀愁。风雨在窗，花月盈户。来时雁嬉沙滩，去时鹰化为鸠。

我读古诗，从不羡慕“牧童归来横牛背，短笛无腔信口吹”之类的情景，尽管我明白这一理想应该属于某些人。我也不企求有一日跟着他人去放牧，哪怕他的牧鞭反复轻轻敲打。张狂却又寂静的青春过去，一些幻想水泡般消失，露出的现实土壤，斑点驳杂，一些急于逃脱，急于隐匿的愿望也开始散去。设想万千，抵不过一夕变化。明白之后，世事无常的感慨倒也其次，渐次而来的一些倦怠终将跳脱之心化为安稳。某次和友人在网上说话，她在北京生活，烦了雾霾烦了公交烦了闹铃，她说想回甘肃老家放羊。我问羊毛谁剪，羊圈谁扫，她归于沉默。

其实，在我小的时候，我已经做过牧羊人，我也赶牛进山，在马蹄扬起的飞尘中，抬头看天。我知道，我所熟悉的，别人未曾经历；我所想象的，别人已经厌离。

山　岗

为什么我会觉得有些色相掺和着杂质，看上去仿佛芒草的穗子浮动在墙壁上，但有些显得纯净。譬如一块明黄和一抹朱红，我看明黄它只是一汪清水，朱红则沉积了白昼和暗夜。傍晚，我坐在木屋前的树桩上，看夕阳将对面山岗染成柴胡花开的模样，如此烂漫，明黄在那里蔓延，而我在渐次逼近的阴影中寂静无声。

柴胡的花朵聚成伞状，仿佛钻石镶嵌的圆形小屋。除了柴胡花和蘑菇，山里还有谁搭得起天空一样精致的屋顶。山下的房子都是土木结构，屋顶平整。勤快人家的屋顶常用碌碡碾过，看上去光滑瓷实。懒散人家的屋檐上却长满各种杂草，甚至有青稞在那里结出灰绿的穗子，弯曲着，麦芒镀上一层亮光。有时，他们的屋顶还会开出一两朵浅紫或者淡蓝的翠菊，在晨风和暮色中摇曳。当我站在高处的山岗，透过云杉和白桦树梢，会看见山脊上小木屋的屋顶。常年风吹日晒，屋顶的白桦木板早已变成黑褐，上面布满朽叶，那是森林里土壤的色彩。

小小柴胡花，它们喷涂而出的明黄如此旺盛，又如此寂静，几夜过去，九月的山岗便是一层金黄。高原上，这样的山岗往往没有穷尽，没有停顿，它们总是延伸，再延伸，仿佛云能走出多远，山便能跟出去多远。我于是逃离森林和小木屋的幽深，跑到开满柴胡花的山岗。风总是从山坡上斜过，带着河谷清凉，它宽大的衣衫，摩挲草尖并发出细碎声响，声音又带出草的芬芳，细嗅下去，全是柴胡的药香。

那样的山岗，除去弥漫的柴胡花黄和芬芳，再没有多余事物来来往往。阳光没有止境地泼洒，没有变化。一只蝈蝈鸣叫着，跳起，又落下，除去弧线，蝈蝈的一辈子也不会有什么变化。有一年，我将一只蝈蝈捉进麦秸编成的笼子，挂在木屋前。我撕了菠菜的叶子喂它，隔几天，用树叶接露水给它喝。我一直没见过它喝水，它在麦秸的房子里跳来跳去，隔一段时间，鸣叫几声。我其实希望蝈蝈能玩出新鲜花样，譬如翻筋斗，或者学我说话。但它只会搓它的前足，跳起，落下，搓足，鸣叫。如此重复，过了立秋，便失去声息。

那时候，我便存有疑问，阳光它是否拥有一生的光阴？如果有，将怎样度过？我眼前的柴胡花，我知道它在一些时辰里绽放，在另一些时辰里零落，不过那个时候，我尚未看到它发生的任何变化。它呈现给我的状态固定单一，没有惯常的风生水起，但我终究会知晓，那将不是它长久的模样。我也质疑于我，十年后的这一刻，二十年后的这一刻，以及这其间，和这之外的某一刻，我会有怎样的变化？那时的山，是否依旧是眼前的草色连绵，那时的花，是否依旧是眼前的柴胡花布满山岗？

而多年之后，我依旧坐在某个傍晚的山岗，看落日倒退。这已经是秋天，然而秋天的雨并未淅淅沥沥，秋天的风也没有从古老的词赋中跨出，秋气并不凛冽。我看到秋天只是从前一个季节中抽身而出，拂着它金色的宽袍大袖，它与它的过去，并未断离。我于是渐渐明白，我坐着的山岗，这满坡里葳蕤的柴胡，以及茅草，草丛中跳跃腾挪的小虫，它们在昨日，以及众多的昨日里，从未凋零。我眼前的树，我一次又一次凝视的青杨和白桦，它们从没有将叶子永久抛掷。它们或许只是游戏，偶尔将它们的玩具，这卵形和圆形的叶子，抛掷，捡起，再抛掷。我听到的喧响，水流，河谷之风，远山冰雪层层覆盖的声音，还有，那一家矮墙内的鸡鸣犬吠，它们如同来自山体内部，持久，缓慢，它们从没有进行过声部的绚丽过渡。还有什么呢，在这个傍晚的山岗。柴胡的芬芳，抑或裸露的土壤？土壤，是啊，秋天的土壤，它们更改自己的着装，归还籽粒，它们同时将农人的希望继续储藏。现在，它们蒙上落日的辉煌。

低下头，我看见山岗沉静的容颜，我同时看到它的目光，它隐藏，却从未改变过的幽凉。我看到它，看到它之上的我所携带的匆促，倏忽，以及哀乐无常。我想起这其间的改变和丢失。从容，欢欣，孩童之道。然而它们与山岗并无关系。

月印千江

夜半醒来，见得帘上明月，如同一枚剥去皮的荔枝。其时未必真是夜半，或早，或迟，既是中途醒转，当是夜半。这种猜测无理可据，胡搅蛮缠，然而好玩。因为没戴眼镜，透过帘子去看，月亮仿佛长了一层绒毛，正在漫天的水中漂浮。中秋过去已经两三天了吧，算去，月亮该是徐徐瘦下去的样子，便是不清绝，肚腹也该是凹陷了的。然而隔着一层纱帘，月亮还是壮硕浑圆。

我知道，如若戴了眼镜去看，月亮将会是另一番模样。它的绒毛褪尽，边界分明，它陷下去的部分，突兀醒目，它亦不再裹了包浆般圆润，它仿佛小了一号，是另一颗月亮。

另一颗月亮，我被这种想象绊住。

村上春树在《1Q84》中借青豆和天吾之言，曾反复描述另一颗月亮。然而那只是另一个世界里的月亮，或者说，它只是村上春树的月亮。它被想象，被安排，被描述，但同时，它也被隐蔽，被忽略，被否决。它作为意象，总是象征，总是警醒。它无法像那颗正常的月亮，被人无意扫视，然后一眼带过。它也只是在书本中，在纸页上，在多人的意识中，它无法圆缺，无法升起，无法移动，无法滑落。它几乎被制造，注定没有流动的光辉似水波。而此刻，我窗外之月，却是清辉如同笛音。

“那是深秋，半夜时分我们便驾起马车去远在高山的田地劳作。那晚月亮很大，月光照着山脉、森林和河流，我们走动时，像在银子里一样。青稞捆子早已排在一起，我们很快便将马车装满，用绳索扎紧，我跳上马车，坐在捆子顶端，开始回家。路不好走，弯曲颠簸，车轱辘在月光中发出声响。走过一段沟坎，马突然焦躁起来，显得不安，步子迈得很碎，尾巴甩动。我抓紧绳索，想这月光居然也会刺激马匹。这样又走过一段路，我偶然低头，发现车后跟着一只狼。那是一只灰色的狼，或者，是其他颜色，但月亮给了它灰色。起先，我以为那是一只大狗，我盯着它看，想它跟着我们要去哪里。后来脑子一转，我看它的尾巴，垂着，于是我明白那是一只狼。我不敢出声，不敢说给驾车的人，不敢动，不敢闭上眼睛，也不敢盯着狼看。什么都不敢看，只好看月亮。月亮贴在天上，仿佛死了一样。”

关于月亮，或者狼，一位老人曾如此讲述。

每忆起老人所述，我眼前所现，总是漫无边际的银色月光，大地在它的包裹之中，如同虫豸微微起伏：山脉、河流、森林、田地、道路、马车……那几乎是一片银色的大海，只是没有船动，没有帆影。至于那死了一般的月亮，却从不曾出现。

便是我眼前出现，也不过是另一颗罢了，我想。

我偶然想起的事情，总是毫无来由。有时，它们属于杜撰；有时，它们又来自回忆。杜撰天马行空，疆域广阔，回忆微薄，细枝末节接近想象。这样，我所想到的，与这现实，便有了距离。隔着距离的，左思右想，都显得缥缈，要么是过去之物，要么，尚未来到。

月亮不过是个环绕地球运行的固态天体，它与地球的关系，天文术语便可道尽。然而圆满它的，却是时间和人。时间总是存在于另一些时间之中，不管成熟与否，它们带着逝去的气息，却又日日翻新，这一时，绝非那一时。那些人，以及潜藏于月光之下的物事，那些青葱植物，啁啾鸟鸣，那些流动并且远播的清气，这一处又不似那一处。如此推及，我现在所观之月，既不是先前之月，亦非将来所见，更不是他人同时之所观，它只是另一颗之中的另一颗，因人而异，瞬息万变。唉，想一想，这世间该有多少月亮。

《北京文学》2016 年第 12 期

人间事散记

林纾英

忧郁而美丽的土地

胶东民间有谚语："朝报喜，夜报财，午时前后报客来。"说的是喜鹊叫。

天刚擦亮，我就被喜鹊们的大呼小叫给吵醒了。

喜鹊在楼外已经叫过了很多个时日，它们或许是在我楼前某棵树上做了窝，每天一早睁开眼我就会听到它们叽叽喳喳吵闹的声音。

这时，除了喜鹊，咖啡也在客厅隔着门向我发出哼哼唧唧催促的声音，我赶紧收拾下带它出了门。一路上遛着咖啡一路揣摩着喜鹊叫，明知道报喜报财那些说法有些虚妄，却还是存着好的心愿，希望真的会有什么喜事发生，这时便见到了路边菜农菜摊上的一扎苦菜。

他想给我送什么，却又不知道我爱吃什么，就问我："你最喜欢吃的是什么？"我一点都没有犹豫，直接就告诉他："我最喜欢吃苦菜。"

他很犯愁："你想吃燕窝鱼翅都可以，就是弄不到苦菜。"

因为他问的季节不对，那个时候当然是不会有苦菜的。

冰箱里的苦菜吃完了，妈家里储存的也被我断断续续吃光了，算起来快有两个月没有苦菜了，每当想起来心里就会有一些刺痒。

不知道在我之前他带了多少来，菜摊上仅有的这一扎苦菜根有很多条不完整，或许是人刨苦菜时用力浅了些，菜根就从半腰给扎了去。指甲大小的苦菜叶子也蔫蔫的，而且很多棵根窝处黏糊糊的沾着些东西，心里就有些空落，对那些黏糊糊的东西也有些怀疑，有些恶心，就没有买。

忽然想起喜鹊一大早的叫，久不食苦菜如同"三月不知肉味"的我忽然见着苦菜算不算是一天的喜事？它们是不是要告诉我这个时候可以有苦菜吃了呢？

心里一旦有了事，遛咖啡就变得草草和敷衍起来，牵上楼给它洗完吹干，赶紧掏出电话要打给妈，就见群里有人在说话。

锡波发了湛蓝湖水与杨柳绽出新芽的照片，说他正沿着湖岸骑他的小黑妹。小黑妹是他对新买黑色自行车的昵称。锡波毕业后去了东营，在油田任重要技术职务，拿着很高的薪水，他一个人的薪水能顶我们这些人七八倍，人就手脚大方起来，每日会发几个红包，每个红包十块二十块的，他图的是群里同学的热闹乐呵。

爱琴也发了图片，巧的是她正在挖苦菜，她发了苦菜照片。刚在楼下看完苦菜回来，这时见到爱琴半篮子的苦菜就有些眼气。

我问她："山里苦菜多吗?"她回答苦菜不少，只是叶子不够大，菜根倒是肥壮的，随即便照了一棵苦菜给我，果然是叶小根肥。

这个季节正是吃苦菜的时候，不知道其他地方的人认不认苦菜，我们这里的人是喜欢吃苦菜的。入冬后尽管苦菜叶子变黄脱落了，苦菜的根是不会死的，它们不停地吸收着土壤里的水分与养分，到春天时就蓄养得肥肥大大，苦味十足。

说起来，吃苦菜也就是吃它的根，有没有叶子倒不是很重要。我很喜欢吃苦菜，我曾跟人学会了一样特别的吃法，就是做苦菜脑。我将洗好的苦菜拌上生豆面，肉丁下锅爆炒，加水烧开，下入沾了豆面的苦菜烧熟就成了一锅苦菜脑。我常拿苦菜脑当饭吃。

妈知道我爱吃这口，每到春天就让爸进山挖很多苦菜，她将苦菜料理干净，用水焯过，用一个个塑料袋分装好放她的卧式大冰柜里冻起来。我每次回家时她都要给我带几袋，还有豆面，也是妈用自己种的豆子磨好的。

爸年前做了心脏支架手术，手术后他一直就不舒服，身体一直没有恢复起来，想来这个季节他是不能再进山挖苦菜给我了。想了想，就给妈打电话，跟她说我要回家挖苦菜，让她不要出门，在家等我回去，妈说好。

我吃了点东西，再给咖啡添了水加了狗粮，磨磨蹭蹭，与咖啡到妈家时就过了九点，妈的大门上刺眼地挂着一把明晃晃的大铜锁。

我往东西两侧看了看，没有见爸与妈的影子，倒是见着了进京家的。进京家的拐着篓子从西面走过来，她手里拽着一个三四岁的孩子，见我被锁在了门外，就停下来与我说话："早晨还见二婆和二爷了，应该不会走多远，大姑你要不嫌弃就先到我家坐着等一会儿。"

我说不用，告诉她我一会儿会给妈打电话。然后她就反反复复地上下端详起我来，看得我有些不自在。

她眼里透出些羡慕，说："咱俩年龄差不几岁，你看大姑你多嫩俏，看我老成什么样了？"说着她就撩起额角被汗浸湿的头发给我看她眼角的皱纹。不知道在看见我之前她紧赶着做什么了，在凉飕飕的天气里，她额头和眼角那些深而粗硬的皱纹里满是汗水，在太阳照射下闪着清亮亮的光。

瞅着她黑红的、满是皱纹的脸，我就看见了她内眼角两坨芝麻粒大小白花花的眼屎，她手里牵的那个孩子脸上有一抹一画的鼻涕痕迹，衣服也油渍麻花的，袖口和胸前襟脏得油光发亮，像铁打的一样。见我注意这个孩子，她就把怯生生的孩子往我面前扯了扯，说是她的二小子。

这不修边幅邋遢的娘俩令我一时间有些反胃的恶心，她的眼屎和小孩子腮上的鼻涕痕让我想起了路边见到的那扎根部黏糊糊的苦菜。不敢再去瞅，我赶紧把目光从他们身上移开，对她说就不去了，我在门口等妈会儿。

我拿出给妈带的天津大麻花给小孩子几袋，她过意不去，就拉起我的手硬拽着要我去她家坐等妈回来。

她与妈做邻居二十几年，虽然中间只隔一户人家，我却从来都没有登过她的门，不知她家里会是怎样情景，光凭外表我就可以想到她的家肯定不是干净的。我有些洁癖，除非自己的家，到哪里都放不开手脚，就执意不肯去。

她拉我的手干燥发硬，有些刺拉拉的，让我感到了不舒服，又想到了她的眼屎，心里犯疑，就赶紧把手给抽了出来。她似乎看出了什么，就说："大姑，你是不是嫌俺脏？"我不好明说嫌她脏，一时又想不出什么理由来搪塞，只好一再地对她说不是不是。

见我执意不肯去她的家，她嘴里就念叨着"农村人跟城里人就是不一样"，领着她的儿子一扭一歪地向前走去。

我想了想她的话，想不出她说的"农村人跟城里人就是不一样"具体指的是什么，是说我不肯去她家里坐，以为我"各色"，还是说身份与身相的差别？

进京家的是妈对进京媳妇的称呼。进京年龄比我大几岁，论辈分却比我小，两口子每次见到我都很自然又很热情地叫大姑。林进京是我不出五服的一个本家侄子。

少顷，我听不远处有门哐当响了一声，知道是进京家的带孩子回家了，就不再去掂量她的话。回过头，我又看见了妈大门上那把铜锁，就有些失神。我已经打电话给她要她等我回来，怎么就会锁了门呢？

我想不起妈在这个时候会到哪里去，就掏出手机给她打电话。妈平时出门是极少带手机的，没想到这时她竟很快地接了，说因为我慢性子，能磨蹭，爸等不及就拉着她先进了山。

妈说钥匙还在老地方，要我进家去等她回来接我。我没有进去，与咖啡坐车里等她。大约半小时后，我看见村西路上一摇一晃地走来一个胖胖的身影，知道是妈。

妈半年前做膝关节置换手术，还没有养好，走路照旧是一瘸一拐，我看了心里就有些发紧，有些疼，我迎上去对她说："你就把我领到山里就行了，你和爸回家，苦菜我自己去挖。"妈说："你不知道哪里苦菜长得多，你爸知道，他年年都去那里挖。"我又问她干嘛不等我回来一起去，她说："你爸一辈子就性子急，到老也改不了。他一听说你要回来挖苦菜，早饭都没正儿八经吃，就急赤巴哈地把我拉上了山。"

爸早妈膝关节置换手术半年做了心血管支架手术，前不久又因脑血栓住了一周的医院，算起来出院还不满十天。我担心他自己一个人在山里，就埋怨妈不该扔下他回来接我。妈嘴上说没事，眼神却恍惚着，我看出了她心神的不宁。

妈虽然担心爸自己在山里，却还是开门进家拿了一块包头巾，一件毛衣外套，一副腈纶手套给我，说山里有风怕吹我头疼，又说怕挖菜时风吹皴了我的手，又说天冷，硬要逼我穿上了她的那件厚毛衣。

然后她说：你开车吧，山里有路的。

妈上了车，我把咖啡牵上车，就向山里开去。山里的路不是很好跑，越往前开越窄，不一会儿就别别扭扭地难进了，而且，纪和嫂的树枝占了半边路，剩下半边路根本就开不过车去。

纪和嫂身后是她家的苹果园，她身侧那一堆手腕粗的树枝大概是她冬天里从果木树上修剪下来的。

从果木树上刚修剪下来的树枝一定是要放在果园里晾一段时日的，因为苹果树的木质较硬，那些硬实的枝干要经过一个冬天、一个春天雨雪的浸泡，再经过反复地风吹日晒，枝干糠一些才好烧火。纪和嫂这时就坐在路边拿一把斧头在剁木质有些糠的树枝，她已经剁了一大堆。

我不好意思要她搬开剁好的树枝让路，而且也不知道过了这段，前方的路还会不会变宽。

路太窄了，见了纪和嫂，我也没有下车，只是按下车窗玻璃，探出头同她打了招呼。纪和嫂说："你不要往前开了，前面的路更窄。"

听了她的话，我想把车掉头开回去，却发现前后都没有可以掉头的地方，我让妈下车帮我看路，她看着路却又是说不清道不明地不会指挥倒车，我心中忽然一闹，就提高了声音对妈说："这都是什么破路，这样的路你叫我开什么车？你看看这路，我怎么把车开回去？"

我的声音一高，妈的声音就低了下来，而且当着纪和嫂的面，她很难为情，脸就红了。她像一个犯了错的孩子一样，嘴里嗫嚅着说："我不是懒得走这段路，我只是不放心丢你爸一个人在山里，他的病还是不好，动不动就犯头晕。"

她的语气神态让我心里一下子不忍起来，想起她做了手术还没有长好的腿，再想想一直就病歪歪面黄肌瘦的父亲，心中倏地一疼，泪就涌了上来。妈没有注意到车里的我几乎就要流下泪来，看着我进退不得的车，她挓挲着两手，呆呆地站在车头前，嘴里念叨着："这怎么好？这怎么好？"

看着茫然无措的她，我更后悔刚才对她说出的重话。

纪和嫂站起身来，她和妈一左一右帮我看着路，我慢慢把车倒回一条岔路上，赶紧熄了火，不再去管车的事，挽着妈的胳膊，带着咖啡向父亲挖菜的地方走去。

山里的气温尽管还是有些低，却已不见了隆冬的萧瑟，农田里返青的麦子齐扎扎地长着，泛出油绿的光。路边的刺槐也绽出了寸许长紫红色的叶芽，想来过不久便会开出槐花了。

想着槐树花时就看见了父亲。

看见父亲时，他正弓腰刨一棵挺大的苦菜，看见我来他的眉眼就挤到了一起，脸上露出了很舒心的笑。

父亲挖苦菜的地方在后山，离村子比较远，高效率快节奏的土地与山林开发还没有延伸过来，周围山势地貌与十几年前没有多大变化。我依稀记起这里曾经是一块洋姜地。

地里长洋姜已是十几年前的事了，那时村子的山峦与土地还没有被开发征用，这一大片位于后山半山腰的洋姜地由于离村子较远一直就被撂在那里，地里的洋姜完全就是自生自长的，从来没有人追肥浇水，却在每个秋天里长出满地拳头大小一串串的洋姜，一些不嫌费事的人家就拐着篓子或背着麻袋进山挖洋姜回去腌咸菜吃。

后来，位于城乡结合部的这个村子被开发了，大半的土地被征了，成片的山林被砍尽伐光，自然生态平衡被打破了，化肥农药食品添加剂的大量使用，使人越来越多地对吃到嘴里的东西不信任起来，洋姜的食用价值医用价值才被人们所认识和发现，山里这一大片洋姜因此很快地就遭受了灭顶之灾。不几年时间，这里大大小小的洋姜就被人们采挖干净，地里再也长不出一棵像样的洋姜。后来有人试图在这块土地上种粮食，却光长秸秆不结果实，后来地就被撂在了那里，荒了，地里就只剩下了野草与苦菜。

妈说爸年年都要来这片地里挖苦菜。自从洋姜绝种，地里也不能够生长粮食后，村子里几乎就没人来注意这片荒芜的土地，也只是因为我爱吃苦菜，爸才会跑很远寻到了这块地，就年年来这里挖苦菜，这块地几乎就成了父亲的自留地。

父亲手里拿着一把镢头，发现一棵菜，他就弓下腰撅起屁股，将四五斤重的镢头高高挥起，然后重重落下，也只有这样才可以将苦菜扎得很深的根给完整地刨出来。今年春天的雨水很少，在这样干旱季节里刨地挖苦菜是一份很费力的活。

山里的气候是不比城里的，在城里看来一丝风都没有，到了山里却冷飕飕地拉人脸。幸好妈给我准备了头巾，捂住了我大半边的脸与嘴巴，只是她给我的那副手套戴起来很不得劲，三下两下之后就被我褪了下来。这样，只一会儿工夫，山土与山风就将我的手皴裂了，苦菜根冒出的那些白色汤汁就顺着皴裂出的细小缝隙将我的手给染黑染黄，擦不去也洗不掉。镢头落在干硬的泥土上，也将我的手震得生疼，指关节也变得酸麻起来。

爸见我很吃力的样子，就带我另寻土质松软的地方。

已经很长时间没有雨水了，山里的气温也低，苦菜的叶子长得不起眼，在乱草中寻起来就费神。爸提着一只塑料桶爬到地堰坡一个苦菜多的地方。他斜着身子将两脚高低分开站在地堰坡上刨苦菜，见他摇摇晃晃的样子，我有些紧张。

爸病后的身子是那么的瘦弱，我有些担心他，我生怕一阵风就会将他吹下来，也怕他踩不实松软的泥土而滑倒。

爸的耳朵有些背，我大声地喊他，要他下来，他不肯。我只好也上坡去离他近些以守着他。见我要上去，他就伸出手来要拉我，却还阻止我："你不要上来，这里不好站，别摔着。"

……

二十多年前，父亲就是这样说的。那一次，我跟他去村西一条沟边捋槐树花，槐树长在沟坡上，父亲站在树下用铁钩子去钩槐树枝，他要把树枝钩下来去捋枝上的槐花。我想上去帮他，他就这样对我说："你不要上来，这里不好站，别摔着。"

时光荏苒，二十年一个轮回，二十年转眼就过去了，二十年后的父亲再一次这样说，让我仿佛又回到了过去的时光，过去的那情景，那时的父亲……

“玉在山而草木润，渊生珠而崖不枯。”我多么希望他依然是二十多年前我的父亲，多么希望他伸出手来，能像多年前一样，一把就把我拽上了高高的堤堰坡。

可是他再不能了，因为时光已回不到二十多年前了。

望着寒风下秋叶一样单薄的他，我泪流满面……

小张一家人

房子重装过后，家里就极少有人来了，进家的人是寥寥的，有我，有丫头，当然，父母是可以随时去来的，只是妈的腿脚不好，她嫌房子楼层太高爬不上不愿意来，因此，他们就连这个城市也一并不愿意来了。丫头的爸爸倒是来过几次，他在她假期里趁我不在时来看女儿，给女儿送点什么她爱吃的东西或帮女儿做点什么。我知道他来，我也没有说过不让他来，毕竟这个房子在我重装前他曾住过十几年。

另外还有三个人，是小张，小张的丈夫，还有她的儿子。

小张不属于这个城市，她原本不属于追求生活质量的人，我也曾同大多数人一样认为她不够这个层次。她一直就马马虎虎地生活着，说到底，她只是一个拾荒人，她的一家人都是这个城市的拾荒人。

但，她有爱她的男人，有一个憨憨的、一旦笑起来颇有阿弥陀佛相的儿子，而且，她最近也讲起了养生，在南山公园的晨光中悠闲地打起了太极拳。

如果不是女儿抱回的一条小泰迪犬，我是不会知道她竟然也会赶时尚讲养生跟着人去打太极拳的。

女儿在咖啡不到两个月大的时候将它抱了回来，与小张儿子一样大的她似乎只负责抱它回来，其他的，咖啡的吃喝拉撒，她一概不管，一概丢给了我。

值一个通宵班下来人简直就要虚脱了一样，回家来除了拿出一些时间写作，大凡不是要紧事，其他的，我宁可不吃不喝也不愿下楼去。咖啡来了就不行了，它一日数次拉撒，必须定时带它出去遛，给它养成定时大小便的习惯，否则它就会拉尿在家里。

人家说泰迪有四五岁孩子的智力，这样说法有一些夸张，总之咖啡很聪明，它会看人眼色行事，你惹它不高兴了，它就会发一些小坏去惩罚你。我的窗帘是亚麻的，不能水洗，脏了就只能送干洗。咖啡憋尿了，它围着你转几圈，哼哼一会儿，如果再不理它，不带它出去，它就将尿撒到窗帘上，然后看着我很心疼地摘下窗帘花钱去洗。

每天天一放亮，咖啡就会准时卡点过来抓我房间门，我就被它硬生生地给拖下楼去。

后来我告诉了他咖啡这些聪明却促狭的事，他就笑我，对我说："那是咖啡心疼你，见你整天不挪窝写作，怕累坏你，想要你下楼去锻炼锻炼你那个破身体。"他有时候还会发信息问我："还在写吗？差不多了就让咖啡领着你去外面溜达溜达。"他这话说得很形象，我们俩出了门，总是咖啡在前，我在后握着绳子，它跑哪里我跟到哪里，真的就像是咖啡领着我在外面溜达。

轻车熟路的，不用十分钟咖啡就把我给领到了南山公园门口。那一次，我在看公园门口广场上的人打太极拳时，就看到了小张。小张排在打太极拳的队伍末尾。

小张的头发很稀，她的发质属于不染就自来黄的那种。除了额前的一抹刘海，剩下不多的头发被她从后边给束扎起来，更显出了她头发的细弱可怜。

我小学同学的妹妹叫华子，她人长得俊俏，个头精细，肤色有一种扎眼的白，头发也是自来黄而稀疏。华子与我一个村，从小时候起我就认为村里人不喜欢她，因为他们背地里都叫她黄毛丫头。黄毛丫头在我们那里是对不招人待见的女孩子的一种轻薄称呼，是说这个女孩子长得像稻草一样轻贱。我妈对这种说法颇不以为然，她说："自古贵人就不顶重发，别看华子头发长得这样少，这样黄，她长大了一定是享大福气的人。"

妈不是会看相的人，我们都以为她的话是替华子抱不平，谁都没有去当真，不想多年以后，华子的命果然就被妈说中了。长得不怎么起眼，大了以后依然是一头稀疏黄毛的华子不明就里地嫁给了一个外国人，因为嫁得好，她的父母后来就被她接去了国外，哥哥弟弟也都住上了她给买的洋房，开上了豪车。

小张差不多快有四十岁年纪，如果妈看见她与华子长的一样的头发，会不会说她也是命里的贵人，是会享大福气的人呢？

拾荒人小张，她的命再好又会好到哪里去呢？

小张不是本地人，我不知道她来自哪里，也不记得问过她这个问题，也或许是不经意地问过了，只因为没有当真要知道就不记得了。

小张一家三口人租住在小区西北角某幢房子里，他们承包了整个小区街区卫生的拾掇打扫，也承包了小区的废品收购。从事废品收购的人在我们这里被称作“收破烂的”，因为不知道她的名字，为了便于记忆管理，我把她的电话备注为“破烂小张”。破烂小张的丈夫也姓张。

小张年龄应该不到四十岁，她的儿子有十七八岁的样子。她的丈夫老张很瘦，又很老，身子骨看起来不是很结实，脸色一贯蜡黄灰暗，街上是不常见到他的，日常小区卫生基本上就见她与儿子在打扫。他们有一辆破旧电动三轮车，由她丈夫与儿子开着。

我不知道小张一家靠着拾掇小区卫生与收购废品一年到底可以赚多少钱，我总是认为她的条件与我是不可同日而语的，但她却还有令我羡慕着的东西，是我至今都不曾得到的。

有一段时间我曾非常羡慕她，那时我没有离婚。我的前夫为人正派，而且有着一定的社会地位。或许是因为他身上的担子过重，他的性子就不是很好，脾气暴躁，让我和孩子在他面前常有心惊胆战如履薄冰的感觉。逢他在家，家里的气氛就会变得紧张起来，这样的生活使我很压抑、不甘。在外面看到轻松言笑的夫妻，我总会有一些羡慕，有一些难过，有时候还会自卑。这样的情况下，我就见到了小张和她的丈夫。

小张的丈夫老张开着一辆大概是二手的破旧电动三轮车，三轮车后斗上坐着小张。

老张样子看起来要比小张大很多，他或许怕路上有什么东西把小张给颠下车来，他的车开得很慢。小张那时坐在他身后车斗的前沿上，她身子向前扭着，双臂搭在老张的肩上，脸靠着老张脖颈。她闭着眼睛，样子似乎是睡着了，表情中带些慵懒，也带些娇憨。老张一边开车一边歪着头用腮帮子去磨蹭小张搭在他肩上赤裸着的右臂，旁若无人地从我身边慢慢地开了去。

这一幕或许是老天对我的警示，他要我抛却让我引以自豪的一些东西，要我重新去审视我的幸福，我的婚姻与爱情。

我盯着他们，一直到他们的破旧三轮车开出很远，转出了我的视线。此后我经常会想起他们在我面前的这一幕，特别是前夫冲我发脾气的时候，我总会想起他们。是他们坚定了我离婚的念头。

在见到他俩那一幕前，我是没有拿正眼去看过他们的，也不曾正式地去思考过他们什么，自那以后我才注意到他们一家，向人打听起了他们的情况。

小张一家来小区十几年了，最初时候是靠着翻捡人们丢弃的垃圾，以拾荒和收废品为生，后来就承包下了小区几平方公里街区卫生的打扫。他们在做这些活时小区不付给他们一分钱，只以另一种方式来补贴他们。小区在市委市政府搬迁前是市直机关家属区，住户的经济条件都不错，每天会淘汰下来很多废旧物品，每天也招引了很多收废品的人。从小张一家承包了小区卫生后，小区就不允许其他人进来收购废品，所有废旧物品都由小张一家来收购，他们再倒卖给废品收购站换取一些差价。

我不知道他们一年能从拾荒与收购废品这样的差事里赚多少钱，我也从来就没有问过小张，我曾听人说他们靠着废品收购买上了车，只是我从来没有见他们开过什么正儿八经的车，他们开的一直就是那辆破旧的电动三轮车。

我不知道小张一家与其他住户关系怎样，我与破烂小张一家的关系应该算是可以的，起初是因为先前见到的一幕，更主要的是因为她的儿子让我喜欢。小张的儿子个头不到一米七，长得敦敦实实，挺朴实，也挺能干。

2010 年我结束了不开心的婚姻，此后三年我就宅在了家里。2013 年夏天，初步缓过神来的我决定与之前的生活做彻底的决裂，不想留下一丝一毫与他一起生活的痕迹，于是我决定重新装修我的房子。

孩子上学住校，我搬到了离我家有半小时路程的我妈家里去住。

前夫是爱书如命的人，我们一起生活那些年他每年都会订很多份杂志，购买的书籍也很多，而且他上学时读过的书，连小时候读过的一些小人书都一直保存着。家中书柜里、床厢、写字台、地下室里，总之，能放书的地方到处都是一摞一捆、一箱子一箱子的书。搬家时，从各个角落里收拾出来的书大致有四五百斤重，我挑拣了一些喜欢的留下来，其他的就堆在一起，叫过小张的儿子，他就一摞一摞地搬到楼下他的三轮车上，整整拉了三车走。而后他就回过头来帮我打包整理家里别的东西，搬上搬下地忙碌了一个上午，之后一车车地送到我妈家。我过意不去，那三车书就没要他的钱。因为我对钱财不是很算计，也因为我不懂旧书作为废品卖的价格，又懒得去打听，当时他对我喊出了收购价，我也没往心里去，当我知道旧书里有珍品时，已经是过了一年后的事情了，但是我没有后悔，也没有去问他们究竟是怎样处理掉那几车书的。

拾掇家时我挑拣出很多过时的衣服，有我的，孩子的，还有前夫留下来的。那些衣服一点也不旧，而且很多是上档次的品牌服装，只是我不喜欢了，极少穿了，就全送了小张。还有一些小家电，有的装在箱子里，连封都没有开。平时一个人生活，这些小家电是极少能派上用场的，留下来也只是白占地方，也送了她。就连沙发，桌椅板凳，和一张高档席梦思床，凡我不喜欢的东西，都一并送了她。

小张的儿子小洋，个子不高，身板却挺结实，长着胖乎乎的脸蛋，笑起来眼睛眯缝着，是很讨人喜欢的一个小孩子。在别家同龄的孩子还在上初中上学放学都要父母接送的时候，小洋就跟着父母一起来这个城市做清洁工，一起打工拾荒了。

装房子的头几年，小洋若碰巧见我往楼上拿重物，他总会跑过来帮忙，他胖乎乎的小脸见我就带着甜甜的笑，而且嘴巴也很甜的，东西搬上了楼，我要给他一些钱他从来都不肯要。

就是这样一个孩子，当见着他在街上做活，眼瞅着他胖乎乎稚嫩的脸蛋，总会触动我心底的柔软，像见我女儿在做脏累的活一样，会让我心里多多少少地疼一下。为了让这个与女儿一般大小的孩子能生活好一点，家里有废旧纸箱旧报纸和其他可以回收利用的东西我就堆在地下室门口，遇到时就给了他。

破家值万贯，何况不是破的东西。因为疼与怜悯，也因为感激他们帮忙，收拾家时，那些留着价值不大的，我收拾收拾也都白送了他们。手里有好吃的东西遇到小洋时也会塞一点给他。

小张细看起来其实是不丑的，除了皮肤粗黑，她身材还是蛮好的，如果注意护理下肌肤，再认真地打扮一番应该是挺好看的一个女人。小张在我这个小区做工有十几年了，十几年里我不记得见她穿过什么体面的衣服，连我给她的那些衣服也从没见她穿过。我每次见她时她都拿着扫帚在扫街，或拿铁簸箕把扫在一起的垃圾铲到垃圾箱里。或许是因为她总在干脏活，不舍得穿我给她的在她看来很体面的一些衣服，她一概是穿着军绿色或卡其色过大的服装。就像这次随十几个人很体面地晨练打太极拳，她也是穿着军绿色迷彩服。她身上的迷彩服显得她腰身粗笨，还有些罗圈腿，人就四不像的，打拳也打不出太极的柔韧味道来。

小张是知道感恩的人，得知我一个人生活后，就对我说，日常家里有什么做不了的体力活就给她打电话，让她儿子老公来帮我做。果然在后来我装修房子期间，她的儿子就一直在我房子里做帮手，她与老公也不时会过来看看，见到活就顺手干一点，而且楼上楼下搬搬抬抬的帮我做了很多活。房子装好了他们又来帮我把装修垃圾拾掇清运出去，房子也从上到下地擦扫干净，我过意不去要给钱，她一分都不肯要。

我接受了小张一家，咖啡从来就不肯认可他们，不管他们与我多么接近，每次见到他们，咖啡总像防盗贼一样防着他们，不管他们如何对咖啡示好，咖啡从来都不领情，每一次都恶狠狠冲他们咆哮。

“狗眼看人低”，这是狗的本性。

最后的桑树

杨放枪会拉胡琴，他也喜欢喝酒。杨放枪喝的酒是一毛五分钱一竹筒的地瓜干酒。

供销社设在村中央四合院里，柜台是水泥和砖砌起来的，木头台面上靠里角放着一个棕黑色大坛子，坛子口上压着一个猪肚沙袋，几毛钱一两的地瓜干酒就装在这个棕黑色的坛子里。量酒用的器具是一个竹筒，竹筒伸进坛子里，提起来时就是一两酒。杨放枪每次去供销社只买一竹筒酒，那时候他就把两腿岔得很开，上半身趴在柜台上买酒与喝酒。

杨放枪身子高而细，想来，他如果穿了破落的灰色长衫，手里再抓一把茴香豆，按着他的身形与作派，应该是活脱脱一个孔乙己形象的。

杨放枪的手鸡爪子一样瘦长，指甲很厚，甲沟里总是塞满了黑色的泥垢。杨放枪喝酒也比别人喝得怪，他用这样的手端起鸭蛋绿色盛酒的大海碗，揪起嘴，贴着碗边，滋溜溜小口吸着碗里的酒，之后他的两个腮帮子会轮番鼓起，让一小口辛辣的地瓜干酒在他口腔里左冲右突，口腔过足辣瘾后他张开嘴，嘶拉拉吸口气，酒随着他一口气就下了肚。

杨放枪会拉胡琴，他的胡琴拉得很好，他拉胡琴多半是在中午或晚上七八点钟的时候。

逢村子里过年排戏，杨放枪很好的胡琴手艺就派上了用场，那是他最舒心的时候，人就会有一些展样起来。坐在舞台一角的他那个时候会穿戴起他最好的衣服，一套八成新的黄色军装。其他时候，他多半是穿一件破了边的灰不拉唧人造棉衣服，系一条长过膝盖、黑乎乎油光发亮的猪皮围裙，手里或提一只木桶，或是拿一只水舀子，或抱一抱柴火。

只有过年演大戏时，杨放枪才会穿起他那套压箱底的好衣服，会很仔细，一点点地抠去他指甲里黑色的泥垢，理一个发，洗一次澡。

杨放枪是生活在村子最底层的人，或许他自觉别人嫌弃他，日常几乎就不怎么与村人搭腔。因为根本就没人愿意去理睬他，也没有谁在意他做什么，他日常只在饲养院，在他的家里转悠，还有，就是他常去买酒喝的供销社。村里开社员大会不用他参加，集体活动，像村里组织进城看电影等也都没他的份，他在村子里一点话语权都没有，就连死他也死得风平浪静。

杨放枪已经死去了二十年。

杨放枪死后，村里人对于他的话题只存续了极短的一段时间。他就像一株一度生长在山野旮旯里卑微的野草，活着时没有人去追究他的身世，也没有人在乎他在这个世界无声的消亡，他的生生死死都显得那么从容与自然，那么微不足道。

此时想到杨放枪，感觉他的名字有些拗口，却似乎也另存着一些讲究，因为他名字三字是通韵的。杨放枪与村人的口音不一样，明显不是土生土长的本地人，带着吴地一些软语。但他的杨姓，却从了我们村的姓氏大宗。

杨放枪来自哪里我不知道，此时想起来，他的名字会不会是“佯放枪”三字的寓意谐音？果若这样，他很可能是当过兵的人，这一点我是从他的名字与他一直就珍视的那一套八成新黄色军装突然想起的。

杨放枪的相貌与众不同，脸有些长，颧骨以下直接就凹了进去，似乎除了咬肌再无余肉，眼睛也不够大，整个面部除了两块油光突兀的颧骨，几乎不会令人注意到其他部位。还有，他的个子在村子里算是高的。

依照相术说，颧如孤峰耸立，腮削无半两余肉之人，会时刻计较得失，对别人的处境置若罔闻，重眼前而不及其余，多口舌逞强，言辞逼人，因其心生发乎其外，颚下无肉也由此而生，此种人晚景不免凄凉无助，惨淡孤独。

这样的命法应该说是很符合他晚年境遇的。

杨放枪活着的时候，我与他前院的小桂上小学是同桌，两家距离很近，步行也只不过两分钟路程。每天放学后我去叫上小桂，与她结伴拐着篓子去山里挖野菜喂家里的猪与鸡，也与她一起背着网包去山里搂草给家里烧饭用。

小桂早慧，也是一个能干的女孩，十岁时她就成了家里半个劳动力。

农村土坷垃里长大的孩子很小就要帮家里做一些力所能及的活，在我稍大一点能挑起半担水的时候，妈有一次无意中对人提起：“小桂这个孩子很可怜，她爸瘫在炕上，她除了扫地扫院子挖菜搂草，她还那么小每天就要给家里挑三担水，真叫人疼。”

我打小就要强，妈对邻居说的话被我听到了，那时我还不能够明白妈为什么会说小桂“很可怜”，只知道从听到妈那几句话后，我也每天给家里挑三担水，我也想让妈为我自豪。

我的个子比小桂矮，妈说那话的时候我的个子还不能够担起一担水，妈怕我被担子压了不长个，坚决不许我挑水，我就趁着她不在时悄悄地把家里的那口不大的水缸挑满，时间长了，妈没办法也就默许了。

妈挺喜欢小桂，也疼她。小桂家条件比我们家差很多，每次她去找我，妈就拿出家里的东西给她吃，完后再给她捎一些回去，时间长了，在夏天有桑葚的季节里，小桂去我家，常会带去一瓢桑葚。

关于小桂不是她那个瘫子爸生的这事是后来我从同学那里听到的，据说杨放枪才是她的生父。想起杨放枪的怪模怪样，再想想小桂，我有些不信同学的话，就回家问妈。妈说："小孩子说话不知轻重，不要胡乱说话。"妈也不许我在外边说与问这类的话。

杨放枪就住小桂家后院，小桂家的房子有后门，后门直接通向了杨放枪的院子，杨放枪的院子因而也就成了小桂家的后院。杨放枪的院子里长着一棵很大的桑树，夏天的时候，树荫就遮了半个院子。夏天的桑葚熟了，我去小桂家，小桂拉开她家后门门栓，就带我爬上杨放枪院子里的那棵很大的桑树，我就骑在树杈上摘熟到发黑的桑葚吃。哪天不想爬树了，我们就用棍子、用担杖打，打下的桑葚落到地下有时候会摔碎，就无法吃了。打桑葚时，也常会带着打一些桑蚕下来，捡完了囫囵的桑葚，小桂就将她家的鸡赶到杨放枪院子里吃落到地上的碎桑葚、桑蚕和桑叶。

我们吃桑葚，打桑葚，杨放枪从来就不管。他在家时就倚着他倾斜破败的门框，微微笑着看我们，他那无肉的脸上堆起的笑是很古怪很诡异的，深陷的眼窝仿佛一个无底黑洞，看不见他的眼仁。

回忆至此，杨放枪的立体印象就像一个模糊的远镜头被慢慢地拉近，放大了，固定成了一个特写：灰黄的肤色，乌黑的眼圈，深陷进眼窝里的双目，高高隆起的颧骨，塌陷的双腮，颇像一具年份久远的干尸木乃伊，回想起来有些瘆人。但那时我和小桂一点也没有害怕他，他除了喜欢小桂，似乎也挺喜欢我，因为除了我俩，他的东西是任何人都不能动的，特别是他的桑树与桑葚。有时候他看我们够不着了，还会用担杖连枝带叶地打一些桑葚下来，然后弓腰捡起囫囵地放到我和小桂手里，他自己一个不吃，就站在一旁看我们吃。

杨放枪的桑树太大了，就伸出一些到院墙外。从他墙外过往的孩子看到枝头那些诱人的桑葚，想吃了，手边没有棍子，就会往他的树上扔石头。桑葚成熟时他的院子里每天都会多出一些石头，他家里的缸与尿罐子在那个季节是不敢放院子里的，会被院子外扔进的石头打碎，就连他自己也多次被外面扔进的石头给打伤过。

夏天桑葚成熟那些日子，因为尿罐子总被他摆在屋里，而且他从来就不刷尿罐子，他的房子里总有刺鼻的尿骚味。

那些馋嘴顽皮的孩子扔石头打他的桑葚，只要被他发现，他会持着担杖满街追撵他们，直到他们跑回家，插上街门门栓他才停止追撵。然后他就梗着脖子，斜眼瞅着他们的街门，他那因为脸面无肉而愈加突出的嘴巴不停地扇动着嘟囔着。

杨放枪就以这样僵硬的姿态站在这些孩子的街门前嘟囔着，几分钟不见动静后，也就低下头持着担杖，一撇一撇地撩动着他瘦长的腿回家了。

杨放枪在那一时刻都嘟囔了些什么没人知道，因为他的嘟囔从来都是不出声音的，村子里的人就传他是在念咒语，诅咒那些打他桑葚的孩子及他们的家人。

因为他怪异的面相，加上他无声的嘟囔，村里人对他就有些忌讳，也不许自家孩子去招惹他，只是夏天他那一树黑紫肥腴的桑葚对孩子们诱惑力太大了，依然不断地有孩子偷偷跑到他院墙外扔石头打桑葚。

他追撵过不少往他院子里扔石头打桑葚的孩子，却从来没有撵上一个，无论多小的孩子他都没有追上也没有抓住过一个。他每一次追撵那些调皮馋嘴的孩子时都会惊天动地地跺脚呼喝，一直追撵他们到家门口，看着他们跑进家，插上门，他才停下来，也不再跺脚呼喝，他就只歪着头，愤愤地斜瞅着他们的大门，无声地开阖着他缺了几颗牙齿的干瘪嘴巴做“诅咒”状的嘟囔。

很多孩子害怕杨放枪的长相，村人吓唬自家不听话的孩子有时会说：“你再不听话杨放枪就来了。”

杨放枪实际上没有伤害过任何人，他活着时没有与谁发生过争执，无论人家如何对待他，他也只会无声嘟囔，那似乎是他用以自卫的武器。之前之后很多的事实证明，除了“多口舌逞强，言辞逼人”一说用在他身上不太确切，其他命相与他的貌相竟弥合得分毫不差。

据说杨放枪所有的亲人都因他“颧如孤峰耸立，腮削无半两余肉”这一面相给尅死了。在这个世界上，除了小桂这个不确定、也不能公开的女儿，他再没有其他的亲人。杨放枪的身子细瘦，他的脸是灰黄色的，身子骨很不结实。我们那一带是称孤寡男人为孤老棒子的，村子里就他一人是孤老棒子，孤老棒子说的好听些就叫五保户。为了照顾五保户，大队上就让他做了集体的饲养员，他日常基本就吃住在饲养院，负责每日铡牛草，熬猪食饲养集体的猪马牛。

白天下地干活的村人是要午睡的，饲养院里的猪与牛中午吃饱了也要午睡，杨放枪就在村人和猪牛午睡的时候拉胡琴。

饲养院建在村子南头，离饲养院近的人总能隔三差五听到他如泣如诉的胡琴声，就传了他很多的故事，说他自己一个人拉着胡琴边拉边唱边哭，而且说他常常对着牛拉胡琴，说他对牛拉胡琴牛是能听懂的，牛也会跟着他哭。

村子逢年过节要杀一些猪，肉分给村人。杨放枪除了分到一份肉，因为猪是他养的，也因为他是无依无靠的孤老棒子，分完猪肉猪骨后剩下来的猪尾巴也都照顾给了他。他就将那些猪尾巴连皮带毛地埋到锅底灰里，一大锅猪肉熬好了，几条猪尾巴也烧熟了。这些烧熟的猪尾巴他只给自己留一条，其他的就带回家给小桂吃，小桂再给我一条，之后，他就带着他特有的、有些诡异的笑，边咽着口水，边看着我和小桂很香地啃吃他烧的黑乎乎硬邦邦的猪尾巴。

多少年后想起来，似乎自杨放枪死后，我吃过的所有的肉都不如那时候他烧得焦熟的猪尾巴那样香。

杨放枪在我小学三年级那一年不在了，是喝酒喝死的。那一年中秋节前村子里照例杀了几头猪，分完猪肉，几个生产队就召集社员轮流会餐，最后一顿会餐结束后，剩饭剩菜就给了杨放枪。他就用两只挑猪食用的木桶划拉划拉把所有他和他的猪能吃的都带回了饲养院。第二天傍晚还有人看见他喂猪喂牛，隔天晚上，饲养院里的百多头猪无缘由此起彼伏地嗷嗷仰天长嚎起来，那样的叫法也只是在猪将要被宰杀前才会发出的绝望的哀嚎。

异常的猪叫声一时响彻了不大的村庄，狗也狂躁不安起来。村民们不知道发生了什么事，以为是地震前兆，纷纷丢下手中的活惊惶不安地跑出家门跑到了街心。父亲当时是村支书，就带着几个胆大的人去看情况，才发现杨放枪死了。事后传话说是因为吃了隔夜的猪头肉拌黄瓜亚硝酸盐中毒了，因为他死后嘴唇是绀蓝色的。

杨放枪是大张着嘴巴死去的，按照村里老人说法，人死了，嘴巴张着是因为人活着时亏嘴了。杨放枪活着的时候，家里有什么好吃的东西他自己是舍不得吃的，总要叫过小桂去吃，他死后，也只有小桂为他哭坟，小桂哭了好久好久，请了一周多假没有去上学。因此，关于小桂是他孩子的说法便成为更多人言之凿凿的凭据。

可是他死后，他留下的仅有的一点财产，那栋黑乎乎、连门框都几乎要倒下来的房子却没有落到小桂的名下，因为小桂只是杨放枪的一个传说。

杨放枪死后不久，作为孤老棒子的他，他的房子和院子很快就被大队收去整理做了村里的油坊，院子里那棵村子里唯一的大桑树不久也被割掉烧掉了，小桂家屋后门也在极短时间内被几十块灰黑的砖头给堵死了。

在杨放枪死后，他的院子里再也没了我与小桂绕着大桑树的那些欢欣，也不再有人往他的院子里扔石头瓦块了，有的只是那台榨油机很多年里时断时续响起的嘤嘤嗡嗡声，像哭一样。

《山东文学》2017 年第 3 期

风中有声

秦羽墨

一

我来自湘南。具体哪座山或者哪个村并不重要，湘南的山都很乏味，每座山里的生活都差不多，有着相似的宁静与落寞。湘南的村庄也很贫穷，走到哪都有赤脚的孩子。在湘南，不住够三五十年，你就不能真正理解一个地方，十里路，五种方言，交流的困难围绕着我们的一生，早先的年代，山里人一辈子只进几次城。在这里，大概只有风是自由的。

住在大山里的人喜欢大声说话，人们总担心风会把话吹散，就像吹断一截截枯枝，七零八落，最终不知散落何方，那些被风吹散的话，若是被谁捡起，再传到耳边时就会变得妖娆、丰茂，进而面目全非，连它的主人都觉得陌生，它已经成了另一番样子——流言。当你遭遇流言，才明白平常大家扯开嗓子说话的用意，声音小了，话传过来时可能就只剩下风。

群山错落的湘南，风在山谷中辗转奔波，像一个迷失道路的人，你不知道它最终走向何处。风刮过山谷，穿过田野，踩着庄稼吹来的时候，它已不仅仅是风，只有在山里生活得足够久的人，才能听懂其中秘密。鸡叫，马鸣，更有无数陈年旧事，听得懂风的人，才能懂得这个村庄的前生后世。那些来自先人的忠告，尽管他已死去多年，可他的话一直在风中飘荡，有一天，你有幸听到了，就将它传递下去，那将是整个家族的福气。女人自从嫁进家门，她的心思全花在了粮食和儿女身上，一辈子只对你说过那么一句甜言蜜语，却因为一阵突如其来的风吹走了，这无疑让人无比懊恼。可听不听得见，你无从选择，更无从逃避，一切取决于风。有时，站在田野，会听到几句童年时父亲对你的呵斥，那虽是二十年前的话，可父亲说话时的每一个表情、每一个音调，一切如在眼前，听完之后，两鬓白发丛生的你突然像犯了错的孩子，在风中战栗不安。

有些风吹进村庄后，会在村里待很久，今天在你家屋檐蹲一晚，明天在他家墙根停半天，当它离开时，会将自己听到的秘密散落到村庄的各个角落，于是，很多不为人知的秘密，多年之后大白于天下——有误会和冤仇得以化解，而有些原本不存在的裂痕也会因此诞生，对此，当事人只能打掉牙和血吞，生气毫无用处，你总不能去责备一阵风。那些风中细语，除了人事，还夹杂别的内容，比方说，几天后雨会不会来，将下多大；村口的猫头鹰是在数谁的眉毛，它每叫一声，那人的眉毛就少一根，等它叫足了时间，眉毛数完之后，那人也就要死了。当你听到这些，一定要告诉那个人，告诉他用口水涂抹眉毛，使猫头鹰无法数清。风起于青萍之末，每一场都是有目的的，风的语言只说给伫立在风中的人听。

二

我喜欢站在高处听那些南来北往的风，听风中传来的消息。我听懂过其中很多话，可从未对人提起。村里人都说我笨，从小就是呆瓜木头，因为我三岁不会说话，四岁还想吃奶，第一次看到汽车就要跟它赛跑，结果，摔断了一条腿。可我却能听见风中的声音。既然他们一致认为我笨，我就笨给他们看，就算听见什么消息也不告诉他们，让他们栽跟头、出乱子，然后，躲在一边偷着乐。我越乐，他们就越以为我是傻瓜，他们不理解我，就像不理解一场风。不过，风中飘来的最多的是山歌。因为贫穷，山里人都爱唱山歌，以此排遣内心的苦闷，打发时间，其中，唱得最多、唱得最好的要数英琪。

要我唱歌就唱歌，人小面窄推不脱；
少读诗书文才浅，石灰写字白字多。
聋子打鼓瞎子听，对鼓对响心里明；
有心凑成一台戏，可惜无人拉胡琴。

我们村文化程度不高，有高中文凭的人寥寥可数，因此，人们竟然将山歌唱得好坏作为评判一个人知识水平高低的根据。村里要办小学，上面派下来的老师不够，就推举英琪当民办老师。按照规定，如果民办老师当得好，够了年头，就可以转正。英琪跟父亲一样，是从部队回来的，同时，也跟父亲一样，因为家庭成分不好，转业没能安排工作。父亲在部队的职位比他高，还当过通讯员，经常写文章上报，他比英琪更适合当老师，可父亲脾气大，周围村子人人知道这一点，孩子们怕他，况且他也不爱唱山歌，名头不够响亮。不过，这都不是原因，如果父亲真想当老师，谁都得靠边站。父亲是因为在部队没提成干，被迫回来的，他赌着气，骨子里看不上小学老师这样的职业。因为这样，英琪成了民办老师的不二人选。

大约山歌唱太多，英琪讲课，调子婉转，高低错落有致，还拖着长长的尾音，加上他在黑板上写字时，喜欢随着节奏手舞足蹈，像在唱戏，有人在背后喊他“娘娘腔”。不过，我们喜欢这个老师，山里很少有人说话像他那么斯文的，他几乎不发脾气，平常也乐呵呵的。他是民办教师，除了上课，更多的时间跟其他人一样，在家耕地种田，操持农活。但他快活。一边种田，一边唱山歌，别人当农民，他也当农民，可他有工资领，当然快活。我们分属两个大队，隔了好几里路，放牛时，站在我们这边的山头，经常听见他的歌声，畅快，得劲，兴高采烈，无比的快活。唱得好咧，我觉得。他应该去唱戏，而不是当老师。别人告诉我，县里剧团曾来人考察过他，可惜因为当兵时受过伤，脸上破了相，划出一条口子，从眼角一直划到耳际，虽然不细看看不出来，可是影响台风，没能去成。

村里的小学设在大队部，只办到三年级。三个老师，每人负责一个年级，从一年级开始，带到三年级结束，可英琪只教了我两年。

学校破陋，值得回忆的地方不多，除了不远处的那条溪。夏天，每天吃了午饭，我们就去溪里翻螃蟹。溪是小溪，水浅，鱼难得一见，却适合螃蟹繁衍，遍地的鹅卵石，泥沙细软，条件得天独厚。英琪老师就住在溪边，将我们的打闹看在眼里，看见了也不动怒，不像别的老师，不问青红皂白，劈头盖脸一通臭骂，他只对我们说，玩归玩，下午的课可别迟到啊。那天，我和艳君一心只顾翻螃蟹，忘了沿溪走了多远，也忘了时间流逝了多少。等我俩翻完螃蟹回来，走到教室门口时，下午那节课已经上到一半。平日，大家若是迟到，顶多挨几句批。可那天不知为何，英琪大发怒火，脸上青筋直鼓，眼睛也红红的，像要杀人，吓得我们胆战心惊。他还不准我和艳君坐到位子上去，剩下的课罚站，让我们站到下课为止。

后来才知道，那天下午英琪老师的脾气并不是冲我们发的。上面来了通知，要我们到镇里去读三年级，不仅如此，一年级、二年级都要到镇里去读，也就是说村小被取消了。有正式编制的老师可以转到其他学校继续教书，再不然就到县里的工厂上班，可英琪还处在代课阶段，民办教师没有资格让国家安排退路。此前，村里很多人给他介绍对象，可他眼界高，看不上，他希望等自己吃上国家粮，转正成为真正的老师，那时再找一个跟他一样也是吃国家粮的。他的事一直这么拖着。他已经在学校代了五年课，原本再代两年，就可以转正了，可如今，村小没了，转正之事自然无疾而终，他能不恼吗？如果村小迟解散两年，他的命运就不是后来那个样子。因为高不成低不就，他一直没结婚，成了村里唯一一个单身汉。

晴朗的日子，山谷里总飘荡着英琪的歌声，唱得孤独而倔强。他不知道，他的歌声会加剧自己的孤独，让人感觉整座大山好像只有一个他，原本属于万物的寂静在他开口的瞬间集中在了他一个人身上。可如果不唱，那些心事他能对谁说，除了不停来往的风，谁能听懂一个孤独男人的内心世界？如果有一天没有了他的歌，大山会变得非常清寂，而没有大山，他也会无处倾诉。

也许，他天生就是属于大山的，所以，三十年过去，他始终没离开过大山，也没想过告别单身。

种田要种弯弯田，一弯弯到妹门前。
五半六月来看水，先看妹妹后看田。

他一直那么唱着，只是不像自己歌里唱的那样，有妹妹可看。随着时间的推移，他的歌声变得断断续续，嗓子里多了一种幽怨与绵长，还有说不清的苍凉，不像以前那么明快，永远不会明快了。风总将他的歌声吹断——那些来自命运深处的风，无人可以抵抗。英琪不能，我这个只有九岁的孩子更加不能。

三

要到镇里读书了。

我并不想去，可又不能不去，他们说这是九年义务教育，不去要坐牢的，大人和小孩一起坐。我说坐牢也比读书好，母亲说，你坐牢，我们要陪着坐，怎么办？可是，到镇里读书意味着每天要走十来里山路，天没亮就得起来，学校实行交粮制，每天吃不饱，跑那么远的路，挨饿去听老师讲课，哪里忍受得了？当时家里穷，学费和粮食都交不起，真是太辛苦了。我一个劲地逃课，并且公然宣称：“我不读书，长大就种田，哥哥一个人读书就够了。”少不更事的我，以这种方式去伤害父母，尽管我后来的行为完全与之相反——砸锅卖铁也要读（那是对命运的另一种反抗）。

因为太调皮，经常闯祸，自然不被老师喜欢，课业不过关，放了学，我是留下来享受“留学”待遇的一员，我们有一个共同的称号——差生。只不过，他们大多住在学校附近，而我家的路最远，往往前脚迈出学校大门，后脚夜色就跟着降临了。回家，要从一段林子穿过，那里是山口的关隘处，风大，万物作响。四下一片黢黑，林子很深，路七拐八弯，像要把它自己转晕。为了壮胆，我故意跺脚，用力踏出声响，我和我的脚步声行走其间，彼此都是恐惧的，因为恐惧所以清醒。这里随时会飞出一团黑影，乌鸦或者猫头鹰什么的，把人吓出冷汗。树叶在风中摇晃，噼里啪啦作响，让人联想到老人口中经常说的“鬼抛沙”。最让人害怕的是必须从一堆坟墓旁边走过，那些坟里埋的都是因为这样或者那样的原因不得善终的人。我想跑过去，用一个孩子能达到的最快速度，穿过那片让我恐惧的林子。风从隘口吹来，“呜呜”地刮着，我多么渴望风中能传来这样一声呼喊：“黑子，黑子。”

那是母亲在喊我的小名。

好在，每次走到这里，我都能如愿以偿听到她的声音从嘈杂的风中传递过来。母亲知道我胆小，老远开始喊我的名字。峰回路转之中，她的声音不大，也不响亮，可我却听得真切。每次，都是先听到声音，然后才看见手电筒的光从林子前方拐出来。深秋，天已经黑透，并下起了小雨，走在半路身体已被全部淋湿。我是那么的瘦小，而衣服，因为淋湿紧紧包裹，显得沉重无比，当我听见母亲的呼喊声从哗哗的雨声中穿过来，立马飞奔过去。当我跑到母亲跟前，她一把抱起我，我看见她的头发也被雨打湿了，一坨一坨搅和在一起，脸颊整个儿是湿的，分不清哪些是雨水，哪些是泪水。难道她哭了？那天，母亲对我说：“实在不行就别读了，不读书照样吃饭，长大以后跟他们出去打工，干啥活不养人呢。”母亲这话原本是我一直期待的，可那时我却坚决地摇了摇头，也许一切都归结于母亲的呼唤声。

多年以后，当我再次路过那片林子，仿佛还听见那个声音在呼唤，它一直在路上回荡，从来没有消失，有些东西，再大的风都吹不走。

风中有声，源于一个人对它的渴望度，有时声大如雷，也置若罔闻，有时细若游丝，却听得真切。与我对母亲声音的渴望相比，母亲对我的声音更加敏感。她告诉我，小时候我经常在半夜醒来，稍微弄出点动静，她就能觉察到。一岁那年，她将我放在床头，然后，急着去田间做事。突然，她听见我在哭，问旁边的人是否听见，别人说没有，她却坚持说我哭了，一听就是那种想要尿尿的哭声，然后，放下锄头飞奔回家，一看，我果然尿床了。对此，我不大相信，因为离家最近那块田都有一里多路，中间还拐了一个弯，但我又不得不信。清楚地记得，那年社日，母亲带我去“赶社”。最先我是坐在她的肩膀上，那样母亲就腾不出手，没法挑选集市上的农具。她将我放了下来，千叮咛万嘱咐，人可多了，一定要抓紧啊，可我们娘俩还是被潮水一样的人群冲散了。没有比失去方向更让一个孩子无助的了，我感觉进了一个被黑夜包裹的世界。好在聪明的我，一边喊着“妈，妈”，一边往外边挤，然后在人潮之外站定，等候母亲来找。母亲手里拿着东西，逆着人流，好一阵工夫才冲出来。找到我时，母亲说：“不怕，不怕，你一喊‘妈’，我就听到了。”那些年，来自不同方向的母亲的呼唤，一直是我心灵深处最能倚仗之物。

相反，父亲的声音我不愿意听见。他的声音大，且极具隐秘性，常常是平地一声雷。总在我玩得起劲的时候，突然冒出来，让人逃之不及，喊着、骂着要我做这做那。当他发脾气时，金刚怒目，脸色全变，他和母亲一吵架，整个屋子都在摇晃，与此同时，他还可以潇洒地把正端在手里的碗摔得粉碎。父亲那种粗大、隐秘，有着几分特别的潇洒与随机的声音是他曾经当过兵的有力佐证，对我而言那就是隐藏在附近的伏兵，随时对我完成合围。所有人都惧怕父亲，惧怕他的平地惊雷。

那声音，不单我们，就连前来筑巢的燕子也敬而远之。

我们家搬到村口好几年，也不见有燕子前来筑巢。这件事很令人费解，照理，新屋怎么说也比以前的老屋结实，老屋有三窝燕子，新屋庭前绿树成荫，而且又在村口，它们怎么会视而不见呢？燕子好像把这一家人给忘了。这件事不单令我懊恼，父亲也担心起来，照传统说法，燕子是否前来筑巢，与家宅的吉凶息息相关。起初，他以为新屋才建好，燕子们还不熟，过一两年就会来的，然而，五六年过去了，依然空空如也，如果燕子一直不来筑巢，这块家宅地就有问题，必须拆了重修。其实，燕子并不是没来看过，每年春天有好多燕子成双成对在家门口徘徊，可最后，都过家门而不入，只惆怅地望一眼，便转身而去。燕子不会随随便便把家安在哪里，它们非得绕梁三日，经过细心查看，在心中衡量比对一番，看看这个家是否结实稳固，这家人是否诚实可靠，是否值得跟他们一起风雨同舟。燕子一定觉得我们家不值得托付终身。

到底是什么让它们望而却步？是嫌我们家太简陋，又或者别的什么原因？一对燕子来了，发现这里没一点前辈的痕迹，于是，就以为不可靠，而后来的燕子也都这样认为？可村里比我家还简陋的房子还有不少，他们家家户户都有燕子落脚。我不相信燕子会像人一样刻薄，每座新屋修建之后总要有第一对新燕前来安家。很长时间，我注意着这个问题，最终得出结论，那都怪父亲。在燕子眼里，我们家氛围不好，这家人总不能和睦相处，不是夫妻吵架，就是父子相抵，难有平静的时候，燕子可不喜欢在这种环境里过日子。父亲发脾气时的声音简直可怕，如同一颗定时炸弹，就算不发脾气，坐在那儿也不怒而威。他从不喜欢我带朋友来家里玩，燕子肯定看到了这些，一个连同类都容纳不了的人怎么可能容下燕子？对于声音，动物比人敏感万倍，它们能轻易捕捉其中隐藏的信息。

我将自己的揣测告诉父亲，他表面嗤之以鼻，骂我胡说八道，但我注意到，自那以后，父亲说话时总有意无意捏着嗓子，显得非常小心，绝不在大门口亮嗓门，架也不怎么吵了，即便吵，也躲在内屋，尽量压低声音。果然，没过两个月，就有一对燕子前来探听虚实，将巢筑在门前的晒楼下。燕子落户后，全家人的心总算放下了。可是，燕子的到来并没改变父亲的脾气，他很快便旧病复发，遇到一点小事就骂骂咧咧，而我也毫不示弱，这个家少有安宁的时刻。

每回燕子见我们吵架，就伸长脖子往下看，一家老小排列整齐，像在街上看热闹。它们一定不明白，这家人怎么一天到晚有那么多问题可吵……那段时间，住在我家的燕子常常在半夜惊醒。

多年以后，我求学他乡，异地工作，每次打电话回家，总希望接电话的是母亲而不是他。但每次从电话那头传来的声音总是父亲的，依然很大，对我的工作和生活指指点点，批评这，批评那，只是那些批评里添了许多浑浊和苍凉。他老了，岁月的风穿过了他的身体，将病留在了其中。终于有一天，打电话回去，接的人换成了母亲，母亲说他病了。从那以后，我再没听到那平地惊雷的声音，他的声音一天天弱下去，气若游丝，最后，电话那头只剩空空荡荡的风声。几天之后，父亲离开了我们，也离开了经常被他的粗粝之声所惊吓的世界。父亲不在，那些燕子一定过得安心自在了，没有人再打搅它们，我也离开了老家，只有母亲一个人和它们生活在一起。母亲向来很有耐心，脾气也好，想来，她和它们一定相处甚欢，日子过得舒适自在……

父亲常说，我们活着，并不是活得不够久，而是没把该干的事干完，还不配去死，我们被一些事耽搁了，就像一堵墙挡住了风……父亲的话没一句是对的，照他的说法，他还有太多事没完成，怎么偏偏就死了？如果真是那样，而像我这种有点目标、干事又慢慢吞吞的人，事情一辈子也干不完，老天爷岂不是要由着我死皮赖脸地活下去，那是对别人的不公。世界上没有什么活能真正干完，也没有一堵墙可以阻挡住风，父亲那么说，不过是为自己找一个死的借口，他已预知，那场生命的冷风自己已无力抵抗。该走的要走，该来的也要来，谁又能拒绝什么呢？就像当初，没人会想到我这个调皮捣蛋、毫不上进的人有一天会读大学，进而成为一个城里人。

四

这些年，很多声音在离我远去。挑水路上，木桶摇晃的声音；午后三点，放牛出栏的声音；大雨过后，蛙声四起的声音，甚至连让乡下人最感到烦躁的知了声都听不见了。在远离村庄的城市里，众声喧哗，使我异常孤独。嘈杂不安的喧嚣中没有一个是我想听到的，我开始怀念我的羊群，曾经的某段岁月，它们的叫声最能令我感到熨帖。所有人都以贫穷为由，不支持我去读书——省下四年学费足够在老家盖一座房子。那时，每天下午，我早早地把羊群赶上山，带上心爱的书，躲在无人看见的角落任性地翻着，群山之巅，白云之下，只有来去自由的风，我大声朗读，不用担心任何人的反对，我知道，终有一天自己会像风一样去向远方。

如今，我伫立平原，在离老家千里之外的洞庭，迎面而来的清寂的风，它们安详、自在，像一群游弋的鱼。我从没见过这样的风，想伸手捉住其中一条，却无能为力。平原上的风与山谷里的不同，就像这里的方言，在短短几年里，我还不足以听懂它们。

几天前，下乡调研，走在原野，总觉得有人在喊我的名字，飘，但隐隐有力，带着几分刺的感觉，像冬天的阳光扎在额头上。我瞄了瞄四周，除了风，什么也没有。突然从城里出来，神经有些不适应，心中也疑神疑鬼，睡到半夜，经常被野外吹来的风惊醒。风从窗子挤进来，带响窗帘，将我的梦准确击碎。我怀疑那风是从故乡吹来的，它想捎给我故乡的消息。我在黑夜中坐起身，张大鼻翼，闻了闻，又不对，风中没有村庄牲畜的那些气味，也没有泥土和炊烟的味道。故乡的风没有这个能耐，那里山太多，它们不认得路，即便来到平原，也未必能找到我，平原那么大，而我渺小得如同一株水稻，在一望无际的稻田中没有任何起眼的地方。

五

人是慢慢变老的，先是这个部位，再是其他部位。故乡也是这样，先是这些看不见了，听不见了，再是其他，它似乎越来越小了……城市里，声音尖锐而陌生，不可理喻，车马喧嚣、歌舞升平以及领导的训骂，这些我都可以习惯，再不然，就当耳边风，可它们挡住了来自故乡的声音，这是我不能容忍的。我经常站在城市边缘，一个人静静地闭上眼睛，竖起耳朵，最大程度打开内心的窗户，希望捕捉到一点关于故乡的消息，可平原上只有风走来走去，它们使我感到厌倦。

独自走进野地，选一个小坡站定，放开嗓子全力喊一声：“喂——”喊完之后，胸口荡出撕裂的痛，声音在顷刻间消失得无影无踪，平原上没有回声。我听不到故乡，故乡也不可能听得到我，这个举动不过是徒劳。

风将我带到这里，然后又吹散一切，它设了一个骗局。

《广西文学》2017 年第 6 期

茶润大地

凌春杰

陶是老祖宗的神器，千百年来逗人喜爱。陶源自大地上的泥土，蕴含着万物骨殖，历经炉火锻造，饱含着先民对大自然的崇拜，陶纹中散发出对岁月的理解。后来，先民们有了更高的温度，烧制中经高温加釉而更有质感，于是得到了宏大视野的命名：CHINA，我们称作陶瓷。我喜欢陶瓷，用陶壶沏茶，用瓷杯品饮，陶瓷之间，上下几千年，山水又相逢，清香袅袅，自然舒畅，一时天地宁静，时空沉湎，世界空灵，感慨而向时间致敬。

我是爱茶之人。说不上对茶的研究，时间久了，却饮得出些茶的韵味。沏一壶茶，三两只瓷杯，正好独处时自娱自乐，小聚时相视分享。有朋友送我一包茶叶，产自武陵山脉，茶树野生于千余米雪峰之上，稀稀疏疏的，全然不成产业的气候。朋友的表姐住在大山之上，每年上山采得嫩芽三五七八斤，土法杀青揉捻，用偌大的柴火铁锅炒制。这茶本是绿茶的基叶，却被制成了红茶的汤色。自然，茶叶的视觉并无奇绝，颜色也普普通通，一片片茶叶随意弯曲勾连，粗细都有自己的个性，没有毛尖的纤毫毕现，没有龙井的柔嫩厚实，没有碧螺春的慵懒缱绻，也没有铁观音的散乱蓬松，全然没有那些有名头茶叶的章法，单就是一个羞涩质朴的山间女子。这茶却独妙，胜过一些数千元上万元带着字号的名珍贡品。拉开自封袋，一股草叶般的清香漫溢而出，轻轻吸吸鼻子，始觉茶香的底蕴，其实是嫩叶的香，是春天的香，是嫩叶在春天里，雨过天晴后复合泥土的馨香，淡而柔韧不绝，深而意蕴绵长。那种香，也是麦香稻香米香草香叶香的复合，才有这么醇厚绵长，才有这么清丽诱人，让人舍不得去沏泡它的汁液，却又很想一饮而后畅，形神俱为它所迷。

朋友将茶送我，交代了一句话：这茶要留着自己喝。只饮得一杯，便知道这茶的珍妙之处。这茶的汤色，是阳光的金，中和了青草的翠绿，又加了嫩芽的鹅黄，是色谱上难以找到的黄红，这种汤色，或可以叫作高山黄，或又可以叫作大地红，红黄之间，汤水极清明澄亮，盛在杯里静若处子，端在手中晃若明月。凝神静气间，看着这茶色，满耳的静噪顿然沉寂，不知道是要将这茶饮入口腹，还是这茶要将人消融到无形。对着这茶汤，我发呆了很久。茶香经热水释放，在水汽升腾中，这香先是一点点洇开，仿佛挣破了什么方才弥漫开来，冥冥之中又似有一簇茶花在眼前悄然绽放，茶香和水汽凝合在一起，任由香气逐渐浓郁。它慢慢穿透我微闭的眼，曲径通幽地潜入肺腑，让我满身通透地香盈起来。缓过神来，轻抿一口，似一团温热的凝脂，先是在舌苔上稍一停留，任它刺溜入喉，又缓缓经咽抵胃，极是顺滑，极是圆润，极是舒坦。这团温润中，我还察觉到柴火的余味，那是一片片嫩叶在铁锅烈火中逐渐温软，在铁与火炙烤中永生的决然。我知道，这茶定然是长在一片向阳的丛林之中，茶树的枝干必是历经了多少年的风霜雨雪，这才将天地日月的菁华集于一身，无苦涩，无腥膻，不浓一分，也不淡一厘。茶一入腹，便觉沉实，仿佛自己顿成了一棵茶树，屹立在高山之上，迎风迎雨，迎日迎月，任凭岁月变迁，只扎根于土石罅隙。有好一阵，但凡有朋友来，我就喜欢将这茶拿出来，洗净小小的白瓷杯，听一曲牡丹亭或西厢记，看着茶叶在一汪洁净中微微荡漾，你一杯我一杯随意品饮，你一言我一语天南海北，不知何时兴尽而散。而今，这茶竟悄然成为绝唱，怕是再也难得遇上了。

年少的时候，我饮鄂西山地的绿茶。那时的茶，都是散装，不讲究茶的制作工艺，也没人关注茶的生态环保，人们讲究的，是茶的沏泡。茶大多是老春茶，叶片粗大，都是各家手工揉制。冬天农闲，一家人围在火垄前，抓一把暗绿的茶叶，丢入小小的边耳土罐，放在柴火边炙烤，边烤边上下摇动土罐，让茶叶在罐中受热均匀。两三分钟，一袭浓烈的干香便从柴火味中透出。撸起火苗上吊着的铁水壶，直将沸水高高细细地酌入罐中，那股纤细的清泉跳入罐中的刹那，轰然一声，罐中翻腾起偌大水泡，一股水汽携带茶香腾空而起，顿时满屋茶香压倒了柴火的烟呛味。这时的茶还不饮用，得放在火边熬上一会儿，这才每人分得半杯。这种茶汤浓酽，常常让人醉得微微发晕，往往心生一丝莫名的饥慌之意。不胜茶力的人说，茶都熬成膏子了，喝一口就留一个缺口，得是非常厉害的人才受用得住。这种沸煮过的茶我也喝过很多年，熟悉得竟无甚心得，却自此与茶有着很亲的缘分，不觉与茶风风雨雨几十年，无端地迷恋着茶溶于水的香氛。遗憾的是，我家不种植茶叶，我们喝的茶，大都来自附近高山上的姑妈家。有一年，我从山上扯了一根小小的茶苗栽在屋旁，那茶苗渐渐长大，开花，结果，几十年过去，那棵茶树如今依然长在那里，也算是一种遗世独立。记不得是哪一年了，我曾在这棵茶树上采摘过几十片嫩芽，自己动手在锅里翻炒，一芽一芽地捻成条状，在太阳下晒到半干，终于忍不住好奇，就冲泡成一杯绿汤，乐颠颠地下了口腹，却无甚特别的滋味。后来有一年，我在长沙农家小住，帮助茶农制过茶叶。我至今记得的是，鲜茶叶先在锅中加热杀青，然后放进一个深木桶中，赤着双脚在桶中一会儿踩踏，一会儿在桶底搓来搓去，直踩得双脚被茶叶的色素染得发褐，一片片绿叶变成了暗黑长条，才将茶叶置于竹器之中，搁在灶头上慢慢炕干。那茶，喝起来满是柴火味，仿佛端在手中的就是一杯人间烟火，有着火辣辣的香，也有着若有若无的苦，饮起来别有一番风味。

这些年来，我渐渐收藏了不少各地不同的茶。细想起来，茶在不同的地方，还真因不同的水土，不同的制作工艺，有着不同的茶味。当然，不同的茶，品饮的意趣却可以大体相同。三五个朋友，围炉而坐，沏一壶茶，看似闲适，底蕴却是合作与分享。酒可以逢知己而饮，饮来饮去可能只是酒肉朋友。茶却不，茶先是礼，进门奉茶，是心底的尊重，是要与你分享大自然的馈赠。杯茶之小间，品的是时间之汤，谈的是天地之大，相视的是心神默契。人们爱茶，大约不仅仅茶能提神益思、生津止渴，其实是在茶香茶趣之中，坦露亲近自然的本心本性，是心无旁骛和纯粹洁净。这茶，就着陶瓷，借着山水，有人的地方，就一个村落一个村落、一座城市一座城市地洇着，慢慢干了，化为一群人陶冶心灵崇尚自然的经幡。有人说，茶能提神，茶多酚和茶黄素对人体有这样那样的益处。我想，茶的提神其实也可以理解为茶的凝神，一片树叶，就能将一个村庄，一个地域，一个民族，在山水之间凝聚起来，凝聚出共同的意趣、共同的品位、共同的爱好，里面暗含着关于生活的共同理解，这就是茶的力量，这就是茶饮之道，是茶与人互融共通的玄虚奇妙。茶之于人，早已越过了物理的、生物的、化学的效应，向着精神的维度丰润，继而又反过来滋养着茶的内涵和文化，变革着茶的技术工艺，成为令人流连忘返的精神居所。

和很多非物质文化一样，茶文化也是从功能开始的。明代朱橚编撰的《救荒本草》，从食用充饥救荒出发，把所采集的野生植物先在园中种植观察，对采集的植物进行绘图描述，记载了茶的加工处理烹调方法等。同是明朝学者李濂记茶曰："救饥，将嫩叶或冬生叶可煮作羹食。"更早的《神农百草经》记："神农尝百草，日遇七十二毒，得茶而解之。"有人推测，最早利用茶的初衷，可能是作为口嚼的食物，也可能是作为烤煮的食物，而后才发现了茶的药用价值，逐渐成为抗病强身的药料饮用。清朝吴其濬在其《植物名实图考校注》记述："山茶：《本草纲目》始著录。"据考，唐代以前无"茶"字，"自从陆羽生人间，人间相学事春茶"。陆羽的《茶经》传世以后，茶开始在社会各阶层广泛普及品饮。自唐开始，茶不仅获得了命名，不再是一条小小溪流，经宋元明清，渐渐汇聚成一条食用、治病、养生、益神、悦性、静心的文化之河，这是一条流淌高雅自然的大河，吸引着一代代文人士大夫流连吟咏，从功能性的饮食个案，渐渐成了经，成了道，成为诗，成为礼，成为国粹和文化，成为不分南北的无意识集体行为。这条茶汤之河，于是流经六朝而始生胎，流经三国渐成启蒙，流经魏晋代南北朝而渐成风气，流经大唐而达兴盛，茶也从菜食、药用跃升为暗含了民族精神文化的国饮之汤。一杯茶汤，不仅融入了天地日月菁华，也融聚了五湖百姓的潜意识，这就是中国茶，一片悲壮的树叶，终于得到发现和崇拜，得到赋予和象征，宛若陶瓷在被称作 CHINA 一般，茶开始滋润着这片土地的子民，他们在茶中找到了相通的命运故事和命运感觉，茶将他们紧紧联结在一起，从而成为我们。这或许就是茶经久不衰的原因，从大俗流向大雅，又从大雅流向大俗，每一次流淌，都汇集了流经的山川日月的味道，承载了大地子民的心声和脚印。

对于茶叶，我倒也愿意相信它是一味中药。中药是中国传统文化，饮茶在某种程度上也算是回归茶的本位，一方面以茶益神提气强身健体，一方面以茶作为文化凝聚共识修身养性。前一阵，对茶素有研究的朋友宽夫先生请我品饮他研制的被他称为全球第一款的熟红茶。宽夫先生讲究饮茶的每一个细节，到哪都提一个小小的箱子，里面装着一套茶具，一把玻璃滤壶，一只分茶器，三只青瓷杯，以备不时之需。他的茶产自毛里求斯，空气、阳光、水分都属绝佳，茶的基质自然也是极佳。据宽夫介绍，研制这款茶，是偶然得到英式红茶的启示，于是毅然从采矿业转行，选择将英法红茶产区作为他新的事业基地。为了这款茶，他曾卖掉了所有房产，在毛里求斯购得两千亩茶园，在他"三天养胃、七天改善睡眠"的宣传中，我特意专注喝过一个星期，使我更加相信茶汤即是中药，对于人体内平衡的调理，确乎有意想不到的功效。我想，茶文化流淌到今天，"食"的因素已经淡化了，"药"的因子却在我们的血管坚忍不拔地生长，和礼、艺、禅、道、性一起缓缓流淌，流淌在中国大地，蒸发为云，落地为雨，滋养着官宦士大夫，也滋润着五家外百姓。而今，我已养成上午饮绿茶、下午喝红茶的习惯，也算是将茶的功能和茶的文化有所融通，对茶真爱而不独溺，偶尔还能有一些偏得。

茶之所以称为文化，其实是岁月的打磨和沉淀。打陆羽《茶经》开始，渐有《茶述》《煎茶水记》《采茶记》《十六汤品》等茶书、茶诗，画家们如唐伯虎的《烹茶画卷》《品茶图》，文徵明的《惠山茶会记》《陆羽烹茶图》《品茶图》等，渐渐形成“汤社”“茶庄”“茶馆”一些品茶机构，上流社会处处流溢着茶香。民间则更是姿态万千，有人迁徙，邻里要“献茶”，有客来，要敬“元宝茶”，定婚时要“下茶”，结婚时要“定茶”，同房时要“合茶”，第一次走娘家要“回茶”，喜事要“送茶”，茶在世俗生活中也渐成风气。这种席卷大地的茶风，又促进了茶工艺在杀青、发酵、晾制等方面的变化，茶具的款式、质地、花纹也千姿百态。我一直在想，为什么茶在那么久远的时间能形成一种席卷大地、经久不衰的文化，而今天太多的茶艺无论多么繁复精美，大都却只能沦为庸俗的商业？几百年前的茶客，几千年前的人们，其实和今天的我们一样，内心都注重精神，只是那时介于公共精神产品的文化资源极其有限，市井百姓之间，于是在对茶的创造中享受了文化的满足？是不是饮茶而聚，成为他们难得的一种精神生活，先民们于是在对茶的品饮中享受自然的恩赐？只是今天的我们，面对无限多的文化选择时，大多快速地消费并忘记，再也难得吟出一首像样的茶诗，再也难得画出一幅像样的茶图，再也难得写出一本像样的茶经，倒是茶像若有若无的空气，我们有着某种难以言说的依赖，甚至就是那种唇齿相依，却又常常无视它的存在。

茶就这样成为中国传统文化的底蕴。毛尖、龙井、普洱、铁观音，借助一片湖，一座山，一条河，以得天独厚的地理，成为中国茶的中流砥柱。世人对茶分了黑白红乌，又从工艺上分了生熟，从形状上分了砖饼，从叶形上分叶末，单单是形态，已极为缤纷。文人墨客们又在品饮上不断弄出一些意思，明代张源在其《茶录》一书中提出“茶道”之说：“造时精，藏时燥，泡时洁。精、燥、洁茶道尽矣。”讲究在事茶的过程，做到淳朴自然，玄微适度，中正冲和。张源的茶道追求茶汤之美、茶味之真，力求进入目视茶色、口尝茶味、鼻闻茶香、耳听茶涛、手摩茶器的完美之境。张大复则更进一层：“世人品茶而不味其性，爱山水而不会其情，读书而不得其意，学佛而不破其宗。”其言下之意，品茶不必计较其水其味之表象，而要通过饮茶达到精神上的愉快，达到清心悦神、超凡脱俗的心境，以此达到超然物外、情致高洁的仙境，一种天、地、人融通一体的境界。然而，现今的茶却不断被放大功能，不断被强行赋予种种文化意味，充满了重金属和烦躁之感。我对茶也越来越警惕，尤其是那些产自海拔较低、日趋规模化和产业化的茶园，那些茶树本来矮小，在根部施放一些农肥化肥，本不算什么怪事，非采摘期喷一点点农药，或也能勉强忍受。我所警惕的，是茶农在采摘前，对着叶面喷施各种化肥，增加叶片的肥厚感和水分，使得称重时更有质感。茶农确是因此多赚了一些钱，饮茶者却要为此付出健康的代价。千百年来，还没有哪个时候，对茶的商业文化手法有今天这么纯熟老道，缤纷到难以相信商家的标榜。对那些不知来历的茶叶，无论多么精美，也无论价格多么高昂，茶客们已不敢轻易入口。

茶属山茶，原本野生。我粗略查阅了一下，早在公元200年左右，《尔雅》中就提到有野生大茶树。《本草纲目》记载："山茶产南方。树生。高者丈许，枝干交加。"中国是茶树的原产地已成定论。宽夫先生考证说，毛里求斯的红茶，最早也由中国传入，只是地理环境的改变，逐渐改变了茶的品性。和宽夫先生的交流，使我从茶的商业文化的绑架中跳脱出来，知道什么才是真正的茶。茶，一定属于山茶科、山茶属，如今，那些披着茶的外衣的菊花、牡丹、绞股蓝、枸杞，也被我们宽泛地视为茶叶，实际上它们只是植物饮品，由其冲泡的算不上真正的传统茶汤。现代植物学表明，山茶科、山茶属植物在我国西南地区的高度集中，说明我国西南地区就是山茶属植物的发源中心，当属茶的发源地。西南地区群山起伏，河谷纵横交错，地形变化多端，形成许许多多的小地貌区和小气候区，在低纬度和海拔高低相差悬殊时，导致气候差异大，使原来生长在这里的茶树，慢慢分置在热带、亚热带和温带不同的气候中，导致茶树种内变异，发展成了热带型和亚热带型的大叶种和中叶种茶树，以及温带的中叶种及小叶种茶树。有个多年的老朋友经营云茶，他的茶叶基地在云南临沧海拔3500米以上的村庄，在他合作经营的茶园中，树龄一千年以上的老茶树有数十棵之多。这些千年老茶树，粗到两人合抱，树大根深，不需要施肥也不必喷施农药，单靠根深叶茂就已足够养分，因而茶的品质极佳，被极好的朋友以一万元三年的价格包下，每年自己去采摘两次，三年可以收获12饼茶。这样的茶，是值得邀上三两个挚友，在阳台上谈谈风月，好好品一品，认真谈谈时间的。

前一阵时间，我到西湖边的龙井茶园中小住了一段时间。那片茶园，藏匿在灵隐山的原始森林之中，曾经是一个小小的叫白乐桥的村庄里的责任地，那里居住的人，就是这里的茶农。据说，有开发商看中它紧靠灵隐寺，出高价从农民手中将茶园收购，准备开发别墅群，殊不知政府要保护生态，建设规划始终不能获批，拖了好几年，只得将茶园以三分之一的价格转让给一家政府的园林公司。现在，这里成立了茶叶合作社，茶园免费分包给当地已转为居民的"农民"，任由他们自产自销，不用上交什么"份子钱"，只求保留那一片茶园的葱绿。闲暇的时候，我在村里闲逛，见着“自产自销”的招牌，就凑上去搭讪几句，想找一款合适的龙井，一连几天，不是稍感苦涩，就是过于清淡，没有轻易下手。有个晚上，经由一个租住在村里十余年的熟人介绍，我去了一户茶农的家。茶农将剩下的茶全部拿了出来，有四种，明前春芽，谷雨茶，龙井新品种 43 号，龙井春茶。茶农一款一款地沏来，尝过一遍，我立马喜欢上龙井春茶的清而不淡，喜欢上新品种龙井 43 号柳叶般的漂亮身形，我也知道明前春芽的珍贵，可过嫩的芽汤汁过于清淡，总觉得配不上开出的数千元的价格。对淘到的两款茶叶，算是满心欢喜。闲居期间，早晚在茶园散步，有时从窗口眺望茶农在田间除草翻土，极是喜欢这种还未产业化的原始耕作，忽然就觉得这一片西湖龙井，虽然不是我的，却是属我们的，于是也可略算作我的了。

同去的家人也很喜欢这片茶园，听说茶农都是免费承包，便也心生承包一亩两亩的心意，却被我一口否绝。此生无缘长住西湖，则要请人打理炒制，这茶叶一旦沾染上利益，亏损姑且不说，也便没了情趣。像我等爱茶之人，只适合有一搭没一搭地饮，真要自己有了一座茶园，怕是就要想着经营，想着怎么能赚上更多的钱，人和茶之间，便不再那么纯粹。我忽然想起，就有一个熟人，几年前在武夷山承包了数百亩山林，准备开发高山茶的奢侈品，每斤的企划定价都在两万元以上，不想忽然政府紧缩“三公”经费，这茶也只好放下身段，试图回到寻常百姓人家了。不知道这算幸运还是不幸。

衣食住行，少不了油盐酱醋茶。想必，只有茶，在人的基本需求中是介于物质和精神层面的，是人对于物质需要基本满足后通向精神的桥梁，它注定要从生存走向生活，注定要和儒释道有所融汇，注定要诠释时间之美，注定要像春风，吹过草原，吹过大地。这茶，是大自然对人的馈赠，不仅滋养着我们的躯体，也一代代滋养着我们的灵魂，滋润我们的生活，凝聚我们的意趣。茶一旦和水融合，盛在洁白的瓷器之中，就在英语世界中找到了命名的 TEA，和 CHINA 融合为一体，滋养着大地。

《民族文学》2017 年第 4 期

白　菜

徐　可

白菜有大小之分，我这里专指的是大白菜。提起大白菜，大家再熟悉不过了，这是最为常见、最为普通的一种蔬菜，不管南方北方，估计没吃过的人很少。俗语曰："萝卜白菜，各有所爱。"可见白菜是老百姓最常吃的蔬菜之一。

我到北京上大学之后才认识白菜。第一次见到它，我马上想到了我们老家的一种蔬菜，也是这样大棵、大叶、壮硕。不过大白菜的叶子是以白为主，自下而上由白变绿，叶片硬一些；而我们老家的那种叶子是白中带黄，相对柔软一些，炖得烂烂的，我很喜欢吃，方言里读如"黄缨菜"。那时我就疑心它们有亲戚关系，后来才知道大白菜中果然有一种就叫"黄芽菜"，想来就是我们所说的黄缨菜。最近查了一下，原来白菜种类很多，居然高达1000余种，而且又有开发培育的新品种不断涌现，不能一一尽述。我们常见的有白口菜、青口菜、青白口菜三大类；根据生长期不同，分为春大白菜、夏大白菜、秋大白菜，即早、中、晚熟三类。

在相当长一个时期内，白菜在我国冬季蔬菜供应中发挥了重要作用。在大棚种植技术发明之前，由于天气寒冷，冬季能够存活生长的蔬菜很少很少。白菜喜冷凉气候，在零下二到三度的气候下能够安全越冬，所以成为很多地方尤其是北方地区冬季当家菜。每年冬天到来之际，政府就号召居民踊跃购买储存大白菜。白菜是百姓冬季必备蔬菜，多买大白菜又能帮助农民增加收入，为政府分了忧，所以大白菜就得了一个雅号叫作"爱国菜"。我参加工作之后，还购买和储存了好几年"爱国菜"。那时住集体宿舍，家家户户就在楼道里用一个小煤油炉点火做饭，各家的大白菜也堆在楼道里。到了做饭时间，随手从白菜堆里揪几片叶子，冲洗干净，或炒或炖，就是一道菜了。有时候不小心拿错了别人家的，也没人跟你计较。大白菜耐储存，存放久了，最外一层会渐渐干枯脱水，成为一层保护膜，为内部保温保湿。冬季在最低气温为－5℃左右时，大白菜完全可以在室外堆储安全过冬。如果温度再低，则需要窖藏，还可以腌制成酸菜、咸菜。所以中国的老百姓特别是中国北方老百姓对白菜有特殊的感情。在经济困难的时期，大白菜是整个冬季唯一可吃的蔬菜，一户人家往往需要储存数百斤白菜以应付过冬。

以屈原为代表，中国古代诗人喜欢以“香草美人”互喻。《离骚》整篇可见香草美人的诗句，如：“惟草木之零落兮，恐美人之迟暮。”又如：“芳与泽其糅有兮，惟昭质其犹未亏。”再如：“何所独无芳草兮，尔何怀乎故宇。”如果附庸风雅，把蔬菜比作女人的话，那么白菜肯定不是绝大多数男人喜欢的那一类。身材曼妙，婀娜多姿，亭亭玉立，娇小玲珑，风情万种……这些美妙的词汇都跟它无缘。它五短身材，体态臃肿，叶片阔大，毫无曲线，浑身上下圆滚滚的，像个水桶一样，无论怎么看也不是大家闺秀或者小家碧玉，顶多也就是个粗使丫头或者村姑，只配做些“洒扫房屋来往使役”的粗活儿，身份低贱得很。所幸皮肤还不错，水分也丰富，细嫩甘脆，汁白如乳，总算挽回了点面子。天生的缺陷决定了它是上不得台面的，永远只能做做家常菜。人们形容某样物件卖亏了，往往会说：“卖了个白菜的价儿。”那话里透着可惜和鄙夷。

别看大白菜现在身份低贱，其实人家“祖上也曾阔过”。白菜是我国原产蔬菜，有悠久的栽培历史。据考证，在我国新石器时期的西安半坡原始村落遗址发现的白菜籽距今约有六千年至七千年。古人把白菜叫作“菘”，这个名字一看就很不寻常，意即白菜像松柏一样凌冬不凋，四时长有。明代李时珍引陆佃《埤雅》说：“菘，凌冬晚凋，四时常见，有松之操，故曰菘，今俗谓之白菜。”《南齐书·武陵昭王晔传》载：“晔留王俭设食，盘中菘菜而已。”同时期的陶弘景说：“菜中有菘，最为常食。”唐朝时已选育出白菘，宋时正式称之为白菜。宋代苏颂说：“扬州一种菘，叶圆而大……啖之无渣，绝胜他土者，此所谓白菜。”古代人能吃到的蔬菜品种少，对白菜十分喜欢。南宋诗人杨万里就曾写过《进贤初食白菜，因名之以水精菜云二首》，其中一首曰：“新春云子滑流匙，更嚼冰蔬与雪齑（齑，捣碎的菜）。灵隐山前水精菜，近来种子到江西。”我在台北故宫博物院看到过清代的翡翠白菜，以一块半白半绿的翠玉为原料，以翠玉自然的色泽刻饰出绿色的菜叶与白色的叶柄，菜叶上还雕有螽斯虫和蝗虫，鲜活欲滴，几可乱真。据说这是清代光绪皇帝瑾妃的陪嫁之物，以白菜象征新娘的清白纯洁，以螽斯虫和蝗虫寓意多子多孙。可见不光我们普通人，连帝王之家也喜爱这平常之物。

前面提到的黄芽菜，又称黄芽白菜、黄芽白，有南北两种。清朝光绪二十四年（1898年）《津门纪略》中记有："黄芽白菜，胜于江南冬笋者，以其百吃不厌也。"以致其又有"北笋"之称。十九世纪白菜传入日本、欧美各国。明朝时白菜传入朝鲜，成为朝鲜泡菜的主要原料。今天，世界各地许多国家都引种了白菜。

白菜的做法很多，无论是炒，熘，烧，煎，烩，扒，涮，凉拌，腌制，都可做成美味佳肴，特别是同鲜菇、冬菇、火腿、虾米、肉、栗子等同烧，可以做出很多特色风味的菜肴。故俗语云："肉中就数猪肉美，菜里唯有白菜鲜。"我在北京师范大学读书的时候，最喜欢吃的一道菜就是醋溜白菜。工作以后，家离北师大近，有时懒得做饭了，就蹓跶到北师大去点几样家常菜，其中多半就有醋溜白菜。

更为重要的是，大白菜具有较高的营养价值和药用价值，白菜中含有丰富的维生素B、维生素C、钙、铁、磷和粗纤维，微量元素锌的含量也非常高。中医认为白菜其性微寒无毒，经常食用具有养胃生津、除烦解渴、利尿通便、清热解毒之功效，能够防治多种疾病，能够养颜护肤。古代医书《名医别录》里记载："白菜能通利胃肠，除胸中烦，解酒毒。"清代《本草纲目拾遗》中说："白菜汁，甘温无毒，利肠胃，除胸烦，解酒渴，利大小便，和中止嗽。"如配葱白、生姜、萝卜等煎汤饮，可治感冒；如捣烂，炒热后外敷脘部，可治胃病。白菜根配银花，紫背浮萍，煎服或捣烂涂患处，可治疗皮肤过敏症，尤其是对面部皮肤过敏症有较好疗效。大白菜洗净切碎煎浓汤，每晚睡前洗冻疮患处，连洗数日即可见效。现代医学发现，多吃白菜还能防乳腺癌。因为白菜中有一些微量元素，它们能帮助分解同乳腺癌相联系的雌激素。故有"百菜不如白菜"的说法，白菜又有"菜中之王"的美称。

白菜吃完了，剩下的菜心，我们也舍不得扔掉。盛一碗清水，把白菜心养在里面，放在窗台上，过不几日，一枝细茎就从菜心中冒出，茎上又生出新枝，长满了细小的花苞，嫩嫩的，绿绿的，煞是可爱。等得花苞开放，黄花绿叶，清新纯正，花蕊中散发出的清香，浓郁而绵长。旁边配以一盘清碧蒜苗，一室清芬。

因此，大白菜虽然品相粗鄙，价格低廉，可人们并不因此而小瞧它。它顽强，健康，壮硕，生命力强，全身有用，富于营养。大观园里的千金小姐固然金贵，可是她们一刻也离不开那些粗使丫头。试想，如果人人都去吟诗作赋，家务活儿谁来干？那些千金小姐们又怎么能过上"衣来伸手，饭来张口"的自在生活？同样，大白菜固然平常，可是在经济困难时期是它保证了百姓的生活所需，即使在生活富足之后人们仍然喜欢这一口儿。吃多了鸡鸭鱼肉，吃多了山珍海味，人们往往需要大白菜来解解腻，爽爽口，清清肠道。所以人们常说：“鱼生火，肉生痰，白菜豆腐保平安。”

《人民日报海外版》2017 年 8 月 26 日

漂移的盛宴

张艳庭

大排档是与城市街道关系最为亲密的一种餐饮形式。比起临街饭店来，大排档直接将街道占领，将街道的交通功能部分地转变为餐饮功能。商业活动对街道的占领从未停止过，大排档却是最成功的一种，将对街道的临时占领变成了长期租用。由于大排档出现的时间通常是夜晚，因此可以说，是它们改变了街道的生物钟。就像街道每逢夜幕降临，就从酣睡中醒来，与人们的肠胃喉舌发生最直接的串通与碰撞。

大排档拥有着很强的季节性，就像是餐饮业的候鸟。当天气由寒冷变成炎热，众多的大排档准会飞回到了大街上。或许这些大排档一直存在，但到了夏天，人们才像是突然发现了它们。因为夏夜的大街，不仅有日常的交通功能，还多了一重纳凉的功能。许多人宁愿享受街道上自然的清凉，也不愿意享用小饭店里的空调。许多小饭店，甚至中等的饭店，都开始把桌子摆在门外临街的空地上，或者占用人行道。人们愿意坐到室外，不仅与室外的凉爽有关，更与室内建筑空间对人的规训有关。室内建筑空间总是有与之相伴随的行为规范。中国古代文明史上，有巢氏被作为房屋的发明者被尊崇为人类的祖先。但房屋的发明，一方面将人类从自然中解放，一方面又对人的自然属性进行囚禁。与其说对人进行最多束缚的空间是监狱，不如说是宫殿、礼堂等建筑。监狱内的个体相对有更多运用自己身体的自由，而宫殿等空间中，种种礼法却将对人身体的束缚运用到了极点。走路的姿势，步子的大小，手的摆动幅度，衣物的穿着，说话的语气和声音的大小等，都要受到极其严格的限制。福柯曾经在论述监狱的时候说，人们通过制造监狱来让更多的人忽略，这个社会本身是个更大的监狱。

那些社会文明的空间法则，是最重要的空间法则。哲学家列斐伏尔认为空间有三种属性：自然、精神和社会。在现代，社会空间慢慢合并了三种空间形态的属性。因此谈论空间必须从整体的空间概念中分析出它的社会属性。室内空间与室外空间的区别不仅仅是有围墙与屋顶与否，更重要的是它们所拥有的不同的社会属性。相较于室外空间，室内空间有更多的社会规范和约束，拥有更多的空间权力。由于人们的日常生活大部分都在室内空间中完成，因此也时时处在社会文明的权力监管之下。同样是吃饭的场所，高档酒店门前经常会有提示：衣冠不整者恕不接待。它的隐含语义不仅有对衣着的要求，还有对行为的要求。在这样的地方就餐，一般在衣冠楚楚之外还要文质彬彬。这样的要求也适用于许多餐饮店铺。店中精致文雅的装修就像是对于人们行为方式合乎文明礼仪的暗示。

处在这种监管之下的人，当然渴望自由。露天的空间环境，就是文明的空间权力相对较弱的地方，人们可以在这里寻找到相对的自由。自由，总是首先与身体有关。福柯说过，意识形态规训的中心对象，就是身体。行为礼仪和服饰，就是对身体自由的一种控制。在大排档中，人们不仅可以不顾饭店里的礼仪和规矩，甚至有些男士会脱去上衣。这在室内显然是不文明的，但在室外，空间的转换奇迹般地使那些礼仪被架空。夏夜的大排档上，男士赤裸上身没有人会见怪。

而对有些人来说，这种文明监管最严厉的地方，是室内公共空间禁烟的规定。在许多大城市，这种禁烟令有严厉的惩罚措施，也得到了强有力的执行。著名演员文章就曾因在饭店包间内吸烟被曝光而向公众致歉。虽然吸烟对健康有诸多害处，但吸烟者有自己的辩护之辞：我有自我伤害的权利。事实上，这里不仅仅涉及权利。有人把吸烟比喻为慢性自杀，但据说人类是唯一会自杀的动物，这里有着复杂的心理因素和逻辑。在室内空间中，这种权利因为会对其他人不吸烟的权利构成侵犯，所以被禁止。在大排档中，这种权利可以得到保障，从而也就提供了更加多元的心理空间。

大排档还提供了大声说话的自由。在室内公共空间里，一般情况下，人们说话的音量是被控制的，过于大，就会被管束。这种大的衡量标准，在公共空间里一般是指打扰到了别人。室内空间由于其相对密闭的特性，音波被不断地反射，而不会轻易地消散，因此说话音量会被放大；又由于其密闭的特性，一定程度上阻挡了来自室外的声音，获得了相对的安静，在这种安静的状态下，人们对于声音的大小会非常敏感，更易被打扰。因此，在室内，声音的大小也是文明的监管对象。但到了大排档这样的露天环境下，文明的监管相对放松，也由于声音在这样的环境里更易消散，所以人们可以放开自己的嗓门，说出音量更大的话。由于在大街上，车来车往的背景声音，对说话声也起到了一定程度的掩护作用；人在这样的环境下，对声音的敏感度也降低。最重要的是，人们对于道德礼仪的敏感度有所降低，才导致了这种彻底的声音解放。

这种解放不光体现在说话声音大小上，还体现在说话的内容上。有些在酒店餐桌上无法说的话，可以在大排档上说。我曾有一位诗人朋友，每次在酒店或饭店吃完饭喝过酒后，总要再找一个大排档，叫上一个或几个人一块再继续喝酒。我曾经疑惑他为什么不在酒店里喝够，而要出了酒店，再找大排档喝。一般情况下，他在大排档都会喝醉，而在酒店房间里则不会；他在大排档上说话，也往往比在饭店或酒店里更加自由、直接。他在这里说的很多话，都是在酒店里说不出，也没有说的。在这种食客都放大声音说话的地方，说话者反而不用有太多顾忌。因为这种声音和话语并不是单一来源的，而是多源的，拥有更多的民主意味。众多的声音和话语表达，使每一桌人都像是处在声音的台风眼里，拥有相对宁静和独立的话语空间。而在饭店室内空间中，只有自己说而别人不说的时候，这个话语空间是不独立不民主的。也许这就产生了饭店和大排档在话语自由程度方面的区别。

相较于声音，大排档还提供了更多的视觉自由。由于身处露天之中，人们的视觉不用被墙壁和屋顶禁锢，可以看到最为真实的城市街景，视觉范围得到了很大的拓展。这也是我那位诗人朋友特别在意的。酒店室内空间虽然经过了装饰，看起来更美观，但它是一种虚假的城市景观；而大排档提供的室外空间虽然更加粗糙，甚至脏乱，却更加真实。对于那位诗人来说，这种真实的粗糙脏乱比虚假的美观更有意义，因为前者能让他体会到城市中的在场感。人类文化发展史上，视觉比其他五官感觉处在更加优先甚至优越的位置上。人们为了获得更多的视觉权力，甚至可以牺牲味觉上的享受。大排档饮食的粗糙味觉体验因此获得了谅解。

就是这样依靠对空间权力法则巧妙或笨拙地利用，大排档给了人们更多身体、心理、声音、话语和视觉的自由，吸引了无数的食客，甚至风头盖过了那些有门店的中小饭店。大排档之所以能够很好地利用空间权力法则，能够很好地利用那些空间，还有一个很大的原因，就是它们对城市时间权力法则的熟悉。

大排档往往是在傍晚登场。由于会占用街道，它们不太可能在白天就大张旗鼓地出现。城市管理者作为城市空间监管的权力部门，可以随时对这种占道行为进行管理。当代中国城市发展最大的冲突之一，就是城管与占道经营者之间的冲突。这样的冲突几乎每天都在上演，而在这种冲突中，后者往往是弱势群体。因此，大排档在白天常常销声匿迹，经营大排档的饭店也显得小心翼翼。城市中有许多这样的饭店存在。它们虽然也有门店，但里面小得可怜，就餐环境也不算好，但是到了晚上，它们能够占用比门店面积大十几倍甚至几十倍的街道面积。这样的营业空间的拓展，也是这些饭店生存空间的拓展。而它们之所以能够占用这些街道，是因为在夜晚，城市管理者才会下班，对城市街道占用的禁令才会被解除。

时间，在城市里，也有自己的权力法则。如果在白昼占用那些供人们行走的街道，很可能会遭到管理部门的驱逐，甚至惩罚。但到夜晚，仅仅是时间的变换，空间地点并沿有改变，对空间的占用这件事也没有改变，但却获得了存在的权利。大排档巧妙地利用了城市时间的权力法则，让自己也获得了这种空间权力。

对于城市来说，夜晚是一个独特的时间段。常规意义上生产时间和工作时间的结束，使它成为餐饮、休闲、娱乐最集中的时段。相较而言，城市中的午餐更具有工作餐的性质，最具代表性的餐饮方式就是快餐。拥有这种性质午餐的群体不仅仅是白领职员，公务员系统中午禁酒令的颁布，也切断了这一阶层午餐的娱乐色彩。与之相比，城市里的晚餐不仅仅是为了满足温饱，也是一种休闲娱乐，至少是一种舌尖上的娱乐。对于饮酒者，它还是让脑细胞起飞的娱乐。如果说酒店里一些身着正装的聚餐是一种休闲娱乐的方式，大排档则把这种休闲娱乐性进行了放大。虽然这种放大带来的是一种颗粒粗大的效果，就像一些像素不高的照片被放大后的效果一样。

这种颗粒粗大的餐饮娱乐方式带有鲜明的社会阶层属性，代表了一种阶层的生活方式。与出入于酒店相比，这种餐饮消费方式无疑更适合于中低阶层民众，在一些大城市中也包括白领。白领由于晚上加班，晚餐的推迟或者是消夜的需要，都在一定程度上更适合于在大排档用餐。有些大排档就存身于写字楼下，就像是一种送货上门服务，弥补了饭店距离较远的不足。这种印象的获得，大都是在香港的电影中。这个国际性的大都市里，大排档隐藏在摩天大楼之下，成为都市白领共同的美食领地。

在香港导演中，我最熟悉的表现饮食的导演，王家卫应算一个。吃，在他的镜头下，有一种无比真实的情境和细节，角色对吃的表演也最能体现出自己的表演功力。《花样年华》和《2046》都表现过大排档。不过，《2046》中所表现的大排档并不是在香港，而是在新加坡。周慕云下班后，去大排档消夜，碰见了巩俐饰演的总是戴着一只手套的女人——黑蜘蛛。王家卫没有让这个有点传奇色彩的故事在大饭店里发生，而是选在了大排档，一定程度上是因为它营业的时间与赌徒的时间表相吻合：当其他饭店关门的时候，大排档依然在营业；同时还有一个隐秘的原因，那就是大排档为社会边缘人士提供一种相对的身份隐蔽与话语自由，如职业赌徒。

大排档在香港的另一类电影中，也有充分的表现，那就是黑帮电影。混混与街道的关系非常密切，甚至可以概括为在街上长大，在街上生活，在街上工作，甚至在街上死去。街道因为他们的存在，而拥有一种复杂的强力色彩，散发出独特的亚文化气息。而与街道关系密切的大排档，不可能不与他们发生关系。在香港黑帮电影中，大排档成为一个重要场景，黑帮中的马仔、混混头，频繁出现在大排档。这里不仅是他们吃饭的地方，也同样成为他们活动的地盘，这是因为它的空间内涵中较少受文明权力监管的自由气质。在大排档上演的打斗枪战场面，也成为香港黑帮电影中的经典影像。大排档上不光会出现马仔、混混头，还会出现黑帮老大。一部香港电影中出现过这样的场景：黑帮老大和一个女人在大排档吃饭，整条街上都站满了拿着枪的马仔。黑帮老大之所以选择在大排档就餐，不仅有情节的原因，还因为街道空间对于黑帮来说，有着重要意义。而香港电影人对大排档的文化和象征意义有着敏锐的洞察和掌控。许多导演都在香港大排档聚集的街区取景拍摄，有的还设立工作室办公。有游客甚至专门去香港逛大排档，希望能在大排档上碰见杜琪峰。

在黑帮之外，大街上还有另一种人群与大排档也有着一定的关系，那就是俗称“小姐”或“站街女”的底层性工作者。他们之间有着一种内在的相似性，即都利用文明监管的盲区来拓展生存和发展的空间。小姐主要在夜晚工作，也是在钻权力监管时间法则的空子。所以小姐可能是大排档的最后一批食客，也可能是早餐摊点的第一批食客。一定程度上，早餐摊点也是大排档的一种变体。不同的是，它利用的是早晨八点之前城市管理较松的时间。如果普通大排档可以称为餐饮夜市的话，那么早餐摊点就可以称为是餐饮早市。这些都规避了城市管理最为严格的时间。我曾经看到过一首诗，诗人记述了自己在早餐摊点上听到两个小姐的对话，说是在这个城市里，大概是她们睡得最晚，或起得最早。诗中的原话更显粗野豪放，但出现在这个独特的空间中并不显得突兀。虽然大排档和她们在时间规律上有一定的相似性，但两者之间又有很大的不同。饮食能够解决人的温饱，所面对的是人的口腹之欲，是意识形态和日常伦理道德所认可的，也是监管较松的；而性欲，则属于意识形态和伦理道德严密监控的对象，是权力重点管控的对象。虽然这两种欲望都属于人的基本需求，但却有着不同的社会地位。大排档摊主占道经营的后果则相对温和。他们与管理者甚至可以进行协商：当需要应付相关检查时，占道经营的大排档经管理者打招呼，就不再出摊；而没有相关检查时，他们就可以正常出摊。尤其在一些中小城市，在对大排档的管理上，权力显得相当温柔，是管理者的权力与市民的权利相互协商相互妥协后的结果。它在本质上呈现出来的不是权力的温柔，而是权力的暧昧。

虽然大排档也属于这些社会边缘群体，但总的来说，还是属于普通市民阶层。在与平民百姓的日常生活近距离甚至无距离的接触下，大排档慢慢形成了自己的饮食文化，也成为市民阶层饮食文化的代表形态。一般而言，大排档在菜品上，相对大众化，在价格上，也更加便宜。风靡全国的美食纪录片《舌尖上的中国》第二季《秘境》一集，就将闹市之中的大排档列为美食的秘境。而所拍摄的这个大排档，也在香港。可见香港大排档文化之盛。片中聚焦的大排档饮食，是较为平常的云吞面。但就是这较为普通的云吞面，成为大排档的一个招牌，吸引了众多的食客。

这是大排档的一个特色，仅仅靠一个招牌菜就可以立于不败之地。我所住的地方附近就有一家山西刀削面，虽然有自己的门店，但店里很少坐人，白天晚上都在门前摆上桌子，撑起顶篷。冬天也是如此。而这家店的招牌，就是刀削面。虽然只有这一较为常见的招牌主食，但却吸引了为数众多的食客，不管白天还是晚上，上座率都高于周围的门店。要说它的独特之处，便是较重的口味。香味浓郁的高汤浸泡着弹力较大的刀削面，能够给食客的味蕾提供充足的刺激。

重口味是大排档在丰富多彩的味觉体验中，拥有最类型化的味觉标签。大排档的食物没有那样考究、精致，却能够用相对稍重的口味压住人们挑剔的味觉神经。这种味道，呈现出味觉鲜明的阶层属性。

大排档上另一个较为常见的食物，也是这一口味的印证，那就是烧烤。在夏季北方的大排档中，烧烤甚至被认为是必备的。于是出现了烧烤摊和饭店的联合。原本没有烧烤摊的饭店，在夏季将桌椅摆出来，以原有的菜品与其他人的烧烤摊共同组成一个较为完整的大排档。这是夏季的北方大排档上的黄金搭档。

夏季是大排档最鼎盛的季节。但这并不是说到了冬季，大排档就会消失。相反，冬季的大排档同样让人印象深刻，甚至和夏季不相上下。虽然绝对数量有所减少，但大排档并不会在寒风中消失；相反，它往往用最简易的篷布把寒风阻挡在街上，营造出一个热气腾腾的空间。人们在冬季走向大排档，一定程度上，也许是受大排档上冒出的热气的吸引。这些热气在视觉层面上就已经驱走了寒冷。而大排档里那些简单的食物，则能够从肠胃上驱走寒冷。这样的大排档，在冬夜，在大街上人最少的季节存在，一定程度上就是因为它像一种灯塔，给寒冷的人提供得以照亮身体、肠胃的温热。许多次，我在冬天在大街上吃大排档，就是为了抵御寒冷而甚于抵抗饥饿。

在《秘境》一集中，导演在对香港大排档进行呈现之后，又描述了大排档的消失：从最初的几百家，到越来越少，只剩下数十家。这是城市发展对大排档这种餐饮形式带来的冲击和它自身的变化。随着科技的发展，权力监管越来越精密，城市街道管理也越来越规范之后，大排档的自由也被视为混乱，成为被规范的对象。虽然城市中井井有条的秩序与混乱始终共存，但秩序始终想要代替混乱，这是作为人类文明象征的城市的主导意识形态。虽然混乱才是人们对生活空间的真实感受，但意识形态总想以空间秩序的表象向人们提供社会秩序的暗示，直至人们把自己归为这种秩序的一部分。因此，在这种意识形态的规训下，空间秩序的改造永远不会停息，在重要的城市中尤为剧烈，直至秩序把混乱的表象抹平。

如果说大排档的消失在一线城市中广泛存在的话，那么它们在中小城市，则依然顽强地存在着。除了意识形态管控相对较松之外，还有一些其他原因：中小城市地理空间小，人们不用把大量时间用在上下班途中，可以拥有较为丰富的业余生活，晚上也拥有较为充裕的时间，恰恰与大排档的时间节奏正好吻合。我读书和生活的城市大都是二三线城市。在其中一个城市，我听到外教对这个城市的评述，特地提到了大排档。他说看到这个城市有许多大排档，而且经常会看到普通市民一家人去吃大排档，感觉这个城市富有人情味，城市里的人有幸福感。从大排档看到一个城市居民的幸福感，也许并不是空穴来风。大排档不仅提供了方便，也代表了一种生活方式：慢节奏，较高的自由度，较广的参与度，美食享受的日常化，物美价廉的消费特征，等等。这些都是人们幸福感产生的缘由。

我读书时所在的另一个城市，是七朝古都，大排档几乎遍布全城。这个城市的人对自己的评价是，古都人悠闲，懂得享受生活。这是大排档得以发展的优势。除此之外，还因为它声名在外的小吃。小吃是大排档菜品的一个典型代表，甚至是大排档的立身之本。一般而言，大排档上的小吃要比大饭店里的小吃更为正宗。有时候，小吃进入大饭店，就像野生动物变成标本进入博物馆，形态仍然相似，却失去了它们的生猛原始和鲜活的生命力。正是小吃，让这个城市的大排档如火如荼。二者从名称看来，似乎截然相反，却恰恰相辅相成。而城市管理者为了将这种建筑在小吃上的饮食文化发扬光大，对大排档进行了规范的管理，打造了一些大排档专属的空间，将之纳入到城市总体秩序中来，营造了一种空间的政治经济学和谐图景。但野生的大排档在这个城市中依然有着旺盛的生命力。

虽然随着城市的发展，大排档可能会在总体上逐渐减少，但并不会消失。就像那些街道上的自由摊贩不会完全消失一样，大排档不仅仅是一种餐饮形态，更是城市空间和时间权力法则下的产物。只要有这种权力法则的存在，空间和时间的权力差别存在，大排档就有存在的可能。而在心理上，它们又是城市人日常生活的一部分，日常心理投射的一个必要空间。只要城市人依然有对高自由度餐饮的需求，大排档就有必要继续存在下去。

《黄河文学》2017 年第 9 期

我的玩具

西　西

纸　牌

扑克牌是我们从小玩到大的玩具，可以一个人玩，四个人，甚至十个人一起玩。纸牌的设计可还有新的创意？当然，赌场用的，那不是玩的，无需新意，也抗拒新意。我恰巧遇见了一副比较特别的扑克牌，同样是五十二张，另加两张Joker，同样是由A数到J、Q、K，同样是葵扇、红心、梅花和钻石。哪有不同呢？原来每张印上了别致的图画。我记得见过《红楼梦》人物、《水浒传》人物，好像也有人把要追捕的目标，印在牌上，让猎手知道价钱，那可也不是玩的。我买到的是印上我国青铜器的纸牌。青铜器相当古怪，模样古怪，名字更古怪，因为古，所以怪，把不够古的字典也考倒了。有时知道意思，却不会读音。我们对新潮的东西，反而见怪不怪。面对五十四件古怪的青铜器，这下可好了，让我重新学习辨认，学习就是游戏，至少够玩一天。

把纸牌摊开，得先分门别类。这里没有武器，也没有农具，范围缩小了些。先找到的是煮食的用具，民以食为天，既要祭天地和祖先，又得大宴群臣，食具最重要。食物得煮熟，用什么来煮？一是鼎，一是镬，“有足为鼎，无足为镬”。青铜器中的鼎出土很多，镬则较少露面。就抽一只鼎出来，鼎有方有圆，都有立耳，方鼎四足，圆鼎三足。虽说是用鼎煮肉，其实多数是用镬煮好了再放在鼎中。第二件煮食的用具是鬲（音立），像穿了条肥胖的裤子，面积宽阔，受热的范围也大。第三件烹具名甗（音演），功能不是煮而是蒸，模样也是二合一，下层煮水，热气上升，蒸熟上层的食物，是个蒸锅。

炊器主要是三件，煮好了菜要用大碗盛载，主角是簋（音轨），起先是碗形，后来多了两只耳朵。一顿饭的菜，都可用簋上桌，所以有“九大簋”之称。饭桌上还有一件食具叫豆，放酸菜、肉酱之类。身体圆圆，金鸡独立。

古人有肴岂能无酒。酒杯有多种，主角是爵，圆身、三脚。有向前延伸的部分称为流，酒由流出。饮酒的器具大都和爵相似，体积较大，如角、斝（音假）。但觚（音姑）却完全不同，像一个阔口花瓶，喝酒用这样喇叭口似的杯，一定很豪放。酒杯的式样多，酒壶更加多，都像巨无霸，像卣（音友），腹大口小，有盖有脚还有提梁。这可见商人周人，多么喜欢喝酒。壶也是中型和大型的容器，除了盛酒，也盛水。最有趣的还有方彝，模样像一座有屋顶的密实房子。偶方彝是两个方彝连在一起，这偶方彝，在河南妇好墓出土。至于小型的尤其特别，器中有间隔，把空间分为二室，盖上有相应的两孔，可以藏毒酒了吧，倘是真正的好酒，酒仙也许并不介意，不过还是不要错斟。

轮到水器了。四脚有颈没头的是什么？是注水器，来宾请洗洗手。侍从走来提着匜（音仪）为你注水；当然，会先放一个盘来接水。在青铜器时代，洗脸洗手，是祭祀之前的重要礼仪。匜、盘就是这个场合的接待。更大的盘就成监，可以当镜子照。还有两件青铜器要辨认，七牛贮贝器，是个钱箱喔，内藏贝币，在云南出土。为什么是牛？原来在古滇国，牛多代表富有。这么重的顶盖，别想偷钱。末一个是钟，是乐器，是皇家敲击乐队里的一员。

缝纫机

缝纫机，广东人叫它“衣车”。很奇怪，明明不是车，又不一定用来车衣（缝衣服）；但这名字活泼生动，试想想：布匹坐车，一路格格格奔驰成为衣服。我年纪很小的时候就认识衣车，因为母亲会给兄长和我做衣裳。衣服大多都是买的，也不记得哪一件才是温暖牌。不过我翻出小时候的照片，穿的毛线衣，可确定是母亲密密缝出来的杰作，包括帽子、外套、袜子，以及整件的连身裙，裙子的花纹还是一层一层的波浪。

真正把衣车当作友伴是读中学的日子，家中的衣车放在我的睡床边，另一边靠近骑楼的矮墙。母亲这时候已经很少缝衣服了，这衣车成为我不可缺少的桌子。它是古老的内藏式衣车，车头部分不用的时候，可以折下藏在木板下，木板覆盖在陷洞上，和洞外的木架连接缝台，就成为桌面，变成我的书桌了。当然，书桌底下仍是衣车的两侧铁脚和中间的踏板。做功课时，我常常会下意识地踩几下踏板，好像学业上的难题，可以随着摇摇的旋律迎刃而解。

我在衣车桌上写了不少小说，好像也是那种旧式的格格格地缝出来的东西。世上哪有不老的衣车呢，新出的衣车，再也不是书桌了，因为内藏式的车头已经过时，而脚踏已改为电动，很重的车头也不必移动。后来搬家，整个单元四百尺，要住五个人，只容得下一张饭桌。饭桌有其他用途时，变则通，我的书桌就是挪进厨房的圆折凳。衣车？变成手提式，很不错，而且万能，就是不能变成书桌。后来又搬家了，为了缝玩具公仔，以免布屑堵塞机件，添了一台便宜的操作机，电动、手提，缝时会亮灯，亮一阵，机器发热，必须暂停。也好，我们彼此都需要休息。

很巧，今年有两位朋友分别送我玩具衣车。大的一台有八寸高，两旁各有两个正方形抽屉，中间一个横的长抽屉，可以拉出放杂物。这是脚踏式，面板上放着剪刀、衣服的纸样书，还有一块花布，真的花布。另有一样物品也是真的，因为它是个音乐盒，只要扭动右侧的发条，可以听到一段贝多芬的钢琴独奏。音乐响的时候，踏板也动，铁轮会转，牵动轴线上下运作，而车头那边的线引和花布也一下一下格格起伏，很神俏。金线圈下面望远镜似的装置是什么呢，是不是灯，缝衣时发亮，缝一阵发热，得暂停？

小衣车高三寸，啡色木制，其他部分黑色，铁制，虽然细小，但做出了锻铁镂刻的花纹，光线漏过，十分美丽。它也是四抽屉的格式，板面同样有剪刀作装饰，另有线圈和软尺。大衣车有木纹，小衣车台板本身是木，不需加纹反而朴实，那是真材实料，方格子棉布当然也是真的。使我感到意外的不是车头部分的彩绘，而是桌面的四方坑纹，说明它是收藏式模型，也就是说，车头可以滑入方洞中，再放好面板，那不就是书桌了！真是各有各的精彩。小衣车的包装盒上写着台湾制造；大衣车可没有说明，只自称：优雅的礼物、精致的雕塑……诸如此类。

我自己原来也有衣车玩具一件，红色，一寸高，麻雀更小，倒也似模似样。

毽　子

十岁左右的年纪时，我住在上海，玩具甚多。室内的玩具是画纸公仔，剪下来，然后依公仔的身体肥瘦高矮画衣服，有时也画帽子、鞋子、手套、手袋，全填上颜色，剪下后穿在公仔身上。公仔和衣服的式样，都模仿图画书里的人物：灰姑娘、白雪公主，一律美女，没有男生，真是女孩子的玩具样板，从来不知道什么是本土，什么是创新。优点是，玩具由自己亲手制作，纸张、剪刀、颜色笔，小学生都有，不用花钱买。

户外的游戏，不分男女，可以打弹子、打陀螺。我最喜欢的除了跳绳，就是踢毽子，这游戏可以一群人一起玩，也可以独自玩，只要有一只毽子就行。毽子，文具店总有卖，而且很便宜。不过，当年零用钱不多，就自己动手做。我想，即使有钱，玩具最好还是自己参与动手做。

我在十岁时就会做毽子，首先得预备一些材料。一、厚点的布料一块，约一方手帕大小。二、铜钱两枚。三、一支粗羽毛，三至五支鸡毛。做法如下：布料上剪下两块比铜钱大一点的圆形，其中一块中开一个铅笔粗细的小洞。拿一支粗羽毛剪出二寸长的一段管子，模样像中空吸管。把管插入厚布的孔洞中，再穿过一枚铜钱的中心（铜钱正中是空的）。把吸管的尾端浅浅割三刀，留下叉形开口，摊开，贴平在另一没孔钱币上，最后，加上另一块底布与上述物体对齐，把四层圆形物料用粗线缝好，当然，要缝的只是布。

于是，底层完成。上层是鸡毛，三支或五支随意，鸡毛全插入吸管，大功告成。那时代，过年过节，家家宰鸡做菜，鸡毛极多，要多美丽就有多美丽，粗羽毛可选鸭翅或鹅翅毛。当年的铜钱，都是有孔的。看到这里，闷了，不好玩，看看图画好了。

后来，我来到香港。奇怪，香港的毽子和上海的不一样。底层竟是一叠厚纸，羽毛也不是柔软的鸡毛，而是硬邦邦的鸭翅或鹅翅，如同箭猪，重了些，踢毽子竟像踢足球。

踢毽子是很好的运动，鸡毛毽子又非常美丽。毽子飞起来，羽毛轻轻飘动，像花朵，像蝴蝶。踢足球是另一回事。不过，我想巴塞和皇马争逐足球多了，何不各派四五人，试试比赛踢毽子？

在香港我也寻找过江南的毽子，有一次在国货公司见到，很是鲜艳，有白色、紫色、红色、黄色等。我各买一只，那是上海的制品，还印上奥运的五环标志。不过，制作粗陋了，用上胶料做底布连接翅管，另有两层是铁片，共三层算数。鸡毛倒是真的，却没有花斑的咖点，放在手上，算是轻巧的。我想过自己做，铜钱可用铁片，可鸡毛哪里找？

维多利亚房子

立体书吸引我的原因，当然因为书页间会开花似的冒出立体的景物来。我买过《爱丽丝梦游仙境》《芭蕾小鼠上学记》等立体书，都不舍得扔掉。至于和建筑有关的，也搜集了一些，如今仍觉得好看。且说“维多利亚房子”吧，其中一册以展示外观为主，打开书本，就看见房子的几幅红砖外墙。由地面升高至斜坡面的屋顶，还可旋出三支烟囱。三支，因为屋子正面是四方形，背面却是三角形。

砖墙砌至屋顶，两层楼高，上加一层斜面阁楼，伸出两个老虎窗。其他墙体各开正面侧面直窗上下各一，窗的样式普通，由两块四四方方大玻璃构成，互相升降式，不能推出。大门在墙正中，闭上。窗子镂空，可见室内景物：楼梯、餐厅、浴室、门厅等，得靠电筒寻找。

原来书本的设计是内外兼顾的，充满创意。打开来时见到的是房子的外貌，转到书背，则呈现室内的四个房间：二楼是两个卧室，都有华丽的双柱大床（本来是四柱大床，演变成开敞的形式，帏幔也节省了一半）。房间展示了生活中不可或缺的洗脸盆和水瓶，以及更重要的便壶，隐藏在床底，如果是饭厅，就躲在橱柜里面，可见还没有真正的厕所。

楼下一边是客厅，重点是壁炉和桌面可放下的书桌。有吊灯，因为有电。室内的窗帘特别厚重华丽，因为工业革命的影响，纺织业发达，精致的布匹充满商市。另一室是厨房，仍用明火的炉灶，好像还没有自来水。二楼房间顶上有阁楼，是收纳废物的暗角，堆满缺轮的婴儿车、坏了锁的百宝箱、断线的弦琴等。

只有图画没有文字？不，封面嵌进一本册子，记录了维多利亚的一生，发生什么历史事件和社会变迁，那是产生后来蒸汽庞克（Steampunk）的时代，既勇于前冲，却也留下许多后遗症，你我也卷入蒸汽的迷雾中。建筑也有性别，维多利亚式的楼房属于某种女性，全屋花枝招展，软绵绵的，到处是蕾丝花边，但灰尘挥不去，人在烟雾中。喜欢这么美丽的楼房吗？最好不要问我，我其实很害怕这样过分感性、棉花糖似的空间。

不喜欢维式室内布置，是因为维式之前的朝代太出色了，当时出现第一流的建筑师，又有才华横溢的家具设计师，一扫中世纪的土气而成优雅：亚当式尺度和梁柱的建筑文法，带希腊风格，严谨、精细，给人简洁舒展的空间感。至于家具，就是目前沙发的前身，设计成带椅脚的长椅，加上细条纹的织锦椅套，摆在没有杂物的空间，配上小茶几。这种美学，只有我国明式家具和厅房才能相比，维式那杂货式的臃肿怎不令人失望！

罗马尺

抽屉里有好几把尺，都是12寸长的直尺。不同的尺有不同的用途，例如钢尺，较重，以往写蜡纸是用它画直线，很畅顺；要硬纸皮也用得着。胶尺轻，如果用水笔画直线，难保满纸不变成大花脸，或者连尺也受刀伤。其中有两把尺，旅行时买的，因为尺上有图画，一把介绍法国修道院，另一把介绍法国洛瓦河谷的城堡。后来不教书，不再需要用尺，但做手工时剪布剪丝带什么的，还是需要量一量。于是，顺手拿起的往往是一把木头尺，带着木头的原色，上面有些字和刻度，咖啡色。

这日大扫除，打开抽屉扔垃圾，见到一大堆尺，有的已旧得变了色，有的朦朦胧胧。淘汰了一半，把剩下的一些平放桌上排好检查，检阅时吃了一惊，木尺如何短了一些？抽出来，仔细看，尺上有字，写着 Roman Ruler 二字。难道在意大利买回来？但写的字是英文。除了自报名号，还有些文字，并有一个人头的图像。旁边一行字是 Hadrian，AD76—138。哈哈，Ruler 一字双关，好一把尺，同时又是统治者，他是一切的准则。Hadrian 是罗马著名的君王，不少人一定参观过他在 Tivoli 的别墅 Hadrian's Villa。他定下度量衡的制度以及罗马数目字。罗马数目字只有 7 个：1（Ⅰ）、5（Ⅴ）、10（Ⅹ）、50（L）、100（C）、500（D），1000（M），没有 0。阿拉伯数目字从 1 至 10，加上 0，共十一个，比罗马先进，但这个 0，不要以为是阿拉伯人发明。

真的不要小看这个 0，它在数目字中最有学问。世上最早采用十进制的是中国，朋友告诉我，东周时代，0 是用空位代替；到了南宋，0 像八月十五那样出现了。不过最早用 0 的还是印度，因此可能是随着佛经来照耀中国。于是想到，那么美丽的 0，譬如 2001 年，写成二零零一年就等于跟我一样有白内障。这个零在中文是大写，二和一可不是。留意一下，孙中山、鲁迅、钱锺书，不会写一九二零年，或者一九六零年，而是一九二〇年、一九六〇年；或者干脆写成 1920 年、1960 年。罗马数字虽然简单，自有它的气派与传统，以至于现代仍然有人喜欢，有些特别的书籍、文件、女皇男帝的称号，仍旧沿用。我怀疑也有些微妙的心理作用，崇古？抗拒阿拉伯化？看看那些名表，表面不是罗马字么？

罗马人有自己的数目字，也有自己的尺度。他们也是 1 尺 12 寸，但并不是英式的 1 呎 12 吋，也就不是 1 米等同 3 尺。罗马尺的 1 尺，等于 295.7mm，或者 11.6 英吋。我这把罗马木尺，原来包含了远久的讯息，要再找一把怕也不容易。以前教书，也教数学，加减乘除不准直接写出答案，必须列明运算过程，过程很重要的，现在把玩手机的学生一按就得到答案，却失去了过程，还会否自行运算？这是现在的人的悲哀，失去了许许多多从此到彼的切身体验，自然也不懂得欣赏沿路的风景，不喜欢细节。人的存活，好歹其实就是过程，而不是一个简化了的答案。

数学上的横式直式，我不知道用罗马字的话，直式该如何书写？罗马字很有趣，像阿拉伯字 88，很简单，用罗马字，就像长蛇了：LXXXVIII。反过来说，阿拉伯字 1000，罗马字只需一个 M。2015 年，罗马字是 MMXV；现在是 2016 年了，那是 MMXVI。毕竟大势所趋，意大利国家统计局最近建议以阿拉伯数字代替罗马数字。

有人不喜欢看广告，问题不在广告，而是表达的问题。有没有创意，短兵相接，往往高下立见。最近，我看钟表广告，有什么特别？有，那些表面用罗马数字的，爱把Ⅳ，写成ⅢⅠ。是什么原因？为了和反方向的Ⅷ对称、平衡，抄罗马古建筑上的时计？

素瓷娃娃

“冷”是一个很古怪的字，意思大多和温度有关，所以秋冬时候，我们会穿毛线衣，也就是广东人说的“冷衫”，而毛线称为“冷”，显然就是用来编织“冷衫”的缘故。潮州人的“打冷”，大概吃的食物多半是冷的，例如冻蟹、卤水鹅、卤水墨鱼、白粥。“冷”在潮州话本来是“人”的意思。“晒冷”，是出齐人马，向其他人示威之意；放在赌桌上，就是什么神、什么圣，把赌本全部孤注向前一推。至于我常常逛的“夜冷店”，有人说这其实是葡语 leiláo，来到福建，转音变成 lelang，意思是“拍卖”，再经广东话流传，成为夜冷。逛本地的夜冷店，当然不用等到夜晚。这些，可见语言的兼容并包，尤其是广东话，真是非常生猛。夜冷店卖的是杂货，往往是二手、三手，即使是新拆箱的物品，也是陈年货底货，所以，理论上，便宜些。这其实是中式跳蚤市集。到外国旅行，我总会在旅游书上找出跳蚤市集的地点、时间，我当是名胜，而且总可以买到独特的物品。

夜冷店是有趣的，同样兼容并蓄，百物杂陈，不然，何以终日挤满人，看看也好。节日之前，有人买圣诞天使，或者复活蛋和兔子。平日，古老的时钟、家具，买家可能是做设计的。我买的也不少，一扇百叶窗、几个青花箭筒、小木偶等。毛公仔特别多，价钱凭店主的眼光和口味而定。洋娃娃这些都不值钱，五块钱一个，一个年迈的长者说。我就买了五个，六吋高的货办。还有工厂出产这种古老娃娃，西式的，穿洋服、戴草帽，放在店里过了不少日和夜，没人看一眼的十九世纪老套公仔。如今的女孩子，会选凯蒂猫、芭比，或者哆啦 A 梦。我买的公仔无名无姓，因为不是塑胶和赛璐璐的材料，应该是别的结构和物质。

公仔拿在手上较重，手脚能够转动，项颈竟可以转三百六十度，这种五个关节可以活动，跟古典的泰迪熊结构相同，需经人手装置。什么公司还会采用如此古法？成品又运到哪些国家？我很高兴找到这几个娃娃，我的公仔队伍中还没有此一品类。它有什么特征？从脸面已经看到，那是人手绘成的，用轻浅的色调化成淡妆，心形嘴唇，眼睛底下点一行雀斑，眉毛用工笔一条条画出细线，抹上粉色胭脂。脸是灰白色的，没有光泽，皮肤暗沉，像石头，却比石头平滑。到底是什么质料？

想想公仔史的演变，最先是泥、布、木，然后是混合的纸浆和胶质、蜡，再下来是……对了，是瓷。但瓷是极光滑明亮的，更不必每一个开脸。终于明白，这五个是“素瓷娃娃”。瓷公仔是 procelain，素瓷是 bisque。两种公仔有什么分别？它们的原料，基本上都是瓷土。瓷土可不是到处都有，但中国得天独厚，后来德国也有发现，以瓷土制成瓷公仔和其他物品。制造瓷娃娃是用瓷土掐成团状，直接雕塑成形。一般用倒模式，把瓷浆倒入二或三个模内，再风干合成。一烧，再烧，配砌后画脸，植发、穿衣。这是素瓷。至于瓷公仔，第二次烧后即画上彩面，经第三次火浴，出炉后光洁明亮，不再需手绘。所以质素比素瓷高，价钱相对昂贵。

素瓷公仔一般可配同料倒模的手脚和躯体，瓷泥需在摄氏一千三百度以上的窑中才能烧成，只有脚上涂上黑色当鞋外，其他程序都不简单，难怪素瓷公仔已不多见。土质公仔颇重，因此头颅和肢体大多中空来减重。头顶要削去上层，以便装入玻璃眼，手脚都有绳索连系，这些就不让小女孩看到或知道了。五个公仔也就不除下帽子和头发了，到南瓜节再说。

火柴盒

火柴当然装在火柴盒子里，不过，火柴盒子里装的不一定是火柴。火柴盒子我当然见得多了，因为以往家中也有抽烟的长辈。而我们这些小孩子，就会搜集空的火柴盒，男孩子会储存盒子上的招牌，女孩子嘛，用来做小家具。四方形的扁盒子，七个糊起来是一张写字桌，还带抽屉。其他沙发什么的，都不难，如果加上镜子，梳妆台也亮了出来。所以，见到小的扁盒子，两侧有黑色贴条，就以为是火柴盒了。

有一次在玩具店里看见火柴盒，心想，到处都有火柴卖，玩具店也卖，难道叫爸爸到玩具店买火柴？还有人买火柴吗？抽烟绝不好玩。原来玩具店的盒子，外貌像火柴盒，装的可不是火柴，而是微型的玩具。盒子可以是一个房间，也可以是一个店铺，里面有小木偶，做不同的工作。房间有窗，有桌椅，还有橱柜。我选了几个。后来旅行时见到，盒子大了一倍，盒边也没有划火柴的贴条，但内容仍是小木偶的生活写照，盒子上有图画也有文字，是德文，大概是某某地的微型房子，又买了几个。

常常拿出来细看，因为我自己也设计微型屋，这是绝佳的范例。譬如那三个较小的盒子，展示了三种不同的职业。手工业兴旺的年代，许多人都在家中工作，家，既是居住的地方，同时是工作坊，妇女不用上班或进工厂，在家中可以一面照顾孩子，一面发挥自己的手艺。一家面包铺，夫妻合作，做了多少好吃的食物，刚从炉火中取出，想想也香甜松脆。另一个家庭是缝衣的，有许多绸缎的布料，户主正在熨作品，这房间糊了条纹和花叶的墙纸。另一个家庭比较富裕，从窗子看出去，一片绿茵，窗帘镶上花边，墙上有钟，天花垂下华灯，猫很聪明，坐在暖炉旁，黑烟囱伸到墙外去了。家中的女子，在这晚上八时，吃过晚饭，正好一家人闲话家常，一个打打毛线，一个制造蕾丝。

盒子大些，内容更丰富了，制造蕾丝的女子，家中挂的窗帘，一定是她自己的作品，非常漂亮，橱柜做工精细，下层是弧形的，门上的把手一点也不含糊。墙上的花钟，垂下金色的钟摆，时间一到，也许会有小鸟出来鸣唱。再另一家应该是店铺，售卖各式蓝白花陶水壶、花瓶、碗碟等。站在店中的女子是店主还是顾客？婴孩和摇篮车肯定是她的。

还有一个，不在室内，是在户外摆的货摊，卖的都是玩具，小天使、胡桃夹子、小绵羊、棍头木马，因为圣诞节到了。这情景，我一直念念不忘。有一年将近圣诞，朋友和我决定到童话王国的德国去，德国许多城市每年都举办圣诞市集，长达两个星期。我们选了纽伦堡。从法兰克福乘火车南下，一个多钟头就到。我们投宿在铁路联营的小酒店，单是香肠和面包的种类已经看得眼花缭乱。抛下行李，走出车站已身在纽伦堡的闹市。纽伦堡是个小城，半天可以逛完，包括著名的玩具博物馆；而这个玩具名城，竟曾是审判二战战犯的地方。这时候整个小城的广场和街道，早排满了货摊，卖的当然都是玩具，再分布一些地道的食物摊档。德国的传统玩具，大大小小，都齐了。慢慢走，仔细看，雪花飘下来了，风吹拂着头发，在食物摊档前，吃一点白香肠，朋友也让我喝一口甜暖酒，全身都暖和起来，旁边的小摊，打开了许许多多的火柴盒子，我竟走进火柴盒子里面，探访了好几个友善的人家。

《台港文学选刊》2016年第6期、《散文选刊》2017年第4期

游戏给我开的最强金手指

胡栩然

游戏是岁月的痕迹，那些玩过的人必有印记。

我小时候，玩过一个无数00后都玩过的游戏“摩尔庄园”。

我当时对这个游戏极度痴迷，一直玩到六年级。每次上线必要待够两个小时，拿到全部的在线礼包才可以。那时我是一只快乐的小摩尔，养了两只粉红色的拉姆，其他都好，只有潜水课无论如何考不过去。有一间自己装饰的温馨的小屋，有种了蔬菜的地，还有养了动物的牧场。我喜欢去给严格的尼克打工赚钱，买自己梦寐以求的小屋背景碧海蓝天。我愿意在庄园的各个地方娱乐，去摩罗地海钓鱼，去摩尔拉雅滑雪，或者在城堡里花上一整个下午拼图和读书。我记得我最喜欢的书是《小摩尔历险记》，一共两部，百看不厌。

我说这些并不仅仅是想说，它是我最重要的童年回忆之一。

大人们视游戏若洪水猛兽，无非是为了钱和成绩。然而现实终于染指了乐土，无聊战胜了天真热爱。我无从指责，生活就是如此。

现在，玩“摩尔庄园”的都已经上中学了吧。我也终于长大。长大后我依然会偶尔心血来潮去4399玩换装，会下很多单机游戏排遣寂寞时光，会去b站看游戏区的up主们鬼畜卖萌，热爱如常。

游戏，是一种生活态度，仅此而已。管它世事沧桑还是依然故我，只需要一方小小的屏幕，一段跟着哼唱的背景音乐，或许还有一群狐朋狗友，就能轻松达到游戏的根本目的——快乐。笑意朗朗，一如少年。

因为个人玩游戏的经验实在有限，所以我打算放弃科普，只讲讲我心目中的游戏。我想跟大人说，游戏绝不仅仅是浪费时间、使成绩倒退的垃圾；我也想跟同龄小伙伴说，我非常庆幸能生在这个多元娱乐的时代，也绝不会忘记游戏带给我的所有欢笑、泪水和动容，悸动的情感、温暖的情谊和那不老的青春。

游戏是岁月的痕迹，那些玩过的人必有印记。看到跳皮筋、丢沙包、斗地主、魂斗罗、贪吃蛇、超级玛丽……你会不会想起一群兄弟、一段现在仍哼得出的音调、一次赢牌后高兴到大叫？你会不会突然心里一动，生活表面厚厚的积灰抖落，鲜活明亮的记忆纷至沓来？从俄罗斯方块到消消乐，从开心农场到摩尔庄园，那些人仍是年少模样，一代又一代人的游戏青春永不褪色。

游戏是过去寄来的情书，所有心情都被记好封紧。在无聊时光里，手机屏幕上有轻盈多彩的气泡浮起，那些并没有多么高大上的单机游戏，曾是灰暗生活里唯一的调剂；在很多孤独的日子里，蜷缩手指也找不到可以联系的人，而唯一会跟我说“你好，陌生人”的，是名叫 miko 的少女。于是慢慢地，那些情绪都被滤净沉淀，只有一个进度条、几张截图、一段 BGM、一个奖杯能提醒你它们的触手可及。

游戏是和朋友埋下的时空胶囊。记得初二和闺蜜最铁的那段时间里，每天放学去她家都要拿出 iPad，边吃零食边玩植物大战僵尸、地铁跑酷和密室逃脱。后来她走了，我一个人在初三抑郁地不想玩游戏，直到我遇见了另一个人，而我认识她的契机，是推荐她去玩恐怖游戏。也许游戏不是友情唯一的组成，但我敢说最铁的情谊，不是一起打过架、挨过批、互相抄过作业，就是组团开黑团灭，玩密室逃脱被困在一个屋子里。所谓友情，就是我明明手残还陪你打游戏；所谓分离，就是我终于打通关了，你已经不在好友名单里。

游戏是制作者赠送的门票，通向一个个光怪陆离的世界里。因为游戏，我得以看见纪念碑谷上空鸟儿的身影如霞光，得以听见羽翼拂过幽蓝天幕的绝唱。不同的游戏就像 The Room 里不同的房间，每一扇或古旧或富丽的门后，都蛰伏着一个世界，它压抑呼吸，线条如流水隆起，花纹瑰丽。与无趣、灰暗、一成不变的现实相比，它是如此狂野而美丽。

游戏是玩家自演自观的悲喜剧。我知道那些不过是虚构的情节，我知道那些不过是一时的消遣，我知道改变我人生的契机，只能是好好学习而不是玩个游戏，我知道那些当时读着心动不已的情节总会被淡忘——但我会记得，记得在夜里盯着幽暗的电脑屏幕敲几千字的橙光长评；记得为了刷出自己想要的结局一遍又一遍从头玩起；记得曾经在无数个日日夜夜里，自己是怎样随着那些戏中人物起伏悲喜，不能自已。游戏会删除，记忆会作假，那些情感却不容置疑。那是真的完全不求任何回报，一心一意的喜欢。这是游戏给我开的最强金手指，使我在后来再面对生活这出天然讽刺情景剧时，终于能鼓起勇气。

《南方周末》2017 年 2 月 23 日、《散文选刊》2017 年第 5 期

光影流年

翠亨村的深处

陈亚军

人世间，无论是一个大人物，他挥斥方遒，指点江山，使一个国家改头换面，更改扭转一个时代的运行机制，或者一个小人物，他为维持自己的一个吃喝拉撒愁云惨雾，只拘泥于个体的喜怒哀乐，都有始末缘由。来到翠亨村，让我有同样的思悟。这里是国父孙中山的故里，他作为中国伟大的民主革命开拓者，中华民国的缔造者，三民主义的倡导者，创立"五权宪法"，终结了中国两千多年的封建帝制。之前，这种伟业和伟大，之于我，总恍若磅礴在书页和荧屏上，有种高远地渺悬于天际的感觉。当我实实在在地走在翠亨村的土地上，一百五十年的老树古屋虽寂静默然，却勃然散发着一种栩栩的烟火气，把那个激昂、忧患的少年推呈在眼前。这块天地间，必是隐匿着某种非凡的基因，一草一物都使人凝神聚气，从中或能窥察到孙中山成长的些许屐痕，那是他精神和思想的注脚。这块土地，何以能孕育成就出孙中山这样伟大的人物？

穿越到历史的深处，在那个久远的年代，今天的中山古称香山，古代香山是珠江口外伶仃洋上的孤悬岛屿。从地理环境上看，翠亨村处于促狭的海隅，生活在孤岛上的人们，面对四周茫茫的大海，身家安危常受到威胁。当时，村人为防海盗劫掠，晚上睡觉时将房地契都藏在瓷枕里，枕在头下，盗贼来了，他们抱起枕头就跑。正是这种生计生存的危境，让这一方的人们生就一种忧患意识。其实，这种忧患意识是一种岛上人的共性，因为岛屿资源有限，所以在那里生活的人很是居安思危，向外发展的欲求很强烈，向外就要有包容的心态，所以他们性情多平和。而生活在陆地的人总有地大物博的优势，少有对外扩张的心态，爱在原地谋事，也包括内斗。

在故居博物馆看到少年孙中山的照片，相貌俊朗，眉宇间有一种掩不住的英气，但那眼神终究透着一种深邃的忧郁，甚至忧患。或许我们可以解读为地域基因带给他的内质。

翠亨村头的那条小路直通辽阔的大海，海的对面就是外面的大世界，大海把有理想的人带向远方。在当时的两广和福建一带，为生活所迫，成千上万的人背井离乡到海外谋生。经过沧海桑田的变迁，偏僻海隅上的村庄已与大陆连为一体，而随着外出谋生的人们把财富和新思想带回村庄，中西方文化也在这里交汇融合，昔日的村落逐渐变得现代前沿。

孙中山故居可视为一个注脚，故居是混搭的建筑，中式欧式结合的风貌。外表仿照西方建筑，赭红色装饰性的拱形门呈欧式，厕所的砖马桶是孙中山亲手所砌，屋檐正中饰有灰雕光环，环下雕绘一只口衔钱环的飞鹰。楼房内部设计是传统的中式，中间是正厅，左右分两个耳房，四壁砖墙呈砖灰色勾出白色间线。在翠亨村，有多栋这样中西合璧的深宅大院，他们既讲究中式传统的雕梁画栋，也有拱形门窗等欧式风格呈现其中。

有什么样的见识，就有什么样的生活。可以说，孙中山很早就接受了西方先进思想的熏陶洗礼。父亲孙达成十几岁在澳门当鞋匠做裁缝，后来回到村里，虽然他依旧贫穷，靠租种土地和兼任村里的更夫养家，但他在孩子的心中朦胧地描绘了一个不同的社会图景，这是一种启蒙。同时，孙中山的两个叔父和长兄孙眉也很早奔赴海外觅生计，勤勉孝敬的长子孙眉闯荡美国檀香山，开商店，办牧场，几经打拼，终成雇工过千、拥有两万亩牧场的一代富侨。按照兄长的安排，孙中山十二岁随母亲远赴檀香山就读。小小少年第一次漂洋过海，使他“始见轮舟之奇，沧海之阔。自是有慕西学之心，穷天地之想”。五年的海外求学，见识了一个全新的社会，催生了这位少年的壮志情怀。孙家的长子孙眉改变了一个家庭的命运，最小的儿子孙中山却改变了整个国家的命运。

行走在翠亨村，你可探究、意会到许多造就孙中山的成因。在故居的庭院前，有一棵三百多年的老榕树。小时候，孙中山和村里的孩子们常常聚集在这里，围坐在一个老人身旁，听他讲故事。这位老人是一位太平军老兵，他讲的多是洪秀全英勇抗击腐朽清朝统治的故事。听完故事的孩子们在玩打仗游戏的时候，不自觉地就把其中的情节复制到游戏中。孙中山幼名叫帝象，名字的由来缘于他出世前，母亲梦到了北帝菩萨，他出生时天庭饱满，民间俗称福相，因此得名。小帝象由于平时乐善助人，很得伙伴们拥戴，是自然的“领袖”，被起绰号“洪秀全”。如果说故事在他幼小心灵中启蒙了他的革命意识，那么在游戏中他的领袖才智得以践行。同时，他也有着领袖概念中的必然素质，血气方盛，邻居做豆腐家的兄弟总是欺负他，他愤而砸了那家的锅，紧着要害处给予还击，敢作敢为。十七岁那年，他看到村民迷信愚痴，用香炉灰治病贻误病情，便和从小的好朋友、后来跟他一起闹革命的陆皓东一起来到村里的北帝庙，这里几乎是村里的最高权力标志。他游说人们不要迷信，不要把希望寄托在一个木雕泥塑的神像身上，这是落后之源。香客依然叩头如捣蒜。此时，孙中山拉住这位真武大帝的手用力一拽，北帝的手断落了，稻草、泥块掉落下来，人们面露惊慌。孙中山接着掰断了北帝的手指，剪断他的胡须，直至把神像推倒，并说，你们看我这样做它还是对着我笑，他连自己都保护不了，能护佑你们吗？这一举动透露出了他受洪秀全故事影响的影子，因之同样被父亲和村民逐出村子。这种胆魄在他的革命生涯中却磨练为一种智勇多面的品质。

“洪秀全”虽是绰号，内里其实聚散着诸多的民风世情。那时，很多人过着食不果腹、衣不蔽体的穷苦日子，小帝象降生的家庭也是一个贫寒的农家，从祖父孙敬贤起就靠租种他人田地为生，缺吃少穿。作为“领袖”，他童年最大的理想就是希望伙伴们都有鞋穿有米饭吃，这种理想自是超乎了一个平常孩子的境界，可谓生来“已摒忧患寻常事”，甚或可以解读为“天下为公”的天赋。这个童年的理想，后来成长为他思想体系中重要的民生主义。另外，当时的广东从地理位置上堪称天高皇帝远，三合会等反清帮会长期在那一带活动，民间对于清朝统治一直不满，大家对反清的活动和言论都持默许的态度。这样的生活氛围使孙中山从小就萌发了反清意识，而清政府的种种倒行逆施，又使这种意识被强化。在海外挣了一点钱的乡亲，叶落归根的华侨用以生命和辛劳换来的财富建设家园。可是，昏庸的清政府不但不鼓励保护华侨，却将他们视作“弃民”，歧视欺凌，搜刮迫害。小帝象就亲眼得见清军抢掠本村华侨财富并打死人的事件，这一切都强化了他的反抗意识。

同时，纵向历史的更深处，广东的传统文化积淀和经济前沿发展也对成就孙中山举足轻重。

自秦朝起，中原文化和海洋文化开始逐渐碰撞融合。秦朝修建灵渠，沟通了长江和珠江两大水系，以及在岭南设郡，都极大方便了南北文化的交流和融合。两晋南北朝，中原战乱，中国政治文化中心南移。以后到了南宋时期的战乱，北方大量民众南迁，给南方融入了中原文化的新语言、新制度、新技术以及新的生活方式，丰润出独特的南方文化，尤其是岭南文化的雏形。传统文化的规定性与海洋文化的开放性，富实着人的精神构成，而海外华人在商业上的成功，以及和母体千丝万缕的连带，使得沿海地理位置的优越成为一个平台，外在文明自然涌入。可以说，翠亨村就是这样一块中西文化精粹融合的土地，孙中山心智成熟的过程，都离不开这块土地的滋养，这从他精神遗产中的心性文明之说也可见痕迹。

而经济发展的优势，比如，在上世纪二三十年代，被认为是开启中国百货现代化先河的中国四大百货公司，即先施、永安、新新、大新由于经营店铺之大和生意影响广泛而名噪一时，带动了中国百货业和其他商业的振兴，他们在百货业取得成就后，涉足金融、服务、娱乐、股票等领域，从而把近代新式的商业运作模式带进了上海和广州乃至更广泛的层面，这四大公司的创始者都是中山人。一斑可窥全貌，经济发展一直走在前沿的广东包括中山，给孙中山的伟业提供了有决定意义的支持，若没有哥哥孙眉乃至包括广大华侨的经济资助做后盾，轰轰烈烈的革命拿什么做成本呢？

良善、发达，可算中山人本就有的习性。中山因诞生了一个伟大的人物格外著名，我对中山的了解，却因另有一个小机缘而留下特别印记。那一次，我参加一个出访团从印度孟买飞往孟加拉首都达卡，机舱里，满是棕黑肤色目光幽邃的南亚人。此时，任何一张黄皮肤出现，都会让人产生一种天然的亲切感。当中午的餐食发到手上时，我打开一看，又是一张颜色煞白的薄面饼，卷着一些馅状的咖喱制品，咬上去，险些硌牙。在这个弥漫着各种暧昧奇怪味道的机舱内，这个正宗的印度饼实在难以下咽。就在此时，从前排两个座位之间的缝隙中，有人递过一袋榨菜，随后，缝隙中又挤出一张中国面孔，微笑着说，请就点咸菜吧。聊起来才知道，前排的三位年轻的同胞都是中山古镇人，来这里是推销他们的灯饰产品。因一袋咸菜聊开去，让我深深感觉到，中山人，一个灯饰厂家，能把经济的触角伸到了印度、孟加拉这样遥远的国度，这才是中国经济发展的魅力和强势的最好佐证啊。

翠亨村，精神的酝酿处，思想的启蒙地，革命的出发点，我不止一次来到这个让人敬仰留恋的地方。那条古意幽然的小路已湮没在通衢的大道中，历史的背影越发朦胧，历史的人物却渐进清晰。

翠亨村的深处，依然引人探往。

《中国作家》2017年第1期

九百年祭

——编辑家张书绅之死

高　凯

许多人一直在打听的那个人已经悄悄地去了另外一个世界！

丁酉年，是西部诗歌高地甘肃的一个灾年。先是诗人、原《飞天》编辑李老乡7月在天津驾鹤西去，然后是编辑家、《飞天》原副主编张书绅8月在兰州不辞而别；李老乡还和大家打了一个招呼，举行了一个体面的告别仪式，而张书绅竟然一声不吭地走了。为了李老乡，我刚刚写下万余字的《丁酉苍茫》；因为张书绅，我又置身于一片铺天盖地的苍茫。

西部，不，是大西北，一连失去两个诗歌宝贝，诗歌界一时为之疼痛不已。远在云南的诗人于坚，对张书绅的去世尤为伤怀，及至看了我这篇祭文的初稿之后，在我的邮箱里留下了一句令人悲怆的追问："这个时代还有编辑吗？"

编辑当然还是有的，但像张书绅这样曾经被广大青年诗人爱戴的"老黄牛"编辑已经很少很少了。"一代名编"张书绅，这位在上世纪80年代初创意并主持《飞天》"大学生诗苑"专栏，从而引领了新时期中国大学生诗潮的虔心耕耘者，无疑是中国诗歌一个不变和不死的良心。

张书绅殁的消息，我们是在其殁后十几天才知道的。8月28日晚，我和马步升、叶舟、牛庆国等几个人在兰州农民巷一个酒店接待武汉的刘醒龙、广州的朱燕玲和武威的李学辉。席间，叶舟接到一个电话，说着说着叶舟突然异常愤怒，令一桌人不知究竟甚是疑惑，尤其是他冲着对方的一句"你怎么现在才告诉我"的厉声质问，让人有一种不祥之感。接听完电话后，叶舟先是让大家猜猜是谁的电话，见大家一片茫然，才说是张书绅的儿子，打电话要给他送一本《张书绅诗文纪念集》。停顿了片刻，叶舟神色黯然地告诉大家：张书绅十几天前就走了，其儿子说，之所以没有告诉大家，是因为张书绅立有遗嘱：丧事从简。

翌日酒醒之后，我想起了甩手而去的张书绅。我想，斯人虽然不辞而别，但我们这些活着而又同城的人不应该漠然处之，甚至息声。而且，他的人生已经不属于他一个人，拥戴其精神的人都有权知道他的去向。而此刻，我必须先在自己心灵的原野上点燃一堆篝火，让人们为一个孤独的人而聚拢在一起，进而看见他并让他看见。所以，一种诗人的良心促使我用一个简短的手机短信把张书绅的死讯发了出去。果不然，不要说兰州城外，兰州城里也没有一个人知道这个消息，一些人甚至不相信。从“大学生诗苑”走出来的诗人、已退休多年的西北师大文学院教授彭金山，两天后还打来电话试探地问我：张老师的死是真的吗？

怎么会不是真的呢！第一个回信表示哀悼的是从《飞天》飞上诗坛的云南诗人于坚，他先是发了一个只有一句的悼词“一个伟大的编辑去世了”，十几分钟后他又发来一首即兴创作的悼诗《悼我的编辑张书绅》，并嘱咐我转发。

于坚的悼诗如下：

一个伟大的编辑去世了
那些书还在印
那些苍白的书
他永远坐在那些无名手稿之间
戴眼镜的人　逆来顺受
他看不见世界
他只看得见石头和陶罐
1983 年我心怀光明
走出大学
朝着一个春天的邮箱
编辑张书绅住在兰州
兰花之州
荒原环绕

2917 年 8 月 28 日

多么悲壮的悼诗，一腔真情，一片肃穆，有“兰花之州，荒原环绕”之气概。于坚发短信要加我微信，因为我一直拒绝网络闹市，没有微信一类的自媒体，只好让妻子加了他的微信，将其传播了出去。害怕妻子的微信圈不够广泛，我又通过手机短信发给了一些诗坛中人。一个一辈子默默无闻的人，我们不能让他死得也默默无闻。

其实，知道大限已到，张书绅早就做好了走的准备。大约在三个月之前，张书绅的妻子张粉兰在单位找到我，说张书绅出了一本书，让我替他送给单位的一些人。张粉兰来时就带着一捆书，书名是《张书绅诗文纪念集》，由现代出版社出版。张书绅要送的书都没有签名，但有一个手写的赠书单，都是曾经或正在甘肃省文联机关工作的人，共51位。书的体式很庞杂，收录了张书绅的杂忆散记6篇、日记10篇、新诗100首、五言诗300首、诗歌评述18篇和别人写他的文章8篇，以及他在《飞天》主持“大学生诗苑”专栏时的读者和作者来信若干。这是张书绅一生出版的唯一的一本著作，在其生命的最后行世，自然十分珍贵。

很明显，张书绅想通过这本书安排后事，说一些想说的话，留下一些想留下的东西。在书中《“大学生诗苑”印象——读者来信摘抄》一节之前，单独收录了张书绅2014年10月17日写下的一句话：“现在考虑，这篇东西似乎可以与读者见面了。三十年了，还忌讳什么？”

这最后一句“三十年了，还忌讳什么”，应该是其最初整理这些读者来信时的心绪，作者将其收在书里，无疑也是张书绅编这本书的用意。

作为一个从合水走出来的文人，张书绅把送书的任务交给我这个合水人，可见还没有忘记我这个小老乡。被其信任，我感到了一种莫大的幸福。所以，我不敢怠慢，立即叮咛办公室的小席，尽快按照那个赠书单把书送到每个人手里。同时，我把属于自己的那本也顺手拿回了家，放在床头抽空认真地翻了起来。一般来说，凡是被我放在床头上的书，可能就是我的最爱。

《张书绅诗文纪念集》是张书绅提前发出的一个讣告。作为一个活着的大编辑，张书绅焉能不知道“纪念集”三个字的含义？所以，他不是老糊涂了，而是有意为之。接到送书的差事不久，《飞天》原主编李云鹏从海南回兰，作为一个从《飞天》飞出来的诗作者和一个后来又在《飞天》工作过一段时间的编辑，我想借机请张书绅、何来等几位《飞天》的老师和现任《飞天》主编马青山坐坐。但是，邀请张书绅时，我打的是张书绅的电话，接电话的却是他的老伴张粉兰。一听我请张老师吃饭，夫人当即连连推辞，说吃饭就算了吃饭就算了。我有些不甘心，又郑重申明了两个理由：一是很久不见张老师了，想见见；二是给张老师说说送书的情况。但是，夫人最后还是婉拒了我的邀请，使我很没有面子。我想，这既是老伴的意思，也是张书绅的态度。事后我才知道，张书绅的手机一直是老伴拿着，以阻挡外界的打扰。其实，事前马青山就说，张书绅肯定请不动，他退休以后谁也不见，很少出来应酬。有一次，《飞天》的一个副主编走到他家楼下打电话请他都没有把他请下来。一听这一情况，我就释然了，对于一个住在没有电梯的七层楼上的老人，让其上下楼对其是一种无情的折磨。我看过收在《张书绅诗文纪念集》中汶川地震时作者的几篇日记，感到当时的张书绅犹在绝壁上死里逃生那样惊险和狼狈。如此，那天我们聚会时张书绅没有来。饭前，我给李云鹏带了张书绅送他的《张书绅诗文纪念集》。李云鹏翻了翻书幽幽地说，这个书名好像不对劲呀！似乎是马青山接过了话头：这恐怕是张老师有意起的一个书名。的确，随后我也在《张书绅诗文纪念集》中找到了依据："四年前，我患了严重的心脏病，住院两次，微创手术一次。眼下，尚存十一种病，早停止一切社会活动，在家服药养病……"从书中看，其所说的"四年前"，应该是2010年3月心肌梗死搭支架，那一次差点要了他的命。

张书绅是2017年8月14日晚9时50分在家里去世的。也就是说，他在生命的最后给了这个世界一个形单影只的背影。29日上午发完短信之后，我给张老师的老伴张粉兰打了一个电话，尽管她也是老师辈，但我还是责备了她为什么没有告诉我们张老师的死。说句实话，在这件事上，我和叶舟一样生气。对此，张粉兰的解释是，那天太急了，没有来得及告诉大家。这当然是托词，人殁最少要停三天呢，哪能没有时间通知一个人？然后，我又说如果方便，我去看看她，听她似乎不愿意，我只好在电话中询问了一些情况。她说，那天中午，张老师下床后坐在沙发上吃了一小碗揪面片，下午突然满头大汗，到了晚上人就不行了。死因疑是心脏衰竭。放下电话一会儿，她又打来电话说，张老师虽然两年没有下楼了，但每天都要下床活动一个小时左右，除了喝喝水，看看书，就是写诗；他说他的旧体诗有300首，但新诗只有100首，他要写够300首新诗，然后再在原来的出版社出一本《张书绅新诗选》。张粉兰最后问我这个书名行不行，我说好着哩，既然是张老师的意思，就叫这个书名吧。她说张老师已经写够了300首新诗，都在孙子的电脑里存着，整理好了就想办法印出来。

原来，多年卧病在床的张书绅还做着一个诗人梦——张书绅新诗300首，他想凑够唐诗300首的篇数呀，多么美好而又可爱的一个梦想！患了严重的心脏病后，张书绅因为大量吞食活血药，歪打正着，居然遏止住了十几年前的眼疾，使他有了读书、看报和写信的能力。于是，他闭门不出，为了最初的爱好——写诗，谢绝了一切骚扰。不，从此是时刻防备着人世间的一切惊骇。我虽然已经很久没有见到过张书绅，但不知为什么，我一直觉得命运多舛而老实厚道的张书绅，退休以后就像一只因为害怕凶猛的人类而把自己掩藏起来的可爱的小老鼠！这一悲催的臆猜，有其《张书绅诗文纪念集》里一首题为《境遇》的五言诗为证。诗曰："明黑识天理，炎凉观世态。耻做逢迎客，境窘求安泰。"

张书绅的确有一个"丧事从简"的遗嘱。静心读《张书绅诗文纪念集》时，我发现其中有几首与死亡有关的诗。比如，一首题为《立嘱》的五言诗，诗前先是一个简短的题记"总有一天，我要辞别这个世界。这里，我有必要立下我的嘱咐"，然后就是下面两节诗：

一

不要设灵堂，莫开追悼会。更莫致悼词，骨灰收入匣。

二

骨灰与衣服，装入一棺木。埋入大湾坟，永远事父母。

初读这首诗时，我认为它只是一首关于死亡的诗而已，没有想到它是诗人的遗嘱。再次给张粉兰打电话后才知道，诗中的"大湾坟"在六盘山下的隆德县，是张书绅的老坟所在地。步入暮色之后，张书绅对其已经是魂牵梦绕。为了回到那里，张书绅还在诗中"死过"一次呢，如其五言诗《终将行》云：

遁入色空庵，甩脱名利绳。魂飞三界外，身投炉火中。

享年83岁的张书绅生于1935年7月9日。其祖籍是甘肃省天水地区甘谷县，生于甘肃省平凉地区隆德县，但因后来隆德县划给了宁夏固原地区，他的籍贯就由甘肃平凉变成了宁夏隆德。在我来看，他自己改的这个籍贯是有问题的，因为国家把隆德划给了宁夏，并没有把当时已经在甘肃工作的张书绅也划给宁夏；而且，他张书绅出生在前，国家划走隆德在后。其中的道理张书绅肯定是知道的，至于他后来为什么把籍贯写成了宁夏隆德，我分析可能只有一个原因：在那个众所周知的年代，他在甘肃合水经受了人生最大的磨难，那里是他的断魂落魄之地，他可能不愿再做甘肃人。不过，作为一个甘肃合水人，我肯定坚持认为张书绅是甘肃人，因为他参加工作后很长一段时间都在合水一中等单位吃苦受难，而我家就在合水一中围墙后面不到一千米的地方。况且，我以后还先后在合水一中上学、教书。因此，上世纪八十年代初期《飞天》"大学生诗苑"红遍诗坛之后，我甚是以张书绅老师为荣，如果有人说起他，我就会自豪地说，张书绅是我们合水人。在他殁后的今天，我更不情愿将其拒之于甘肃之外，他的文学之路将像从前一样永远在陇东黄土高原上延伸，他所缔造的诗歌大业永远根植于黄河穿城而过的兰州。而且，张书绅还是合水一中文学创作的先驱。上世纪60年代前期，张书绅被安排在合水一中的前身合水中学教书之后，就开始在《诗刊》《人民文学》和《解放军文艺》等刊物上发表诗歌。而1965年，他还出席了全国青年文学创作积极分子代表大会。自张书绅始，因为一种文学精神的引领，加之其身后几位教师同行尤其是我们那几届语文老师如赵鸿藻、狄植棠、姚生奇、王彩丽和郭晓霞等人的接力呵护，从合水一中毕业后从事业余或专业文学创作的人，早前出了高戈、高仲选等诗人，后来有马步升、高凯、马野（马启昕）、杨漪等作家、诗人，大家彼此影响、相互激励，渐成一番气候，分别在省内或更大的范围产生了一定的影响。不仅如此，在我们之后又有一些新生力量呼之欲出，势头令人欣喜。而在最近几年，先后随着马野担任庆阳市作协主席、马步升担任省作协主席和我担任省文学院院长兼省作协副主席之后，更是引起当地社会的关注，一些界内人还将这一景象称之为“合水现象”。但外面的人可能知道，我们都是合水一中前前后后的毕业生，而走在我们前面的领路人就是张书绅。此处，我无意标榜我们自己的优秀，而是借此追寻一位诗歌先贤的踪迹。如果说合水文学还值得一提的话，不矫饰地说张书绅就是当代合水文学之根。

从诗人身份来说，张书绅永远是我们合水人。作为一个合水后生，我企望通过此文，用诗歌的温度来融化曾经覆盖在张书绅身上那些人世间的苍凉，并代表那些有良知的故乡人弥补对他的历史亏欠。

张书绅应该得到于坚一个情义无限的悼词，于坚也应该给予张书绅一个情义无限的慰藉。在那个“于坚时代”，《飞天》可以说是那些后来支撑中国诗坛的大学生出身的诗人们的精神家园，堪称诗歌圣地。其缔造者张书绅因此有着一个很大的时代背景。在《张书绅诗文纪念集》里，作者收录了一篇姜红伟和张书绅的访谈，文中详细记录了《飞天》“大学生诗苑”自1981年2月创立至1991年10年期间经他的手先后编发过的诗作者名单，我不嫌麻烦地仔细数了一下，竟多达532人，还不知后面被等掉的有多少。其中，我看到了80年代以来中国诗坛或文坛的一些精英，诸如叶延滨、徐敬亚、潘洗尘、程光炜、沈奇、周伦佑、王家新、潞潞、苏童、程宝林、杨争光、陆健、张小波、王寅和伊沙等人物的名字。于坚当然是其中的一个重要人物。在书中甘肃诗人于进的一篇文章中，我看到了“大学生诗苑”创办8年时一个比较详细的统计：“‘诗苑’满一百期，‘诗苑之友’十辑，从四十万首自然来稿中沙里淘金，发诗二千三百余首，作者约一千一百人，涉及三十个省、市、自治区的五百多所高校……”这只是8年期间的一个统计，而张书绅主持了“大学生诗苑”十年哩！当然，这一千一百人的稿子，不一定都是张书绅一个人从40万首海量的来稿中筛选出来的，因为“大学生诗苑”是一块责任田，看稿、退稿、选稿、改稿、编目和联络都是张书绅一个人在负责，有一段时间因为稿子看不过来，编辑部曾经借调过一些作者帮助张书绅看稿子。不过，对于张书绅，这也是在培养诗人。

诗人叶延滨曾经深情地说：“我对甘肃有感情，首先是因为《飞天》杂志社有个“大学生诗苑”栏目。它对中国诗坛有过重要贡献，不少青年诗人都是从这里步入诗坛的，我上大学时就有幸在那里发过作品，并获过奖。”

遗憾的是，我在“大学生诗苑”没有发过诗。那一年，东北诗人姜红伟采写《寻找诗歌史上的失踪者——二十世纪八十年代校园诗歌运动备忘录》时，因为涉及《飞天》“大学生诗苑”和后来的“诗苑之友”专栏，误认为我也是一个大学生出身的诗人，曾经打电话要采访我，但被我拒绝了。我给他解释说，那时候我还在田野上，不是一个大学生，没有资格在“大学生诗苑”发表诗作；他说后来上了大学也可以，我说那也不行，我很希望自己是一个从“大学生诗苑”走出来的诗人，但我的确不是，那样的话连它的缔造者张书绅都不会答应。不过，我的“朦胧诗”处女作《鸟和树》（外一首）却是经张书绅推荐作为一块补白发在《飞天》1982年11月号。而且，因为这个处女作，才有了经李老乡和杨文林之手隔一期发在1983年1期《飞天》“塞声”专栏头条的那组《在田野上》。后来，这组诗还获得《飞天》文学奖，对我的人生产生了很大影响。我虽然无缘走进“大学生诗苑”，但因为《飞天》关心青年作者成长，第二年开办了一个诗歌函授学院，我有幸成了第一期学员，而我的辅导老师就是张书绅，并在“学院诗人”和“田野诗人”混杂的学员刊物《飞天青年诗报》上发过一大组诗。其间，张老师发在《飞天青年诗报》上的一些辅导性小文章，诸如《诗的技巧在哪里》《从作者的角度看诗》《选材要选优势题材》《想细一点，写慢一点》和《你会投稿吗》等篇什，给我启发很大，使我获益匪浅。

那时候，让我嫉妒羡慕的是，我的中学同学、从合水一中考上大学的马启昕、杨漪二位诗人在“大学生诗苑”上发过诗。其中的马启昕，在兰州上大学时，因为在自己营造的诗歌乌托邦“独屋”里迷失自我，经过张书绅的一番精神“洗礼”之后，还写过一篇题为《从独屋走出之后——我的思想转变》的感恩文章，发在1987年2月26日《光明日报》的头版上。当时，我已经到了《陇东报》工作，除了编报就是看报，在《光明日报》上看到那篇文章时，很是为同学马启昕高兴。从这件事上，我知道马启昕竟然冲进了《飞天》“大学生诗苑”。杨漪虽然后来很少写诗，但却一直没有忘记“大学生诗苑”最初给予他的诗人礼遇，听说张老师的《张书绅诗文纪念集》是自费出版，就自掏腰包买了200本，送给了合水一中、庆阳市图书馆和陇东学院。让他感到十分遗憾的是，本想让张老师高兴一下，没想到张老师突然走了。杨漪为人实诚、做事低调，张老师殁后才说了这件事，否则我还不知道呢。

《飞天》是新时期中国大学生诗歌的摇篮。而“大学生诗苑”为《飞天》赢得了很大的声誉，以至于到了今天人们仍然念念不忘津津乐道。偏居于西北一隅的《飞天》，因为“大学生诗苑”，在当时大学生诗作者心目中的位置一直高于一些国字头的诗歌刊物。评论家谢冕曾经在一篇文章中给予高度的评价：“《飞天》开辟的‘大学生诗苑’的出现是诗歌困厄期中一片令人愉悦的绿洲……”这一比喻不但准确而且形象。

“大学生诗苑”的成功，当然不是张书绅一个人的功劳，没有诗人、时任主编杨文林表态拍板决策和当时编辑部集体的勇气和智慧，只凭一个普通编辑是绝对不可能做到的。也就是说，张书绅不是一个决策者，只是一个执行者，或者一个拓荒者。而且，《飞天》之所以有“大学生诗苑”，与《飞天》诗人当家的传统是分不开的。在杨文林之前，李季当过《飞天》主编，闻捷当过副主编；因为薪火相传，在杨文林之后，又有诗人主编李云鹏、副主编何来、张书绅，以及现在的主编马青山。因为这个传统，今天的《飞天》还在坚守着“大学生诗苑”阵地，初稿由郭晓琦遴选，马青山最后把关。但是，由于时代的巨变，校园诗歌精神缺失，“大学生诗苑”已经是风光不再。行文之中我和马青山电话聊了一会。他说，因为校园来稿日渐稀少，作品质量也不及社会上的作者作品，今天的“大学生诗苑”只是两月出一次。绝对理解，无米之炊，巧妇难为呀。此外，“大学生诗苑”当初在甘肃出现，与甘肃当时宽松的“诗歌思潮”也不无关系。良好的诗歌土壤和雨露形成了开放的诗歌氛围。就在“大学生诗苑”创办二周年之际，在张书绅发表谈为何办“大学生诗苑”《编诗：被遗漏的拾起》一文的1983年第一期《当代文艺思潮》上，徐敬亚的《崛起的诗群》横空出世，从而引发了至今都在历史山谷里回响的新时期中国诗坛著名的“三个崛起论”。《飞天》和《当代文艺思潮》虽然是两班人马在经营，但不排除这两个同属于甘肃省文联的亲兄弟刊物，彼此互相影响、互相促进同心协力的办刊精神，而这必然取决于那些敢于开拓、甘于奉献的有识之士。《当代文艺思潮》引爆的“崛起事件”和《飞天》的“大学生诗苑”，是甘肃诗坛对百年中国新诗的重要贡献。因为这一因素，甘肃诗坛的一些事物和人物，比如后来被扼杀的《当代文艺思潮》，比如永远的“大学生诗苑”和张书绅，必然会进入中国新诗的历史视野。当然，张书绅只是一个符号，代表着《飞天》里的那一群“飞天”们。这一观点，在今年陕西举行的两次百年中国新诗学术会议上我已经先后谈及。言而总之，就是这样的一些人与事，抬高了甘肃乃至西部诗坛的海拔，使其永远成为甘肃诗歌高地的骄傲。甘肃为什么诗人多，恐怕与甘肃的这一诗歌土壤有关。

那么，《飞天》“大学生诗苑”何以能成为新时期中国新诗的前沿阵地？诗人沈奇在2013年的一篇文章中做了精准透彻的分析：“那时《诗刊》早已复刊，各省的文学期刊也大多已经正常运作，但总体上还非常保守，而且大多篇幅都给了刚刚恢复创作的中老年诗人，再就是诗歌编辑们之间的交换稿。乍暖还寒，民间自办诗报诗刊尚处于个别的‘地火运行’阶段，大量的青年诗人及其写作，虽蓬勃欲出而不知何处安顿。此时，张书绅和他的‘大学生诗苑’，无异于‘指路的明灯’，一下子收摄了那个时代诗歌新生力量的聚焦点，成为一代诗歌青年的‘精神家园’和‘艺术高地’。”（摘自《张书绅诗文纪念集》）

不可否认，张书绅成就了新时期的“大学生诗苑”，而新时期的“大学生诗苑”也成就了诗歌淘金者张书绅。这是百年中国新诗给予二者的历史机遇。张书绅的伟大之处在于：不仅仅是在最初对于中国新诗持有远见卓识，以及为之所做的开拓性、建设性的编辑工作，而且包括在一个纯文学的伟大时代，他做了一个勤劳而又纯净的文学编辑应该做的一切，他历经磨难而心志不移，他默默无闻而名扬天下，诗歌精神和文学理想皆可称道也。而且，在后来这个近物质而远精神的时代，这一点更加显现出它曾经的稀罕和伟大。如果说，今天的一些文学编辑面对张书绅时还能有一种羞耻感的话，那就说明我们这个时代的文学还有希望；如果说没有，那就说明我们这个时代的文学已经腐朽没落——文学将死！在一个物欲横流的时代，张书绅可能是一面已经失落的文学的青铜宝镜，弥足珍贵。

从《张书绅诗文纪念集》中可以看到，诗人伊沙早在20多年前就给张书绅写过点赞文章。伊沙发在1996年5月号《阳关》杂志《大家的张老师》一文中这样写道：“80年代的大学生都是在对‘朦胧诗’的模仿中写诗的，张老师和他的‘大学生诗苑’为他们展示了另一种可能性，为‘第三代——后朦胧’的崛起打下了坚实的基础。这是张老师之于中国现代诗发展的重大贡献，能以一名普通编辑的身份，仅通过一份刊物六个页码的一个栏目，便做出如此重大贡献者，偌大诗坛，谁为第二?”张书绅究竟是怎么成就这一番诗歌淘金大业的呢，除了如前所述，这期《阳关》在刊发伊沙的文章时还配发了责任编辑林染的一个编者附言：“编者前些年亲睹的一幕至今萦绕脑海：一位谢顶的、微胖的长者，星期天伏在《飞天》办公桌上，一封封给作者们回信。那的确是一个星期天！他是张书绅。编者还知道，张书绅每天还把大量的诗稿装在挎包内带回家审处，一封封回信到深夜……”伊沙在这篇文章中还提到了于坚在“大学生诗苑”的成长经历。因为站在大西北放眼瞭望全国大学生诗歌，《飞天》诗歌编辑张书绅几乎看瞎了眼睛。于坚在2000年《飞天》创刊五十周年特刊上《历史不能忘记》一文中说：“我从未见过《飞天》默默无闻的诗歌编辑张书绅先生，但我一直记得他。《飞天》在伟大的敦煌附近，那是一个神灵飞舞的地方。在我写作道路上，在那样的时代，遇到这样一位编辑，我以为有如神助。我听说他的眼睛不大好使了，这有什么关系呢，这是一个可以看见诗歌的人。”

于坚当然是一个被慧眼看见的诗人。心高气傲的于坚一直惦记着张书绅。2015年9月我在云南晋宁与他一起参加《大家》杂志举办的一个诗歌活动时，一见面他就很是急切地问张书绅的近况，给我讲述那些让他难以忘怀的纯美的诗歌往事。

早期，除了伊沙、于坚、沈奇和马启昕，专门给张书绅及其“大学生诗苑”写过文章的诗人还有陆健、王若冰、曹剑、丹若和于进等人，其情其义，已经在诗坛上汇集成一条诗话的溪流。而在张书绅的祭日里，或许在以后不流失的岁月里，关于他的文字可能会从许多诗人的心底喷涌而出。正如伊沙20年前所描述的那样：“一位普通的诗歌编辑，被如此众多的人长久地谈论着，这在今天应该视为我们这个时代的传奇。”不仅如此，时至今日，许多成名的诗人都在打听当初“大学生诗苑”的编辑张书绅。

伊沙深情依旧。在这篇文章收尾之际，伊沙给我发来了写给张书绅的悼诗。我没有想到伊沙会给已逝的张老师再写一首诗。这位我亲眼看见头像被一个粉丝穿在T恤衫上的诗坛牛人，今年5月我宅在西安蝠斋时曾经给他发过一个希望一聚的短信，但其至今都没有给我一个字的回复，而却因为张书绅去世的一个群发短信回复了我一首尺幅巨大分量不轻的悼诗，看来还是他的张老师面子大。伊沙题为《诗人，请将我擦去——悼念张书绅先生》的悼诗，分8节，长达85行。作者在诗前还引了《汉书·司马迁传》中那句名言作题记："人固有一死，死有重于泰山，或轻于鸿毛。"伊沙的这首悼诗，对于本文不可或缺，虽然长了一点，但我还是想以分行的诗歌书写的方式引用于此，给悲伤的伊沙和于坚同样庄严的诗歌仪态：

一

平凡而伟大的编辑
每稿必复
在稿末
用铅笔
写下意见
以方便作者
用橡皮擦去
另投他处

二

平凡而伟大的编辑
像一位
免费授课的
家庭教师
帮我度过
最艰难的习作期
唯一一首的发表
有他改过的标题

三

平凡而伟大的编辑
宣告我诗的出道
1988 年 10 月号《飞天》
《大学生诗苑》栏目
一半篇幅给了
《伊沙诗抄（10 首）》
那是史上最隆重的
一次发表
将"诗抄"——这在当年

只有烈士才有的待遇
给了一位在校大学生的
口语诗

四

平凡而伟大的编辑
像真正得道的活佛
给诗歌的信众摸顶
摸过后来的朦胧后
摸过后来的第三代
摸过后来的后现代
摸过中国诗歌铁军
超过一大半的将帅兵马
他才是中国诗歌黄埔军
　校的校长啊
偏居兰州
庙小神大

五

平凡而伟大的编辑
我曾怀着朝圣之心
想要拜见他
2002 年我们一家人
到达兰州
就是想见他一面
同样蒙恩于他的
老友唐欣告知
先生几近失明
已经谢绝访客
我也只好放下

六

平凡而伟大的编辑
我想让他

为我骄傲
曾有其他
扶我上战马的人
对我的后来
颇有微词
大有意见
甚至引为耻辱
而他始终
未吐一字
不论夸还是骂
但我总觉得
他坐在黑暗中
用失明的双目
一直在看着我

七

平凡而伟大的编辑
在后来
又做了我做
编辑的老师
教会我奉献
而不索取
但是与之相比
我还是得到太多
只有想到他时
才会感到羞愧
好在前路漫漫
我还可以
继续奉献
热烈燃烧

八

平凡而伟大的编辑
命如其喜用的铅笔

留在我们的诗稿上
默默地对我们说：
“诗人，请将我擦去！”

一代大学生诗歌的淘金者——“平凡而伟大的编辑”张书绅当然重于泰山。初读伊沙的这首诗时，我不解其标题“请将我擦去”所包含的语义，复读了其那篇《大家的张老师》一文后才明白：在其接受张老师精神沐浴的那个时期，为了不让诗作者再次誊抄诗稿，避免浪费时间和稿纸，张老师都是用铅笔写退稿信，以便诗作者能够自己擦去重新投给其他刊物。因为怀念张老师这个伟大的好，其“又想起张老师用铅笔在我们诗稿上的字迹来了，有多少真知灼见被我们记录，然后——用橡皮擦掉……”

面对张老师，伊沙表达的是一种难能可贵的谦虚，但肯定没有人能够把已经被标注在百年中国诗歌版图上的伊沙们用手擦去，因为他们是被镌刻上去的，而不是被用铅笔写上去的。

在这篇祭文短暂的写作过程中，给逝者张书绅吟安魂曲的只有于坚和伊沙二位诗君子了。不过，有其二位大咖就足够了，他们的悼诗，不但能概括逝者的平凡和伟大，而且能给逝者在纸上撑起一个灵堂。也许，这是张书绅在天显灵，将两个情义之人拉扯到了一起。张书绅给了他们二人一个《飞天》的云梯，他们二人最后当然会给心仪的人赋诗一首。也正因为此，我的这篇文章才血肉丰满。所以，我们有理由一起吟诵着于坚和伊沙的悼诗，给已经远去的张书绅送行。

80 年代后期，因在《飞天》“大学生诗苑”发表一首诗而娶了一位爱诗又爱诗人的四川女子的天水诗人王若冰，自然忘不了自己的“红娘”张书绅。此前，闻讯后电话追问了我张书绅的情况后说，下一届的天水李杜诗歌奖贡献奖早已准备颁发给张书绅，他怎么走了？我说，由李白出生地设立的这个荣誉，应该颁发给一个一辈子为诗歌辛勤劳动并为之做出了杰出贡献的人，而张书绅受之无愧。此外，我还给他建议，资助出版张书绅的家人已经编好的《张书绅新诗选》一书，以了却其生前的最后心愿。王若冰当即欣然应诺积极促成此事。

书写巨大的伤痛也是一种巨大的伤痛，而且其心灵的煎熬不亚于伤痛本身。自 8 月 29 日开始动笔，到今天 9 月 5 日定稿，其间的 8 天时间，我害怕没有写到位没有写透，总想定稿但总是定不了稿，发给了朋友又重新改重新发，令我自己都痛苦不堪。8 日晨，本想最后定稿，然后给各个朋友发出去，但打开邮箱之后，又发现于坚诗兄的邮件。其内容所述观点又比先前的观点更深一步，让我不得不再一次坐下来修改。于坚说：“新诗能出现张书绅这样的编辑，并非偶然。诗不到一定程度，不会出现它的编辑，所以他们这样的大编辑是有一批的。新诗在80年代，真正有些重量了。诗是重器。子曰：郁郁乎文哉！文在陶、甲骨文、玉、青铜器之后取代了它们，它们成为玩，而文在更高的层面持续着重器（祭器）的最高抽象。文人成为最高祭司，类似印度之婆罗门。这一天降大任在满清彻底没落，文也成为玩。新诗其实是要重建文人的这一象征性重器之职守。”感谢于坚，这段对其前面的那句追问注释性的文字，使我开掘的一条心灵隧道有了亮光。伊沙诗兄又有了消息，打开手机后，发现他的一条短信：“夜半读重文，像经历一场仪式，一场张老师的追思会！”紧随其后，他又发来一首即兴的“口语诗”《大奖》：

夜深人静
读甘肃诗人高凯悼文
才知道张老师去世前
出版了平生唯一一部著作
《张书绅诗文纪念集》
在他自己的著作中
张老师又做了我的编辑
将刊发在《阳关》1996年5月号上的
我的散文《大家的张老师》收了进去
我这才知道他读过这篇文章
心中大慰

哦，永远的张老师
赐我诗歌一个出道
赐我散文一个大奖

既然伊沙开了金口，相信张老师会赐给他一个金质的大奖。

现在来看，我的这篇重文其实是于坚、伊沙和我三个人完成的。至此，该定稿了，再不定稿，我们三人的伤痛将会无法结束。

大家当然知道“平凡而伟大的编辑”张书绅是向死而生。如前于坚诗歌末尾所注，于坚在28日发给我的那首诗后面，还注明了写作年月日，但因为作者拇指之误，将其写成了“2917年8月28日”，致使其写作时间在年代上出现了900年的巨大误差。我觉得，其虽是无意手误，但却情义无限，犹如天意，令人快慰。所以，不是矫情，也不因率性，转发时我没有替于坚更正，而是照此发了出去，我希望借题发挥将错就错善意地表达一种内心的祈愿——希望于坚所误的写诗时间才是真的，希望张书绅的诗歌精神延续九百年甚至更久！

死者为大。对于为别人做了一辈子嫁衣、必将被历史接纳的张书绅，任何悲伤动情的誉词都不为过。也许，于坚的无意和我的祭文真的能够成为九百年后的深切怀念。

张书绅虽然不辞而别，但却把岁月里自己的容颜留给了这个世界。在《张书绅诗文纪念集》的扉页，印有其青年、中年和老年三个不同时代的三幅照片，让人如见其人。久久端详，我感慨良多，随兴起为三幅照片作以诗意的命名：青年时代，他叫青涩；中年时代，他叫厚重；老年时代，他叫沧桑。而且，三幅照片都是黑白的，很有历史感。在我来看，张书绅留给我们的黑与白，其寓意正是张书绅人生的境遇和其对人生的态度：黑白分明。

大家的张老师，一路走好，但不要走远，九百年后第一天的黎明，我们会在人世间再次相见，当然还包括小您十岁的老同事——出远门的李老乡！

在诗歌里，安息不是死亡。

（注：此文9月5日中午发于马步升博客，当夜10时至6日晚登上全国文学报刊联盟网站头条。《飞天》已编发于今年10期，《南方文学》已编发于11期。《六盘山》（双月）决定编发于6期。）

《飞天》2017年第10期

买书小史

丁　帆

小时候随祖父去夫子庙，除了去洗澡和吃小吃外，便是去东市西市看魔术、杂耍和相声之类的节目，但是，给我印象最深的却是路过夫子庙一带最为壮观的“秦淮书肆”。最集中的是贡院西街到东西市，那些旧书店把卸下的门板搭成的书摊沿街排成长阵，各色人等都是站在那里翻书，行状各异，看久了，有的就讨价还价地买下，有的则姗姗离去。当然，你看完就走，也无人过问，店家也绝无摆脸色的意思。直到二十世纪九十年代初，我给北京出版社编那本民国《老南京》文人散文时，才在纪果庵的《白门买书记》里知晓南京书肆在古代至民国的繁盛，“贡院西街在夫子庙，书坊历历……”许多线装的善本和珍本书籍也许就在我的眼皮底下滑过，可惜那时我不懂书，更不懂聚财买书的乐趣和意义，如今想来，大有此生晚矣之叹。

第一次去南京新街口的新华书店买书，大约是一九六四年，那时正是我自小学六年级升入初中之际，哥哥已经要上初中二年级了，他的嗜好是将平时攒下的零用钱全部用来买小人书，可是他生性胆小，怕与生人接触，怕购物，所以我就成了他的“买办”。我一次一次地跑新华书店的连环画柜台采购小人书，从单本的到成套的，最后聚集成一整纸箱。那时流行的小人书大多数都是满足少年儿童英雄情结的内容，古代的如《岳飞》《杨家将》《三国演义》《水浒传》《西游记》等，现代的大多数都是根据抗日战争和解放战争题材小说改编的，如《铁道游击队》《敌后武工队》《红日》《红岩》《野火春风斗古城》等，说实话，当时那些卿卿我我的爱情小说是我们本能抵制的“下流”作品，如《红楼梦》《三家巷》等。家里的小人书多了，也惹来了不少麻烦事，小兄弟们借去看后，有许多人就赖着不还了，于是就不外借，要看就在我家里看，哪知就有个哥们儿一直赖在我家不走，有时一直看到半夜十二点，待他家人找来才快快离去。等到一九六八年底，我们兄弟二人都去插队后，那一箱小人书就如黄鹤白云一样杳无踪迹了。

告别小人书的时代也就是我购买它的时代，为什么会出现这样奇异的事情呢？道理却是十分简单，因为我发现小人书里所讲的故事是不全面的，尤其是省略了许多精彩的情节和细节。这个发现来自于大院里的图书馆，我从那里借来了大量的小说，读着原版的“巨著”，就有资本向那些从小人书里获得知识的伙伴们炫耀他们所不了解的故事情节和细节。那时，除了买小人书外，我们绝对没有购书和藏书的半点意识。

也许，我们这一代人所遭遇的正是狄更斯所说的最好的时代，也是最坏的时代吧。“文革”开始了，大量的图书在“破四旧”的热浪中被销毁，我只是在懵懵懂懂之中觉得这事情好像不太对头。直到我们下乡插队时，才真正体会到一个人没有书读时的精神困厄，于是，便在回城探亲时趁着月黑风高夜与哥们儿一起去大院图书馆“购买”了一批中外小说。这样的“购买”，应验的是读书人孔乙己的理论，“窃书不能算偷”，盗的是文化也，与其销毁、禁锢、闲置，还不如借来一阅快之。如今看来，我们的这次“购书”行动，是思想“盗火者”的行为，算得上是一次不掏钱包的成功“买书”罢，其中对我人生影响最大的一本书就是那时窃得的《牛虻》。那个时代啊，买书难，窃书易。

在农村，尤其是农闲时节，当我“吃”完了所有带来的文字时，就觉得有书真好！那时极有创作的欲望，除了天天苦思冥想构思小说外，就是按格律来寻字觅词，造几句古诗。那时书籍的营养补给主要是靠我婶婶，她是外文出版社的编辑，是当时“熊猫丛书”和杨宪益、戴乃迭英文版《红楼梦》（那十分漂亮的三本精装版本书籍至今仍然静静地躺在我的书架上）的责编，经常给我寄文学作品来。当然，她寄来的书除了浩然的《春歌集》、李瑛的诗集和他们编辑部主任蔡其矫的诗集一类的当时准许阅读的文学作品外，剩下的全部是鲁迅先生著作的各种选本。老是给我寄书，让我有一种深深的愧疚感，作为一个收入微薄的知青，我无以回报她的恩情。

于是，我就想着自己省下生活费买书去。记得第一次去县城新华书店买书，是七十年代初一个晴朗的秋日，我来回奔波八十里的崎岖山路，回到家时已经是一轮新月高高悬在冷寂的空中了。我不顾饥寒疲惫，净手打开那本郭沫若的新著《李白与杜甫》，一直读到鸡鸣不已。这本书是我在热衷“创作”古代诗歌时期的参考书籍，这本一九七〇年初版的红皮书至今也赫然站立在我的书架上，虽然我后来著文诟病过郭沫若的这本应景谄媚之作。

最难忘的一次买书是在浩然的小说《西沙儿女》出版之际，中央人民广播电台播送了这条消息，于是我就连夜奔袭，去县城新华书店购买此书。路过一片坟滩时竟迷路了，当地人俗称为“鬼打墙”，细雨霏霏，树影憧憧，只见远处磷火闪烁，耳边仿佛响起了厉鬼的尖叫声，《聊斋》里的情境再现。为了给自己壮胆，我怒吼着样板戏《智取威虎山》里的唱词：“穿林海，跨雪原，气冲霄汉……”能够不惧夜行，让我在远离人群时克服孤独的恐惧，增强自信心，或许是这次买书的意外收获。那个年代能够公开阅读的作品就是“鲁迅走在金光大道上”，浩然是当时最走红的作家，其次就是张永枚、王老九、李瑛等几个诗人，所以我几乎通读了浩然的作品，觉得《西沙儿女》（含《正气篇》和《奇志篇》两个中篇）与浩然一贯的风格完全不同，是散文诗的写法，是唯美主义的尝试，客观地说，这也许就是浩然的巅峰之作了。后来我给一九九〇级上当代文学史课，一个江苏省的文科状元责问我为什么批评与鲁迅同样伟大的当代作家浩然时，我只无奈地苦笑。看着我书架上还残存的一些浩然的书籍和研究资料，我庆幸自己阅读了它们却没有被它们影响。

二十世纪七十年代的书看似不贵，一本书也就一块多钱，然而当时一个大学毕业生的工资也就三四十块钱，而我插队的那个水荡地区最低的工分值是三分八厘，也就是说，一个壮劳力起早贪黑地干上一天，挣不到两盒火柴，而一本书的价格却是要一个农民辛辛苦苦干上一个月。买书是奢侈的，在生计危难的环境中，乡亲们的一句话就让你对买书望而却步：书能当饭吃吗？殊不知，饭是有两种的。

当我大学毕业后，真的把书籍当成饭碗的时候，买书就成了家常便饭。那时我是一条光棍，又有教研室编教材远远高于工资的外快，于是就将每个月的工资划出一半来买书。随着七十年代末至八十年代初的书市开放，许多原来视为“封资修”的书籍大量上市，我也逐渐感觉到囊中羞涩、财力不逮了，虽然那时已经有了藏书的意识，但毕竟还是不敢随性买书。记得七十年代末的一天，在汶河路的扬州新华书店门前排起了长长队伍，大家等着买新版的《唐诗三百首》，碰到的许多熟人皆为教师，其中我的老师谭佛雏、李廷先、曾华鹏等先生也在行列之中。那是一个读书的春天，买得那样的书籍，真是一种快乐，拥有自己喜欢的书籍，更是让每一个读书人感到自豪。

一九七九年我在南京大学做进修教师，住在教研室里，每天三点一线：教研室、图书馆、食堂。与董健先生一起泡在教研室里读书写作，那时董先生是教研室主任，正在与郭志刚先生主编那部《中国当代文学史初稿》，我也帮他看稿，深感查阅资料不方便，于是，他就建议教研室购买一九四九年以后创刊的所有《人民文学》《文学评论》《文艺报》《文艺学习》等刊物。他打电话给在省新华书店当领导的哥哥，让南京旧书店负责人为我们操办此事，最后便嘱我去采办。

我蹬着三轮货车，怀揣着千元面额的支票，前往杨公井那个民国时期就很有名，且招牌也是我们系前辈学者胡小石题写的南京旧书店去买书。虽是买旧刊，但价格不菲，这也是我生平唯一为公家直接用现金支票买书的经历，心想，还是公家买书爽啊。

而为自己大规模成捆成捆买书的经历却是在人民文学出版社当编辑的日子里。一九八四年的春天，韦君宜批准出版了供高级干部“内部阅读”的删节本《金瓶梅》，规定允许社内每个编辑买一套，十二元大洋，谁都不眨眼买下了。社里便宜处理了一大批中外作品和资料集，各种各样的书籍堆在会计室的门口，大家像过节得到凭证供应的福利券一样欢欣鼓舞地排队购书。便宜不占白不占，带着这样的心境，我早早地排队在前三名，以获得优选权。于是乎，每样都来一本，加起来总有好几十本，结账以后感到浑身通泰，就像做完了一笔可观的大生意，自己扎扎实实地赚了一大把那样痛快淋漓。

买书是可以成瘾的，当你踏进书店的门槛，驻足、流连和穿梭于书架之间时，你的钱包就不由你的理性思维支配了，看到好书，你就会不由自主地产生一种购买的冲动，也许你买下的书不一定会仔细阅读，但是，想拥有这本书的欲望往往是先于和大于阅读的快感的，这也许就是藏书家的占有心理吧。男人的私房钱用于买书，大约妻子是无话可说的，然而一旦失控，也是会起纠纷的。有一段时间，我借口写文章急需，从新华书店成捆成捆地买书回来，以至于那时的小小书房成了书库，于是家庭矛盾便围绕着书籍展开，读书人以兹事为大，哪有退让的余地呢，只是有点对不起家庭开支了。

一九八八年底，我得到了第一批国家社科基金青年项目资助，经费竟然有四千大洋，这在当年是一个十分可观的数字，更可喜的是经费可以用以购置图书，于是我就买了大量书，也算是“中饱私囊”了，心中却不免戚戚：窃书不能算偷，这更不能算是明火执仗吧？从此，项目不断，进书渠道也就犹如源头活水一样流畅，此番则是彻底消除了家庭矛盾。再后来，也用不着经常去买书了，因为许多出版社都定期给我寄新出版的书籍，当然，有些书籍非讨要而不得的。但是，买书的生涯断了，生活中似乎缺少了一些乐趣，偶尔路过书店，也还情不自禁地径直走进去买上一两本，算是过一过买书的干瘾。

随着几次搬家，书房是越来越大，妻子一直抱怨，我们家换房是给书住的，先书后人，书本主义——以书为本。但是，再大的书房也禁不住日进好几本书的增速叠加堆砌，看着堆满书籍的书房，唯一的选择就是处理淘汰掉部分书籍和刊物，于是我便痛下决心，壮士断腕。分流去向有二：一是将所有的刊物赠给需要的学生；二是把一些觉得没有什么阅读价值的书籍处理掉。当然，在已经淘汰的两千多本杂志中，包括一九四九年以来的《人民文学》和《文学评论》那样齐全的、绝对有收藏价值的杂志，它们的离去，让我欲哭无泪，终也无可奈何。而那些一九四九年以后的许多政治、经济和历史类别的书籍，以及与本专业相去甚远的“废书”，共一千多本，也随着三次迁徙而消失了。望着书房内外满地狼藉的景象，心中不免惘然若失，五味杂陈，难以名状。

买书难，卖书更难！

《人民文学》2017 年第 2 期

在哪里写作

刘庆邦

幸运的是，我比较早地理解了自己，意识到自己喜欢写作。每个人都只有一生，在短短的一生里，不可能做很多事情，倾其一生，能把一件事情做好就算不错，就算没有虚度光阴。文章千古事，写作正是一件需要持之以恒的事，只有舍得投入自己的生命，才有可能在写作这条道上走到底，并写得稍稍像点儿样子。

老一代作家，如鲁迅、萧红、沈从文、老舍他们，所处的时代不是战乱，就是动乱，不是颠沛流离，就是横遭批斗，很少时间可以持续写作。而我们这一代作家赶上了国泰民安的好时候，不必为安定和生计发愁，写作时间可以长一些，再长一些。其实在安逸的条件下，我们面临的是新的考验，既考验我们写作的欲望和兴趣，也考验我们的写作资源和意志力。君不见，有不少作家写着写着就退场了，不知是哪个环节出了问题。

还好，自从我意识到自己喜欢写作，就把笔杆子牢牢抓在自己手里，再也没有放弃。几十年来，不管是在煤油灯下，还是在床铺上；不管是在厨房，还是在公园里；不管是在酒店，还是在国外，我的写作从未中断。其间也遇到了一些困难和干扰，我都及时克服了困难，排除了干扰，咬定青山，硬是把写作坚持了下来。我并不认为自己的写作天分有多高，对自己的才华并不是很自信，但我就是喜欢写作，且对自己的意志力充满自信，相信自己能够战胜自己。

在煤油灯下写作

我在老家时，我们那里没有通电，晚间照明都是用煤油灯。煤油灯通常是用废弃的墨水瓶子做成的省油的灯，灯头缩得很小，跟一粒摇摇欲坠的黄豆差不多。我那时晚上写东西，都是借助煤油灯的光亮，趴在我们家一张老式的三屉桌上写。灯头小光线弱不怕，年轻时眼睛好使，有一粒光亮就够了，不会把黑字写到白纸外头。

我一九六四年考上初中，应该一九六七年毕业。我心里暗暗追求的目标是，上了初中上高中，上了高中上大学。但半路杀出个断路的，一九六六年“文化大革命”一来，我的学业就中断了，上高中上大学的梦随即破灭。无学可上，只有回家当农民，种地。说起来，我们也属于“老三届”的知青，城里下乡的叫下乡知青，从学校就地打回老家去的，叫回乡知青。可我一直羞于承认自己是个知青，好像一承认就是把身份往城市知青身上贴。人家城里人见多识广，算是知识青年。我们土生土长，八字刚学了一撇，算什么知识青年呢！不过出于自尊，我也有不服气的地方。我们村就有几个开封下来的知青，通过和他们交谈，知道他们还没有我读过的小说多，他们不但一点儿都不敢看不起我，还非常欢迎我到他们安在生产队饲养室里的知青点去玩。

回头想想，我和别的回乡知青是有点儿不大一样。他们一踏进田地，一拿起锄杆，就与书本和笔杆告别了，而我似乎还有些不大甘心，还在到处找书看，还时不时地涌出一股子写东西的冲动。我曾在夜晚的煤油灯下，为全家人读过长篇小说《迎春花》，小说中的故事把母亲和两个姐姐感动得满眼泪水。那么，我写点什么呢？写小说我是不敢想的，在我的心目中，小说近乎神品，能写小说的近乎神人，不是谁想写就能写的。要写，就写篇广播稿试试吧。我家安有一只有线舌簧小喇叭，每天三次在吃饭时间，小喇叭吱吱啦啦一响，就开始广播。除了广播中央和省里的新闻，县里的广播站还有自办的节目，节目内容主要是播送大批判稿。我端着饭碗听过一次又一次，大批判广播稿都是别的公社的人写的，我所在的刘庄店公社从没有人写过，广播里从未听到过我们公社写稿者的名字。怎么，我们公社的地面也不小，人口也不少，难道就没有一个人写稿子吗！我有些来劲，别人不写，我来写。

文具都是从学校带回的，一支蘸水笔，半瓶墨水，作业本上还有剩余的格子纸，我像写作业一样开始写广播稿。此前，我在煤油灯下给女同学写过求爱信，还以旧体诗的形式赞美过我们家门前的石榴树。不管我写什么，母亲都很支持，都认为我干的是正事。我们家只有一盏煤油灯，每天晚上母亲都会在灯下纺线。我说要写东西，母亲宁可不纺线了，也要把煤油灯让给我用。我那时看不到报纸，写稿子没什么参考，只能凭着记忆，按从小喇叭里听来的广播稿的套路写。我写的第一篇批判稿是批判“阶级斗争熄灭论”，举本村的例子说明，阶级斗争还存在着。我不惜鹦鹉学舌，小喇叭里说，阶级敌人都是屋檐下的洋葱，根焦叶烂心不死。我此前从没见过洋葱，不知道洋葱是什么样子。可人家那么写，我也那么写。稿子写完，我把稿子装进一个纸糊的信封，并把信封剪了一个角，悄悄投进公社邮电所的信箱里去了。亏得那时投稿子不用贴邮票，要是让我投一次稿子花八分钱买邮票，我肯定买不起。因买不起邮票，可能连稿子也不写了。稿子寄走后，对于广播站能不能收到，能不能播出，我一点儿信心都没有。我心里想的是，能播最好，不能播拉倒，反正寄稿子的事只有我自己知道，我有能力把失败嚼碎咽到肚子里去。让我深感幸运的是，我写的第一篇广播稿就被县人民广播站采用了。女广播员在铿锵有力地播送稿子时，连刘庆邦前面所冠的贫农社员都播了出来。贫农社员的字样是我自己写上去的，那可是我当年的政治标签，如果没有这个重要标签，稿子能不能通过都很难说。一稿即播全县知，我未免有些得意。如果这篇广播稿也算一篇作品的话，它可是我的第一篇公开发表的作品哪！我因此受到鼓励，便接二连三地写下去。我接着又批判了“唯生产力论”“剥削有功论”“读书做官论”等。我弹无虚发，写一篇广播一篇。那时写稿没有稿费，但县广播站会使用印有沈丘县人民广播站大红字样的公务信封，给我寄一封信，通知我所写的哪篇稿子已在什么时间播出。我把每封信，连同信封，都保存下来，作为我的写作取得成绩的证据。

煤油灯点燃时，会冒出黑腻腻的油烟子，长时间在煤油灯下写作，油烟子吸进鼻子里，我的鼻孔会发黑。用小拇指往鼻孔里一掏，连手指都染黑了。还有，点燃的煤油灯会持续释放出一种毒气，毒气作用于我的眼睛，眼睛会发红，眼睑会长小疮。不过，只要煤油灯能给我一点光明，那些小小不言的副作用就不算什么了。

在床铺上写作

一九七〇年夏天，我到河南新密煤矿参加工作，当上了工人。一开始，我并没有下井采煤，而是被分配到水泥支架厂的石坑里采石头。厂里用破碎机把石头粉碎，掺上水泥，制成水泥支架，运到井下代替木头支架支护巷道。

当上工人后，我对写作的喜好还保持着。在职工宿舍里，我不必在煤油灯下写作了，可以在明亮的电灯光照耀下写作。新的问题是，宿舍里没有桌子，也没有椅子，面积不大的一间宿舍支有四张床，住了四个工友，我只能借用其中一个工友的一只小马扎，坐在低矮的马扎上，趴在自己的床铺上写东西。我们睡的床铺，都是用两条凳子支起的一张床板，因我铺的褥子比较薄，不用把褥子掀起来，直接在床铺上写就可以。我以给矿务局广播站写稿子的名义，向厂里要了稿纸，自己买了钢笔和墨水，就以床铺当写字台写起来。八小时上班之余，就是在单身职工宿舍的床铺上，我先后写了广播稿、豫剧剧本、恋爱信、恋爱抒情诗和第一篇被称为小说处女作的短篇小说。

怎么想起写小说呢？还得从我在厂里受到的打击和挫折说起。矿务局组织文艺会演，要求局属各单位都要成立毛泽东思想文艺宣传队。厂里有人知道我曾在中学、大队、公社的宣传队都当过宣传队员，就把组织支架厂宣传队的任务交给了我。我以自己的自负、经验和组织能力，从各车间挑选文艺人才，很快把宣传队成立起来，并紧锣密鼓地投入节目排练。我自认为任务完成得还可以，无可挑剔。只是在会演结束、宣传队解散之后，我和宣传队其中一名女队员交上了朋友，并谈起了恋爱。我们都处在谈恋爱的年龄，谈恋爱应该是正常现象，无可厚非。但不知为什么，车间的指导员和连长（那时的车间也叫民兵连）千方百计阻挠我们的恋爱。可怕的是，他们把我趴在床铺上写给女朋友的恋爱信和抒情诗都收走了，审查之后，他们认为我被资产阶级的香风吹晕了，所写的东西里充满小资产阶级情调。于是，他们动员全车间的工人批判我们，并分别办我们的学习班，让我们写检查，交代问题。厂里还专门派人到我的老家搞外调，调查我父亲的历史问题。我之所以说可怕，是后怕。亏得我在信里无涉时政，没有任何可授人以柄的不满言论，倘稍有不慎，被人找出可以上纲上线的阶级斗争新动向，其恶果不堪设想。因为没抓到什么把柄，批判我们毕竟是瞎胡闹，闹了一阵就过去了。如果没有批判，我们的恋爱也许显得平淡无奇，正是因为有了多场批判，才使我们的爱情经受了考验，提升了价值，并促进了我们的爱情，使我们对来之不易的爱情倍加珍惜。

既然找到了女朋友，既然因为爱写东西惹出了麻烦，差点儿被开除了团籍，是不是从此之后就放弃写作呢？是不是好好采石头，当一个好工人就算了呢？不，不，我还要写。我对写作的热爱就表现在这里，我执拗和倔强的性格也在写作问题上表现出来。我不甘心只当一个体力劳动者，还要当一个脑力劳动者；我不满足于只过外在的物质生活，还要过内在的精神生活。还有，家庭条件比我好的女朋友之所以愿意和我谈恋爱，主要看中的就是我的写作才能，我不能因为恋爱关系刚一确定就让她失望。

恋爱信不必再写了，我写什么呢？想来想去，我鼓足勇气，写小说。小说我是读过不少，中国的、外国的，古典的、现代的都读过，但我还从没写过小说，不知从哪里下手。我箱子里虽藏有从老家带来的《红楼梦》《茅盾文集》《无头骑士》《血字的研究》等书，那些书当时都是禁书，一点儿都不能参照，只能蒙着写。有一点我是知道的，写小说可以想象，可以编，能把一个故事编圆就可以了。我的第一篇小说是一九七二年秋天写的。小说写完了，它的读者只有两个，一个是我的女朋友，另一个就是我自己。因为当时没地方发表，我也没想着发表，只把小说拿给女朋友看了看，受到女朋友的夸奖就完了，就算达到了目的。后来有人问我最初的写作动机是什么，我的回答是为了爱，为了赢得爱情。

转眼到了一九七七年，全国各地的文学刊物纷纷办了起来。此前我已经从支架厂调到矿务局宣传部，从事对外新闻报道工作。看了别人的小说，我想起来我还写过一篇小说呢！从箱底把小说翻出来看了看，觉得还说得过去，好像并不比刊物上发表的小说差。于是，我改巴改巴，抄巴抄巴，就近寄给了《郑州文艺》。当时我最想当的是记者，没敢想当作家，小说寄走后，没怎么挂在心上。若小说寄出后无声无息，会对我能否继续写小说产生消极影响。不料编辑部通过外调函对我进行了一番政审后，我的在箱底沉睡了六年的小说竟然发表了。不但发表了，还发表在《郑州文艺》一九七八年第二期的头条位置，小说的题目叫《棉纱白生生》。

在厨房里写作

一九七八年刚过罢春节，我被借调到北京煤炭工业部一家名叫《他们特别能战斗》的杂志编辑部当编辑。一年之后，我和妻子、女儿举家正式调入北京。其实，对于调入北京，当初我的态度并不是很积极，当编辑部负责人征求我的意见时，我所表达的明确意见是拒绝的。负责人不解，问为什么？我说我想从事文学创作，想在煤矿基层多干些时间，多积累一些生活。负责人认为我做编辑还可以，没有发现我在文学创作方面的才能。对于这样的判断，我无可辩驳。因为我拿不出像样的作品证明自己的文学才能，同时，对于能不能走文学这条路，我只有愿望，并没有多少底气。我想我还年轻，才二十多岁，有年龄优势，愿意从头学习，所以还是坚持要回到基层去。可作为一个下级工作人员，我的坚持最终还是服从了上级的坚持。

到了北京，实现了当编辑和记者的愿望，好好干就是了。是的，我没有辜负领导的信任和期望，确实干得不错。编辑部里的老同志比较多，只有我一个年轻编辑，我愿意多多干活儿，有时一期杂志所发的稿子都是我一个人编的。我还主动往基层煤矿跑，写一些有分量或批评性的稿子，以增加刊物的影响力。那时我们刊物每期的发行量超过了十万份，在全国煤矿的确很有影响。

不必隐瞒，在做好本职工作的前提下，我利用业余时间，一直在悄悄地写小说。一九八〇年，我在《奔流》发表了以三年困难时期的生活为题材的短篇小说《看看谁家有福》。一九八一年，我的第一部中篇小说《在深处》，登上了《莽原》第三期的头条位置。前者引起了争议，被翻译到了美国，《剑桥中华人民共和国史》还介绍了这篇小说；后者获得了河南省首届优秀文学作品奖。因《看看谁家有福》这篇小说，单位领导专门找我谈话，严肃指出，小说的内容不太健康。我第一次听说用健康和不健康评价小说，觉得挺新鲜的。我并不认为自己的小说有什么不健康。改革开放的大幕已经拉开，我对领导的批评没有太在意，该写还是写，该怎么写还怎么写。

到了一九八三年底，我们的杂志先是改成了《煤矿工人》，接着由杂志变成了报纸，叫《中国煤炭报》。报纸一创办，我就要求到副刊部当编辑。这时，报社开始评职称。因我没读过大学，没有大学文凭，报社准备给我评一个最初级的助理编辑职称，还要对我进行考试。这让我很是不悦，难过得哭了一场。在编辑工作中，我独当一面，干活儿最多；要评职称了，我却没有评编辑的资格。那段时间，大家一窝蜂地去奔文凭。要说我也有拿文凭的机会，比如煤炭记者协会先后在复旦大学和武汉大学办了两次新闻班，去学个一年两年，就可以拿到一个新闻专业的毕业文凭。可是，我的两个孩子还小，我实在不忍心把两个孩子都留给妻子照顾，自己一个人跑到外地去学习。一个负责任的顾家的男人，应该使自己的家庭得到幸福，而不是相反。我宁可不要文凭，不评职称，也要和妻子一起共同守护我们的一双儿女。同时我认准了一个方向，坚定了一个信念，那就是我要著书，通过著书拿到一种属于我自己的别样的“文凭”。我已经写过几篇短篇小说和几篇中篇小说，但还没出过一本书。我要向长篇小说进军，通过写长篇出一本属于自己的书。我明白写一部长篇小说的难度，它起码要写够一定字数，达到一定长度，才算是一部长篇小说。它要求我必须付出足够的时间、精力和耐心，并做好吃苦和失败的准备。这些我都不怕，千里之行，始于足下，只管干起来吧。

虽说从矿区调到了首都北京，我的写作条件并没有得到多少改善。刚调到北京时，我们一家三口儿住在六楼一间九平方米的小屋，还是与另外一家四口合住，我们住小屋，人家住大屋，共用一个卫生间和一个厨房。

过了一两年，生了儿子后，我们虽然从六楼搬到了二楼，小房间也换成了大房间，但还是两家合住。只是住小房间的是刚结婚的小两口，人家下班后只是在房间里住宿，不在厨房做饭，厨房归我们家独用。这样一来我就打起了厨房的主意，决定在厨房里开始我的长篇小说创作。

写小说又不是炒菜，无须使用油盐酱醋味精等调料，为何要在厨房里写作呢？因为不做饭的时候，厨房是一个相对安静的空间。想想看，我的两个孩子还小，母亲又从老家来北京帮我们看孩子，屋子里放了两张床，显得拥挤而又凌乱，哪里有容我静心写作的地方呢！到了晚上十点以后，等家里人都睡了，我倒是可以写作。可是，白天上了一天班，我也是只想睡觉，哪里还有精力写作。再说，我要是开灯写作，也会影响母亲、妻子和孩子睡觉。我别无选择，只能一大早爬起来，躲进厨房里写作。

我家的厨房是一个窄条，恐怕连两个平方米都不到，空间相当狭小。厨房里放不下桌子，我也不能趴在灶台上写，因为灶台的面积也很小，除了两个煤气灶的灶眼，连一本稿纸都放不下。我的办法是，在厨房里放一只方凳，再放一只矮凳，我坐在矮凳上，把稿纸放在方凳上面写。我用一只塑料壳子的电子表定了时间，每天凌晨四点，电子表里模拟公鸡的叫声一响，我便立即起床，到厨房里拉亮电灯，关上厨房的门，开始写作。进入写作状态，就是进入自己的内心世界，也是进入回忆、想象和创造的状态。一旦进入状态，厨房里的酱油味、醋味和洗菜池里泛上来的下水道的气味就闻不见了。在灶台上探探索索爬出来的蟑螂，也可以被忽视。我给自己规定的写作任务是，每天写满十页稿纸，也就是三千字，可以超额，不许拖欠。从四点写到六点半，写作任务完成后，我跑步到建国门外大街的街边为儿子取牛奶。等我取回预订的瓶装牛奶，家人就该起床了，大街上也开始喧闹起来。也就是说，当别人新的一天刚刚开始，本人已经有三千字的小说在手，心里觉得格外充实，干起本职工作来也格外愉快。

在地下室和公园里写作

在我写第一部长篇小说时，还没有双休日，一周只休息一天，只有星期天休息。星期天对我来说是宝贵时间，我必须把它花在写小说上。除了凌晨在厨房里写一阵子，还有整整一个白天，去哪里写呢？去办公室行吗？不行。我家住在建国门外的灵通观，而我上班的地方在安定门外的和平里，住的地方离办公室太远了。上班的时候，我和妻子每天都是早上坐班车去，下班时坐班车回。星期天没有班车，我如果搭乘公共汽车去办公室，要转两三次车才能到达，需要自己花钱买票不说，差不多有一半时间都浪费在路上了，实在划不来。

只要想写，总归能找到地方。我们住的楼楼层下面有地下室，我到地下室看了看，下面空空洞洞，空间不小，什么用场都没派。别看楼上住那么多人，楼下的地下室却是无人之境。我在地下室里走了一圈，稍稍有些紧张。地下室里静得很，我似乎听到了自己的呼吸。这么安静的地方，不是正好可以用来写东西嘛！我对妻子说，我要到地下室里写东西。妻子说，你不害怕吗？我说，那有什么可怕的！我拿上一个小凳子，背上我的黄军挎，就到地下室里去了。我把一本杂志垫在双膝并拢的膝盖上，把稿纸放在杂志上，等于在膝盖上写作。在地下室里写了两个星期天，给我的感觉不是很好。地下室的地板上积有厚厚的像是水泥一样的尘土，用脚一踩就是一个白印。可能有人在地下室撒过尿，里面弥漫着挥之不去的尿臊味。加之地下室是封闭的，空气不流通，让人感觉压抑。写作本身也是一种呼吸，呼吸不到好空气，似乎自己笔下也变得滞涩起来。不行，地下室里不能久待，还是换地方好。

我家离日坛公园不远，大约一公里的样子。我多次带孩子到公园里玩过，还在公园里看过露天电影。公园不收门票，进出都很方便。又到了星期天，我就背着书包到日坛公园里去了。那时的日坛公园内没什么建筑，也没怎么整理，除了一些树林子，就是大片大片长满荒草的空地。我对那时的日坛公园印象挺好的，觉得人为的因素不多，更接近自然的状态。我踏着荒草，走进一片柿树林子里去了。季节到了秋天，草丛里开着星星点点的野菊花，一些植物高高举起了球状的果实。柿子黄了，柿叶红了，有的成熟的柿子落在树下的草丛里，呈现的是油画般的色彩。熟金一样的阳光普照着，林子里弥漫着暖暖的成熟的气息。我选择了一棵稍粗的柿树，背靠树干在草地上坐下开始了我的公园写作。公园里没有多少游人，环境还算安静。有偷吃柿子的喜鹊刚在树上落下，发现树下有人，赶紧飞走了。有人大概以为我在写生，画画，绕到我背后，想看看我画的是什么。当发现我不是写生，是在写字，就离开了。

就这样，我早上在厨房里写，星期天到公园里写，用了不到半年的业余时间，第一部长篇小说《断层》就完成了。这部二十三万字的书稿，由郑万隆推荐给刚成立不久的中国文联出版公司的文学编辑室主任顾志成，由秦万里做责任编辑，书在一九八六年八月出版。书只印了九千册，每本书的定价还不到两元钱，我却得到了六千多块钱的稿费。这笔稿费对我们家来说可是一笔大钱，一下子改善了家里的经济状况，使我们可以买电视机和冰箱。说到稿费，我顺便多说两句。发第一篇短篇小说时，我得到的稿费是三十元。妻子说，这个钱不能花，要保存下来做个纪念。发第一篇中篇小说时，我得到的稿费是三百七十元。当年我们的儿子出生，我们夫妻因超生被罚款，生活相当拮据。收到这笔稿费，岳母说是我儿子有福，儿子出生了，钱就来了。还有，这本书获得了首届全国煤矿长篇小说“乌金奖”。也是因为这部书的出版，我被列入青年作家行列，参加了一九八六年底在北京京丰宾馆召开的全国青年文学创作会议。

在办公室里写作

我家的住房条件逐步得到改善。一九八五年冬天，我们家从灵通观搬到静安里，住房也由一居室变成了两居室。还有一个有利条件是，新家离办公室近了，骑上自行车，用不了二十分钟，就可以从家里来到办公室。

这样，我早上起来就不必窝蜷在厨房里写作了。长时间在厨房里写作，身体重心下移，我觉得自己的肚子有些下坠，好像要出毛病似的。搬到新家以后，妻子给我买了两个书柜，把小居室布置成一间书房，让我在书房里写作。到了星期天和节假日，为了寻找比较安静的写作环境，我也不用再去公园，骑上自行车，到办公室里写作就是了。

在煤炭报工作将近二十年，每年的劳动节、国庆节和春节，在一分钱加班费都没有的情况下，在别人都不愿意值班的情况下，我都主动要求值班。值班一般来说没什么事，我利用值班时间主要是写小说。煤炭工业部是一座工字形大楼，煤炭报编辑部在大楼的后楼。在工作日，大楼里工作人员进进出出，有近千人上班。而一到节假日，整座大楼变得空空荡荡，寂静无声。有一年国庆节，我正在办公室里写小说，窗外下起了雨，秋雨打在窗外发黄的杨树叶子上哗哗作响。抛书人对一枝秋，一时间我对自己的行为有些质疑：过节不休息，还在费神巴力地写小说，这是何苦呢！质疑之后，我对自己的解释是：没办法，也许这就是自己的命吧！还有一年春节的大年初一，我一个人在办公室里写小说时，听着大街上不时传来的鞭炮声，甚至生出一种为文学事业献身的悲壮情感。

尽管我只是业余时间在办公室里写小说，有人还是对我写小说有意见，认为新闻才是我的正业，写小说是不务正业。有时我在办公室里愣一会儿神，有人就以开玩笑的口气问我，是不是又在构思小说呢！不管别人对我写小说有什么样的看法，我对文学创作的信念没有改变。有一年报社改革，所有编辑部主任要通过发表演说进行竞聘，才有可能继续上岗当主任。我在竞聘副刊部主任时明确表态：文学创作是我的立身之本，不管在什么情况下，我不会放弃文学创作。这个部主任我可以不当，要是让我从此不写小说，我做不到。听到我这样的表态，有的想当主任的人就散布舆论，说刘庆邦既然热衷于写小说，主任就让别人当呗！我已经做好了当普通编辑的准备，当不当主任无所谓，真的无所谓。好在当时报社的主要领导比较开明，他在会上说，办报需要文化，报社需要作家，作家当副刊部主任更有说服力，也更有影响力。竞聘的结果，让我继续当副刊部主任。

在国外写作

国家改革开放以后，我曾先后去过马来西亚、泰国、日本、埃及、希腊、意大利、丹麦、瑞典、冰岛、加拿大、肯尼亚、南非等二三十个国家。去了，也就是浮光掠影地走一走，看一看，回头顶多写上一两篇散文，或什么都不写，就翻过去了。我从没有想过在外国住下来写作。可到了二〇〇九年春天，美国一家以诗人埃斯比命名的写作基金会，邀请中国作家去美国进行为期一个月的写作，中国作家协会派我和内蒙古的作家肖亦农一同前往。

我们来到位于西雅图奥斯特维拉村的写作基地一看，觉得那里的环境太优美了，空气太纯净了。我们住的地方在海边的原始森林里，漫山遍野都是高大的古树。大尾巴的松鼠在树枝上跳跃，红肚皮的小鸟在树间飞行。树林下面是草地，一两只野鹿在草地上悠闲地吃草。那里的气候是海洋性的，阴一阵，晴一阵；风一阵，云一阵；雪一阵，雨一阵，空气一直很湿润。粉红的桃花开满一树，树叶还没长出来，长在树枝上的是因潮湿而生的丝状的青苔。我们住的是一座木结构两层楼别墅，我住在二楼的一个房间。房间的窗户很大，却不挂窗帘，我躺在床上，即可望见窗外的一切。窗外是草地，草地里有一堆堆像是土拨鼠翻出的新土，每个土堆上都戴着一顶雪帽。再往远处看，是大海。海的对岸是山，山上有积雪，一切都像图画一样。

然而，我们不是单纯去看风景的，也不是专门去呼吸清新空气的，我们担负的使命是写作。于是，我尽快调整时差，跟着美国的时间走，还是一大早起来写东西。除了通过写日记，把每天的所见所闻记下来，我还着手写短篇小说和散文。每天写一段时间，看到外面天色微明，我就到室外的小路上去跑步。跑步期间，小路上静悄悄的，一个人影都没有，我未免有些紧张。因为树林边有标示牌提醒，此地有熊出没，我害怕突然从密林里冲出一只熊来，把我拖走。还好，我没有遇到过熊。只有一次，我遇到了一位穿着头帽衫遛狗的男人，他的巨型狗看见我，不声不响向我走来。狗要干什么，难道要咬我吗？我吓得赶紧立定，大气都不敢出。狗只是嗅了嗅我的手，就被它的主人唤走了。

我们在美国写作遇到的困难是，美国朋友把我们两个往别墅里一放，只发给我们一些生活费，就不管了，没人给我们做饭吃。两个大老爷们儿，一时面面相觑，这可怎么办？肖亦农说，他在家里从来没做过饭，我说我做饭水平也一般。人以食为天，总归要吃饭，我只好动手做起来。我蒸米饭、做烩面、烧红薯粥，还摸索着学会了烤鸡和烤鱼，总算把肚子对付住了。利用那段时间，我写了一篇短篇小说《西风芦花》，还写了两篇散文。其中一篇散文《漫山遍野的古树》，写的就是奥斯特维拉的原始自然生态。

有了在美国写作的经历，以后再出国，我都会带上未写完的作品，走到哪里写到哪里。我一般不参加夜生活，朋友晚上拉我外出喝酒我也不去，我得保证睡眠，以免影响写作。从文后所记的写作时间和地点可以看出，我在摩洛哥的卡萨布兰卡和莫斯科都完成过短篇小说。

在宾馆里写作

写作几十年，多多少少积累了一些名声。有外地的朋友愿意在吃住行等方面提供便利，让我到他们那里写作。我感谢朋友们的美意，同时也婉言谢绝了他们的邀请。

有一种说法是，现在有的作家住在宾馆里写作，吃饭有美食，出门有轿车，生活安逸得几乎贵族化了。说这样的作家因脱离了劳苦大众，不了解人民的疾苦，很难再写出有悲悯情怀、与大众心连心的作品。对于这样的说法，我并不认同。托尔斯泰郊区有庄园，城里有楼房，服务有仆人，本身就是一位贵族，但他的作品始终保有对底层劳动人民的同情，充满宗教情怀和人道主义精神。看来问题不在于在什么条件下写作，而在于有没有一颗对平民的爱心。

我自己之所以不愿到外地宾馆写作，在向朋友们解释时，上面这些话我都不会说，我只是说，我习惯在家里写作，金窝银窝都不如自己的臊窝。只有在自己家里，闻着自己房间的气味，守着自己的妻子，写起来才踏实、自在。

无奈的是，作为一个社会人，我有时必须到宾馆里去住。比如说，作为北京市的一名政协委员，十五年了，每年的年初我都会去宾馆参加会议，每次一住就是六七天。在宾馆里住这么长时间怎么办？还要不要写东西呢？去开会之前，我手上一般都会有正在写的作品，如果不带到宾馆接着写，我就会中断写作。三天不写手生，倘若中断了写作，回头还得重新找感觉。为了不中断写作，我只好把未完成的作品带到宾馆继续写。因为我的习惯是一大早起来写作，所以并不影响按时参加会议和写提案履职。算起来，我在宾馆里写的作品也有好几篇了。例如我手上正写的这篇比较长的散文，在家里写了开头，就带到酒店去写。在酒店里仍没写完，拿回家接着写。

此外，我在西安、上海、广州、深圳等地的宾馆，也写过小说和散文。

总之，一支笔闯天下，我是走到哪里，写到哪里。我说了那么多写作的地方，其实有一个最重要的地方我还没说到，那就是我的心，我一直在自己的心里写作。不管写作的环境怎么变来变去，在心里写作是不变的。心里有，笔下才会有。只要心里有，不管走到哪里，我们都能写出来。我尊敬的老兄史铁生说得好，我们的写作是源自心灵，是内在生活，写作的过程，也是塑造自我、完善自我的过程。

《人民文学》2017 年第 5 期

大春　小春

左中美

大　春

村庄的土地一年种两茬庄稼，分别称为大春和小春。

大春的主要农作物是包谷和水稻。

若是按着日历上，芒种总在进入六月后一周，所谓“夏满芒夏暑相连”，小满紧接着芒种，在大多数地方是又收又种的大忙时节。而老家村庄因为所处纬度较低的缘故，春后气温回升得快，上一季的小春往往在正月间就开始收割，至迟，到清明前后，田野上的豆麦便已收割尽净。之后，谷雨，立夏，小满，芒种，差不多两个月的时间里，村庄的土地是空着的。乘着这空档，人们开始着手各项备耕工作，包括把圈里的粪肥背到地里，备好种子，修好犁�连，用牛皮搓成的犁绳再次抹上油，让它回软。

育稻秧，也称为育旱秧，这是各项备耕工作中尤其紧要的一项，同时又可以看作是整个大春种作的序曲。通常，各户人家在房前屋后或是菜地等就水且方便早晚照管的位置选一块合适的地方，精打细作，施足底肥。掐着日子撒下稻种，再用长条的篾片卡着秧床两侧插上一排半圆形的拱顶，上面遮上黑纱网，初时防鸟雀啄吃谷粒，秧苗初出后，则防太阳晒坏秧苗。

这是后来了。在我年少的时候，村庄的人们还按着老传统育水秧。秧田就做在一坝山田顶头的塘子口下。那时候还没有黑纱网，耙好秧田、撒下稻种后，大约有一个月的时间，母亲总要派我去守秧田赶鸟雀，一直到秧苗发绿、长到半拃来高，我的这项使命才算完成。我家的山田离得远，那一坝山田上又只有三户人家，记忆里，似乎别的两家都不曾刻意地派人守秧田赶过鸟雀。那些时光里，我每天在塘口上，一遍一遍地呼赶飞到秧田里来的鸟雀，一次一次地看着头上的日头。每一天，我总是把所有学会的山歌和学校里老师教过的歌都唱遍了，那太阳还不落山，还有成群的鸟雀飞到秧田里来。

小满前后种包谷。大体上，村庄的种作节令总是比日历上要稍早一些。一年一年，人们依着祖辈传下来的种作时令犁地、下种。尤其是村庄里最勤勉的人家，一季一季地保持着第一家犁地、第一家下种的“状元牌录”，保持着一种庄稼人的骄傲和荣誉。村庄的人们犁地下种，除了看日历，更是把这些人家当作了一种耕作、收割的时令牌。

包谷地里间种上豆子。黄豆，或是四季豆，一行包谷一行豆子地种下去，只有特别爬蔓的豆子才不种在包谷地里。这些豆子，一一地都在包谷之前收获。黄豆在包谷收获前一个月至半个月拔棵子背回家。四季豆中节令最早的叫四十天豆，包谷锄二遍的时候就可以吃上青豆角。随后，各种四季豆陆续成熟，在包谷收获之前，这些青四季豆一部分鲜吃，一部分摘回家撕筋后晒成青豆干储存。腰子豆豆壳硬，等到秋黄和黄豆以及别的四季豆一起拔了棵子背回家，晒干后打籽收存。

除了豆子，包谷地里也要间种上向日葵。向日葵是乡村夏日里最美的风景。往往是包谷开始挂红缨时，明媚的向日葵也一行一行向着太阳绽开了，在夏天满目的浓绿之间，绽开成无数灿烂的太阳。

包谷种下之后等着雨水栽秧。之所以村庄的人们习惯早早种下包谷，也是为了待雨栽秧预备下时间。村庄的一坝一坝山田，有活水源的极少，绝大多数都要等着雨水下来才能栽上秧，人们把这些山田又称为雷响田。在这干旱的村庄里，人们育好了秧苗而最后栽不下秧是常有的事。芒种、夏至，日子一天天不急不缓地走着，眼看着天空上日日晴朗明净，雨意迟迟不来，秧床里的秧苗已经不敢再浇水了，再浇水，就要窜秆了。早早种下的包谷豆子和秧苗一起，等着雨水前来。

农谚说：大旱不过五月十三。过了端午，再迟的云也应该慢慢聚集起来了。天空开始流淌着浅浅的灰色，之后，这灰色一点一点加深，一层一层加厚，最终汇聚成一片墨云，在人们焦急的期盼中，化作了一场迟来的大雨。随之，更多的雨像是久候的运动员终于得了号令，纷纷向着村庄赶来，山野田坝间到处是和田栽秧的人声和牛声。

想起来乡村夏天的气息，是宁静又热烈的。所有的栽种完毕之后，田野渐渐回复了安静，各种作物在不断前来的雨水里，努力地拔节生长。南瓜开花了，一朵一朵又大又黄。黄瓜开花了，花屁股后面跟着指头大小、满身长刺的小黄瓜。猪圈旁的丝瓜开花了，墨绿的瓜蔓一枝一枝爬上了圈顶。四季豆白色的小花开谢后，结出了一把一把小刀一样的青豆。包谷的红缨染着梦幻的紫红色。向日葵金黄色的花盘，像是一遍一遍呼唤着岁月的远方。碧绿的稻田在日月的轮转中，无声地抽出散发着香气的稻花，结成一挂一挂的稻穗，且一天一天，向着金色的秋天快乐奔跑。

一群一群的鸟雀飞向包谷地里，飞向渐渐成熟的稻田里。这时候，母亲就要派我去"大地"里赶鸟雀。"大地"是我们家最大的一块地，这块地里收获的包谷和豆子，能占到我们家一年收获的包谷和豆子的一半。每天早晚两个时段，是鸟雀最集中的时间，鸟雀也像人一样，要吃早饭和晚饭。我受母亲之命，带着吓唬鸟雀的"竹嗒"，去大地赶鸟。到了地头，烧上一堆火，一边烧包谷吃，一边敲打着竹嗒"喔喔"地呼赶鸟雀。

雨水已经渐渐收住了脚步，天空一天比一天晴朗，田野上到处呈现出明媚的秋黄。这时候，村庄再次忙碌起来了。人们拔豆子、撇包谷、割稻子，稻把打在灌斗上的此起彼伏的"嘣嘣"声，像一支欢快的丰收进行曲。人们在劳动的汗水中，把一整个丰盈的秋天搬进了家门，搬到了楼上。

在一季大春里，早些年常有两种小作物：芝麻和绿豆。

芝麻和绿豆都是要单独种作的。俗谓"芝麻开花节节高"。记忆里，芝麻开白色或浅粉的花，薄如蝉翼的花儿一串一串向着顶上开去。秋收时节，收割芝麻要赶早，若是时节稍迟，芝麻荚炸开了，一碰手，里面的芝麻籽全洒了地。

绿豆开的是淡黄色的小花，叶多呈桃形，豆荚细长而紧实。一支干豆荚剥开，一长排圆圆的绿豆籽便争先恐后地往出蹦。

芝麻和绿豆都是人们所普遍喜爱的。平日里，人们比拟事小，常形容以"芝麻绿豆"，形容得不偿失时，又说"捡了芝麻丢了西瓜"。而造物的用意却是这样地有情，在这小小的芝麻绿豆里，一直以来都有着别一样的人间清欢，余韵清婉。

小　春

大春收完，紧跟着割稼犁地，趁着雨水积存在土地里的潮气还在，及时播下小春。之后，半月内再有一两场秋末的扫尾雨，整季小春的出苗大体就能确保了。

普通的山地上大多种上相对较耐旱的豌豆。相比起大春作物，小春作物要省事得多，豌豆亦是如此，从种下去到收获，中间不用更多的薅锄和管理。绝大多数的年头，村庄的冬天是没有雪的，按老辈人的话说，雪对于村庄，是数十年一遇的贵客。没有雪的村庄，冬天并不特别寒冷。这许多年里，我一年一年给母亲买的那些衣服，大都安静地叠在衣柜底，母亲总说穿不着。“说是冬天呢，也就是一清早稍冷一些，且一起身做活，身上马上就热了。这一季冬天，能穿上厚衣服的时候还不到一个月。”母亲是从来闲不住的人，她一做活，那些寒气就都从她身上跑开了。母亲嘱咐了我好几回，说让我别再给她买厚衣服。

夜晚有薄霜，而白日里天气晴暖，豌豆生长得快，一个半月两个月的，豆花就开了，满地里白的白紫的紫。庄稼是美的，庄稼的花总是美的，而豌豆花是尤其清盈美好的花儿，一朵一朵的豆花绽开，宛若一只一只小小的蝴蝶，而一片盛开的豆花，恰若无数的蝴蝶翩飞在叶间。

豆花一路开一路谢，开谢的花蒂间便长出了一把一把小刀一样的豆角来。半大孩子们在豌豆地里找猪菜，常常一边拔猪菜一边摘清甜的豆角吃。冬月底腊月初杀年猪，那些种得早的豌豆已经能上桌了，普通的豌豆剥了籽，切几片五花肉焖炒，若是连荚吃的菜豌豆，则作爆炒，起锅前烩一勺酸腌菜。新出的头拨儿嫩蒜苗炒瘦肉，五花肉红烧，冬瓜炖排骨，焖炒豌豆，清焖紫红大板薯，再拌一盆加了薄荷的粉丝凉菜，热热闹闹的杀猪饭摆上桌，大人孩子都忘了这是冬天。灌好的鲜红的香肠和豆腐肠在晚饭前就已经挂在了屋厦下的竹竿上。

待吃罢了晚饭，还有一台重头戏：灌糯米肠。一清早起来就泡上的糯米，和上猪血水，拌上鲜茴香和青豆籽，放上盐和各样佐料，灌在猪小肠里，之后上大锅蒸着。灌糯米肠不能灌得太饱，灌得太饱，糯米蒸熟后会把肠子撑裂，米粒流出一地，甑子内一片狼藉。

夜色渐渐深浓，孩子们在外面玩够了各种游戏，大人们在大锅大盆里腌完了肉，里里外外收拾完了场子，糯米肠也蒸熟了，小心用刀切开，大人孩子每人擎着一截，一边“呼呼”吹着一边吃。吃完了糯米肠，心满意足地睡下，这一天杀年猪才算是圆满和幸福地结束了。

除了豌豆，山地里还要种红花。红花是一种中药材，早年由供销社进行收购，后来放开后，卖红花的季节，集市上总有许多商贩抢着前来收购。红花耐旱喜阳，茎叶均有小刺，花苞成球形，作为药用的绒线状橙红色花自球形花苞里开出来。如不采摘，一个红花的花苞里只开出一次花，若是不断采摘，则能开出三至四次花来。只是一次比一次开出的数量逐渐减少。中医介绍说，红花味辛、性温，气香行散，入血具有活血通经、祛瘀止痛的功效，主治痛经、闭经、瘀滞腹痛、胸痹心痛、跌打瘀肿、关节疼痛、中风瘫痪等多种疾病。我记忆深刻的是少年时，每回腹痛痢疾，母亲总会煮一碗红花水让我喝，红花水味苦且不好闻，我每次总要鼓着极大的勇气和决心，才能闭着眼睛把一碗红花水一气喝下。

红花耐贫瘠，生命力旺盛。只要在稍微肥沃的土地上，一株红花就能分出极为茂盛的枝杈，结出数十个花苞，自然，花期也比相对贫瘠的土地上开得更长。我家最大的那块大地里种上红花，从腊月里开始采摘，可以一直采到正月尽、二月中。红花开尽后，棵子割回家，晒干后打出花籽，一个花球里的花籽，少则十几颗，多则数十颗，红花籽含油量极高，可以榨油，也是猪和鸡特别喜爱的食粮。红花的茎叶粉碎后，可以喂猪喂牛，都是极好的食料。

采红花是一项艰苦的劳作，衣服穿得薄了，红花茎叶上的无数尖刺能刺穿衣服，在人身上划出一道道细小的灰白划痕。采红花主要依赖于两手的食指和拇指，时间久了，两个食指的第一指节处会裂开一条一条的口子，被红花的汁液长久浸渍，初时腌疼，之后便结成了硬硬的茧子，要过许久才能渐渐恢复过来。

在村庄里，有着长久的种植红花的传统。听父辈们说，以前集体大生产的时候，村庄每年的红花大多种在山下江边的沙坝地里。在我记事的时候，村庄的田地已经包产到户，山下江边的一大片沙坝地都是同伴小贵家的，小春季，里面依然种着红花，冬腊月里去江边放牛，站在沙坝地头，看那一大片地里的红花，仿若无数红色的星星，洒落在一片碧绿的海里。

在小春作物中，村庄的人们种麦子一向比较少。麦子不如豌豆耐旱，在这个向阳干旱的村庄，除了雨水特别饱的年头麦子会种得多一些，大多数的年景，只有少数相对潮阴的洼地才能种麦子。因为麦子少，麦食在村庄里是作为难得和贵重的食物的，家里有客人来了，才会炕一回麦粑粑；家里请工做活时，才会蒸一甑麦面疙瘩饭。摊鸡蛋的时候，在里面掺上许多麦面，摊出来金黄金黄的。离不了的是每年端午，家家都要蒸一甑包子，因为没有鲜肉，村庄的人们蒸包子没有包肉馅的概念，也就是往里面放一点拌好的红糖面，即便是这样，孩子们也很珍惜这节日的隆重食物。

麦子在人们的心里是美好的。村庄的人们形容一个姑娘长得俊俏身条好，就说她长得跟麦苗儿似的。说也奇怪，就是这干旱少麦的村庄，一辈又一辈里，却出了许多麦苗似的女孩儿。

蚕豆按在稻田里。割完稻子，稻田里留着半拃高的稻茬，一蓬稻茬根下按两粒蚕豆，也不作薅锄，任其生长。有条件的田里，中途打几道沟，往沟里放两次浅水。冬春里水枯，常常没有条件放水，也就随它长出什么模样。也有人家有条件的，在潮洼地上种一两块。只是，这蚕豆虽喜潮，在糟水的烂包田里却种不出来，烂包田里种蚕豆，长到半途叶子就上锈，豆子也总是长不饱。

蚕豆花有白色和紫色的，紫花中又有浅紫和深紫，花开时含蓄又热烈，一串一串，开在灰绿的叶间。

记得早时候，村庄的秋冬里还有一种清美的作物：荞麦。荞麦喜湿凉，所以大多种在高山。荞麦对土地的肥力要求不高，生长期相对较短，在艰苦的年月里，荞麦面饭、荞麦粑粑是穷苦人家的主要食粮。而荞麦却是美的。荞麦花开，一片一片的粉雪，清美极了。作家鲍尔吉·原野有一篇文章叫《荞麦花，月光光》，写的是作家早年的一段经历：夜里住在地头，半夜里蒙眬着睡眼起夜，恍惚中，把月光下大片的荞麦花看成了一地清盈的雪。

《边疆文学》2017 年第 1 期、《散文选刊》2017 年第 4 期

留在夏牧场岩石上

小　七

晚秋时节，一个雨后的下午。五点刚过，库齐肯和孩子们整理完一切——她们准备第二天出发，转场迁往冬牧场。从昨天收拾家当开始，她的嘴就是紧抿着的。她时不时放下手中的东西，站到高一些的土堆上，把手搭在额头前，向着远处张望。她这么做了许多次，有三四十次了吧，好像。看起来，像是什么珍贵的东西遗漏在了那儿，或者有重要事情等着她去处理。这让孩子们感到不安。

这回张望之后，她松开身上的帆布花围裙，团了团，塞进一个羊皮口袋。“我该去那面走走看。”这话既是对孩子们也是对她自己说的，“我得去走一走。”

“一起去吧。”孩子们问，“有什么东西丢在那儿了吗?”

“不，我只想随便走走。”她摇了摇头。

“给您，”一个孩子跑着拿来棉衣，披在她身上。“妈，快些回来啊。”这个季节，太阳落山之后，冷得刺骨。

她徘徊在草地上、山坡上。没有，没有什么东西遗漏。可是，她的心中总是牵挂。她走过山坡，走过草原，停留在一大片岩石前。它们大多发着铁灰色的光芒，另一些是干血般的红色。那上面有许多非自然的陈旧痕迹，她看着那些牛、羊、骆驼、鹿还有展翅翱翔的老鹰，这是哈萨克先民原始动物崇拜的遗迹。库齐肯用手抚摸这些草原岩画，在她准备离开时，不远处岩石上的痕迹吸引了她的眼睛——那是被人用小的石块一点点敲击上去的数字和图案。这些痕迹新鲜而清晰，非常容易辨认——这是丈夫每天放牧的地方。

那么，这里记录了什么?

她俯下身子，认真查看岩石上的痕迹。最前面的岩石上刻着——七月十三日。哦，这个日子，他敲击的这个日子，她知道。可是笔迹对她来说却有些陌生——颤抖、扭曲，又很小心无力的痕迹。而以前他记下家里的每一笔收入和购物单上的字迹全都挺直而大胆，不过还看得出来跟从前充满力量的笔迹间的模糊联系。嗯，是他的笔迹。

也只有她知道他敲击“七月十三日”时的心情。就在这个日子的清晨，他们从城里医院回来。医生说他的生命只有两个月。虽然，每个人都瞒着他，但他的眼睛告诉大家——他心里头明白着呢。他跟她什么都没说。

“一切都已经过去，”回到家，她耸耸肩，装出什么都不会发生的轻松模样，告诉他：“现在你需要和正常人一样生活。”

“嗯，哦。”他答应着，他完全能够理解她的心情。他赶着羊群，去山坡上转悠。他需要阳光。他总是觉着冷。他在暖暖的草地上坐着，望着眼前的世界，怀着惶恐和孤独的心情，等待那个日子的来临——他已经感觉到了。事实上，任何走动对他来说，都是一件痛苦的事。疾病已经侵袭到他的内脏、骨骼和血液。稍微动一下，他就气喘不止。他肥大的衣服松松垮垮地罩住他苍白无力的躯体，他浓密蜷曲的、泛灰色的头发已经脱落得稀稀落落。那个妻子和孩子们依靠过的象征着力量的肩膀，也不见了。

他的灵魂时常像个游魂，在他不知所措时出走。

我该留下点什么呢？给我热爱的草原。他想。他左右看看，捡起脚边的石块，走到不远处的岩石边，一点点，慢慢地，艰难地，把这个日子敲击上去——七月十三日！

旁边是两匹马和两个人的模样。这个，她一看便懂。每天，她都会骑着马儿和他在草原转悠一会儿，陪他一起看草原，看日出日落，尽可能不让他感到孤独。

她骑着马，走在他旁边，夸张地笑，大声说着孩子们小时候的事儿。草原上开满金黄色的野花儿，青草疯长，她哼唱起那首他追求她时常唱的《可爱的一朵玫瑰花》：

可爱的一朵玫瑰花，塞地玛丽亚，
可爱的一朵玫瑰花，塞地玛丽亚。
那天我到山上打猎骑着马，
正当你在山下歌唱婉转入云霞，
歌声使我迷了路，我从山坡滚下，
哎呀呀！你的歌声婉转入云霞……

这是一首欢快的哈萨克族情歌。她这么做，是想让他想点曾经快乐的事儿。她怀念以前的丈夫，奢望看到他的笑容和活力。真的啊！现在这个时候，他要是笑一下，那可真是她的幸福。

不管她多么努力，发出的声音都是那么的极不自然。他们不看彼此，但他们是联通的，这种联通就像草地上的小径一样平常。它存在于他们的灵魂深处。她知道他心里明白，他也一样。可是在这种时候没人会说出口。就让日子这么过下去吧！他们都这样想，哪怕表面开心，也还不错。

是这样吧？是啊！

有时，他们骑在马上会突然默不作声，他们在轻微的晃动中眺望远处起伏的山体，在这个幸福一生的绿色草原上默默前行。这时，以前的生活仿佛年代久远的无声电影在眼前跳跃、闪现——儿童时代，青少年时期，还有他和她一起度过的幸福时光——他们感到生命如此短暂。仿佛一瞬间。

一个毡房进入她的视线，毡房前跑着一只狗。这是他们生活的毡房，狗是他们的老牧羊犬，它叫“将军”——它的确是一名将军，统率羊群的将军。它跟着他放牧十五年，立下汗马功劳。现在老了，身体虚弱，跑不动了，他把它安顿在毡房休息，好好享受晚年。

她想起来，将军曾经杀死过一只小小的野兔，这让她感到困惑。她觉得对不起那只兔子。“这是狗的天性，它要锻炼自己，我们不在的时候它可以照顾自己。”他说，“同样，你也要锻炼自己，假如有一天我消失不见了，你能……”“不会，”她说，“你一直在这里。”她打断他的话头。

她幻想过，他不再接受消耗体能的化疗方式之后，奇迹就会出现。显然没有。

“你说得对……”她自言自语，“你瞧，我没有垮下去。”她对着面前根本没有人的空气说话。他的这种思想，才不至于他的离开使她感到熄灭世界的最后一盏灯。她没有被悲伤压得全身无力，胃口和睡觉也还行。嗯，她还能应对接下来的生活。

他赶着牛羊走在回家的小径上，远远看见毡房小窗里透出的灯光，烟囱里的炊烟，他知道自己的辛苦并不是毫无意义。他觉得心里暖洋洋的。尽管是在暴风雨的季节，在充满雾气的空气中，那依然是一个温暖的神话。是的，从山坡上走下来，首先进入他视线的就是它，它是白色的，显得纯洁朴素。清晨，草地上的草儿绿油油的，衬托着黄色的花明亮亮的，在这些颜色中的白色更显得温馨。哦，老牧羊犬晃晃悠悠跑过来了。它的耳朵在风中摇曳，夕阳照耀着它闪亮的皮毛。那是他永远的朋友，永远的家人。它永远会拿出十二分的期待，等待他的归来。它黑溜溜的大眼睛里流淌着真诚和虔诚。它抬头，瞅着他，蹭着他的腿打转转，把温暖圈在他周围。

呃，一个小孩。一个圆圆的头，两根横线代表胳膊，两条竖线代表腿。尽管在石块的敲击下小孩显得那样笨拙，但是，一眼看去，她便知道那是他们最小的儿子——那是他最喜欢的孩子。他一定在敲击中回忆这个孩子的从前，那个吃饭时总坐在他膝盖上的小人儿。他的头发像一簇簇打湿了的骆驼毛，柔软地粘在头上，脸白得透明，像白腻腻的肥皂雕刻出来的。小人儿仰头望着父亲的脸，他咖啡色的眸子同父亲的一样漂亮，但眼神更加深邃，深不见底。他看看父亲的脸，跟随周围的声音左右一顾一盼。那小脸，秀气而恬静。他的睫毛又长又黑，宛如描出来的一般，当他垂下眼睑的时候，乌黑的睫毛在白而透亮的面颊上投下一层浓密的阴影。

往事已经模糊。早年的事儿就像放映过的一场电影。后来，过了好久——中间的那段时间到哪里去了呢？——那些年，他们努力挣钱养家糊口。他们有四个孩子。草原上的青草茂密，他们有一山坡的羊。然后，在第二年把羊卖掉。价格降了。他们还是希望再一个第二年的价格好起来。然后又降了。他们整天为钱发愁。他们坚持了一年又一年。直到最后，她在他头上拔掉几根白发的那一年，他们手头宽裕起来。她清楚地记得某段艰难的生活，但无法将之拼成一幅完整的画面。

孩子们长大了，有两个已经大学毕业。家里的牛羊多了起来，有好几百只羊，十几头牛。他们不愁吃喝。劳累了一辈子，到了享福的时候，他却得了绝症。那一阵子，她不敢看他。他瘦极了，皮包骨头，又苍白，又困惑，看上去不知所措的样子。

几只羊，那里还有几只羊。那是他的羊，他生命中的珍宝。在岩石上敲击出它们的模样之前，他一定温暖地望着它们。天、地、空气、白色的羊群。他看着它们从身边走过，看着它们低头吃草，听它们闹哄哄地发出各种各样的声音。这些对于他来说就是享受。在蓝绿空间中，羊群显得如此醒目而灿烂。那时，他一定蓦然领略到生命的绚丽，一定痴迷地望着强大的蓝绿中那点点滴滴耀目的白色，在手起手落之间留在岩石上。

咦？下面，那么下面又是什么？她无法辨认，眼前模糊一片，就像溺水的人透过湖水看人生——她流泪了。透过泪水，她努力往下看，越过许多来自他生命中的符号，她凝望着“小母牛”这三个字。那是二人世界里，他对她的昵称。他还会叫她“小野马”，有时又叫她“野山果儿”或者“小羊羔”。但是，他最喜欢叫她“小母牛”。那么，后面是什么？她往后看去，哦，后面还有“我一生的爱人”这几个字。这些字让她窒息，她跪倒在草地上，亲吻那些笨拙的、颤抖的图案和文字，抚摸它们。她伏在那些字上，吻了又吻。

她穿过岩石群，踩着伏倒在地干萎的草丛，躲进雪松林。她内心的某个角落，总是渴望独处。独处的时候，她可以让往事浮现。现在，她处于一个安全而隐秘的世界。她左右看看，担心有人看到。实际上周围根本没一个人。她在一块潮湿的石头上坐下，坐了很久，脑子很乱。

她尝到了咸味，才发觉自己一直在流泪。自从他走了之后，她第一次放任泪水不停止地滑过冰冷的面庞——这段时间，太忙碌了，她甚至没有一点自己的时间用于思念。她不敢回忆那天发生的一切，可那些却偏偏刻进她的脑子。那天，他突然想吃烤馕。她烤了热腾腾的馕。他靠在被子上，慢慢咀嚼，吃了大半个——他已经一周吃不下东西了。然后，他慢慢坐直身体，喝干碗里的奶茶。喝了茶，他突然来了点人气儿，他的嘴开始絮絮叨叨说起话。他问刚刚吃的馕是今天的吗？然后他自己回答，是今天的馕啊，明天就是明天的了，这个还值得拿出来说吗？他又说，那么，奶茶也是一样啊。他还提了好些个问题。他问棚圈门上的木头栓子是不是被羊挤得掉下来了？他问牧场上的草长多高了？他问奶牛是不是跑到后山，找不到了？他还说替代他放牧的儿子早就没耐心了，是吧？他用一种空洞的没有聚焦的眼睛盯着前方……这是一双已经充了血的眼睛，乌黑的被病痛折磨的痕迹就像伤疤一样圈在这双眼睛的四周……天哪，他时而清醒时而糊涂，说出的话儿时而飘忽时而现实。她还没回答他的问题呢，他的手抬起又落下——他那是让她扶他躺下。他躺在那儿，喉咙里咕噜噜的，像是冒泡的水管，不过，似乎还在说些什么。她俯身趴到他身边，凑近了，凝神倾听。“好了，好了……没时间了，没时间了……就这样吧，就这样吧……”那个声音催眠一般，一会儿，她疲惫地睡着了。她有三个多月没好好睡觉了。

第二天清晨再看时，他仰面躺着，脸颊凹陷下去，嘴张着，看上去就像是故事结尾的句号。医生赶来了，从被子里拿起他的手，手指搭在他的手腕上，又把另一只胳膊朝上伸了一下，露出手腕上的表。医生看着秒针慢慢走着——他在善良而耐心地尽他于事无补的义务。过了一会儿，医生松开他的手腕，摇了摇头，叹了口气，转身告诉她和孩子们：“已经走了。”

“走了”意味着“永远离开”。她懂。然而在听到这话的一霎，她看到的是他赶着羊群往山坡上渐渐走远的背影。她多么希望他像以往那样，回头，朝她挥手，对她绽开温暖的笑容。那个笑容里没有一丝困惑，仿佛相信他在她眼里一直是一个依靠和希望，而她在他眼里也是。但他没有回头，没有挥手，更没有微笑。

他走了，永远离开了！

夜幕降临，天似亮非亮，似冥非冥。风漫不经心地从湿乎乎、黑沉沉的雪松间穿过，夹杂着潮冷的冬天气息。她走出松树林，看着夜影逐渐向四周蔓延。她安慰自己说，悲伤会自动离开，这只是时间的问题。她努力让自己想点高兴的事儿。她计划着，转场迁入冬牧场之后，卖掉大部分牛羊。孩子们该上学的上学，毕业了的，可以去找喜欢的事做。家里虽然算不上多么富裕，但眼前的日子还是有把握的。

她自己呢，在飘雪的冬季，天不亮就起床。呼吸着健康而冰冷的空气，给棚圈的食槽里铺上新的干草，然后，坐在木头小凳上，头靠在奶牛温暖的体侧，看它给予他们一家注入满皮桶的牛奶。她想让自己轻松一些，过这种没有灾难和恐慌的舒适生活。一种美好的生活。

可是，无论她如何幻想，悲伤的情绪重又在她四周弥漫开来。他经受的苦难、他的离去，在她记忆的某个点、某个地方痛苦地鼓起山脊——他走时的场景重新袭上心头。唉！没有经历过，如何去理解离去的人心中的孤独和无助呢？她爱他。但是她无法想象，在漫长而短暂的两个月时间里，他是如何与死神交流，如何孤独地迎接死亡。而死神又是怎样的呢？它像蛆虫一样吞噬他的身体吗？它时不时抓住他的肩膀往黑暗中拖拽吗？它掐着他的咽喉让他无法呼吸吗？它丑陋无比吗？它面目狰狞吗？哦！无法想象！无法理解！无论怎样，在走之前，无论身边陪伴多少亲人，他都要孤独面对，无人陪伴。

他在与死神交流的日子里，在夏牧场岩石上留下这些。在他伟大、庄严、神秘莫测的最后日子里，他心里的景色是这些，只有这些……

《伊犁河》2016 年第 6 期、《散文选刊》2017 年第 4 期

老街坊

李培禹

如果有一趟列车，声言将穿过时光的隧道，载你回到童年；而且车厢里已然坐满了曾和你一起玩耍、长大的伙伴，现在还给你留了个座位，你来不来？

来！我就是怀着一种莫名的兴奋，匆匆往这趟列车上赶呢。

其实，“车厢”是刚刚建立不久的一个微信群——赵堂子小大院一家亲。赵堂子是北京的一条小胡同，它在北京城三千六百多条有名字的胡同里，实在排不上号，因为它确是小胡同，从东到西也就一二百米长。然而，这条小胡同却有着与众不同之处——它的西口向南有一个方方正正的小大院。为什么叫小大院？因为它不大也不小，正好装下了胡同里十几个、二十几个，最旺时达到三十几个孩子的童年。

我们这趟列车的列车长——群主，是刘校长。尽管他早退休了，但在赵堂子胡同老街坊们的心目中，他永远是校长。丁酉鸡年春节刚过，校长在群里一呼：咱们聚聚吧。立时像炸了锅，活跃者不说了，平时以“潜伏”为主的人也积极发言：支持！拥护！校长万岁！可我们的赵堂子胡同十五年前就因道路扩建拆迁，消失殆尽了，到哪儿去找我们的小大院啊？有高人响亮地提出：“胡同没了人还在，邻里重逢格外亲！”是啊，人还在，没有什么能阻挡住思念、怀旧、亲情的列车开出站台，驶向我们的心绪共同指向的那个终点。

“终点站”到了，它就设在与原来赵堂子胡同相连的东总布胡同里的一家餐馆。女老板也是胡同里长大的，敞开大门欢迎老邻居们来聚。

我爬上二楼或说我登上“列车”时，车厢里已经有点“人声鼎沸”的劲了。映入眼帘的横幅上写的是“胡同没了人还在，邻里重逢格外亲——赵堂子胡同老街坊自发叙旧聚会”，好让人感动！

“呦，三哥来啦！”认识的和已然认不出的童年伙伴抱在一起。我说，今天都用小时候的称呼好不？好好！一致赞成。可紧接着问题来了：狗三儿、狗四儿，还叫得出口吗？当年我看着长大的小哥俩儿，如今一个是警官学院的领导、一个是农业银行的处长。还有，当着孙辈儿的面儿，二秃儿、三秃儿、四秃儿叫着，也不妥吧？于是，临时约定，凡无伤大雅的仍叫原名儿，如我，便称“小三儿”，那几位则由各自根据自己的辈分“酌处”，可称哥或叔了。

大顺子、仉虎哥（小时伙伴们故意叫他几虎）肯定是第一拨到的，加上如明三哥（原三秃儿），正忙着在刘校长的指挥下搬电视、接DVD机、贴对联。看着几位忙乎的身影，小英子说，瞧瞧，干活的还是他们几个啊！大顺子壮年时是开出租车的，早出晚归，辛苦挣钱，但小大院的街坊只要有事，就BP机“扣”他，顺子立马赶到，从未收过邻居们一分钱。这“宋大成”式的顺子有好报，胡同里最漂亮的姑娘小青嫁给了他当媳妇儿。只见他们几个登高挂横幅时，扶梯子、抱腿的，是胡同里当年的美女爱华、宝荣、小点儿，还有何家小妹、刘家小妹，我们小胡同里邻里情深的一幕，温情再现。

“车干来了！”车干本名叫周轩，小时候不认得“轩”字，我们都叫他周车干。现在廊坊一所高校任教的他，是一早赶过来的。虽然他已戴上高度近视镜，头发大都泛白，我还是一眼就认出他来了。而且，小胡同的街坊们都认出来了。车干比我大两岁，可算是命最苦的孩子，今天才确切地知道，四十多年前他每天清晨挥着比他还高的扫帚扫大街时，只有十三岁，一扫就是三年。为了多挣点钱，他除了清扫赵堂子胡同外，还包下了相邻的阳照胡同。那时，寒冬的清晨，天还漆黑，我曾被他“哗哗”“哗哗”的扫街声吵醒过。早起背着书包上学，在昏暗的路灯下，还看到过临近收工的他，头上冒着热气憨笑的样子。

他失学苦干，是为了供家里一个妹妹、两个弟弟上学。后来，去云南插队的他，曾挑着一担沉沉的青芭蕉回到赵堂子胡同，他要答谢老街坊们对他离京后继续给予他弟妹的关照。那年我早已搬家离开了小胡同，弟弟打电话告我，周轩，就是车干，回来了，给大家送芭蕉，有你一份啊！我的眼泪差点掉下来……

此次重逢，最让车干想不到也最让他激动的是，第一个迎上前和他紧紧握手的童年伙伴，是郑苏伊。

苏伊是著名诗人臧克家的小女儿。臧老在赵堂子胡同居住生活了四十年，是这条小胡同老街坊们共同的骄傲。胡同里平民多不懂诗歌，他们却众口一词：“中国伟大的诗人臧克家！”因为他们中的许多人都能讲出与臧老亲近交往的故事，许多家庭遇到过的经济困难、孩子考学等各种问题，都得到过老诗人的关注甚至直接帮助。2004年元宵节臧老溘然长逝，那年赵堂子胡同已经拆没了，但老街坊们还在，他们组成吊唁团，抬着花篮到八宝山送臧老最后一程。这情景打动了作协的工作人员，他们把写着“老街坊”的花篮摆放在离臧老遗体很近的位置。

今天，与我一样在恢复高考后考入大学，从而改变了自己命运的周车干，披露了臧老的另一件善事。他说：“那时早上扫大街，都是空着肚子。臧老知道后，每天去早点铺买烧饼时，就是六分钱一个的芝麻火烧，都多买一个。他把热火烧塞到我手里，有时还要看着我咬一口，嘱咐我不要对外人说。”他激动地问苏伊：“我一直没说，你和家里人知道吗？”苏伊含泪摇头。这番话，点燃了大家对臧老深深的怀念。苏伊说，那时院儿里的海棠熟了，我和你们一起爬上树，真够淘气的。我爸在下面喊着：“注意安全，别摔着呦！”哈哈，太难忘了。

海棠树、臧老的故居和赵堂子胡同的小大院，荡然无存了。然而人还在，情依依。聚餐喝的什么酒、吃的什么菜，没人管了。大家完全沉浸在难忘的往事之中。

我不禁想起十五年前，东城区南小街赵堂子胡同拆迁在即，老街坊们都为一户特殊的人家犯起愁来。这就是靠街道“低保”维持生计的特困户“二嫂子”。这位善良、勤劳的农村妇女，含辛茹苦地把一个抱来的哑巴孩子拉扯大，同时也带大了胡同里的好几个孩子。我的小侄儿李根，就是她带大的。一次李根向我汇报他会背儿歌了，一张口竟是浓重山东口音的“笑（小）老鼠，上等（灯）台，偷右（油）吃……”我赶紧叫停，还埋怨了“二嫂子”几句。

拆迁那年她已过七十岁了，邻居们仍习惯性地称她“二嫂子”。“二嫂子”丈夫因病去世，哑巴儿子又下岗，住了几十年的那间不大的小屋还不是她的房产，如今这一拆迁，老太太住哪儿去啊？起初，热心的街坊们决定集资，替“二嫂子”凑足回迁款。可街道和拆迁办说不行，只要房款按她的户头交，“低保”就保不住了，就得取消，“二嫂子”今后吃什么去呀？那些天，大家轮流上拆迁办，说的都是“二嫂子”的事。拆迁办的同志难免不烦，怎么一会儿来个刘校长，一会儿来个孙老师，一会儿又换成私营企业的韩厂长了？得，下来看看吧。两位同志来了，看了一眼，眼圈儿就红了。最后在拆迁办领导和邻居们的奔波下，“二嫂子”的难题解决了，由政府出面，给她和哑巴儿子在东四五条找了一处面积相当的新平房，并办妥了过户手续。这真是一件让人高兴的事儿。记得搬家前那天，七十岁的老太太剁了一上午的大白菜，包了一盖帘儿一盖帘儿的饺子，请家家户户来吃。

“二嫂子”去世多年了。席间，刘校长提议，向所有已故去的生养、哺育了我们的先辈们致敬。三十多人齐齐端起酒杯，场面甚是庄严。这边的举动早吸引了其他房间吃饭的客人，他们纷纷围过来，看明白了怎么回事儿后，称赞不已，有人还主动为我们拍“全家福”。他们说，咱们胡同的街坊们也该聚聚啦！

是啊，该聚聚了。胡同没了人还在，人在情义就在，街坊邻居们身上的真善美就在，相信这种传承会绵延不绝，一代代传下去。

《人民日报》2017年3月18日

楼　道

田　鑫

1

毕业之后，我搬到了离学校不远的一处老小区里。我能租得起的这套房子，在一栋外墙还是砖块的单元里。它真的够老，包裹着楼体的水泥，已经脱落殆尽，裸露的砖墙因返潮产生的白灰像极了老年斑，它们会毫无征兆地一大片一大片往下掉。同样裸露在外面的，还有水管、暖气管和电线管，楼体衰老的身体和松弛塌陷的皮肤，已经包不住这些生锈的血管，站在楼下就能清晰地看到管道进入哪家然后又从哪儿拐了出来。

其实，仅从外表来看的话，这栋楼似乎还是有些韵味的，至少和新刷的楼房比起来，它有沧桑感，有艺术家需要的历史气息。进入它的内部，沧桑立马变成了忧伤，气息也随之变成了逼人的气味。这么说吧，一个一米八五的大个子，上楼要弓着腰，一不小心就可能会碰到低矮的楼梯，踩上那些绿色的斑点，上楼下楼都躲不过楼道里的古怪味道。

这里要说说楼梯。说它是楼梯，其实只有个梯子的样，每一个台阶都已经变得估计楼梯自己都不认识自己了。虽然水泥变成一小撮泥和一大摊水，我还是必须认识并熟悉它们，因为要命的是，我有夜盲症，而这里的每一层都是看不到灯的，搬进来前，房东却并没说明楼道是瞎子。

我的租赁生活就从这楼道开始了。交完房租，把几箱子书和一床被褥堆在楼下，天就黑了，小区里的照明灯光从没有玻璃的窗户里打下来时，我抱着一箱子书高一脚低一脚上楼。走一个台阶，我得停下来找另一个台阶，这就让我有足够的时间停下来打量这有点神秘的楼道。

和糟糕的外表比起来，我租下的这间六十平方米的房子，就显得年轻多了，或许是此前的居住者保护得好，墙面整洁，地面上也没有坑坑洼洼。老款的茶几、沙发和洗衣机，分别被安排在一室一厅里，位置规矩又显得毫无违和感。

收拾妥当，看着屋子里的一切，想着从此以后摆脱了要么一家人要么一群人一起居住的纷扰，或对即将开始的独居生活充满兴奋。在屋子里转了几圈，觉得一个人住在这里正好，没有多余的地方，也不显得拥挤。

住进来的第一晚，我就开始接受并努力喜欢上这里的一切。不过，不适应马上就出现了。准备出门去小饭馆独自庆祝一下，结果一开门就跌进了五层楼高的黑暗里。夜盲症让我手忙脚乱，我摸到了墙上的开关，很使劲地摁下去却没有一盏灯亮起来，只能摸着墙下楼，幸运的是，此时并没有人，我的尴尬只有我一个人知道。

住了一周，我才真正熟悉了楼道，要走到五楼去，总共要跨过三十九个台阶。我有点闹不明白，为啥台阶不是三十八个或者四十个？偏偏是个单数。这三十九个台阶上分别有通下水、开锁、改水电、换窗纱、代交电话费，以及性病、脚气、高血压、鼻炎等治疗信息。

刚住了一个多月，房子的毛细血管就被堵住了。水从水龙头出来，经过手、脸、蔬菜、水果、衣服、油污带上污垢、农药残留物、洗衣粉、油渍，然后并没有像你所知道的那样，哗一下子消失在管道里，而是聚集厨房卫生间里的水池子，一动不动了。

它们像是抗议，我对此却毫无办法。找来铁丝，对着管子一顿乱捣，水池子都快被我拆了，水却一滴都没少。

找了修理电话打过去，没多久，一个胖乎乎的中年男子就来敲门了。他进来只说了句“厨房三十块卫生间五十块”，没等我回应就开始找插座。他手里那卷油腻的电线，一头带着一条长长的线圈，一头插进了电源。线圈伸进水管，通上电，就像蛇一样抖动，这蛇回到洞里之后，一个劲往里钻，大概放进去两米多的时候，聚集了一夜的水一下子消失了。

送走胖乎乎的中年男子，我盯着水池子发呆。我原以为，这钢筋水泥浇筑而成的楼房，像住在里面的邻居一样，各自没有任何交集，没想到，楼下的下水堵塞，整个单元都变得不通畅。

这根管子，插在水泥和砖头之间，每天把那么多我用过的水送到更深的土地里，每根管子就是一个插在家里的监视器。我从老家带来的土腥味、挤公交车时衣服上沾的汗味、蔬菜水果上残留的农药味、劣质油炒出来的土豆丝的香味……都一一被它记录了，然后，它带着一个单元所有住户的秘密汇入城市管网。所有的秘密就这样聚集在了一起，在人所看不见的地方，形成另一个世界。它们熟悉每一个住在楼上的人的味道和口味，熟悉每一个家庭所有人的生活习惯，甚至熟悉洗脸的姿势洗菜的程序洗澡时的怪癖……想着想着，突然就被自己惹笑了，嚯，这失明的楼道里的一张广告纸，竟然让我获知了这座城市如此大的秘密，就觉得这三十块钱值。胖乎乎的中年男子走了，我赶紧把他的电话号码存入手机，如果这座城市有人对汇聚在地下的秘密了如指掌，那肯定长得跟胖乎乎的中年男子一样。

2

有时候，很多选择竟然是如此的雷同。第二次租房子，最后还是住进了一个老旧小区，楼层依然是五层。这里被称为这座城市的老城区，因此楼前楼后的生活气息明显比此前的小区要浓一些。

这是一栋独栋的小院，楼下空地上有杏树、酸枣树，住在树上的喜鹊，猫也经常匍匐在树下，随时准备伏击树上的喜鹊。因为是本市最早的家属院，所以把守它的铁门也是锈迹斑斑。不过很明显，它们还留着一种荣耀，想得出来，“楼上楼下电灯电话”刚成为一句流行语时，这里就成了少数人体验城市生活的区域。作为唯一的入口，能不自豪？这一点你从出入于各单元的老住户身上就能看得出来。这个小区里，我经常遇见一些穿着背带裤戴着鸭舌帽打着领带的老人，有时候还牵着穿着小西装打着波浪卷的老伴。他们不是去广场上跳《最炫民族风》和《小苹果》，而是到工人文化宫去唱大合唱，跳交际舞，他们还保持着上个世纪最受欢迎的爱好。

我刚搬进来的时候，看着他们这样装扮时，以为回到了上世纪 80 年代，而他们，也想不通一个小伙子怎么会搬进这样一个以老年人为主的老旧小区。对于他们来说，这里可能就是最后的归宿，对这里的一切都怀着很深的感情；而对我而言，这里只是中途短暂停留之地，因此身边的邻居是谁，显得并不重要。

我最看重的东西却让我大失所望。原本以为楼道里挂着灯泡有开关我就不会摸黑走路了，谁知第一个夜班我就陷入了一片漆黑中。这楼道跟瞎子没啥区别，虽然每层都安装了电灯，但不管你摁开关还是大声喊，灯就是不亮。每家管着各自门口的灯，只有需要的时候才会亮起。这让我很苦恼，以至于每次下夜班上五楼只能借助手机。可是，你知道的，手机这东西，容易让人产生依赖而陷入其中，它往往也和危险、浪费、惰性等联系在一起。

我就因为太过相信手机而在楼道里吃了亏。这里的楼道规则，我不用刻意记住哪层楼有几个楼梯，晚上上下楼只需打开手机借着微弱的光就可以。一次晚上下楼，正用手机照明，低头还翻着朋友圈给人点赞，这时候凑巧来了一个电话，我忘了自己正在下楼梯，把手机放到耳朵上就开始说话，结果眼前一黑脚底一滑自己就把自己扔在了楼道里，暗黑的通道里，一声“哎哟”，绵长，带着疼。

摔跤的事第二天就传遍了小区。门房老两口见了我，就说楼道里一直黑乎乎的你得买个手电筒，要不还会摔跤。不过没过几天，下夜班时二楼的灯却亮着，我以为是这层的住户忘记关了，第二天、第三天、第四天依旧，只有周末的时候才黑着。门房老两口告诉我，二楼那个阿姨听说我在她门口摔了一跤，就专门给我留了灯。

上夜班的夜晚总是很疲惫，来不及细想一些事情倒头就睡，白天清醒了再看我住着的地方，有时候甚至怀疑自己是不是把家搬到了墓地。可不是么，我去过一次公墓，那里草木茂密，也是经常就处于长久的寂静中，走路很轻，你甚至能听见荒草拔节的声音。这个小区经常就是这种状况，太阳从东边移到西边，和树一起留在地上的影子里，除了猫留下一串不规则的爪印之外，再没有任何痕迹。老人们偶尔出来晒晒太阳，走路还轻飘飘的，没有声音。

一个周六的早上，我还做着在草原上奔跑的梦，眼前是一望无际的青草，我跑啊跑，突然一阵唢呐声就从窗子里冲了进来。我被草绊倒翻身起床才发现，阳光已经照到了大半个屋子里，窗外的唢呐声哀伤又缓慢。从窗户看下去，一排花圈整齐地码放着，上面密密麻麻的名字分辨不出亲疏远近，也分不清感情的悲与喜。我只知道，二楼那个曾经给我亮过灯的阿姨在这一天没了，她成了花圈上的一个陌生的名字，这个名字再也叫不醒。

这仅仅是个开始，随后有人接二连三地离开这里，一走就再也回不来。

夏天屋子闷热的时候，我会和这群老人坐在一起，听他们说这说那问东问西。我并不是怜悯他们，我只是想起了留守在村庄里的奶奶，我觉得每一个老人都是孤独的，不管生活在城市还是农村。

很快，我的做法给自己惹来了麻烦，大家知道我单身，就老有意无意说认识哪哪的姑娘，可以介绍我认识；大家知道我在报社上班，去菜市场买菜回来发现少了二两也给我打电话，那口气像是小区里着火了；大家知道我从小就没了母亲，端午节包了粽子中秋节买了月饼就给我送上来几个。我宅在屋子里的安稳生活被这突然的幸福给搅乱了，我开始对这里表现出厌恶来，不想被这甜蜜的负担干扰。

入秋之后，这里看上去还郁郁葱葱的，实际上一切都已经停止了生长，树叶开始枯黄卷曲，脉络像老人手背上的青色筋脉，想到这个，我突然就把植物和老人联系到了一起。这时节，有些人肯定会熬不过冬天，就会像这树一样枯萎。只不过来年春天，树又长出新叶子，而人却不能。四季之中，我最不喜欢的是冬天，我在这里待着，也会很难熬。我决定，要赶在雪落下来之前，搬家。

3

我从家属院搬出来，住进了房产证上写着自己名字的新房里。最让我欣喜的是，单元里的楼道灯，只要接收到一点声音就会亮起来；屋子里的每个下水口都有小筛子，比头发粗的东西都掉不下去；楼上楼下的邻居也都是新鲜的年轻面孔。

说起来有些矫情，刚住进去我对这些竟然有些不习惯。不过，我喜欢这里的一切都是新的。我给每个屋子都准备了垃圾桶，培养新的生活习惯。快递包裹撕了家庭住址和电话号码那两行再用水来回刷，直到快递单上看不出任何字迹才扔进去；带回来的资料，用完就撕成条状，揉成一团，即便重新打开也无法一一拼凑回原形；厨房里剩余的蔬菜瓜果皮，有时还会用脚踩实。这些带着个人信息的垃圾，在确定分辨不出原来的样子后我才扔进垃圾桶。

这么做，就是想着不要泄露任何私人信息，以避免给自己引来不必要的麻烦。不过，三楼的邻居可不这么干，他们经常把垃圾放在楼道里，垃圾袋张着嘴，里面的东西看得一清二楚；他们还总是忘记关门，或许是故意开着，饭菜的味道飘出来满楼道都是。凑巧的话，还能听见他们说楼下保安的各种抱怨的话。

我和他们应该是不一样的人，在对待保安这件事上，就有很大的差别。我家门口总是干干净净的，每次收物业费我都第一时间缴清，下楼碰见保安总是要冲他们笑一下。而他家门口就很少干净过，小到烟头大到刚拆开的包裹纸箱，有时候几天不清理还有一股怪怪的味道，物业上来贴催款通知，表情复杂又不敢说啥。因为楼道卫生和占用公共区域的问题，有保安曾挨过他的打。

我以为我做得滴水不漏，还是遇到了麻烦，并且防不胜防。麻烦就是来自三楼的邻居，那对见人很客套的夫妻。有一次，我正因为卫生间墙体瓷砖的花色错位跟装修师傅拌嘴，他进来了，见到我就掏出一支烟，一边往我手里递一边喊了声兄弟。

兄弟？对于这突如其来的热情，我有些不适，不过还是脸上堆笑接了他的问候，回了一句，不好意思，我不会抽。他并没有收回那支烟，哦了一声，继续往我身后走，到装修师傅跟前，那支烟就被接住了，他还给点了火。他俩开始说话，都是我听不明白的内容。

可能是看出我的尴尬，他靠过来开始介绍自己。说我是三楼的邻居，咱俩年龄差不多，可能我比你大，以后就是你哥，你就是我兄弟，有事就找哥。嚯，这下不光是兄弟，还具体成了弟弟。我暂时不明白他的意图，就没回他过多的话，礼节性说了句，以后还请多照顾。

本以为礼貌地打完招呼之后，就各不相干了。没想到住进来以后他还真的没把我当外人。刚搬进来的时候，他在小区附近的一家烧烤店当厨师，每天遇见，就喊住我嚷着去他那吃饭，说只要报他的名字就可以打折，还说市区很多烧烤店鸭肉当羊肉烤，不好吃不说还死贵，他店里的肉没任何问题。看架势他要给我报菜名，我就赶紧拿出手机，装作很忙看时间的样子，他倒是反应快，很客气地来一句，兄弟你赶紧忙，改天来吃哥烤的烧烤。

我想起去他说的烧烤店吃饭时，他已经不在那里干了，小区保安说有一天半夜他和烧烤店的同事打架，被老板开除了。保安还说，他平时事就多，老板一直找机会，没想到自己撞上去了。有段时间他就天天在小区里转悠，遇见我第一句话就说，兄弟，以后吃饭千万别去那家烧烤店，油不行，肉太肥，吃多了对身体不好。我说你不是让我报你的名字打折么，怎么这就不让我去了？他有些不好意思，不过很快接了话，我在的时候，油和肉都由我把关，我走了他们肯定会偷工减料，给你吃劣质油和压制的肥肉。我不知道怎么接话，他接着说自己准备在附近租个房子开饭馆，自己给自己干舒坦。

没见他自己开起店来，不过没过多久他再出现时，身上穿的就变成了西装，领带是那种看上去很精神的红色。现在，如果不是婚礼现场，很多人看到穿西装的，会把他们和保险推销联想到一起。他穿西装为哪般？我不得而知。

不光是我，小区里很多人对他突然穿西装这事有兴趣。后来保安告诉我，他确实在跑保险，并且是两口子一起。我还暗自为自己关于西装的判断窃喜，保安就提醒我，他好几次都在院子里推荐产品，可别让他盯上。我以为他穿不穿西装跑不跑保险跟我没啥关系，没想到我很快就成了他的推广目标。先是打电话，一上来就非常客气，问东问西，快要挂电话时，才说他有事要麻烦我，并且特别强调楼上楼下因为是兄弟一样的邻居才给我打这个电话的。他说保险公司有宴会，要邀请一些贵宾参加，还说我的身份比较适合，小区里其他人都没通知，希望我能去。我说我啥身份，他没直接说，只告诉我宴会的时间和地点，我有些莫名其妙，挂了电话就把这事忘脑门后面了。可是他没忘，隔一天给我发一条信息，提醒我记着参加。宴会前的晚上，还来我家了，和妻子两个，他手里拿着一副对联，他妻子手里是一个文件袋。

他俩敲门前给我来过一个电话，还是强调要准时参加宴会，并且一定要留意宴会上发布的产品。我以为我不回他的信息见了他就躲着等种种迹象已经给他足够明显的拒绝信号了，并且在电话里很明确告诉他我可能没时间去，没想到他们根本不理这茬，说要上门来当面介绍。我告诉他自己正在写材料，他们还是来了，一进门看我趴在桌子上翻着一堆材料，就说，不好意思打扰了，就耽误你几分钟时间。

两口子一起登门还是第一次，我把他们让到沙发上，然后去倒水，被他们拦住了，我这才发现，他们还自带水杯。他们并没有直接开始推销，而是先从我女儿开始聊。除了没说我女儿是整个小区最乖的孩子外，能夸的都夸了，还不时拿他们的儿子做反例。我笑着应承着，顺口也夸夸他们的儿子，算是回礼。这时候他们才进入主题，说宴会上要推介的是一款针对孩子的理财产品，目前小范围认筹，因为回报可观他们给儿子买了一份，希望我也买一份。为了说明这份产品如何如何好，他妻子打开文件夹拿出自己的认购协议让我看，不过说实话，打开之后我一个字都没看进去，一是我本身对理财一窍不通，最关键的是我看的过程中这两口子一直说个不停。可能是看出我的不快了，他的妻子打断他的话，进入一个人介绍模式。本金、红利、时限、收益、责任……这一堆专业术语让我有些烦躁，我在他妻子喝水的间隙开始表达自己的观点。我告诉他们，孩子一出生就买了各种保险，并且最近准备买车，可能没有能力购买这份产品。原以为这句话能把他们堵住，没想到他来了句，我不敢说这个小区谁家的孩子不会得癌症不过可以保证这份产品绝对能保障一切突发情况。一直在一边跟女儿玩的妻子听见这话有些坐不住了，起身抱孩子要进卧室，这两口子意识到说错话，赶紧拿出对联说，你们考虑，名额我们想办法留着，啥时候有能力了啥时候找我。

好在后来他也没给我打过电话，见面也不提产品的事。我以为这事就这么过去了。是父亲的一个发现让我重新想起这件事。父亲说，以前抱孩子下去三楼的两口子可亲热了，帮着开单元门，还给孩子分饼干啥的，最近似乎有些冷淡。我们一合计还真是，不免心里有些愧疚，觉得自己不应该三番五次拒绝他们，至少应该买一点价格便宜的产品，毕竟是邻居，楼上楼下的，也不好意思。

妻子说，这样也好，虽然尴尬点，好在一个麻烦解决了。这个麻烦哪有那么容易解决啊。没几天，麻烦又重新出现了。我下班回来，恰好在单元门口遇到了他，我进门他出门，两个人擦肩而过时，他说了句回去尝尝他的手艺，我没听明白，上楼一进门就看见餐桌上放着几个油饼。父亲说，油饼是三楼刚送来的。

看着四个油饼，我才明白他说的那句话是啥意思，很快就有些麻烦来临的感觉。晚上吃饭，我们一人一个油饼就着菜吃，妻子说，吃人的嘴短，以后人家再来推销保险咋办？那一晚，我们一家都等着他们再次登门介绍产品，或者至少打个电话提醒我等手头宽裕时应该找他们买一份保险。

可奇怪的是，整个晚上，门铃并没有响，手机也出奇的安静。

《黄河文学》2017 年第 5 期

人文地理

人的城

邱华栋

活体的城市

比人的个体生命长久的东西很多，比如大江大河，大山和森林，还有海洋。而关于这些长久存在物的历史，最好是有相关的传记以供人们阅读，人类才会有一种奇怪的敬畏心的满足。恰好，专门有这一类的传记书，为比人的个体生命长久的存在物作传。我曾专门搜集阅读过一些大江大河的传记，比如，路德维希的名著《尼罗河传》，意大利作家克劳迪奥·马格里斯的《多瑙河传》，我还读过中国学者王嵘的《塔里木河传》以及陈梧桐、陈名杰所著的《黄河传》，等等，这些为江河作的传记，都将河流看作是一个生命体，将江河这一生命体的文化记忆和时间痕迹联系起来进行书写，在书写过程中，结合了地理学、人类学、地域文化学和民族宗教等多种的内容和因素，成就了江河的传记。因为，江河是人类赖以生存的基础——水的载体，江河的传记就是人类认识这一母体的记忆。

而为一座城市作传，也有一些相关的书，小说比较多。从文学史上来考察，与一座城市死磕的作家，比如詹姆斯·乔伊斯和都柏林、保罗·奥斯特和纽约，安德烈·别雷和彼得堡，张爱玲、王安忆和上海，以及老舍和北京等，都是和一座城市死磕，写的小说都和一座城市有关，这些大城市又都是世界上最为伟大的城市，因此，能够书写一座城市的独特时间段的记忆，将一个作家的个体生命和一座城市联系起来，也是作家能够不朽的方法之一。

但除了小说，我还在寻找关于一座城市的传记。这方面我曾搜集过一些，都不很满意，包括澳大利亚当红作家彼得·凯里写的《悉尼》，就比较小巧和简单。因此，当我拿到译林出版社 2016 年刚刚推出的大厚本的《伦敦传》，仔细读后，实在是十分的兴奋。

给一座著名的城市作传？没错，《伦敦传》就是一部城市的传记，而且，是伦敦的活体记忆。这本书的作者彼得·阿克罗伊德是土生土长的伦敦人，他1949年出生在这座城市的东阿克顿区。这人除了写了《伦敦传》这本城市传记之外，此前主要是给人写传记的。他出版过《莎士比亚传》《牛顿传》《狄更斯传》等传记，一共出版有50多部著作，获得了不少传记奖和非虚构文学奖。这部《伦敦传》翻译成中文有80多万字，厚厚的一大本，精装，看上去让人有些望而生畏。但是不，依照我的经验，有时候看上去很厚的书，其实更加具有亲和力和吸引力。果不其然，我是去过两次伦敦的，知道个大概，但对伦敦并不熟悉，我知道有不少华人熟悉伦敦，这一世界十大名城之一。在我心目中，世界十大名城，我早就排列过，目前大致是伦敦、巴黎、纽约、北京、东京、莫斯科、罗马、柏林、上海、墨西哥城。当然马德里、彼得堡、迪拜、开罗、新德里、加尔各答、香港和首尔也不错。每个人应该有自己心目中的世界十大城市。伦敦，这座城市你怎么数，都是落不下的世界十大城市之一。那么，一个关于给人作传记的作家，如何给一座生养他的伟大城市作传呢？我想，阿克罗伊德给了我一个最好的答案。

在他的笔下，我看到了一座活体城市。也就是说，伦敦绝对不是一座冷漠的钢筋水泥玻璃幕墙和下水道、大桥、教堂、皇宫城市，伦敦在他笔下，是活体的生命。这就是这部城市传记最大的特点，也是吸引我读下去的原因。80多万字的篇幅，一共分为了79章，分成了31个部分，有的部分有一章，有的有两三章。这是全书的结构，这79章，每一章在一万字左右，读起来的感觉刚好是一天一章，不累，这一点很重要。因为阅读需要呼吸，需要消化，需要停顿，需要静思。像《伦敦传》这样厚重的书，与时间的长时段相联系的书，在书写和阅读过程中，最好是有一个呼吸的节奏，对于读者的阅读，是很重要的。好在这本书有这样的阅读节奏。

本书开篇第一部分标题是“史前至1066年”，这一部分又分为三章：《海！》《石头》《圣哉！圣哉！圣哉！》，乍一看这几个题目，我觉得实在是一部史诗的标题呢。实际上，我读这本伦敦传记，的确像是在阅读一本波澜壮阔的关于一座伟大城市的史诗。好了，只需要简单列举这本书的章节名称，你就知道阿克罗伊德是多么擅长写传记，不管是人的还是城市的，他很会吸引人的眼球，很会抓住伦敦这座城市的要害，时间节点，重大历史事件，小人物，建筑和建筑后面的人，生命在这座城市的感觉，这些东西林林总总加在一起，就是一部伟大城市的活体历史：

大章节题目：《伦敦的反差》《贸易街与贸易区》《伦敦社区》《伦敦大剧院》《瘟疫与火灾》《大火之后》《罪与罚》《贪婪的伦敦》《伦敦自然史》《夜与日》《暴力伦敦》《黑魔法与白魔法》《地下》《妇女与儿童》《城东与城南》《帝国中心》《闪电战》《再造城市》《伦敦预言家》……

小章节题目：《喧嚣与永恒》《沉默是金》《黑暗与拥挤》《泰晤士街的芝士哪里去了？》《表演！表演！表演！表演！表演！》《时间的落款》《愿你得瘟疫》《自杀简札》《悔罪史》《无赖画廊》《一堂烹饪课》《一股臭味》《给女士买朵花吧》《要有光》《围起来！围起来！》《我遇见一个不在的人》《地下世界》《城中野人》《女权主张》《你有时间吗？》《角落里的树》《发臭的一堆》《郊区之梦》《战争的消息》《设计之外的命运》《虚幻的城市》《我将再起》……

这些大章节和小章节名，就是我们进入到这座城市的历史记忆的路标、街牌名和巷道的标志，就是引领我们进去的提示语和指路明灯。而这些章节名，实在不像那些建筑学家写的看上去乏味枯燥的城市建筑史，也不像是民俗学家历史学家写的关于一座城市的历史沿革、分布的学术书写，而是一种文学的表达，文学的书写，我将阿克罗伊德的这种写法称为是新百科全书式的写法，或者是全息写作，打通了文史哲的写作，最重要的，是一种带有深刻生命经验的写作，正是这一点，使他笔下的伦敦活了起来，是一具庞大的、历史长久的生命体，这一座城市那么的亲切、生动、丰富和复杂，人在城市的肚腹里就像是她体内的器官和小细菌，与城市共生在一起，生生死死的是人，不死的是城市的生长。

阅读这样的城市传记，我们会体会到人的生命与一座城市相联系，是一件多么好的事情，因为你将为此成为城市的一部分，并被城市所记忆。

城市的灵魂

一晃我在北京就生活了 20 多年了。简直像做梦一样。我也亲眼看见了这座帝都的变化，而这样的变化，很多都化作了文学作品，被以各种方式留存在我的那些文字中。

不光如此，这些年，我还搜集了关于北京这座城市的很多历史材料、建筑资料、规划设计、作家随笔，等等。我总觉得，一个作家必须要保持和一座城市的紧密关系。假如能写出一座伟大城市的历史和当下的变化，都凝聚在一本书中，该是多么伟大的事情。但是，这样的一本书，还一直在我的创作计划中，在不断地计划着，丰富着，也不知道什么时候能写出来。

一个朋友说，北京，现在早就不是那个老北京了，连魂都没有了。自从拆掉了北京城的老城墙那天起，旧城及其灵魂，就渐渐不复存在了。

我常常在夜晚开车经过那些变化巨大的城区，去寻找昔日的记忆。的确，今天，在北京老城墙矗立的地方，只剩下了几座城门楼和角楼。完整保存的明清时代的历史遗迹，主要分布在中轴线上，比如天坛祈年殿，比如故宫、景山、北海、钟鼓楼，再有一些零散的遗迹，这座城市的旧物，已越来越少了。

十多年前，有一则报道吸引了我，说的是一个日本人，叫岩本公夫，他在当时正在拆迁扩建的平安大街边的胡同中，搜集了很多旧式门墩，并把它们一个个地用自行车运到北京语言文化大学的校园里，集中放到一片空地上，以期有博物馆会收藏它们。门墩蕴涵着很丰富的老北京的信息，我当时看到电视上那个日本人在滔滔不绝地讲着这些石头门墩的分类，它们上面雕塑的含义，它们的象征性符号，十分感动。一个日本人对北京旧城的物证如此有研究，叫我吃了一惊。

早年对平安大街的扩建，不少文物专家是反对的，因为那是一条文物街，大到段祺瑞执政府，小到极精致的保存完好的四合院，以及京杭大运河的起点（一座石桥），都在那浓密的国槐掩映下的。但城市的发展要使它的中部再来一条宽阔的交通干线，现实的需要必须要早日修好这条路。还有专家说即使修好了，因为这条路上过多的红绿灯，也会使它变成一个长长的停车场。但是平安大街仍旧修了，而且进展迅速，据说改变了明清时代就有的古旧管线，而且沿街将全按明清时代的灰色主色调来建筑，并且绕开了主要的历史文物。

我有一年采访，去过很多北京的名人故居，发现除了少数如鲁迅、郭沫若、宋庆龄、梅兰芳故居保存修缮良好外，老舍、茅盾、李大钊、文天祥等很多历史文化名人的故居破旧不堪。宣武区菜市口一带，我去探询清末时代的历史风云人物“戊戌六君子”及康有为公车上书的所在地，那里正在修建通向南二环的一条大街，整个菜市口一带将兴建50余万平方米的欧陆式风格的、集金融、商务、商住、办公用的中融广场。这一地带的传统回民寄居地牛街，也在进行着大规模的拆迁改造。

的确，北京这座城市，从旧城的各个角落，四面八方，到处都是工地，是拆迁，是拓宽马路。老北京正在迅速消失，而一座叫作国际化大都市的北京正在崛起。看来这个趋势已是不可阻挡的了。而且，似乎更年轻的北京人，这座城市的未来，他们也许喜欢这样的变化。

那么，旧城的灵魂呢？它在空气污染严重的北京消失了吗？它在玻璃幕墙大楼后苟延残喘吗？或者，它还在一些保存了大屋顶的建筑上，像西客站、交通部大楼、海关大厦和新东安市场上寄居？灵魂是看不见的，一座古老城市的灵魂也是这样，在一环又一环，规划至七环的北京，旧城的灵魂，我们很难一下子看见它了。

但它是存在的，主要是存在于这座城市的气韵中。这是一座都城，有几千年的历史，纵使那些建筑都颓败了，消失了，但一种无形的东西仍旧存在着。比如那些门墩，比如一些四合院，比如几千棵百年以上的古树，比如从天坛到钟鼓楼的中轴线上的旧皇宫及祈天赐福之地，比如颐和园的皇家园林和圆明园的残石败碑。我无法描述出这种东西，这种可以称之为北京的气质与性格的东西。但它是存在的，那就是它的积淀与风格，它的胸怀，它的沉稳与庄严，它的保守和自大，它的开阔与颓败中的新生。

我常常想，为什么大地上会有城市？为什么城市会成为大部分人类的家园和居所？城市，这一人类物质文明和精神文明的聚集地，它的功能是什么？

我想在不同的历史时期里，它的功能也是不一样的。城市一开始是诞生在农业社会。在农业社会更早期的原始社会，以狩猎为生的人是流动的，他们不建造城市。农业社会让人群稳定在农田土地边上，于是渐渐的，城市出现了。它的功能是各种农业产品的物资交流地。从军事上讲，城市是封闭性的，保守的，防御性的，城市都有城墙和堡垒。政治上是一地区的行政中心，政权组织从城市向外发号施令，而传令兵星夜兼程，将统治者的命令由城市迅速地传到各个边区。这一阶段的城市是初级的，它就像是一个大集市，主要由四面八方来的人建立的店铺、饭店、娱乐场所构成，白天喧闹，夜晚沉寂，人们在这里主要进行生活必需的粮食、布匹、用具的交易。

很快，人类进入了工业社会，是由英国发明了蒸汽机而率先进入的。工业时代的来临使人们的劳动生产率提高了，因而各种工业制成品便大量出现，人们的生产与交易渐渐由农产品变成了工业制成品，而且，由于工业化生产，使得农业社会的人口迅速集聚，城市化加快了，规模也扩大了，当时英国的很多城市就是这样形成的。城市取代了农田和山林，成了物质与文化财富的主要创造地。这一时期的城市功能就是工业品制造地与消费地。

这时候城市的景观，已没有了小国寡民的宁静，城市开始有了规划，有了行政中心区、工业区、居住区和商业区，其间由四通八达的道路连接。各种城市病、交通、能源、犯罪、环境问题开始出现。随后人类社会进入了后工业社会，也叫后现代社会。时间大约是二战以后。从 20 世纪 60 年代开始，第三产业部各种服务业成了城市物质生产的主办，替代了工业品的生产，变成了创造财富的主要手段，而工业品的生产退居次要地位，大批工厂外迁至郊区，甚至就地转为服务业和商业部门。这一时期城市的功能是商业贸易服务中心地。

这一时期，城市在郊区化，城市中心变成了商业、金融、商务、行政中心区，居民大都搬到市郊居住区去。居住质量与环境受到了空前重视。

北京一直处于这样转变中，一方面，它的传统制造业在衰落中转化提升；另一方面，它的第三产业在全市的国内生产总值中，近年已达 70%以上，而且仍以每年两个百分点的速度增加着。四环内的 325 平方公里的城市中心区，工业用地由 55 平方公里已变为了 20 平方公里，大批土地用于商业、金融、服务和房地产开发。而且，北京在四环和五环之间设计了九个大型居住社区，各个郊区郊县以卫星城镇的形式，目前，北京已经承纳了 2400 万人居住，早就不堪重负了。

而同时，北京作为都城，与欧美一些发达国家的城市一起在进入信息社会，可以称之为第四产业的信息产业与高科技产业异军突起，它的产值将超过贸易与服务业为主的第三产业，成为城市中新的财富生产方式，知识成为经济生产的重要因素。在美国，最新最快崛起的亿万富豪，不再是钢铁汽车和石油大亨，不再是房地产、饮料和商业大亨，而是电脑高科技大亨。这一时期，城市的功能是电子信息产业的大发展。这一时期，中心城市将会社区化，因为电脑和电视系统的发达，商业、居住、大学、金融、行政、贸易各区将进一步电子化、虚拟化，这是城市又一次功能的转变。这种转变，也将在 21 世纪中，全面改变中国主要城市的面貌。所以，我对北京变成了一个庞然大物、在大地上旋转的城市而深感焦虑、震惊，同时又有很复杂的期待。

城市天际线

城市天际线是一座城市的轮廓线。每一座城市都有自己的天际线。城市天际线是人造建筑物的轮廓线。

我特别喜欢开着汽车在北京市区的道路上疾驰，尤其是在北京的几条环线快速路和主干道上疾驰，让眼前的建筑物飞一样掠向身后。当然，我不那么傻，在交通高峰时期这么干，我总是在车不多的时候开车观察北京的城市轮廓，还有天际线的变化。那些新老建筑物在我的眼前便断断续续地形成了一些高低起伏的线条，以及一些块状的结构，这些建筑物的线条，就是北京的城市天际线。

观察天际线不能站得太高。我有一次在上海浦东那座200多米高的东方明珠电视塔的观光台上，看到了整个市区，看到了这座城市正在密集地、迅速地长高，但城市却是平面的。因为，你所处的位置太高了。所以，观察一座城市的天际线，还不能站得太高，比建筑物高，你就很难看出一座城市的天际线。

北京的城市天际线是中间低，四周高，整座城市依次形成了以二环、三环、四环、五环为环线、以天安门广场为中心原点的“城市大盆地”。

长安街也是，从天安门广场为原点出发，两侧分别向东西方向延伸，建筑物由30米限高，渐渐到45米、60米，二环边上一般可达100米，到三环的公主坟立交桥和国贸立交桥，建筑物便达到200米高了。长安街上的建筑所形成的天际线，是逐渐向东西升高的，形成了一种渐渐升高的起伏之美。当然，也有个别例外，比如应该限高45米的地方，像北京饭店东楼，却有18层，70米高。因此，向东一侧的长安街的东方广场东楼、恒基中心写字楼、国际饭店则分别是70米、110米和100米，作了相应的抬高。这些建筑所达到的高度，都是让一些建筑学家所激烈批评的地方，认为它们都太高了，改变了北京城的天际线。

但是试想，如果这些建筑都是四五十米高的又矮又胖的大胖子，那种美学效果会好吗？我看也不会。在离天安门达两公里以上的地方，建80米以上的建筑，基本不会破坏以天安门为中心的城市天际线。目前，在三环沿线的建筑设计中，超过100米的建筑便比比皆是了。尤其是东三环和北三环，分布着北京最高的一批建筑。但由于这些写字楼大都分布在节点上，也就是三环各个立交桥的旁边，还没有形成非常整齐和错落有致的线条。由于北京城区面积大，四四方方，即使是高达200米、60层的摩天大楼，也没有给人以压迫感，视线开阔、宽敞是北京市区建筑给人美好的视觉印象。

但是，很多人对北京迅速长高的城市天际线感到不美。那么，北京城市的天际线什么时候最美呢？我曾和一位德国汉学家一起进餐聊天，他是50年代就在东德驻中国大使馆工作过的，他认为，50年代的北京最美。

“天很蓝，人非常纯朴，有一次，我在东单一条胡同吃饭，饭馆漏找我两毛钱，过了三个月，我再去吃饭，那个老板还记得，就又找给我了。关键是，北京的城市天际线，城内都是灰色的四合院，一眼看上去，特别平缓美丽。当时，北京还没有那么多的高楼，以及工厂的大烟囱，所以，站在景山上向四周看，全是灰瓦的胡同民居，西山的轮廓也非常清楚，非常美丽，50年代的北京最美丽!”我碰到的这个怀旧派，是一个原东德籍的德国人，他的怀旧，有很好的代表性。

也许一些外国人更愿意看到一个完全不同于芝加哥、东京和纽约的老北京。我不能说他们的这种审美诉求是不合理的，但毫无疑问，是一厢情愿的。他们自己生活在极其现代化的世界大都市，而在短期的旅游访问中，却希望北京还是一座极其古朴、有异国情调的东方落后的古都，最好全部是古城墙、人力车、人们依旧穿长袍马褂，不要有大型购物中心，不要有世界名牌奢侈品，不要有玻璃幕墙写字楼和高速公路。这是一种十分古怪的心态。

北京的天际线注定会越来越高了。北京更像一座新都会，在向四周扩展不断，她正在“现代化”，这种现代化是不可避免的，是有得有失的，但是，她的城市天际线也会越来越蜿蜒起伏，如同音符乐谱一样流动不居。

观察北京的天际线，在环路上奔驰是一个法子，在高楼顶端瞭望也是一个办法，此外，站在景山顶端的亭子间里四下看看，绝对是一个好选择。那个时候，北京作为360度扩展的环行城市，会波澜壮阔地展现在你的面前。

虚拟的城市

建筑学家张钦楠先生介绍过美国麻省理工学院建筑与规划学院院士米切尔教授所写的一本新书《比特的城市》，书中全面描绘了未来社会、尤其是即将全面到来的信息化社会的人类城市生活的场景。他的这种场景描述仿佛是虚拟的，犹如电脑空间一样，但它也许真的正在悄悄地逼近我们的生活。

米切尔是一个擅长从信息、电脑网络技术的发展来进行建筑、人与城市发展方向的建筑学家。他认为，全球信息网络的建立，开拓了一个不同于以往的实在与具体空间的电脑空间。这个空间他称之为“电脑控空间”，而在这一空间中漫游的人，则叫“cyborg”，张钦楠译为“稀宝”，而这个电脑控空间，则可称为“稀宝空间”了。

米切尔描述的这个电脑控空间的出现，将使人类的时空概念发生变化。在他的描述下，未来城市人将浑身布满电子网线，衣服中也缝有电脑，每个人的电脑中都可以与地球人造卫星直接联系，这种城市人的肌肉可以发出各种信号，他的这些信号又可以传送出去，比如他可以在千里之外操纵机器人工作，可以坐在家中指挥电脑收发电子邮件、参加未曾谋面的跨洋国际会议、调阅全球开放的各国家主要图书馆的资料、在银行存款取款，点看各个年代创作的电影，等等。一旦出门，汽车也将是全电脑控制的，它自动指挥主人绕过交通堵塞的路口，沿途还可以进行导游等。这种电脑控空间的人的生活将全息化，他的一举一动可以被电脑完全地协调好，人体与思想进一步解放了。每一个人都有电子信箱代码，人们可以通过这种代码在任何情况下都可以和你联系，无论你在旅行中还是在睡觉，家庭又重新成为类似农业社会中的那样集生产、生活、学习、娱乐于一体的综合空间，人们无论办公、上课、看书、购物、都是在电脑的虚拟空间中完成的。

在这种情况下，城市的建筑空间也会发生变化。比如一座图书馆，它馆藏的几百万册图书，用一套电脑装置一年内可以扫描几万册图书，因而虚拟图书馆就可以代替实体的图书馆，在城市中，一种没有固定场所的虚拟空间出现了，城市的这种因电脑互联网络连接的空间中可以出现很多虚拟商场、银行、餐厅、图书馆、展览馆、大学、商务中心等，它的出口就是电脑显示屏上的视窗，人们在这个虚拟的空间中自由出入，即可完成各种工作活动与交易活动。在这样虚拟空间的形成下，相对于已有的实体城市，也会出现一个虚拟的城市。“这个虚拟的城市全部是电脑空间中的，比如交通网络被电子通信网络所替代，交通法规变为软件使用规范，公共场所变为非物质、非共时的电子虚拟广场。”

在这个虚拟的城市中，以往像摩天大楼之类的城市标志性建筑将不复存在，而会出现一些虚拟性标志。“甚至监狱也可以虚拟，犯人在家中坐牢，身上插入一个信号器，每走出虚拟牢房的范围之外，身上的信号系统就会发出警报同时会打上一支麻醉针，从而让你动弹不得。”在未来的社会中，人、建筑空间与城市则可以另有一个虚拟的系统，它与实体存在的人、建筑与城市同时存在，人们除了在实体城市中生活以外，人们也在这种虚拟的城市中生活。而实体空间为了配合这种虚拟的空间，也要做很大的修正。比如在居民小区中，每个小区都有与全球通信系统相联的网络，而小区内则布满了各种电子插座开关、遥控器等，用于人在虚拟空间中漫游。

虚拟的城市是正在到来的城市图景。米切尔这本书按张钦楠先生的话说像一本科幻小说，但毫无疑问，这种虚拟城市正在迅速地出现，来到我们的生活中，或者是我们即将生活于其中。

《美文》2017 年第 5 期

倾听、对话与漫游

——一个生态主义者在美国

王晓华

一

飞机在洛杉矶上空盘旋。透过窗子俯瞰下面的群山，道路清晰可见。它们伸展、交叉、分延，消失于目力所不及的远处。其踪迹之曲折，恰似我此刻的思绪。

经过十几个小时的飞行，抵达机场的我已经有些恍惚，像深海鱼类般潜游于陌生的国度。在似乎高及天穹的大厅里，我随熙熙攘攘的人流前行，犹如进入了不同肤色、语言、服饰组成的万花筒。入境处，长长的队列排成了弓字形。一个华人模样的中年男子向我挥手致意："中国人?""是。你呢?"他没有说话，但向我展示了他的护照。到了关口，负责检查的白人男性官员例行公事地询问："你到美国做什么?""发表有关生态主义的演讲!"看到他疑惑不解的样子，我换了个说法："跟大学生谈环境保护。"他笑了："欢迎!"对于这种反应，我早已习惯了：在广州美国大使馆和中转的台湾中正机场，同样的答案犹如通行证，使我得以顺利通过"9·11"后最为严苛的申报和审查。

那是2002年4月初。当时，生态主义在世界范围内都是个陌生的词汇，但我此行的目的确实与它有关。自1992年开始，佛教、原始瑜伽、后期海德格尔思想相互交织，汇聚为一种改变了我生命轨迹的思潮：人不能无限制地盘剥万物，他/她应该成为地球村的守护者。我将它命名为生态主义。在寻找精神资源的过程中，美国的建设性后现代主义从背景中凸显出来。与倡导碎片化的衮衮诸公不同，它的倡导者真诚地追问："如果我们想要在宇宙中如同在家，应如何做?"在《后现代科学》等书中，他们给出了诗意的答案："世界的形象既不是一个有待挖掘的大仓库，也不是一个避之不及的荒原，而是一个有待照料、关心、收获和爱护的大花园。”这些表述富有生态主义意味，引起了我的强烈共鸣。一种力量牵引着我。我迅速完成了书评《真正后现代的后现代主义》。此文被《南方周末》推出后，又被《世纪中国》及众多网站转载。不久，我接到了封神秘的来信：

> 尊敬的《世纪中国》编辑部，我是贵刊的忠实读者，很喜欢读贵刊。今有一事相烦：我有事想找贵刊的作者深圳的王晓华先生，请告知我王先生的通信地址或电子邮件地址。
>
> 多谢。
>
> 读者　王治河

这封信来自于王治河先生。他原是中国社会科学院的研究员，后来移居美国，供职于克莱蒙特大学的过程研究中心（The Center For Process Studies），辅佐建设性后现代主义的代表性人物小约翰·柯布和大卫·格里芬。看到我的文章后，他有意邀请我去访学，但又不知道我的电子邮件，便向《世纪中国》网站的编辑求助。于是，便有了此后的神交。经过数年的准备，我最终登上了飞往洛杉矶的班机。

下午2点，机场的出口处，一个亚裔青年举着牌子，上面写着我的名字。我快步走过去，大声打招呼。他叫雅亚，是来自印度尼西亚的留学生，专程来接我。中等身材，棒球帽，黝黑的面孔，说话时经常开朗地大笑：雅亚的形象朴素、亲切、平和，让刚踏上美国土地的我毫无拘束之感。短暂的寒暄过后，这位新朋友领我走向停车场，发动了他那辆老掉牙的捷达："引擎还是不错的!"此言不虚：宽阔的加州公路上，银灰色的轿车在西部歌曲的节奏中奔驰，大有"春风得意车轮疾"的意思。后来，我知道留学生和访问学者都会买二手车，被尽可能地用到老旧，直至耗尽最后的生命力。在我抵达洛杉矶的那天，王治河的老爷车恰好健康状况不佳，无力到高速公路上再展雄姿，这辆年纪略轻的捷达才派上了用场。对于倡导生态主义的我来说，他们的选择令人敬佩。

半个小时后，到了地处洛杉矶市区以东48公里的克莱蒙特（Claremont）。在大学城的宿舍里，见到王治河夫妇。王治河个子不高，面容瘦削，谈吐儒雅，但举手投足中都透露出一种执着劲。他的妻子樊美筠形象温婉，姿态典雅，仿佛刚从唐诗宋词中走出来。她原是北京师范大学的哲学教授，却于事业如日中天之际随丈夫来到美国，加盟建设性后现代主义的大家族。与我相聚后，夫妇俩开始尽情地言说汉语。傍晚，我们边吃意大利面条边讨论东西方文化的差异。而后，他们开着白色的老爷车送我到房东莎丽家。莎丽是个60多岁的家庭主妇，个子不高，慈眉善目，精力旺盛，住在一个绿树掩映的套房里。5室3厅的大宅位于公园旁，周围是中产阶级聚集的街区。年逾七十的丈夫已经偏瘫，她全权负责家庭事务。在签订租约时，老人家轻声细语地给我上了堂环保课："看看这三只颜色不同的桶，分别放有机、可回收、不可回收的垃圾。"此刻，角色似乎出现了意味深长的翻转：宣传生态主义的学者变成了学生，家庭主妇当起了老师，这让我体会到了真实的"文化时差"。后来，我知道莎丽的生态意识不是来自书本，而是反映了一种绵延已久的城市精神：克莱蒙特位于圣·盖博山脉脚下，100多年前还是寸草难生的荒漠；人们引水灌溉，种植花草，培育树木，最终建造出一个生态城；2007年，它在"全美最佳居住地"评选中脱颖而出，排名第五；在这个总共只有3.7万人口的小镇中，保护绿色是必须服从的绝对命令。譬如，政府规定每家盖房时必须拿出总预算的10%用于房前屋后的绿化。再如，为了获得树木的荫护，人们很少盖两层以上的建筑，大多数房子都掩映于绿色之中。我居住的希尔代尔(Hilldale)，路旁种着法国梧桐、柳树、松树、枇杷树、橄榄树、杏树、灌木，千姿百态的植物展示着差异之美。我去时正是4月，小城里四处盛开的鲜花传达着热烈的生之愉悦。

除了树之外，克莱蒙特还盛产博士。城市虽小，却聚集着七个高等学府，人均学历高居全美榜首。一代名伶梅兰芳就曾在此获得名誉博士学位。根据事先的安排，我美国之行的目的之一就是拜访各路高人。为了便于行动，王治河给我配备了绿色的交通工具——一辆自行车。入住莎丽家的第二天，我就骑着它直奔"过程研究中心"而去。中心位于克莱蒙特大学一座白色小楼的底层，旁边就是停车场。它如此谦卑，只占据了裙楼的角落。若不是门上挂着"过程研究中心"的牌子，你不会觉得它有什么特殊之处。然而，山不在高，有仙则灵：中心聚集着小约翰·柯布、大卫·格里芬、斯普瑞特奈克等大师级人物，堪称建设性后现代主义的神经中枢。当天我要见的约翰·奎因也是位奇人：精通哲学，兼任洛杉矶绿党领袖，却又甘愿做中心的普通职员。他是中心的项目部主任，专门负责访问学者的日程安排。此次拜访本是例行公事，但我们却谈得非常投机。55岁的他面容谦卑，言语却异常犀利："梭罗说一个人可以把自己用的盘子减为五个，我认为我可以减到一个。"这类表述寓意深长，使我产生了探索此君内心的强烈冲动。此后的日子里，他成为我交往最多的美国学者。随着了解的深入，一个生态主义者的日常生活场景如卷轴画徐徐展开：总是穿着褐色的西服，开两门的微型车，住60平方米的小房子，看13英寸的电视，衬衣穿到实在太破才扔。即使在克莱蒙特，这也显得有些古怪，以至于55岁的他还是个单身汉。不过，相处久了，你会对他心存敬意：当别人试图尽可能快地耗尽物的使用价值时，一个生态苦行僧却选择了珍爱和守护，这不正折射出圣人才有的精神品质吗？

认识了奎因之后，日程表上最重要的工作就是拜会小约翰·柯布和大卫·格里芬。正在休假的格里芬住在几十里外的圣·芭芭拉。我决定首先见柯布教授。那时，他已经卖掉了原有的豪宅，捐出大部分存款，和太太简爱入住当地的老年社区。在那个绿树成荫的栖居地，他们拥有一个几十平方米的小房子。当我于上午10点走进略显逼仄的客厅时，映入眼帘的木柜、沙发、茶几都积淀着岁月的痕迹。76岁的柯布面目清癯、身材瘦削、彬彬有礼，坐在他长期陪伴的事物中间。这是人和物的共同体。它发出无声的宣言：在开始对话之前，一个世界已经向我透露它的秘密。接下来的访谈水到渠成。我首先询问生态主义一词的英文译法，他耐心地解释："这种思潮历史短暂，可能没有特别合适的英文对应词，每个译法都可能引起误解。"这种说法等于承认了我的先锋性。深受鼓励的我开始谈论后期海德格尔，还透露出由衷的崇拜之情。闻听此言，他笑着说："海德格尔虽然是旷世大哲，但并没有穷尽一切问题，我们还可以走得更远。"此言不虚：自1969年开始自己学术生涯的"生态转向"后，他提出了绿色GDP概念，创立了建设性后现代主义，这些都超出了海德格尔的思之国度。在这个过程中，遥远的东方寄托着他无限的期待：

中国将很有可能在五十年内成为世界经济与政治中心，中国人口比北大西洋国家人口总和还多。中国人以其智慧、活力、自律、善于经营和创造性闻名于世。许多其他东亚国家的人民也是如此，但中国人民更突出。从很多方面看，西方正在走下坡路。在18到19世纪东亚确实处于衰落中，然而它现在正在迅速复兴。当然，西方的实体思维至少在表层上影响着中国人，因为它支撑着中国人目前正在极力追求的现代性，但我坚信中国人的深层知觉能力是非常强大的，它最终将再次证明自己。

这番肺腑之言将对话引向新的维度，我们开始讨论中国知识分子的使命、生命的意义、上帝、灵与肉。记得，还着重讨论了身体问题：

"也许我就是这个身体。"我说。

"那么，你如何理解人的超越性呢？"他问。

"此在的身体本身就是超越性的存在。"我说出了一个尼采式的语句。

"那么，身体消亡之后，我就完全不存在了吗？"年逾七旬的他似乎有些焦灼。

"也许不是（Perhaps not）。"这个回答显然具有安慰意味。

当然，这不意味着立场的退步：在我看来，如果人不是身体性存在，保护环境就没有任何意义，因为灵魂随时可以远走高飞。不过，西方人的宗教背景又使他们很难接受这样的命题。于是，讨论涉及了更多的问题。不知不觉间，两个小时过去了，我还有些意犹未尽。谈话结束后，他邀请我参加老年社区的免费午宴。穿过绿树守护的小径，走向一个面积很大的社区食堂。远远望去，见到许多银发老人或站或走。在大厅门口，科布从花名册上找到了写有自己名字的卡片，带着我走向自己的座位。坐定之后，我们与同桌的老人聊天。柯布说自己在中国比在美国还有名，然后自信地笑了起来。吃的食物很简单：冰水、咖啡、色拉、意大利粉。饭毕，他又率先走上讲台，向几百个精力旺盛的老人介绍我："这位是来自中国深圳的王晓华教授。他是中国生态主义运动的领军人物。"我站起来挥手致意，大家则热烈鼓掌。"领军人物"固然属于溢美之词，但激起了老人们的浓厚兴趣。不少人围过来，好奇地提出各种问题，俨然把我当成了中国的象征。后来，我才知道其中缘由；这个养老社区叫"朝圣地"，以采用自治模式著称；它拥有 160 多个社团，其中的"有机农业小组"更是声名远播。听说中国的生态主义者前来作客，老人们自然有说不完的话。每当想起这个细节，一句格言就会回旋于耳边："道相同，何远之有？"

二

一只手从门板里伸出来，随时在欢迎到访者。这不是惊悚电影中的画面，而是真实的生活场景：镶嵌于木头中的工艺品产生了逼真的效果，象征着生态主义者的开放情怀。

看到上面的景象时，我和王治河已经驱车上百公里，抵达海滨小城圣·芭芭拉，站在大卫·格里芬教授的"生态屋"前。白色的小楼面朝大海，周围是绵延的沙滩、远接云天的碧水、绿树，不大的院子里摆放着几只来自沙滩的贝壳。正是春暖花开的 4 月，这里犹如仙境。据王治河介绍，这正是格里芬所追求的生活：作为柯布的弟子和建设性后现代主义第二代传人，他喜欢田园诗般的生活；1991 年，他和妻子来到人烟稀少的圣·芭芭拉，买下了这块地，亲自设计了实用面积约为 110 平方米的二层小楼。为了与背景和谐，更为了体现生态主义理念，建筑中的一切都尽可能保留事物的本色：墙只刷了白漆，家具、门窗、阳台、墙上的装饰、屋顶的横梁都使用原木，金属的垃圾桶从不与塑料袋联姻；屋内没有空调和电暖气，完全通过建筑技巧来实现冬暖夏凉的效果。在介绍自己的设计美学时，格里芬教授有些犹豫地说道："这体现了我所说的生态意识。"我注意到了"我所说"这几个字的修辞学功能：既亮出自己的立场，又时刻准备征询他人的意见。后来，我发现：反复使用这种修辞方式，是典型的格里芬式言说风格。

在二楼的客厅里，我和格里芬相邻而坐。当时的他已经63岁，但依旧活力四射。他中等身材，面色红润，谦逊的笑容难掩锐利的思想锋芒。与内敛的科布相比，格里芬更喜欢直抒胸臆。当我谈到中国的现代化运动时，他几乎一字一句地强调："如果中国重复美国道路，那么，你们或许永远赶不上美国，因为后者早在200年前就已经开始现代化了。你说呢?"这些英语单词像子弹般击中了我，使我体验到了真切的痛感。在本能的民族主义者情绪支配下，我试图证明"追上"的可能性，但他脸上的笑容显现了内在的执着。事实上，如此说话展示了一种言说策略：他似乎"唤醒"包括我在内的中国人。在此后发给我的电子邮件中，这种立场获得了清晰的表述：

> 除了美国之外，当今世界能对人类命运产生最重要影响者，恐怕非中国莫属了。最坏意义上的现代性和后现代主义在美国的统治是如此的牢固，以至于美国几乎没有希望真正开始建设性的后现代转折。尽管中国近些年来同样怀有追求现代化（当然也是在这个词最坏的意义上）的强烈意志，但她仍有机会意识到这是个错误，并且决定开始后现代转折。如果中国这样做，那么，那些意识到美国并没有提供可行模式的国家就会受到激励，世界范围的后现代转折就不再是单纯的设想。

此时，我才明白格里芬教授深沉的期待：不愿目睹中国重蹈西方的覆辙，希望她直接进入生态文明阶段。不过，在那次短暂的访谈中，他并未敞开他全部的胸臆，片段式的表述激发了我的辩论欲。为了舒缓正在显现的话语张力，他请我们共进午餐。拿出意粉与奶酪的混合物、冰水、蔬菜色拉、面饼后，格里芬式的语句再次传入众人的耳中："这是我眼里的生态食物。"这次，大家没有什么异议：依赖这些细小的创新，已经成为素食主义者的他依旧精力旺盛。对于怀疑者来说，他神采奕奕的形象就是无声的宣言书：无须伤害动物，我们同样可以生活得很好。

从圣·芭芭拉回来以后，我完成了此行的前期使命：倾听。下面，更大的挑战等待着我：完成有关中国生态主义运动的英文演讲。它是过程研究中心的独特安排，体现了生态主义者孜孜以求的对话意识：中西方学人进行角色互换，原来的倾听者获得了主动言说的机会。对于我来说，这无疑是巨大的诱惑——可以越过语言的藩篱，直接向西方听众发声。为了不辱使命，我做了认真的准备。居所门前的克莱蒙特公园行人稀少，成为锻炼演讲技艺的训练场。通常，听众只有一只尾巴漫长的松鼠和几个心不在焉的乌鸦。回到莎丽的家，她就升格为口语教师。每当她处于阅读和劳作的间隙，我都会趁机讨教发音上的问题。如此循环往复，十几天很快过去了。在再次拜访柯布时，一个问题脱口而出："你觉得我的英语怎样？""相当不错。"他鼓励道。见我脸上露出怀疑之情，他加了一句：

"至少你的英语比我的汉语好。"

"你会讲汉语吗？"我追问。

"现在还不会。"他实话实说。

这番对话幽默感十足，但没有任何讽刺意味：急于鼓励我的老教授一下子找不到更好的表达方式，仅此而已。不过，此番交流也给我提了个醒：从倾听到言说的角色转换意味着挑战，不能过于自信。为了获得踏实的感觉，我随即请王治河校正了演讲稿。他在纸上圈圈点点，留下了密密麻麻的文字踪迹。回头来看，那是个人友谊和民族情怀的双重见证。不过，尽管获得了如此强大的精神援助，临近演讲的我还是感到忐忑，心境也变得复杂起来：既希望更多的西方学者听到自己的声音，又害怕现场来太多大腕。海报贴出后，听说若干企业家、记者、律师要来听讲，顿觉压力山大。在5月6日写下的日记中，我记载了当时的紧张情绪：

> 明天就要用英语演讲了。这是命运，不可抗拒，只能面对。合乎生命逻辑的事可能不发生，但一旦发生，就会有重大意义。事件是整体构成的机缘，机缘的实现取决于"决定"的合力。

这段文字略显玄奥。它反映了我当时的思想背景：建设性后现代主义的祖师爷是哲学家怀特海，其代表作《过程与实在》对我影响巨大；"事件""机缘""决定""合力"是他常用的范畴；在第二天的演讲中，我要向怀特海表达一个中国生态主义者的敬意。

5月7日下午4点10分，演讲正式开始。走进位于巴特勒楼的哈登会议室时，早有准备的我还是感到吃惊：观众席上坐着几十个老人，白发相连；恍惚间，似乎有云彩浮动；几个年轻人置身他们中间，显得格外醒目；柯布教授选择了最靠前的位置，不时朝我投来信任的目光；王治河站着手持相机，边拍照边做鼓励状。主持人奎因说完简短的开场白以后，我开始了此生的首次英文演讲。这是个回归原始言说的过程：没有投影机和PPT，剩下的只有声音和动作。紧张在所难免，舌头和牙齿时常交战，西装掩饰了躯体的轻微战栗。随着话题的深入，听众被带入到东方的中国：环境压力，觉醒者的地平线，照进现实的生态主义理想，建设性后现代主义的影响，逐渐扩大的绿色共同体。此后，听众专注的姿态意味着无声的鼓励，兴奋代替了紧张，言说的激情主宰了我。不知不觉，一个半小时过去了，演讲进入对话环节。台下的听众们纷纷举手，各自表达心中的疑惑：

“中国的环境问题会不会影响粮食生产?”

“实行退田还林政策以后，剩余的农民去哪里?”

“年轻一代外出打工，他们的父母由谁来照顾?”

说到外出打工的青年把钱寄给父母时，全场的气氛达到了高潮：“美国的情况恰好相反，孩子很少赡养父母，父母倒是要给孩子钱。”这种群体情绪延续下来，形成了强大的气场。它虽然使话题暂时偏离了生态主义，但却增加了对话的张力。规定的时间到了，我仍被提问者环绕着。一位白发女士还特意过来致谢：“你的微笑很迷人!”

演讲结束后，美国之行的主要使命宣告完成。此后的日子里，一个汉语学者开始了精神和肉体的双重漫游，足迹延伸到西部沙漠、黄石国家公园、拉斯维加斯，阅读的范围扩展到文学、法律、政治等诸多领域。随着了解的深入，我切身体会到了美国文化的多面性：它孕育了爱默生、梭罗、利奥波德、卡逊、柯布、格里芬等闻名全球的生态主义者，但也催生出了世界上最旺盛的消费文化；人口只占全世界的6%，却消耗了地球上36%的资源。这是个悖论。它意味着自我矛盾的形象。譬如，女房东勤奋地把垃圾分类，但却不习惯走路。一公里外的超市被她称为“很远的地方”。每次去购物，她都要郑重其事地发动家里年事已高的林肯车。后者狭长，扁平，沉重，马力强劲但油耗惊人。听见它低沉的马达声，我总会觉得海平面在升高。这不是幻觉，而是推论：有关的生态知识积聚在体内，逐渐形成了一个自治的王国，后者按照自己的程序运转，不时浮出意识的海面，推动我做出各种各样的判断。

事实上，女房东不过是个缩影：这里的成年人几乎人人都有车，旋转的轮胎代替了他们的脚。如果说生活是马拉松，那么，双足不过是替补队员。它们只负责走过车无法穿过的缝隙。那往往是片小小的空白：从停车位到建筑的短径、几十平方米的庭院、客厅。在克莱蒙特的道路上，汽车川流不息，行人则如珍稀物种。走在路上，我常常感到分外孤独。对于车的依赖是个病灶：汽油无端地被消耗，身体却处于半闲置状态。被浪费的资源和积聚的卡路里结对攀升。于是，健康问题与生态危机如影随形。在我居住的中产阶级街区，肥胖困扰着无数居民，凸显了一种美国式的悖论。其实，只要恢复双脚的功能，只要重建身体与大地的原初联系，诸如此类的社会病就会不治而愈。然而，对于车和现代技术的依赖已经深入骨髓，积淀为根深蒂固的集体无意识。这是一种新型的拜物教。即使在建设性后现代主义的大本营，它也拥有众多的信徒。为了从悖论走出来，柯布二十多年来没有买新衣服、格里芬钟情于电动车、奎因反复使用一个盘子、雅亚们走进旧货市场、克莱蒙特市民守护每棵树。在这个喧嚣的世界上，他们的身影无疑显得孤单。

美国悖论刺痛了生态主义者。柯布和格里芬都把目光投向东方，将她当作演绎人类未来的希望之乡。然而，东方同样经历着悖论式的过程。回国之后，我发现这个征兆早已扩散到故乡：以时尚、进步、现代化的名义，西方的覆辙被骄傲地重蹈。高楼大厦林立，汽车正在取代双脚，速度美学势不可挡，消费主义大获全胜。万事万物都降格为商品，被迅速消耗、抛弃、遗忘。在豪华街景的背景中，中国似乎变得比西方更现代了。在她的近邻，不甘落后的印度也加快追赶的脚步，孟买在复制曼哈顿的城市基因。这是柯布和格里芬寄予厚望的东方吗？难道生态主义者只能隔着大洋相互打量？如果说美国是个悖论，东方又何尝不是呢？除了把已经开始的转折进行到底，人类还有别的选择吗？

离开克莱蒙特的那天，5月已近尾声。路边的不少树木果实累累，但大多数人不会吃它们。根据约定俗成的规矩，那是留给鸟的食物。在告别的时刻走过如此丰盈的大地，目睹这样无私的赠予，我的内心也变得更加坚定。

《美文》2017年第2期

我的腾格里

许　实

腾格里：蒙语是无边无际的天。

腾格里沙漠：无边无际有天那么大的沙漠。

海子是沙漠的眼睛，清澈明亮，海子是大海撤退时留下的泪滴，海子让沙漠活泼，安静，静如处子。每一个海子周围偌大区域内，会有绿色、水鸟、骆驼和羊。

每一个清晨或者黄昏，太阳升起或落下，总能看到柔美的沙丘、翠绿的植物、飞起或者落下的鸟、奔向远方或从远方归来的羊。尤其是夜晚，月亮升起来了，落在清澈的海子里，水蓝蓝的，风吹过，月亮长出一脸皱纹。密不透风的芦苇，在风里喧哗。此时，羊上圈了，一个跟着一个卧倒，一个挨着一个睡下了，骆驼也回家了，围成一圈睡在羊圈附近。我不敢靠近海子，只能远远地听和看。因为，水边是沼泽，人走进去就再也出不来了，这是父亲说的。

父亲的一只羯羊，就陷进沼泽再也没出来。那是父亲最得意的一只，它经常带领许多母羊，在水边吃最丰茂和最鲜嫩的草。一天，吃着吃着，就不见身影了，吓得那群母羊拔腿就跑，但是，陷在泥里的腿怎么也拔不出来，父亲忙活了好长时间才把几只羊从泥里拔出来。

羊是有记忆的，也是有经验的，从此，水边只有一小波一小波沙浪了，或者水鸟的脚印。我想羊会羡慕鸟的，在绿草丛中跳来跳去，飞来飞去。有一天早晨，当羊圈门还没有打开，耐不住性子的山羊就先跳出来，站在墙上，看着几只鸟停在苇子上，它们互相看了好久，谁也不出声。

在它们的对视里，我们一天的生活开始了。父亲赶着羊群出发了，慢慢走向戈壁深处。看着父亲和羊群越走越远，最后消失在绵延的沙丘里，孤寂和失落就钻进我心里。是呀，一个人深入荒野，越走越小，令人伤感。我常常会翻越几个沙丘目送父亲，然后回到羊房，整理床铺，照顾生病的羊，拾柴火，翻晒羊粪。

这些繁重的活，我和姐姐要花费很长时间才能做完。当然最快乐的是拾柴火。我们要穿过好几座沙丘，走很远的路，才能到一片梧桐树林或者一片红柳林里。梧桐树长在沙湾，高高的沙丘停在梧桐树林边上，像长长的胳膊搂着那片树林。梧桐树长得齐整青翠，像一群兄弟姐妹骄傲地站在一起。梧桐树林不大，林间没有一棵杂树，坚硬的地面上，没有杂草，这方天地像是从整个世界干干净净剥离出来似的，外界一丝风也无法吹进来。梧桐树木粗大，宽阔的叶子，在风里歌唱。我躺在树阴里，仰望高处的绿叶，高处的蓝天，好高好高的天，蓝莹莹的，可惜没有飞鸟，连树上也没有鸟窝。多么广阔的寂静。

我和姐姐，在梦里度过这宁静悠长的夏日晌午，开始收拾柴火。往往是姐姐爬上树，折断干枯、粗大的树枝，我在树下收拾齐整，用绳子勒紧。两朵硕大的柴火，压在我们身上。负重的身体在沙上行走是很困难的。我和姐姐几乎是爬着翻过那几座沙丘的，滚烫的沙子，烧伤了我们的手和脚。沙丘上没有路，人走过，留下的脚印，很快就被沙子掩埋了。在沙丘顶上，只要有一丝风，浮面上的沙子像尘埃一样，就轻飘飘地飞起来。每次回来，身上和柴火里，总有一些甲壳虫被我们带到家。

除了去较远的梧桐树林，我们还去不远处的红柳林。红柳林比较大，也比较杂，芦苇、白刺、罗布麻抢占了不小的地盘。这些竞相生长、繁茂的植物们，除了在地下努力延伸自己的根须，抓住更多泥土，在地上更是如火如荼，绵延数里。这些天然植物，让羊和我们无不欢喜。但是，这里的柴火水分太多，燃起来烟大，火苗不硬，只有晒干了才能用。沙漠里，太阳毒，干燥，几天以后，红柳身体里的水分就蒸干了。我们也捋白刺的果实（酸胖），红丢丢的果果，像红宝石，嵌在碎碎的绿叶里，也嵌在沙漠里，让简朴的沙漠辉煌，让一切柔软、晶莹。每次捋完，我的手总是肿的，手面上已是千万条细细的划痕，隐隐有血涌出来。我们将采来的红果果倒在沙上晾晒，几天后干了的果实就被收在口袋里，带到家里卖钱。一个暑假，我们能采好多这样的果实，开学了，学费就不用愁。到了冬天，谁家有人感冒生病了，就用红果果、生姜、枸杞子熬汤喝，喝过两三天就好了。

我们也到海子周围拔芨芨草，长得饱满的芨芨草，有一人多高，走进去，再也看不到我们的身影。我和姐姐就时时说话，一来驱走因寂静而产生的内心恐惧，二来不至于迷路。我们的到来，惊起几只大鸟。受了惊吓的鸟，呼叫着腾空而起，久久盘桓在我们的上空。寻过去，看见藏在地窝里的一个鸟窝，几只刚出生的小鸟挤在一起，张开花蕾一样金色的小嘴，唧唧地叫着，它们听见了鸟妈妈的叫声。扒开草丛，它们的小窝有一堆密密的草掩着，这种情景叫人心动。是呀，沙漠里没有树，除了地，鸟儿还能在哪儿生育呢？

想呀，在这样的大地上，舒展动荡，没有高大的植被，没有坚硬的岩石，只有黄沙漫漫，一切一览无余，无可遮蔽，能依傍什么呢？只有深入大地，大地是最好的避所。

还好，动物们有爪子，可以刨个洞，进入地下，即使地面上的植被，也是紧紧抓住泥土，深入地下。鸟儿呢，只有两只细细的爪子……大多数时间，它们是双脚漫步在大地上的，即使飞翔也是贴着地面。荒野里，生命世界如此薄脆，像皮肤紧紧贴着大地。

我们和我们的羊群住在地面上，羊房是何时建的，不知道，方圆几里没有土，土坯是从哪儿来的呢？

夏天，给羊褪去一身羊毛，是我们最重要的活。一百多只羊，要手工剪。父亲和姐姐剪羊毛，我放羊。

夏季有雨水时，草木茂盛，羊是幸福的。我常把羊赶到很远的荒漠。荒漠上许多草我不认识，但是羊认识，它们始终不抬头，认真吃草。这广阔又普遍的草木，这坚强又渺小的草木啊，在荒漠里群情激动地生长，共同把黄沙掩藏。这带给人苍茫的草木，那样深情地把自己献给荒漠，让它不死去。置身这样的荒漠，我是一株草木，耳边是草木喧嚣的声音，它驱走了我的寂寞和孤独。荒漠，是动荡的，我常常被远处一片汪洋的水域诱惑，其实，那是风卷起的白色碱土，像雾，缭绕，久久不散。我还到过一个干枯的海子，周围是几十米高的沙丘，中间泥土坚硬，寸草不生，像个硕大的脸盆放在沙漠里。盆底铺满贝壳，碎碎的，密密麻麻。本来水汪汪的贝壳，在最后一滴水消失后，便大批的死亡。在最后一滴水消失后，这些水生动物的尸体，就成了我们的稀罕物。我常挑选一些较大的贝壳，穿上红绳子，挂在脖子里，戴在手腕上，像宝石，荒漠顿时生动起来，缠绵悱恻的。也像沙漠长出的耳朵，时时倾听水的讯息，来自地底下和天上。不过，早些年，它们是水的耳朵，千年涛声，潮起潮落，不绝于耳。戴着这些死去的贝壳，我似乎成了沙漠的耳朵，在死寂里倾听遥远的海风；倾听海上日出那砰然跃出时的激动；倾听海底酝酿风暴时细碎的龃龉；倾听倾盆大雨的欢快与豪迈；倾听草木汪洋恣肆，不管不顾拔节的欢笑，野花盛开、坐果时急切的心跳；倾听蜜蜂、蝴蝶、蜻蜓们热烈地歌唱；倾听野兔、刺猬、狐子、鸟雀、游隼、鸢、苍鹰们的窃窃私语或悄悄情话。然而，看着层层叠叠、白花花的尸骨，悲伤袭击了我。

这些水生物，在经历了怎样的焦渴后，痛苦地死亡？这里的海子，又是怎样慢慢走向死亡？那时那刻，我无法明白，直到后来，一段很长的时间里，我才知道。我们和父亲放羊的区域及周边广袤的荒漠，原来是一个盆地，在距今约两万年以前，在腾格里大沙漠的西北部，也就是今天甘肃民勤境内的白碱湖，大海子以至内蒙古吉兰泰一带，曾经存在一个面积至少在1.6万平方公里，水深25米，最大水深60米的巨大淡水湖泊，如此巨大的湖泊，它的水源全部来自祁连山。

赶着羊群在荒漠里继续游走，我并不知道，自己竟也是循着祖先的生活。沙漠里，没有石头，只有碎小、光滑、斑斓、色泽透明，像玛瑙一样的石子。跟在羊屁股后面，捡石子，白的、暗红的、黑的、淡绿的、浅灰的，有时也能捡到陶瓷质地的彩色石子。这些美丽的石子，要静静地、长久地、仔细地欣赏。在这单调寂静的沙漠里，一枚石子也能令人心旌摇荡。

羊走过荒野时留下的蹄印，往往是乱糟糟的，然而，从远处看却次序井然像一缕缕细线，整齐并行着向前。羊的个子矮，难免目光短浅，当羊群整体移动时，中间的永远搞不清状况，只知道瞎走，边上的了解周遭情况，但是总也使劲往羊群深处挤，看来大家都喜欢盲从，好像世界上最安全的是让自己消失在大多数里。

只有山羊胆子大，走在最前面。

也是山羊最先冲上城墙，五六米高的城墙（此时，我明白了，原来修建羊房的土来自这里）。宏伟的城池，早已废弃、凋敝、凄凉，犹如荒冢。据说，城已有千年了，是何人修建，已无法说清，然而，一座城池孤零零矗立在辽阔的荒漠里，还是让人激动，至少这片广阔的土地上，曾经人来人往过。我抚摸了它，拥抱了它，感受到它满目疮痍和时间的硬度。我喜欢它的千疮百孔，喜欢被它的时间烙疼。你看它，风扭曲了墙，风掏空了内脏，雨水浸泡着伤痛，但是，依然站在这里。与时间迂回，经历着不可预测的事情，战争、死亡、泪水、被风沙驱逐……千年了，它见证了周边发生的一切。千年了，羊走了，人走了，它永远留在这里，在风吹日晒里，渐渐消融于大地。当然，还有所有的容颜和姓氏的涣散。

我想，再小的一座城池也是由许多细部组成，男人、女人、小孩，街衢、树木、河流，田野、庄稼、野草，以及翩跹起舞的蝴蝶、会唱歌的鸟雀……这座城池也一样，每天早晨，在第一缕晨光里醒来，集市轰轰然，街衢熙熙攘攘，农夫赶往田野，农妇烧火做饭，袅袅炊烟被晨风吹散，阳光一抹一抹照亮大地，祁连山储存的亿万年雪水，以滴水穿石的精神，割开岩石和黄土，穿山越岭，流到沙漠腹地。这里的一切吮吸着每一滴水、每一滴乳。不论白色、玫红色在五月盛开的马莲花、豆花，六月绽放的牵牛花、葫芦花，漫山遍野璀璨的无名花，像精灵。它们之于城池是什么？在我眼里是水与灵的结合。不论盛夏清晨，田野在翠绿色烟雾里此起彼伏，雾霭澎湃，露水溅湿了草木的身子，打湿了蝴蝶的翅膀、鸟雀的声音；或者殷红的深秋，都弥散着明晰的时光，都缭绕着汉朝的味道。这种味道泊在宁静的清晨和夕阳里，带一点汉时的墨汁，明时的韵味，被腾格里的地气包裹，久久不散。

我是第一次登上这样的城池，很快就跌进了远古的气息，远古的事物。灰陶碎片，古拙的石纺轮，大火焚烧的痕迹，人们离开时慌乱、惊惧的景致，这样真切。亘古的寂静，呼呼掠过耳畔的长风，万古不变的蓝天，苍鹰擦肩而过，“吱溜”一声，像摁电钮似的，太阳出来了，月亮出来了，星星出来了，下雨了，刮风了，打雷了，起雾了，下雪了。寒来暑往，草枯草荣。雨里，雪里，风里汪洋恣肆的祁连雪水，或惊涛拍岸，或蒹葭苍苍，或林木如翠海。我把自己丢进去，等待回应。

站在坍塌的城墙，我大声喊，让尖厉的声音划破深厚的寂静，让蓝天有点裂缝，露出棉花般小朵白云，但是，荒漠吸走了我的声音，像一滴雨水打在焦渴的沙漠，倏忽消失。我被愈来愈静的静包裹。

八月的腾格里热辣，没有染上一丝秋色，蓝天下，金灿灿的阳光照着巍峨连绵的黄沙，黄沙展开的是一种盛大，黄沙之上浮动着粼粼水波——细细的喜悦，在被天空染蓝的空气里闪动。我屏住呼吸，用视线和皮肤感受着腾格里的沙丘、荒漠、草木和寂静。

傍晚的时光冷落，稀疏，羊群在暗下去的天色里继续啃食青草，并慢慢聚拢。在太阳落下，月亮没有升起的暮色里，我赶着羊群慢慢走，可是羊群却越走越快，像受了惊扰，不安地彼此靠住，低着头快速向家的方向移动。我独自走在暮色四合的荒野里，看着轻飘飘的月亮越来越坚硬，并散出银子般微凉的光。一天就这样结束，长夜慢慢推上来，地球转过身去，黑暗注满整个腾格里。我和羊群静静地走，翻过最后一道大沙梁，就远远看见一簇豆大的火光，在不停地晃动，那是父亲在给我指路。孤独的我，一整天没有说话，看到父亲前来迎接，心里是多么的喜悦和轻松。我也知道，这之前，父亲一遍一遍不知爬了多少次沙丘，遥望羊群归来的方向，等待羊群的消息。

终于看到我们的家了，白茫茫沙漠里，像一滴墨汁（那是长年累月被羊粪浸染的）温暖有生机。水井是父亲掏的，在海子周围，只要在沙地上向下掘三四米，清凌凌的水就汩汩冒出来，然后用红柳镶嵌井壁，固定流沙，防止塌方。奔波劳累了一天的羊，在水槽里喝完水就腆着肚子上圈了。我们和父亲还没有忙完，有些羊嘴上起了口疮，要治病。我举着马灯，姐姐拿药，父亲用手掰掉羊嘴上的伤疤时，殷红的血渗出来，一下子就血淋淋的，姐姐赶紧把紫色的药水倒上，瞬时就变成彩色的了。父亲还要查看羊的蹄子，是扎刺了或者受伤了，因为在上圈时有两只羊瘸着走路。还要给羊抹灭虱灵。

此时，在沙漠深处，四周黑暗，星空冰凉，我们的马灯是唯一的光亮，夜风漫过来，灯火明明灭灭，但它始终照亮我们的生活，让我们心里温暖，它也始终照亮我们进山出山的小路，让我们不迷失方向。

丰盛的晚餐安慰了我们一天的疲劳后，我和姐姐躺在沙丘上说话，想心事，月亮仍挂在东边扭也不扭一下。月光下，肌肤一样光滑的沙，起起伏伏的沙丘，像极了少女的身体，我们躺着或者坐着，从没有产生过羞涩感，后来，当我踩在一座较高的沙丘顶上时，才忽然有了这种感觉。这是我最初的、蒙昧的对性的认识。这种认识居然是沙漠给的。

有时单独的我，对着单独的月亮和几颗星星，就唱起歌来，但是怎么也驱不走内心的寂寞。我向往沙漠之外闪亮的生活。多年以后，也是这样的月光，我躺在打麦场上，想腾格里以外的世界。

今夜，月亮白净白净的，着实柔媚，盯着看，就好似婴孩的眼睛，清澈纯粹，让心底沉渣泛起的人，逃离或者涤荡。月亮越走到中天，脚步就越快，一跳一跳地广袤的沙漠就留在了身后。今夜有月晕，父亲说，有了月晕次日肯定会起风。

姐姐睡着了，疲惫从她的身上消退，为迎接崭新一天的到来而集聚新的力量。当然新的力量也正在我的身上生长。

我不知道，父亲为什么选择了游牧生活，但是，至少我知道，我们的命运从此离不开荒漠和黄土地了，我们的根扎在了游牧的路上，我们习惯并依赖这样的生活了。我不知道，之前父亲的生活里究竟发生了什么，让他这么决绝地离群索居，但是，我知道这些已经经过。生活就是经过而已，经过风雨，经过四季，经过大地，经过一生，经过诸多亲人和朋友，经过痛苦和喜悦……我不知道，远古时这里是啥样，让父亲如此心甘情愿地沉寂在沙漠腹地，栉风沐雨，筚路蓝缕，顺应天时，逐水草而徙。但是，从沙漠外传来的越传越美丽的故事和越来越新鲜的生活，始终撩拨着我和姐姐，我们的内心就次第舒展开来，心花能开的全部开放了，不能开放的只有暗地叹息。

是风吹醒了我们，睁开眼，四周苍黑、混乱，风携沙带石从沙漠深处滚滚而来，听，一切破碎、凌厉。风很大很大，还夹杂了雨腥味，裹了水汽的沙子渐渐安静下来，天空被雨丝网住，也慢慢澄明起来。我和姐姐被风雨包裹，辨不清东南西北。而我们的马灯就在不远处晃晃悠悠，跳动、摇摆。

父亲的预言得以证实，愉快的心情缭绕，莽厚的忧伤郁结，因为过不了几天，沙漠里的沙葱就会蓬蓬勃勃生长起来，沙漠外的人，就会成群结队涌向沙漠。父亲最恨那些进山打猎的人，野兔子、野黄羊、狐子、沙鸡还有羊群，都是他的伙伴，都是他的子女。说来奇怪，这些动物，只要听到父亲羊鞭一响，走远的跑回来，嬉戏玩耍的藏起来。当然父亲阻止不了进山的人、打猎的人，他只有甩鞭子。

我们家终于热闹起来。进山的人一拨又一拨，我和姐姐换上了新衣服，是母亲千针万线手工缝制的的确良汗衫，碎碎的紫色小花开在身上，我和姐姐就像开了花的沙漠姑娘，稀罕、耀眼，让沙漠激动。我们把旧衣服藏起来，或者埋在沙里。我们很少洗衣服，脏了就拿沙子搓搓，竟也干净了。只是洗头时用肥皂，用羊油抹手，桂花味头油是我们最珍贵的日用品，只有家里来人时用。不管怎样，快乐横亘在我们眼前，像无数双手推揉我们的心。

进山的人，像一把大豆撒在沙漠里，割沙葱、拔芨芨、割青草、打柴、摘枸杞、捋浆果、打猎、挖苁蓉、锁阳……各干各的，各顾各的。他们似乎不在乎沙漠里的炎热，当然一蓬一蓬遍布沙洼，细嫩、油绿的沙葱，让他们心明气朗，精神焕发，尽管火烧火燎，口渴的太阳汩汩地汲着沙葱和人身上的水分，身体也像枯黄的叶子，轻飘飘的有些眩晕，但是他们十分愉悦，嘹亮的歌声回响在寂寂的沙漠里。每天他们满载而归，兴高采烈。有时，即使很疲倦了，只要看到或听到哪里有可采摘的东西，便是一跃而起，困倦立即消失，一鼓作气钻进沙漠里了。这样的情景要持续半个月才能结束，沙漠里成熟的果子，似乎也在等待这样的大采摘。采摘结束，我们家周围广大区域内的沙生植物无一幸免，就像田野里一块庄稼，被人们任意采挖后留下一地狼藉。

父亲藏了一块地，他没有告诉任何人。当我发现这个秘密时，被那里的景致吓了一跳，茂盛的沙葱，像新刷的绿油漆，摸一把绿色就会沾满双手。这是一个山坳，雨水从山上流下来积成水洼，被雨水滋润的沙葱自然长得壮、水嫩。这里还有小小的彩蝶、灰白色长着翅膀的昆虫，它们惦记着即将开花的沙葱，还能看到强悍勇猛的蚂蚁军团，在夏日午后，排着长长的队伍四处征战，去猎取比他们强大好几倍的甲虫。父亲不让我们收割沙葱，只等沙葱长老、开花、结籽，然后收集很多沙葱籽，撒在更多的沙洼里，让羊群或者风把种子埋进沙里，只等待一场雨，一场透彻的雨后，这些种子就发芽了，不几天便染绿了沙洼。当然也有等不到一场雨的时候，种子只能在沙里静静地等候。沙葱，是多年生草本，种子寿命长，在沙土中埋几年还可能发芽。多像蝉，在地底下生活四年，忍受四年之久的黑暗，只为一个多月的放声歌唱，有机会穿漂亮的衣服，与飞鸟匹敌，沐浴温暖的阳光，歌颂它的欢乐之情、美好生活。

我和姐姐要随进山的人们一起出山了，留下父亲和羊群，他们似乎习惯了这样的寂寞、跋涉和离别，默默地接受了今后的命运，却全然不知数年以后，他们也离开了海子、沙漠。因为雨水减少，地下水位下降，海子干枯，草木稀疏，贴着地面生长的草喂不饱羊，羊只有用蹄子扒开沙土觅食，一个个把蹄子扒得血淋淋的。

三十岁之前，我没有走出腾格里沙漠，我在这里出生、成长、读书、恋爱、结婚。但是，腾格里连绵不断的狂风，惊动了沙尘，惊动了羊群、骆驼，惊动了一切可以惊动的事物，也惊动了我自己。回望十几年前，我曾经爬过的沙丘，抚摸过的红柳，嬉过水的海子，来不及哀悼失去的青春，只是觉得在渐渐接近一种无可奈何。我多么希望，我温存的母性能让狂风停下来，让草木绿起来，让大地湿润蓬勃。

《天涯》2017 年第 3 期、《散文选刊》2017 年第 7 期

西域之恋

郭保林

真正读懂一个地方，需要时间距离，也需要空间距离，就像欣赏一幅油画，有了一定的审美距离，你才能深刻领略美的内涵，否则看到的只是一些线条的芜杂，色块的斑驳。当我写下“西域之恋”这个题目时，脑海里翻腾的全是“苍茫、浩瀚、剽悍、刚烈”这些雄性感十分强烈的大词、伟词。更让人震撼的是空间的豪阔，使人产生新的美学——荒野美学。它的宏阔美、野性美、神性美、诗性美，使你感到西域山川的风流蕴藉，大气磅礴。

一

走遍南疆，我感触最深的是西域的河流。这片土地上奔腾着大名鼎鼎的塔里木河，流淌着车臣河、叶尔羌河、疏勒河、克里雅河、喀拉喀什河、孔雀河、开都河……除了塔里木河是中国内陆第二大河流，流程两千多公里，其余的河流流程都不长，流域面积也小，它们都发源于天山、昆仑山、帕米尔高原的冰川雪峰。每年四五月份，山上的冰雪开始融化了，雪水流淌下来，河流便有了生命的激情，滔滔涌涌奔腾起来。这些河流流经戈壁、沙滩、绿洲、荒原，有河流便有生命，有生命便有历史，这片土地便上演出干戈如林、刀剑铿锵的剧目，演出过悲欢离合、感人肺腑的传奇。

这些河流都有悲苦的命运，生命短暂，旅程蹇涩，但它们性格倔强，气度慷慨，都以“吾以吾血荐轩辕”的献身精神，殉难于这片高原热土。

有一天，我坐在开都河岸，身边的流水清澈、舒缓，平静的流水，无怨无艾地向远方流去。我问流水，你们没有向往大海的心愿吗？你们没有追逐远方的理想吗？大海的浩瀚和苍茫没有诱惑力吗？你们为何不团结起来像长江、黄河一样奔腾向前，直扑沧海？融进大海，就是融进永恒。无论雪山之父、冰川之母赋予你们多么强壮的体魄，你们一出生都要面对高温、亢燥的大漠荒原，很快耗尽气血，最后魂断戈壁荒漠。

河水汩汩流淌，不经意间溅起一簇簇浪花。河水用平静的语言回答了我：我们的家乡就是这片高原，这里干旱、亢燥，风沙猎猎，正需要河水的滋润抚慰。这里的花、果、树、草，连昆虫、飞鸟都留恋我们，需要我们，用我们的血液滋养万物的生命，这就是我们的价值。我们生命的尽头不是死亡，我们的灵魂已附在万物的肉体上，代代不已，谁说我们的命运悲苦呢？当我们的生命融进天下万物，已超越了自我，超越了生死，实现了永恒的幸福、自由。

河流的答话，我无言以对。

我忽然想起一位青年诗人的诗句：

小河的命啊，独有一颗悲悯的心，
有了它们，世界才饱满而多汁。
天荒地老的河流，一生太短促，
配不上爱的绵长，情的邈远……

我感到这里一切都具有佛性。在塔克拉玛干大漠的边缘，我拜谒许多寺庙、佛窟，这里曾经是佛风荡漾的圣土，那时，西印度佛风正盛，吹过帕米尔高原，使这片土地彩幡飘扬，晨钟暮鼓响彻山野。在龟兹、在拜城、在和田、在鄯善、且末到处散落着释文化的碎片。

二

在这片土地上走过古代的塞人、车师人、乌孙人、匈奴人、突厥人、回鹘人、契丹人、粟特人和一些部落的骑手商旅，昆仑山的雪，天山的风，大漠的沙尘暴，曾经给这些生命带来多少灾难和痛苦，他们因饥寒而死亡，因干渴而死亡，因迷路而死亡，因沙尘暴、龙卷风而死亡，因山洪暴发而死亡……生命和热血祭奠在这里的神祇。这里雪海无边，狂风刺骨；这里冰封千丈，万里寒氛；这里莽莽黄沙，热浪蒸腾；这里火山火云，热海如蒸；这里兽无踪，鸟无影，漫山遍野似乎都插着警示牌：生命的禁区。

天山、昆仑山，那黑铁似的岩石，枯荒的山谷，没有流泉，没有飞瀑，没有春的靓丽，没有秋的绚烂，即使盛夏白昼热气腾腾，夜晚却寒气森森。荒寂沉默变成永恒，只有风肆无忌惮。

我在天山脚下奔驰，乘沙漠车穿越塔克拉玛干大漠，我站在沙丘上，面对沙山沙丘，塞满胸壑的是无边的荒凉、冷漠和悲怆。竟然没有一只飞鸟、一棵绿草，这千古苍凉不仅仅属于我，还属于千年的历史。一条古丝绸之路像脐带似的联系着东方古大陆。商贾们忍饥耐寒，迎风冒沙跋涉在戈壁荒漠，他们心中滋生着欲望，燃烧着生命的激情。于是——三吴的茶叶，巴蜀的丝绸，岭南的瓷器，江南的烟雨，湿漉漉的歌声，湿漉漉的水墨画，还有柳腰娥眉的吴侬软语，带到荒古的西域。南国的风韵，东方的情调，给米兰、楼兰、精绝、于阗等古王国带来几多陌生的惊喜？给亢燥的土地几多湿润的抚慰？

我站在沙丘上，问自己：为何来到这荒蛮之地？这里是酷热又酷寒的绝境，有何值得眷顾？我一次次穿越河西走廊，一次次走到西域这片陌生神奇的土地，是潜意识行为，还是神祇的昭示？连我自己也说不清。我却感到这西域有一种魔力，有一种精神的诗性。一个强悍的生命，需要广阔的行动空间，仅靠理性思维，解决不了直觉思维的饥渴。我在这里真正体验了岑参的生活，他写风、写沙、写石、写雪，在冰与火淬炼中熔铸诗思，在群山和大漠的铁砧上锤炼自己的诗句，所以笔下诗风刚烈、新奇、险异。“天山有雪常不开，千峰万岭雪崔嵬”，“轮台九月风夜吼，一川碎石大如斗”，当然也极力渲染战争的艰辛悲惨。

盛唐诗人都有一种积极入世、锐意进取的雄豪之气，那是一个充满激情和创造精神的时代。且不说高适、岑参、李益，许多诗人如骆宾王、陈子昂、王维、孟浩然、李白等，他们的自信心来自生命的本真，他们昂扬的激情，豪迈的气概，甚至投笔从戎，并非理性力量的征服，完全由生命的自然力量而奔腾澎湃。他们坚信“舍我与谁”，生来就是驰骋天下的豪杰。

在《大唐西域记》中，玄奘写道：这里“气候寒烈，人性暴躁”，“性刚猛，多武略”，“性刚猛，尚气勇”，胡人血统里流淌着豪勇、剽悍、纵横不羁的基因，面对酷热高寒的自然环境，他们强壮的体魄，有一种汉人不及的血性和忍耐性。

汉唐的骁勇善将，有不少是胡人血统，且不说歌舒翰、安禄山、李陵（十岁作了游牧民族酋长），连大唐帝国的皇帝李氏家族，也混杂着胡人基因。西戎，听听这个名字吧，就让人想象出烈马奔驰，刀光剑影的雄悍和惨烈。李白与唐皇室有无血缘关系，待考究，但此人“挺雄豪之逸气，韫诗文之奇才”，肩披长剑，手执诗书，仗游天下，这种稀世豪气，就带有游牧人的古韵。白居易的祖先是龟兹人，元稹的祖先是鲜卑人，刘禹锡的祖先是匈奴人，他们的诗风都有胡人的豪气和生命的激情。

胡人爱饮酒，豪饮、畅饮、痛饮，大杯饮酒，大盘抓肉，他们不像汉人酒色缠身，狎妓奢靡，“残寒正欺病酒，掩沉香绣户”。（吴文英）“沽酒楼前，红杏香中歌舞”（俞国宝）或以酒浇愁的颓废、萎靡，而胡人是烈酒融进血液，点燃一腔豪情。他们用长剑和马蹄耕耘这片不毛之地；他们弯弓射猎，长途奔突，用热血和烈酒浇灌荒漠戈壁。弓矢和马蹄是力量的迸发，是速度的极致。

这里没有“花病等闲瘦弱”，更无“春愁没处遮拦”，这是中原的病灶，是中原的软肋。莽莽群山，漠漠大野是苍狼的大地，是鹰雕的长空，是烈马扬鬃，张扬时间和速度以及力量和豪气的广阔空间。

我曾经在戈壁滩上迎接晚霞，在荒原上追逐地平线；我曾经攀上天山之巅，嗷嗷宣泄胸中骚动的情感。我曾经站在火焰山下，头顶烈日如烤，脚踩黄沙，漠漠云天，火山火云，这是空旷的大境界，是放牧思想的寥廓空间。这里的大地是诗，是汉大赋。一方水土养一方人。这片粗粝、粗糙的土地，孕育了胡人的苦难意识，天山、昆仑山，群山蜿蜒，峰浪如海，哺育了胡人纵横天下的狂放和豪勇。

汉唐能拓疆扩土，能征服西域，恰恰汉唐将士有一种胡人的血性。而宋明呢？宋王朝始终处于胡尘的威胁下，至南宋，不仅丧失了黄河以北大部国土，连长江以北也沦陷了，龟缩在西子湖畔，歌儿舞儿过残年。辛弃疾只能固守镇江，在长江南岸，把栏杆拍遍；陆游的“铁马冰河”也不过是诗人的梦呓。成吉思汗和他的子孙们狂飚般地崛起，横扫中亚，剑峰直指帕米尔高原，手执“上帝之鞭”，奔驰的马蹄踏遍半个欧亚，成就一代天骄无与伦比的皇皇霸业。明王朝三百年来修长城万里，建雄关千重，东到山海关，西至嘉峪关，那么嘉峪关以西呢？那才是真正的西域呢！

三

我曾经乘德国进口沙漠车，穿越塔克拉玛干大漠，那是怎样的惊心动魄的景观？沙山、沙丘、沙岗、沙沟、沙壑，起伏跌宕，滔滔涌涌，横无际涯！古人称瀚海，那是沙的汪洋大海，死亡之海。我惊叹西方探险家斯坦因，冒着生命的危险，来到这片绝境之地，中国的探险家呢？中国的科学家呢？楼兰的汉简、敦煌的卷子被盗，这大量的文物遗失不在于窃贼，而是国人的愚昧，国人的衰弱，且不说连自己的家园都看管不好，连一份家庭财产的清单都没有，国宝级文物成箱成捆的被盗贼偷窃，怨谁呢？

我曾经沿着塔里木盆地的边缘访问了“古西域三十六国”几个“国家”的旧迹鄯善、龟兹、且末、于阗、车师……那古西域的繁华，烈马的嘶鸣，狼烟的升腾，羯鼓的激奋，佛寺的肃穆，缓行的驼队，悠悠的驼铃……还有那绵延的垛堞、烽火台，现今已被滔滔岁月汰洗得斑驳苍凉，只留下断章残篇英雄美人的故事，三两声如泣如诉的羌笛。最让人惊诧的还有胡杨林，那莽莽的胡杨林，屹立沙海间，简直是神话，惊心动魄。干涸的沙海，如蒸如煮的酷夏，冰封雪压的寒冬，这些胡杨树经过大自然炼狱般的苦难，依然迸发出鲜活的生命。春天那看似干枯的枝干上吐出一片黄绿的叶片。有的中间已是空空的，只剩下半边树皮，仍然萌发出一片灰蒙蒙的绿，绿得苦涩、绿得艰难、绿得苍凉、绿得悲壮，让人一看就产生一种揪心的痛苦，它们是挣扎着呼唤生命啊！

我看到那一棵枯树，露出白花花的骨殖，胫断肱飞，光秃秃的树躯，像被砍掉头颅，屹立在沙滩上，悲壮、惨烈，落日夕照里，一片肃穆苍凉，使我想起雅典娜神庙，帕特农神庙，虽为废墟，依旧凛然不可冒犯。这是一种由血性和神性支撑着的傲岸的形象。

一场场沙尘暴并未摧毁它们，击碎它们，它们倔强地生长着，一片片叶子充满生命的激情，在这里它们有足够的时间完成自己，到秋天你看吧，那金黄、那刚烈、那悲壮，张扬出一派生命的尊严。那如梦如幻如泣如歌地亭亭拂拂的摇曳，你会肃然生出敬畏之情。如李白观之会乘着月色，着一身素衣，面对飘飞的点点金黄，斑斑落红，挥剑起舞，划出一道道凌厉的弧线，唱出一曲“刑天舞干戚”的诗章。

在塔克拉玛干大漠的边缘，时常看到一小片一小片绿洲，几棵树木或一片灌木丛构成绿洲的气质和形象。走进这没有人烟的“绿洲”，会发现，树丛下除生命力极强的骆驼刺，芨芨草，还有野韭菜、野葱、野蒜、野苜蓿，宽叶牛蒡，野麻，更喜人的还有野葡萄、野樱桃……我在天山的峡谷中看到过一片野苹果，野苹果果实不大，坚硬，又苦又涩又酸，当地人用野苹果做果酱。还有野杏、野桃，“边地之人多野性”（玄奘语）那么边地之树也多野性吗？这些植物都冠有“野”字，最恰切地反映出它们的属性和气质。这是原生态的“荒野”，给我们的审美体验，增添了一种刺激感。由此，我想唯有西域还保留着原生态荒野。现在谁来歌咏荒野呢？中国诗人画家多追求梅、兰、竹、菊、小桥流水、园林假山，哪个还有剽悍的视野，放纵的情怀，宏大的意象？

在大漠边缘为何出现绿洲呢？是雪山之冰雪融化，雪水沿着山坡流淌下来，渗入沙漠，便滋生出绿色的生命，花草树木，昆虫禽兽，这是生命的摇篮，是宇宙之神对万物的恩施。溪流与溪流相汇，形成河流，初时，气势汹涌，豪气纵横，但经不起沙漠、戈壁几番折腾，变得气力衰竭。有了河流，便有了绿洲，维吾尔族称“博斯坦”，意为能住宿、能饮水的地方。新疆的地理大于历史。西域三十六国，实际上是三十六个绿洲集团，在茫茫无际的瀚海中，绿洲与沙漠的对峙，生命与死亡的对峙，历史与地理的对峙，形成纷繁多彩的人文风貌。

当沙尘暴铺天盖地席卷黑暗中的一切时，那种恐惧和惊慌是外人难以体会的。但西域人坚强地活下来，且活得乐观、豪气，歌舞伴随他们的人生，太阳和大地气味弥漫他们的精神空间。在和田，我看到农人养蚕在树上。蚕茧成熟时，满桑树上是密密麻麻的雪白的茧壳。传说，于阗国王青睐中原的丝绸，便以和亲的方式求娶汉家公主，那时，中原王朝养蚕技术严禁对外传播，丝绸只作为商品进行交易，蚕种是严格控制外流的。公主机智的将蚕种藏在帽子里，带出关塞，这样西域才开始种桑养蚕，抽丝织绸。我在鄯善县的乡村看到，维吾尔族人洗了衣服，直接晾晒在沙滩上，花花绿绿，给空旷的沙漠带来色彩和诗意。丝路上的重要驿站——楼兰古城，就在鄯善境内，这片土地曾留下车师、汉、鲜卑、柔然、粟特、回鹘等古老民族奋斗和生活的留影。佛教的晨钟暮鼓曾惊醒他们，伊斯兰的半规新月也曾照亮他们的灵魂……这里没有冷漠，没有禁忌，倒有一种野性味，土腥味。那野性，是豪放粗犷的气质；那土腥味，是朴实、忠厚的情感。这山野、荒漠赋予了他们生命的底气，赋予了他们惊天动地的力量！

四

文章写到这里本该刹住了，但我想起在维吾尔族人家做客的情景，那是最难忘的场面。是塔里木石油天然气指挥部的负责同志带我去看望他们的维吾尔族职工，这是库车县某个小镇，一个普通的维吾尔族家庭，有马棚、有狗窝、有羊栏，院子宽绰而丰满，但主人家没有客厅，进屋便是主人的卧室，一个土炕占据半间屋子，炕上有矮几，客人要上炕饮茶、吃饭。他们日常饮食为牛奶、羊肉、馕、抓饭、油馓子与油塔子、烤肉、烤包子，饮茶多为红茶，放糖。蔬菜很少。来了贵客，会杀一只羔羊，切成大块，白水煮。刀割而食，他们待客热情，会把最肥美的羊尾割下一块塞给你。我忘不了那香喷喷的抓饭，是羊油蒸饭，羊肉丁、胡萝卜丁、大米、葡萄干、洋葱和清油，红黄白，色香味，一应俱全，看着油亮生辉，闻着香气四溢，吃起来味道可口。这种“抓饭”，冬天则吃得会头上冒汗，夏天则热汗淋漓，饭后饮上一杯红茶，那种舒贴、润畅，真不可言状。

离开这片土地整整二十年了，我怀念巍巍天山、昆仑山，莽莽苍苍、横空出世的磅礴气概，展示了造物主超然大度的雄风和气宇非凡的构想。走进天山，仿佛我的灵魂也变得庄严、伟岸。我不会忘记那石油人艰苦创业的拼命精神，也不会忘记西域人的那种豪爽、热情、纯朴而勇敢的气质和风度。月色下，我和他们围着篝火唱歌跳舞，听维吾尔族小伙子弹奏《十二卡姆》，那种热烈亢奋的场面，真令人欢欣鼓舞！

我思念那坦荡无限、苍莽雄浑的戈壁旷野。遍地砾石，遍地白花花的阳光，还有漫天飞扬的烟尘。这里没有历史，只有时间，这时间不承载任何负荷，走进戈壁滩，好像走进洪荒初始之中，走进天荒地老的尽头。这里空间之大，简直超出了想象；这里寂然无声，只有天籁之音。

在西域苍茫的大地上行走，像有一个神祇，老是拽着我走向历史的记忆。湮灭的城堡，边墙的遗痕，塞障的废墟……岁月已风化为面目全非，依稀闪烁着刀光剑影。

当然，我更怀念塔克拉玛干大沙漠，重重沙山，滔滔沙浪、广袤、荒凉、雄沉、寂寞、神秘。平静时，那圆圆的沙丘，细细的蚀纹，脉络清晰，秀拙相蕴，圆出一份温柔，圆出几分灵性和张力，留下想象的余地，像一幅幅精美的作品，我也经历了沙尘暴骤起，大漠一片狂躁的情景。在这生命涅槃和新生中，我感到西域人命运的悲壮、苦难、艰辛和生命的瑰丽……

乌孙、疏勒、龟兹、楼兰、精绝、婼羌、尼雅、鄯善、于阗……现在念叨着这些名字，感到它们像一朵朵野花微笑着、悲怆着、淡定着开放在风沙线上，有的凋零，有的更为鲜丽，它们是西域之魂。

西域，古老而神奇的大地，谁说你贫瘠、荒芜？你博大的胸怀里不仅有着丰富的物质宝藏，还有绿意葱葱的精神！胡羯之地，精悍之血。走进这片大地，你会精神振奋，阳气充盈，心胸博大，视野开阔，情思飞扬，灵感星驰，连腰杆也顿感坚挺！

西域是血液与血液的融汇，不是语言的杂糅，是精神之火的共燃！

《联合日报》2017 年 7 月 25 日、8 月 4 日、8 月 8 日

童年的河

刘　萧

凤凰有三条大河：沱江，白泥江，万溶江。沱江居中，白泥江居南，靠北的是万溶江。从地图上看，沱江和白泥江是两条延伸着的异常美丽的平行线。

大凡对凤凰口口相念引以自豪的，是出古城北门城楼的那条沱江。这是凤凰人的河流，是凤凰人的母亲河。自从沈从文先生享誉文坛、蜚声中外之后，这条河也不断从他的作品流出，走向了世界。

我想记录的是与我生活息息相关的南部的一条河流：白泥江。

记得从事文化研究的吉首大学杨瑞仁教授曾在一篇名为《传承与超越》的论述文章中写道：凤凰土家族主要居住在白泥江沿岸，当我想来追溯一下凤凰文人文学传统时，惊奇地发现，它们与这条江紧密相关，与白泥江流域密切相关……之后，他列举了十余位凤凰主要的名人作家和作者，包括先辈熊希龄、沈从文等。熊希龄的祖居地就在白泥江边一个名为燕子岩的村子，那儿至今还安顿着他祖上的坟茔。沈从文先生的父辈们以前的安身之地是黄罗寨的中寨村，白泥江是他们所能看到的和经过的最大的河流了。

我打生下来，就生活在白泥江流域一个名叫双江口的地方，正好是一条河和数条小溪汇流的交汇处。白泥江流域在凤凰境内，应该是到此为止了，因为下游便是说着异样语言的麻阳人的锦江河。大概因为先入为主的原因，我后来对于河的亲切和对水的依恋就成了我生命中再也抹不掉的情感，而后来对于一切美好事物的回忆也大多停留在这条河上，甚至成了我偶尔创作里的风物背景。

父亲是这条河上唯一的有名的打鱼人，我们这一带属水打田乡，山多坡陡，附近除了这条河，大概都只能算溪。即使数条小溪汇流，到了双江口这个交汇处，依然是清溪浅浅，卵石隐现，小鱼细虾游于脚边。本乡至少有一半以上的人买过我父亲的鱼。父亲常年天黑时撑着松油柴火把，划一艘小船，飘荡于这条河流上，乘风破浪，遇滩过滩，遭到险途或阻碍就干脆扛起小船一越过。他总是天刚蒙蒙亮的时候回来，腰间的鱼篓装着捕猎的收获。

我始终无法知道我童年的河究竟有多长，那时去问我祖母，我们叫婆。婆说：要到白泥江果子（这么）远。我又跑去问母亲，白泥江有多远，母亲正坐在一张椅子上，用比发丝还细的丝线编织渔网，母亲说你自己去问父亲。

当我带着人生的第一个疑问找到父亲时，父亲居然说等长大就知道了。

我四岁多的时候就开始偷着到河里洗澡，一大帮村里的孩子，没有一个大人，技术上全凭勇敢地瞎扑腾，有时候也会呛几口水，但没事，咳嗽几下或哭哼几声，见无甚堪怜，就抹抹乱乱的湿湿的头发，又钻到水里去了。一玩就是一天半天，有时怕大人知道了挨屁股板子，便事先跑到集体用来做肥料的草木灰堆里滚，等衣服干爽了再回家。这样的自作聪明其实并没有骗过大人，棍棒雨点落下。痛骂之中的大人倒不担心孩子被水淹死，因为他们相信鬼神的护佑和天命。而是这样的话衣服又被白白淘出了个个洞眼，又得花钱添置新衣裳了。

我很少挨母亲的骂，也极少受父亲的打。这完全得益于我婆的庇护。我婆八十多岁了，满头银发，牙齿脱落，煮饭的时候整个头和上半身都搁在灶坎上，仿佛那对三寸金莲支撑不起自己的头和身体。却很爱干净，隔一天就让我提个竹篮到小溪帮她洗一件染成靛蓝的家织布对襟衫或裤。我犯错的时候常躲到她那宽松的对襟衫下，或绕到她身后，当她带着娘家下河麻阳那种怪怪的腔调愠怒地说一句“给又支过啦（她又怎么了）!”时，再愤怒的父母也会乖乖地收起那张难看的面孔，因为他们从不会违拗长辈。

我曾偷偷地观察过父母，他们的脾气究竟有多大，结果都不得而终。后来慢慢感到，母亲越来越像门前的溪流，而父亲则像江河。

母亲的纯净美丽、纤尘不染像溪；母亲的善良、温柔像溪；母亲的聪慧和爱更是涓涓淙淙的清流。这样的比喻一点都没有过分和偏激，因为即使她死去的二十多年后，她仍是方圆数里村寨美丽贤良的口碑典范，这也是她那个时代所注定可出现的。父亲强悍、勇敢、不屈不挠，他愤怒起来的时候洪水滔天，咆哮不止，但静下来时很快又会沉着坚定，平和如初。

是啊，都说近墨者黑，近朱者赤，他们时时与水打交道，性情又怎不似溪流江河！

母亲终日用河水洗濯我的肌肤，父亲终年用河里的鱼喂养我的身体，我一天天长大，这条河，也不断在开启滋润我的心智和心灵。我开始想要寻找父亲一直以来没有给出的答案，又因为年幼终不得要领。只觉得童年的河流很长很长，没有尽头。就像天上的银河，抬头时觉得很近，不过这个山尖到那个山尖的距离，不过一道彩虹的弧线，等到彩虹消失，等到有机会到了那座山头，才发现天很高很远，高远到令人晕眩。

我开始有了不着边际的遐想和思考。

有一天早晨，鸡刚叫头遍，母亲悄悄把我喊起，交给我一个很大的平时用来扯猪草的背篓，让我跟着父亲背鱼去。我似醒非醒，懵懵懂懂跟着父亲沿着河岸走了一个多小时，到达了一个地方。

那是一个什么样的地方啊！即使是凡人的幻想，也未必会抵达这样的梦境——

茂密翠绿的山林，围着一弯宽阔的河水，水也是翠绿的，不知是因为很深，还是那些倒映的树影。河水里依稀可见苍遒的枝丫仰天而伸，像是原始时代的遗物。熹微晨光里，升腾在河面浓如乳汁的白雾轻飘曼绕，如仙子浣纱，一对早起晨舞嬉戏的水鸳鸯，迤逦出一道长长的水痕纹理，有圆圆的水涡，波光荡漾，那里，出现了零乱的破碎森林。一切是那么的安静，恬淡。而我，听到了森林的声音：汐、汐、汐，唿、唿、唿，娑、娑、娑……是飘叶落枝，还是鸟雀嘶鸣，抑或是野物的咀嚼声？我敢肯定，不管是河里还是两岸，在那目不能及的深处或无尽无头的远地，一定藏着它不为人知的秘密，它们为什么来这里，那些山林水泽的精灵！

我坐在父亲的船上，听凭柔和的晨风来回飘荡，感受着醉一般的迷蒙美妙和无与伦比的清新空气，忽然想那是河与岸的交流，天与地的和鸣，是大自然的天籁之声。

那天我父亲网了大半背篓的鱼，有青标、黄拉姑、鲤鱼、黑草，还有一条要咬人的团鱼，我根本就背不动。那样的收获，是父亲想要的。而我的收获，父亲或许不懂。

是的，时至今日，我依然记得那种画面，那么美丽、自然、和谐的画面，不是每个人都能看到的，也不是任何人都能享受到那些有如天籁的大自然的秘密和弦，这一切对我是很值得回忆和宝贵的，以至于后来总觉得有些东西与金钱无关。

我终于知道了那个地方的名字：都泥江。那是白泥江流域很重要的一段。我后来又跟着父亲出行捕鱼了很多次，但所有的足迹都没有踏出过白泥江流域。我用自己小小的脚无数次丈量过那片土地，但仍然没有弄清童年的河究竟有多长。我五岁半那年，越来越野气，越来越顽皮，母亲将我送进了学校。直到高中毕业，我才从书中具体真实地知道了这条河。它是凤凰南部唯一的一条大河，全长五十八公里，在县境内有三十六公里，流域面积三十四公里，沿途流经黄合、阿拉、茶田、茨岩、新场、廖家桥、林峰、水打田八个乡镇。它的支流纵横，有四条是直接汇入我所住的双江口的：一条叫皂泥潭，一条叫泥木溪，从西到东贯林峰乡；一条叫吊岩溪，一条叫扮禾溪，从西南向东北横贯水打田乡。这些溪流，无一不穿过山涧田野、盘桓崇山绝壁，从险隘走来，却仍不改柔美清澈、明丽欢快的容颜。

我二十岁的时候，离开了乡下的家。可是，自从我离开后，有些开矿的企业开始进驻到山里，他们也不知得到了什么人的许可，开辟了工场，建立了厂矿，大肆开采起来，而生产排放的污水源源不断地流向了小溪，污染了江河。我从此不能再看到那满池翠绿的水了，那绸缎一样的河面带着被撕裂一样的痛楚，大自然的每一次呼吸都像在呻吟。我的父亲也越来越沉默，因为那些鱼越来越萎靡，越来越灰暗，似乎不能再激起他猎捕的兴趣。我有次回家，看到他用竹竿搭在木质的三叉架上晾晒渔网，他一坐半日，用一条竹片飞快地拍打网上的水兰屎，没有一条鱼。那一场景成了他最寂寞的剪影。我是懂他的，没有人愿意吃他污染的鱼了，他的捕捞还有什么意义？

但不管怎样，我一直把白泥江当成我童年的河，即使有一天不忍再看了，她仍是我梦中的河，是我童年的“瓦尔登”。我在那里出生，在那里成长，在那里学会思考，在那里得到清水洗尘，我人生中所有的关于柔情，关于爱，关于善良，关于宽容，关于愤怒，都是从那儿学来的，我的自然界的阅历和经验，是从那里得来的。当然，也并不是没有弱点，在我人生的中途感到许多缺失的时候，我想一定是它的坏习性传给了我：像与世不争的怠惰；像不很在意自己的残忍；甚至，没有明确目标，让很多事流失荒废……

谁又知道呢？也许，一切都在它最深邃僻隐处，躺在它高高的思想中，含蕴在它蓄势以待的意义里。

《美文》2017 年第 6 期

山林里

吉布鹰升

一条小径通向树林，旁边水渠里的水缓缓流淌，白杨树叶一片淡绿色，谷底的河流潺潺流淌。

一只黄嘴黑羽的乌鸫鸟寂静地从地上起飞，落在一棵白杨树上，忽而张开尾巴和翅膀，忽而收敛翅膀，忽而东张西望。

刺玫盛开了小小的白花，青绿色的叶子衬托着，极为鲜艳夺目。一种不知名的树木枝上黄花灿烂。草莓开着小小的雪白的花朵，仿佛向路过的人露出灿烂的微笑。

柳莺、山雀等鸟儿在竞相鸣啭，为暖和的阳光欢呼，为心仪的异性歌唱，为新春的气象赞美。

一棵刺玫树下的土坡挖了一个可以容纳一人的洞穴，周围由劈下的树枝围着。也许，农人晚上蹲守这里守护庄稼，听说山里的野猪和人不断在抢粮食。

对岸坡地上坐落了一个村子，洋芋地旁边挂着稻草人，或是塑料，是为了吓唬野猪的。由于野猪猖獗，村人还把狗也牵来附近看守，每到黄昏的时候，狗吠声阵阵。

一脉溪流涓涓流淌，和鸟鸣声相映成趣。

蕨草长出了羽状叶子，或是伸出了细长的茎，或是仿佛手握拳头，或是亭亭玉立，情态各异美妙。

灰色林莺、黑顶林莺、伯劳、柳莺，和更多不知名的鸟语声传来，山林里喧闹又寂静。

每一条溪流的声音又是不同的，涓涓、潺潺、叮咚作响。我趟过了几条溪流，翻过几道弯，欣赏着路边的草木绿叶。

每一枚绿叶都是情态各异，披针形、椭圆形、卵形等。大自然是无与伦比的艺术家，不仅让草木绣出精妙的绿叶，也绽放美丽的花朵，并散发迷人的气息。

草坡上一小片草莓盛开了白花，一片片鲜绿的蕨草随风摇曳。胡颓子树木盛开了淡白色的花儿，一朵朵倒垂着。

树林里开着一种紫白色的花朵，望去如轻柔的丝绸披挂着。粉色、雪白的索玛花开放了，凑近嗅闻，一股浓郁的清香扑鼻而来，令人醉。不过，更多的索玛花在寂静中等待着五月。那时候，它们绽放在树林里，在山冈上，犹如一群群白羊在漫游，又如天上的朵朵白云散落在那里。

一只柳莺，在我前方几步之遥的树上欢快地啼鸣，声音尖细清脆。它忽然飞到我上方的树上，张嘴望着远方不住地鸣啭。在山冈，在树林里，每只鸟儿都按捺不住激情，发出各自的声音，彼此呼应。

太阳时而躲在云后，时而露出了。大地上的光和云影相映成趣，一边阳光灿烂，一边云影悄然浮动。

忽然，我左手方的那片树林里传来野鸡的啼叫声，几近咳嗽，就那么短暂的几秒钟。虽然显得十分内敛，却宣告那里是自己的领地。若有别处的雄野鸡来冒犯，它会拼命捍卫的。到了五月，它们的声音会不顾暴露自己而那么张扬。

“瑟瑟洛”鸟儿在那里鸣唱，先是低吟，声音渐渐变得高亢激越，又有穿透力，远远的对岸都能听见。

山林里又传来杜鹃的啼鸣，“布谷……布谷……”的声音，在方圆几公里内都能听见。

“其阿哦”鸟儿在密林里啼鸣，山雀在吱吱啼叫。更多不知名的鸟躲在树林里鸣啭，只闻其声，仿佛竞赛着各自美妙的歌喉。若要寻见它们，是并不容易的事情。未等你前去，它飞离了。

我一步步踏上去，一边聆听四面传来的鸟啼声，好像我是踏着鸟语声爬坡的。这是多么有趣又浪漫的事情呢！

忽然，一只红腹小鸟啁啾叫着，在前方的树上飞翔穿梭。它让我想起了少年，三十多年前，我在山里看见过它。它漂亮的羽毛，灵巧的身影，人见人爱。倏忽，它飞离消失了。

每只鸟儿发出的声音都是不同的，有的像是从喉咙里发出，有的像是从舌尖上发出，有的像是从肚子里发出，有的像是从灵魂里发出，有的像是从嘴里发出……现在，一只陌生鸟在发出“叶……”的声音，仿佛一个人张着圆圆的嘴巴把气流从舌上缓缓地发出来。

沿着一条山梁走去，登上另外一座山，我的视野变得开阔起来。

天空云雾在飘浮，这里那里露出一片蓝天，风吹来，使人觉得有点冷。

鸟语声包围着大地，包围着我。

我俯卧草地上，懒洋洋地沐浴着阳光。我的身上顿时比刚才站着的时候暖和了许多，不过天上的云影投在我上空的时候，又冷起来了。

太阳时而露出来，时而躲在云后。

一只灰色的小蜘蛛在我眼前的草茎上攀爬，它忽而从一根草爬到另外一根草，忽而从草尖上转身又往下爬去。它从一根草迅速地顺着那根看不见的丝线滑到另外一根草了。它动作的迅速敏捷令人不得不敬佩。有时，它忽然坠下，是一边吐丝，一边沿着那根丝线下来的。我用一根枯草轻轻触了一下它，它便立马佯死不动了。另外，一只黑色的虫子在前面慢慢爬着。于是，我担心我躺着的那块草地上会不会有其他虫子。如果我压倒了它们，甚至它们死了，那么，我又是多么对不住它们!

我又仰卧着寂静地沐浴暖阳，鸟儿的啼鸣声依然从四面八方传来。有好多未曾听见的鸟儿在鸣叫，其中的一只发出既似猫叫又似婴儿啼哭的声音，但它分明不是猫声雀。

我在那里静卧了一个多小时，又起身，走到山脊上坐下。

明媚的阳光照耀下来，我打着阳伞，把鞋子和袜子脱下。蚂蚱悄悄然好奇地爬上了我的鞋子。我正要用伞轻轻地触摸它，它却立即跳得很远了。我闭目聆听鸟语声声，刚又睁眼的时候，另外一只小蚂蚱又爬上我的袜子了。

我对面的山，一会儿阳光照耀变得明朗了，一会儿又被云影罩住了。远处，不时传来牧人的声音和羊儿的咩咩声，然而又很快消融在空旷的大山里。

一条洁白如练的溪流潺潺声响在谷底，它不分昼夜地流淌着，为过往的飞禽走兽提供了饮用水。它的一条源泉，在那遥远的山顶上。从前的泉水，不知流到了何处?听过、饮过泉水的人，很多都已经如烟消失了。你就知晓了人不过是大地上匆匆的过客，那些名利、权力、金钱都只是身外之物而已。那么，何不像先哲那样，乐于山水，过着世外桃源的隐居生活呢?

在现代文明的冲击下，很多人都随着移民浪潮流入了城市和外地。我面对的三座山，各有一个村落和五六座房子，然而留下来的只有几家了，甚至我的对岸和上方的村子各剩下了一家人。他们是经济窘迫，或是习惯了祖辈半农半牧的生活才未搬走的。然而，这些年来随着草木覆盖面积增加，生态改善，野猪又猖獗了。它们糟蹋洋芋、苦荞、燕麦地，与人争着庄稼。我不知道，留下来的那几户人家还能守多久呢？

天空渐渐地露出了广阔的蓝色，天边群山上白云似乎凝固，又似乎慢慢飘散着。

远处，又隐隐约约飘来牧人和羊儿的声音，又立即消失了。

我赤着脚，踩上草和沙砾慢慢徜徉。我的脚底下分明感到石头的炽热和草的抚摸，舒适快意。很久没有这样接地气了，让我感到那样美妙和踏实。

几头牛在谷底溪流旁吃草，几个人在那里悠然地晒着太阳。

一只鸟儿低低地飞过，落入我对面的树林里。那里，密林深处，只有鸟儿才能有幸造访。遥想从前，这里的荒野原始林木参天，狼、虎、熊、鹿等出没，上空有苍鹰在盘旋。想到它们早已消失，不禁让人悲伤起来。

山林，不仅是人们的家园，也是其他动植物的家园。现在，各种鸟儿在争鸣，草木在争夺阳光，相互竞争，大地却以慈母般的胸怀无私包容着它们。

鸟儿依恋树林，树林依恋山冈。我呢，依恋草木、鸟儿、蓝天白云。空气里带着淡淡的草木清香的气息，让人心清神静。

时间到了下午两三点，鸟鸣声比起上午显得有些寂寥了。

我走上一片树林。那里，并非像远处观望的景象那样茂密，甚至显得稀疏。可以想象，很多天然的树木消失了。如果整个树林消失了，鸟儿也会飞离消失，大山会变得荒凉。

我想去拜访留守下来的那家人，走进他们的生活。然而，我的突然到来，会令他们感到惊讶吗？我们似乎隔着一道山，我无法走近他们的灵魂。

村子下方，生长了一片桤木林和漆树。树下，散落了村人废弃的鞋、破烂的塑料袋、酒瓶等。这些垃圾让我想到了这里的生态环保，我又希望他们也搬迁了，从而避免山林遭受破坏。果真如此，将来这里必将成为荒野。

忽然，又隐隐约约飘来人语声。可是，举目望去，不见人影。夕阳西下，我又一次想留宿下来，和那家人畅谈，聆听大山，体验山里寂静的夜晚。然而，我最终放弃了。

白云又悄悄然遮住了蓝天，太阳隐没了。

风送来了一阵阵凉爽的气息，鸟儿在鸣叫。

几头牛、那匹马在慢慢朝着村子方向归来。

我要尽情享受这山林里的风光，寂静呼吸。那个村子上方笼罩了一团乌云，看似要下雨。黄昏的鸟儿，没有上午那样喧闹。“其阿哦”鸟在密林里鸣叫，呼唤着晚归的伴侣。

雨点稀稀疏疏飘落，我不得不转身下山。

《随笔》2017 年第 1 期、《散文选刊》2017 年第 5 期

小　启

本套《2017 年选系列丛书》，收录了本年度众多优秀文学作品。在编选过程中，我们及各选本主编已尽力与大多数作者取得了联系，没有联系上的作者见此小启请尽快与我们联系，我们会及时奉上薄酬并样书。

联系人：陈　聪

电　话：027-87679207